VARDO

Kiran Millwood Hargrave

VARDO
A ILHA DAS MULHERES

Tradução de
Flavia de Lavor

EDITORA RECORD
RIO DE JANEIRO • SÃO PAULO

2021

EDITORA-EXECUTIVA Renata Pettengill	**COPIDESQUE** Helena Coutinho
SUBGERENTE EDITORIAL Mariana Ferreira	**REVISÃO** Ana Lúcia Gusmão Renato Carvalho
ASSISTENTE EDITORIAL Pedro de Lima	**DIAGRAMAÇÃO** Abreu's System
AUXILIAR EDITORIAL Júlia Moreira	**TÍTULO ORIGINAL** *The Mercies*

CIP-BRASIL. CATALOGAÇÃO NA PUBLICAÇÃO
SINDICATO NACIONAL DOS EDITORES DE LIVROS, RJ

H242v

  Hargrave, Kiran Millwood, 1990-
    Vardø, a ilha das mulheres / Kiran Millwood Hargrave; tradução de Flavia de Lavor. – 1. ed. – Rio de Janeiro: Record, 2021.

    Tradução de: The Mercies
    ISBN 978-65-5587-3153

    1. Ficção inglesa. I. Lavor, Flavia de. II. Título.

21-71760   CDD: 823
                  CDU: 82-3(410.1)

Camila Donis Hartmann – Bibliotecária – CRB-7/6472

Copyright © 2020 by Kiran Millwood Hargrave

Texto revisado segundo o novo Acordo Ortográfico da Língua Portuguesa.

Todos os direitos reservados. Proibida a reprodução, no todo ou em parte, através de quaisquer meios. Os direitos morais do autor foram assegurados.

Direitos exclusivos de publicação em língua portuguesa somente para o Brasil adquiridos pela
EDITORA RECORD LTDA.
Rua Argentina, 171 – Rio de Janeiro, RJ – 20921-380 – Tel.: (21) 2585-2000, que se reserva a propriedade literária desta tradução.

Impresso no Brasil

ISBN 978-65-5587-3153

Seja um leitor preferencial Record.
Cadastre-se no site www.record.com.br e receba informações sobre nossos lançamentos e nossas promoções.

Atendimento e venda direta ao leitor:
sac@record.com.br

Para minha mãe, Andrea,
e para todas as mulheres que me cria(ra)m

POR DECRETO REAL

Caso um feiticeiro ou homem de fé, tendo recebido o sacrifício de Deus, das Escrituras Sagradas e do cristianismo, decida cultuar o diabo, ele deverá ser atirado ao fogo e queimado até virar cinzas.

TIRADO DO
Decreto sobre Trolddom (Feitiçaria) da Dinamarca-Noruega de 1617
PROMULGADO NA FINAMARCA, EM 1620

TEMPESTADE

Vardø, Finamarca,
nordeste da Noruega
1617

Ontem à noite, Maren sonhou que uma baleia havia encalhado nas rochas em frente à sua casa.

Ela desceu o rochedo até aquele corpo ofegante e descansou os olhos nos olhos do animal, abraçando a imensidão malcheirosa. Não havia mais nada que pudesse fazer.

Os homens vieram rastejando pelas rochas pretas feito insetos ágeis de casca escura e reluzente empunhando facas e foices. Começaram a golpear e cortar antes mesmo que a baleia estivesse morta. Ela tremia, e todos eles nefastos e a mantendo no lugar como uma rede sobre um cardume de peixes, os braços de Maren cada vez mais longos e fortes ao redor dela — ela a abraçava tanto e com tanta violência — até que não sabia mais se era um conforto ou uma ameaça e não se importava mais, apenas olhava nos seus olhos, sem piscar.

Por fim, a baleia parou de se mexer, a respiração se esvaindo conforme eles a cortavam e serravam. Maren sentiu cheiro de banha queimando nos lampiões antes de o animal parar de se mover, muito antes de o brilho dos olhos nos seus olhos se embotar.

Ela afundou entre as rochas até chegar ao fundo do mar. A noite estava escura e sem luar, estrelas arranhavam a superfície. Ela se afogou e despertou do sonho arfando, sentindo fumaça nas narinas e nas profundezas escuras da garganta. O gosto de gordura queimando ficou grudado sob sua língua, e ela não conseguia se livrar dele mesmo depois de lavar a boca.

1

A tempestade chegou como um estalar de dedos. É assim que as pessoas vão contar depois de meses e anos, quando deixar de ser apenas motivo de dor de cabeça e aperto na garganta. Quando a tempestade servir de inspiração a histórias. Mesmo assim, a expressão não dá conta do que realmente aconteceu. Às vezes, palavras não são suficientes: elas dão forma aos fatos de maneira muito fácil, descuidada. E não houve nenhuma graciosidade, nenhum alívio no que Maren testemunhou.

Naquela tarde, a melhor vela está esticada como um cobertor no seu colo, com mamãe e Diinna nas pontas. Os dedos menores e precisos delas dão pontos menores e precisos nos rasgos causados pelo vento, enquanto Maren costura pedaços de pano nos buracos deixados pela amarração do mastro.

Ao lado da lareira, há uma pilha de urze branca desidratando, cortada e trazida pelo seu irmão, Erik, das montanhas baixas no continente. Amanhã, depois de desidratada, mamãe lhe dará três punhados grandes da urze para o seu travesseiro. Ela vai rasgar as folhas e enfiá-las com terra e tudo dentro da fronha, o aroma de mel quase enjoativo depois de meses do cheiro rançoso de sono e de cabelo sem lavar. Ela vai morder o travesseiro e gritar até os pulmões arquejarem com seu gosto doce e sujo.

De repente, alguma coisa a faz erguer os olhos e encarar a janela. Um pássaro, escuro contra a escuridão, um som? Maren se levanta para se espreguiçar, para observar a baía, a superfície cinzenta e, além dela, o mar aberto, a crista das ondas como vidro quebrado, brilhando. Mal dá para distinguir os barcos em meio às ondas pelas duas luzes pequenas, da proa e da popa, que bruxuleiam levemente.

Ela imagina que pode distinguir o barco de papai e Erik dos outros, com sua segunda melhor vela hasteada firme no mastro. O movimento das remadas dos dois, de costas para o horizonte onde o sol se esconde, desaparecido já há um mês, e vai levar mais outro para dar as caras. Os homens conseguem enxergar a luz constante das casas sem cortinas de Vardø, perdidas em seu próprio mar de terra mal iluminada. Eles já ultrapassaram a pequena ilha de Hornøya e estão quase no local onde o cardume foi avistado no início da tarde, depois de ter sido posto em movimento por uma baleia.

— Ela já vai ter ido embora — disse papai. Mamãe tem pavor de baleias. — Vai ter se alimentado muito bem antes mesmo que Erik consiga nos levar até lá com esses braços finos de espinha de arenque.

Erik apenas baixou a cabeça para receber o beijo de mamãe e o toque do polegar da esposa, Diinna, na testa, costume do povo sámi para extrair uma linha capaz de atrair de volta para casa os homens no mar. Ele pousou a mão em sua barriga por um momento, deixando mais evidente o inchaço através da túnica de tricô. Ela afastou a mão dele gentilmente.

— Você vai fazer o bebê chegar antes do tempo. Deixe-o em paz.

Mais tarde, Maren vai desejar ter se levantado e dado um beijo nas bochechas ásperas de cada um dos dois. Ela vai desejar tê-los observado caminhar até a água em suas roupas de pele de foca, o andar ébrio do pai com o gingado de Erik logo atrás. Vai desejar ter sentido algo com a partida deles além de gratidão por ficar sozinha com mamãe e Diinna, pela tranquilidade da companhia de outras mulheres.

Isso porque, aos 20 anos e tendo recebido a primeira proposta de casamento três semanas antes, ela finalmente se considerava uma delas. Dag Bjørnsson estava transformando a casa de barcos auxiliar do pai em um lar para os dois; antes de o inverno acabar, a casa estaria pronta e eles se casariam.

Dentro de casa, ele lhe dissera, ofegante, o hálito quente roçando nos seus ouvidos, haveria uma bela lareira e uma despensa separada para que ele não precisasse andar pela casa empunhando o machado como papai fazia. O brilho malévolo da lâmina, mesmo nas mãos cuidadosas de papai, deixava um gosto ruim na sua boca. Dag sabia e se importava com isso.

Ele era loiro como a mãe, as feições delicadas que Maren sabia que os outros homens tomavam por fraqueza, mas ela não se importava com nada disso. Ela não se importava quando ele roçava a boca larga no seu pescoço enquanto lhe falava da colcha que ela deveria tecer para a cama que ele ia fazer para os dois. E, embora ela não sentisse nada com as carícias hesitantes dele, no alto das suas costas e suaves demais para que significassem qualquer coisa através do vestido de inverno azul-marinho, essa casa que logo seria dela — essa lareira e essa cama — a fazia sentir uma pulsação no baixo-ventre. À noite, ela pressionava as mãos nos locais onde sentira o calor, os dedos frios como barras de ferro nos quadris e dormentes o bastante para parecerem pertencer a outra pessoa.

Nem mesmo Erik e Diinna têm uma casa própria: eles moram no cômodo estreito que o pai e o irmão de Maren anexaram à parede dos fundos da casa. A cama ocupa toda a largura do quarto e está alinhada com a cama de Maren, do outro lado da divisória. Ela tapava os ouvidos com os braços nas primeiras noites do casal, respirando o odor de palha mofada do colchão, mas nunca ouviu nem um pio. Foi uma surpresa quando a barriga de Diinna começou a crescer. O bebê nasceria logo depois do fim do inverno, e então três pessoas dividiriam aquela cama estreita.

Mais tarde, ela vai pensar: talvez devesse ter observado Dag partir também.

Mas, em vez disso, ela apanhou a vela avariada e a esticou nos joelhos das três mulheres, e não ergueu os olhos até que o pássaro, ou o som, ou a mudança no ar a atraísse até a janela para examinar as luzes oscilando no mar escuro.

Seus braços ficam arrepiados: ela fecha as mãos, os dedos ásperos pela agulha, e as enfia sob a manga de lã, sentindo os pelos se retesarem e a pele se contrair. Os barcos continuam a remar, constantes sob a luz difusa, os lampiões tremeluzindo.

E então o mar se eleva, o céu desaba e um relâmpago esverdeado arremete sobre tudo, iluminando a escuridão com um brilho instantâneo e terrível. Mamãe é atraída até a janela pela luz e pelo barulho, o mar e o céu se chocando como uma montanha que se parte em duas, então elas sentem tudo na sola dos pés e na espinha, fazendo com que Maren morda a língua e sinta o gosto salgado e quente na garganta.

E talvez as duas estejam gritando, mas não é possível ouvir nada além do mar e do céu, e as luzes dos barcos são engolidas, e os barcos piscam, e os barcos giram, os barcos voam, viram, desaparecem. Maren sai em disparada em meio à ventania, com o corpo curvado pela saia subitamente encharcada, Diinna grita para ela voltar para dentro de casa, batendo a porta ao sair para impedir que o fogo se apague. A chuva pesa nos seus ombros, o vento bate nas suas costas, as mãos se fecham em punho, sem segurar nada. Ela berra tão alto que a garganta vai ficar ferida por dias. À sua volta, outras mães, irmãs e filhas se lançam à mercê do mau tempo: formas escuras e escorregadias pela chuva, desajeitadas como focas.

A tempestade termina antes de alcançar o porto, a duzentos passos de casa, com a embocadura vazia escancarada para o mar. As nuvens se retraem no céu e as ondas abaixam, repousando no horizonte umas das outras, tão suaves quanto um rebanho que se acalma.

As mulheres de Vardø se reúnem na beira encovada da ilha, e, embora algumas delas ainda estejam gritando, os ouvidos de Maren zumbem com o silêncio. Diante dela, a superfície da água no porto está tão lisa quanto um espelho. De mandíbula cerrada, sua língua goteja sangue quente pelo queixo. A agulha está entrelaçada na teia entre o polegar e o indicador, a ferida é um círculo perfeito e rosado.

Enquanto ela olha, um último lampejo de relâmpago ilumina o mar parado de maneira atroz, e da escuridão se erguem remos e timões, e um mastro completo com as velas suavemente enfunadas, como florestas submarinas vindas à tona. Dos seus homens, não há sinal.

É véspera de Natal.

2

De um dia para o outro, o mundo fica branco. Neve cai sobre neve, acumulando-se, nas janelas e na soleira das portas. A *kirke* permanece às escuras naquele Natal, no primeiro dia depois da tempestade, um vazio entre as casas iluminadas, engolindo a luz.

A nevasca as prende dentro de casa por três dias, Diinna afastada das outras no seu quarto estreito, Maren incapaz de recuperar o ânimo ou de incitar mamãe a fazer o mesmo. Não comem nada além de pão dormido, que pesa no estômago feito pedra. Maren sente a comida tão sólida dentro de si enquanto o corpo parece tão irreal que imagina se manter presa à terra apenas pelos pães velhos de mamãe. Se ficar sem comer, ela vai se transformar em fumaça e se acumular nas calhas da casa.

Ela se mantém sob controle enchendo a barriga até doer e colocando a maior parte possível do corpo ao alcance do calor da lareira. Diz a si mesma que todo lugar que o calor toca é real. Levanta o cabelo para expor a nuca encardida, estica os dedos para deixar que o calor lamba o espaço entre eles, ergue a saia até que as meias de lã comecem a ficar chamuscadas e fedorentas. *Aqui, ali e acolá.* Os seios, as costas e, entre eles, o coração, estão comprimidos dentro do colete de inverno, embalados bem apertados.

No segundo dia, pela primeira vez em anos, o fogo se apaga. Era sempre papai quem o acendia, e elas apenas o alimentavam, abafando-

-o durante a noite e quebrando a crosta que se formava pela manhã para deixar a fagulha central respirar. Depois de algumas horas, uma camada de gelo se instala nos seus cobertores, apesar de Maren e a mãe dormirem juntas na mesma cama. Elas não se falam, nem se despem. Maren se agasalha com o velho casaco de pele de foca de papai. Ele não foi curtido de maneira adequada e fede um pouco a gordura estragada.

Mamãe veste o casaco de quando Erik era criança. Ela tem os olhos embaçados como um peixe defumado. Maren tenta fazer com que ela coma alguma coisa, mas a mãe apenas se encolhe no seu lado da cama e suspira como uma criança. Maren se sente agradecida pela claridade da neve na janela, pois significa que não dá para ver o mar.

Aqueles três dias são como um poço em que ela cai. Ela vê o machado de papai refletir no escuro. Sua língua fica grossa e viscosa, o local sensível que ela mordeu durante a tempestade está esponjoso e inchado, com um ponto duro bem no meio. Ela cutuca a ferida, e o sangue a deixa com mais sede ainda.

Sonha com papai e Erik, desperta com a pele gelada e úmida e suando, as mãos congeladas de frio. Sonha com Dag, e, quando ele abre a boca, ela está cheia dos pregos que ele iria usar na cama dos dois. Maren se pergunta se elas vão morrer ali, se Diinna já está morta, com o bebê ainda nadando dentro dela, ficando mais lento a cada segundo. Ela se pergunta se Deus virá ao encontro delas e as mandará viver.

As duas estão fedendo quando Kirsten Sørensdatter cava a neve até elas na terceira noite. Kirsten as ajuda a abastecer a lareira e, finalmente, acender o fogo. Quando consegue abrir caminho até a porta de Diinna, ela parece quase furiosa, o brilho fosco dos lábios queixosos à luz da tocha, as mãos pressionando com força os dois lados da barriga inchada.

— Para a *kirke* — diz Kirsten para as três mulheres. — É dia de sabá.

Nem mesmo Diinna, que não acredita no Deus delas, discute.

•

É só depois de estarem todas reunidas na *kirke* que Maren compreende: quase todos os homens morreram.

Toril Knudsdatter acende as velas, cada uma delas, até que o recinto fica tão brilhante que os olhos de Maren começam a arder. Ela faz as contas em silêncio. Antes havia 53 homens e agora sobraram apenas treze: dois bebês de colo, três idosos, e os outros, meninos ainda muito pequenos para sair nos barcos. Até mesmo o pastor está desaparecido.

As mulheres se sentam nos bancos de sempre, deixando os lugares vazios onde maridos e filhos se sentavam, porém Kirsten pede a elas que cheguem mais para a frente. Exceto por Diinna, todas obedecem, tolas como um rebanho. Elas enchem três das sete fileiras de bancos da *kirke*.

— Já aconteceram naufrágios antes — diz Kirsten. — Nós sobrevivemos à morte dos homens.

— Mas nunca tantos assim — retruca Gerda Folnsdatter. — E o meu marido nunca esteve entre os mortos. Nem o seu, Kirsten, ou o marido de Sigfrid. Nem o filho de Toril. Todos eles...

Ela aperta o pescoço com a mão, se cala.

— Deveríamos rezar, ou cantar — sugere Sigfrid Jonsdatter, e as outras a fulminam com o olhar. Passaram três dias isoladas pela nevasca, e o único assunto que querem discutir, a única coisa sobre a qual conseguem falar, é a tempestade.

As mulheres de Vardø, todas, sem exceção, estão em busca de sinais. A tempestade foi um deles. Os corpos, ainda por vir, serão vistos como outro sinal. Mas, no momento, Gerda fala da andorinha solitária que viu sobrevoando a baleia.

— Formando o número oito — diz ela, fazendo um arco no ar com as mãos rosadas. — Eu contei uma, duas, três, seis voltas.

— Oito vezes seis não significa nada — desdenha Kirsten. Ela está postada ao lado do púlpito entalhado do pastor Gursson. Apoia a mão larga nele, o polegar passeando entre figuras esculpidas como único sinal de nervosismo, ou de luto.

Seu marido estava entre os homens que se afogaram, e todos os seus filhos morreram antes mesmo de respirar pela primeira vez. Maren gosta dela, dividiu suas tarefas com ela diversas vezes, mas agora vê Kirsten como as outras mulheres sempre a viram: uma mulher à margem. Kirsten não está atrás do púlpito, mas poderia muito bem estar: ela encara as outras com a preocupação de um pastor.

— Mas a baleia... — diz Edne Gunnsdatter, o rosto tão inchado pelas lágrimas que parece machucado. — Ela nadou de cabeça para baixo. Eu vi sua barriga branca brilhando sob as ondas.

— Ela estava se alimentando — esclarece Kirsten.

— Estava atraindo os homens — diz Edne. — Ela fez o cardume dar a volta em Hornøya seis vezes, para ter certeza de que o veríamos.

— Eu vi isso — concorda Gerda, fazendo o sinal da cruz. — Eu também vi.

— Não viu, não — retruca Kirsten.

— Vi o sangue que Mattis tossiu sobre a mesa uma semana atrás — diz Gerda. — A mancha não saiu.

— Posso arear para você — sugere Kirsten, gentilmente.

— Aquela baleia estava estranha — diz Toril. Sua filha está tão entocada ao seu lado que parece ter sido costurada ao seu quadril com os pontos renomadamente perfeitos de Toril. — Se o que Edne diz for verdade, ela foi enviada.

— Enviada? — pergunta Sigfrid, e Maren vê Kirsten lhe lançar um olhar agradecido, pensando ter encontrado uma aliada. — É possível algo assim acontecer?

Um suspiro ecoa dos fundos da *kirke* e todas se viram para Diinna, mas ela apenas joga a cabeça para trás, de olhos fechados, a pele morena do pescoço brilhando dourada sob a luz das velas.

— O Diabo trama de forma sombria — afirma Toril, e a filha pressiona o rosto no ombro da mãe, chorando de medo. Maren se pergunta que horrores Toril enfiou na cabeça dos dois filhos sobreviventes nos últimos dias. — O poder dele está acima de todos, exceto de Deus. Pode muito bem ter enviado algo do tipo. Ou a baleia pode ter sido invocada.

— Basta. — Kirsten interrompe o silêncio antes que ele se aprofunde. — Isso não vai ajudar em nada.

Maren gostaria de ter a mesma certeza que ela, mas só consegue pensar na forma, no som que a atraiu até a janela. Tinha pensado se tratar de um pássaro, mas agora ele paira maior e mais pesado, com cinco barbatanas e de cabeça para baixo. Não é natural. Não consegue impedir que a imagem se infiltre na sua visão periférica, mesmo sob a luz abençoada da *kirke*.

Mamãe se agita, como se estivesse despertando do sono, embora as velas se refletissem nos seus olhos bem abertos desde que se sentaram ali. Quando ela abre a boca, Maren pode ouvir o estrago que o silêncio fez na sua voz.

— Na noite em que Erik nasceu — começa mamãe —, havia um ponto de luz vermelho no céu.

— Eu lembro — diz Kirsten, gentilmente.

— Eu também — concorda Toril. *E eu também*, pensa Maren, embora tivesse apenas 2 anos na época.

— Eu segui o ponto de luz pelo céu até que ele caiu no mar — diz mamãe, quase sem mover os lábios. — Iluminou toda a água com sangue. Erik estava marcado, era para ser assim desde aquele dia. — Ela geme e cobre o rosto com as mãos. — Eu jamais deveria tê-lo deixado ir para o mar.

A história evoca uma onda renovada de lamentos das mulheres. Nem mesmo Kirsten consegue fazer alguma coisa para sufocá-los. As velas bruxuleiam quando uma lufada de ar frio entra no recinto, e Maren se vira a tempo de ver Diinna sair da *kirke*. As palavras que Maren poderia oferecer, enquanto colocava o braço nos ombros de mamãe, mal serviriam de consolo: *O mar era tudo o que ele tinha no mundo*.

Vardø é uma ilha, o porto parece que levou uma mordida em um dos lados, o restante da costa muito alto ou rochoso para abrigar os barcos. Maren aprendeu a lidar com redes de pesca antes de aprender a sofrer, aprendeu sobre o clima antes de aprender a amar. No verão, as mãos da sua mãe ficam salpicadas de estrelas minúsculas das escamas dos peixes, a carne é pendurada para salgar e desidratar como fraldas brancas de bebês, ou então envolta em peles de rena e enterrada para apodrecer.

Papai costumava dizer que o mar dava forma à vida deles. Eles sempre viveram de sua graça, e muitas vezes morreram por ele. No entanto, a tempestade transformou o mar em um inimigo, e algumas mulheres falavam em ir embora.

— Tenho parentes em Alta — diz Gerda. — Tem bastante terra e trabalho lá.

— Será que a tempestade não chegou até lá? — pergunta Sigfrid.

— Saberemos em breve — responde Kirsten. — Imagino que devamos receber notícias de Kiberg, a tempestade certamente atingiu aquelas partes.

— Minha irmã vai me mandar uma mensagem — concorda Edne. — Ela tem três cavalos, e fica a apenas um dia de viagem.

— E a uma travessia turbulenta — completa Kirsten. — O mar continua agitado. Devemos dar um tempo para que cheguem até nós.

Maren fica ouvindo enquanto as outras falam de Varanger, ou, mais absurdo ainda, de Tromsø, como se alguma delas pudesse imaginar a vida na cidade, tão longe dali. Há um pequeno desentendimento sobre quem deveria ficar com as renas de transporte, já que elas pertenciam a Mads Petersson, que se afogou junto com o marido e os filhos de Toril. Ela parece pensar que isso lhe conferia uma espécie de posse dos animais, mas, quando Kirsten anuncia que vai cuidar do rebanho, ninguém mais discute. Maren mal consegue se imaginar acendendo a lareira, muito menos cuidando de um rebanho de animais agitados durante o inverno. É provável que Toril pense o mesmo, pois ela abandona a reivindicação tão rápido quanto a fez de início.

Por fim, a conversa começa a rarear e então termina. Nada fica decidido além de que elas vão esperar por notícias de Kiberg ou enviar alguém até lá caso não cheguem antes que a semana cabe.

— Até lá, é melhor nos reunirmos todo dia na *kirke* — diz Kirsten, e Toril faz que sim com a cabeça fervorosamente, finalmente em concordância. — Devemos cuidar umas das outras. A nevasca parece estar no fim, mas não temos como saber ao certo.

— Prestem atenção nas baleias — diz Toril, e a luz atinge o seu rosto de modo que Maren consegue ver os ossos se movendo sob a pele da mulher. Ela parece agourenta, e Maren tem vontade de rir. Em vez disso, morde o ponto sensível na língua.

Ninguém mais fala em ir embora. Ao descer a colina para voltar para casa, com mamãe apertando tanto o seu braço que dói, Maren se pergunta se as outras mulheres se sentem do mesmo jeito que ela: presas àquele lugar agora mais do que nunca. Com ou sem baleia, com ou sem sinal, Maren testemunhou a morte de quarenta homens. A partir de agora, alguma coisa nela está vinculada àquela terra, tão aprisionada quanto ela mesma.

3

Nove dias depois da tempestade, com o ano recém-iniciado, os homens são trazidos até elas. Quase inteiros, quase todos eles. Dispostos como oferendas na pequena enseada escura, ou então levados pela maré até as rochas abaixo da casa de Maren. Elas precisam descer pelas rochas para buscar os corpos, usando as cordas que Erik amarrara para apanhar ovos dos ninhos de pássaros entremeados na lateral do rochedo.

Erik e Dag estão entre os primeiros homens a voltar; papai, entre os últimos. Papai tem apenas um braço e Dag está queimado, uma linha preta que desce do ombro esquerdo até o pé direito, e mamãe diz que isso significa que o raio o atingiu.

— Ele deve ter tido uma morte rápida — diz ela, sem esconder a amargura. — Deve ter sido tranquila.

Maren encosta o nariz no ombro, respira o próprio cheiro.

O irmão parece estar dormindo, mas sua pele reflete aquela horrível luz verde que ela reconhece de outros corpos trazidos pela maré. *Afogado.* Não tão tranquila assim.

Quando chega a vez de Maren descer o rochedo, ela recupera o corpo do filho de Toril, enganchado nas rochas afiadas como dentes feito um pedaço de madeira trazido pela maré. Ele tem a idade de Erik, e os ossos parecem frouxos dentro do corpo como carne destrinchada dentro de um saco. Maren afasta os cabelos pretos do rosto dele e tira um punhado de algas da sua clavícula. Ela e Edne precisam amarrá-lo pela cintura, pelas costelas e pelos joelhos para mantê-lo inteiro enquanto é içado até a mãe. Maren fica agradecida por não poder ver o rosto de Toril quando ela recebe seu menino. Apesar de não gostar muito da mulher, o lamento de Toril alfineta o peito de Maren como pequeninas agulhas.

O solo está duro demais para abrir covas para o enterro, de modo que elas concordam em manter os mortos na casa de barcos principal do pai de Dag, o frio os manteria tão congelados como a própria terra. Levará vários meses até elas poderem cavar o solo para enterrar os seus homens.

— Podemos usar a vela como mortalha — diz mamãe, depois que Erik é levado para o abrigo de barcos. Ela olha a vela remendada jogada no meio do assoalho, como se Erik já estivesse ali embaixo. Está exatamente onde elas a deixaram, quase duas semanas antes. Maren e mamãe estiveram evitando a vela, nenhuma das duas queria tocá-la, mas agora Diinna a apanha do chão e balança a cabeça.

— Que desperdício — diz ela, e Maren fica feliz: não consegue suportar a ideia de enterrar o pai e o irmão com algo relacionado ao mar sobre eles. Diinna dobra a vela com movimentos hábeis, pousando-a na barriga, e Maren enxerga sua determinação como algo da garota que se casou com o irmão dela, toda risonha, no verão passado.

Mas Diinna some um dia depois que Dag e Erik são trazidos de volta. Mamãe fica desesperada ao pensar que ela foi embora para criar o filho junto com a família sámi. Ela diz coisas horríveis, coisas que Maren sabe que são da boca para fora. Chama Diinna de lapã, de piranha, de selvagem, coisas que Toril ou Sigfrid diriam.

— Eu sabia — choraminga mamãe. — Jamais deveria ter deixado que ele se casasse com uma lapã. Eles não são leais, não são como nós.

A única coisa que Maren pode fazer é morder a língua e esfregar as costas da mãe. É verdade que Diinna passou a infância viajando, vivendo sob as mais diversas estrelas mesmo no inverno. Seu pai é um *noaidi*, um xamã de boa reputação. Antes que a *kirke* estivesse mais bem estabelecida, o vizinho delas, Baar Ragnvalsson, e muitos outros homens iam até ele para pedir amuletos contra o mau tempo. Isso não acontecia mais por causa de novas leis promulgadas para banir esse tipo de coisa, mas, mesmo assim, Maren ainda via as pequenas figuras feitas de ossos que o povo sámi acredita servir de proteção contra o azar na porta da maioria das casas. O pastor Gursson sempre fez vista grossa, embora Toril e sua laia insistissem para que ele repudiasse tais práticas com mais ênfase.

Maren sabe que foi apenas por amor a Erik que Diinna concordou em viver em Vardø, mas não acredita que ela partiria desse jeito, não depois de elas terem perdido tantas pessoas. Não com o bebê de Erik na barriga. Ela não seria tão cruel a ponto de levar o último resquício de Erik para longe delas.

•

No meio da semana, elas recebem notícias de Kiberg. O cunhado de Edne chega dizendo que, apesar dos numerosos barcos atracados no porto, eles perderam somente três homens. Quando as mulheres se reúnem na *kirke* para ouvir a mensagem, suas suspeitas são atiçadas.

— Por que eles não foram pescar? — pergunta Sigfrid. — Kiberg não avistou o cardume?

Edne balança a cabeça em negativa.

— Nem a baleia.

— Então ela foi enviada para nós — sussurra Toril, e seu medo se alastra pelos bancos em ondas murmuradas.

A conversa é inconsequente demais para um lugar sagrado, repleta de presságios e exageros, mas ninguém consegue resistir à oportunidade de fofocar. As palavras são como elos em que podem pendurar fatos, fechando-os mais cada vez que a história é contada. Muitas delas parecem não se importar mais com o que é verdade e o que não é, desesperadas demais para encontrar alguma razão, alguma ordem para a bagunça que se tornou a vida, mesmo que seja baseada em uma mentira. Agora não há a menor dúvida de que a baleia tenha nadado de cabeça para baixo, e, embora Maren tente resistir ao horror iminente que aquela conversa inspira, ela não consegue se manter tão firme quanto Kirsten.

A mulher havia se mudado para a casa de Mads Petersson, para cuidar melhor das renas. Maren a examina, firme de pé ao lado do púlpito. Elas mal se falaram desde que Kirsten as resgatou da neve, exceto para trocar pêsames quando os homens foram retirados apodrecidos do mar. Maren pensa em falar com ela quando a reunião na *kirke* chega ao fim, mas Kirsten logo sai pela porta, avançando curvada contra o vento para a nova propriedade.

•

Diinna volta no dia em que elas encontram papai. A primeira coisa que Maren ouve da volta dela é uma gritaria na casa de barcos, então sai correndo, imaginando de tudo: outra tempestade, embora ela possa ver com os próprios olhos que o céu desprovido de sol está calmo, ou então um homem encontrado ainda com vida.

Há uma aglomeração de mulheres perto da porta, Sigfrid e Toril na frente, de rosto retorcido de raiva. Diinna está diante delas com outro sámi: um homem baixo e atarracado que observa as mulheres com frieza. Não é o pai de Diinna, mas ele carrega um tambor de xamã no quadril. Os dois seguram entre si um pedaço de tecido prateado enrolado. Enquanto Maren se aproxima, tonta pelo esforço da corrida, ela percebe que é feito de casca de bétula.

— Qual é o problema? — pergunta ela a Diinna, e Toril responde.

— Ela quer enterrá-los nisso. — O tom de voz da mulher é quase histérico. Seu queixo fica salpicado de cuspe. — Como é o costume *deles*.

— Não faz sentido usar tecido, não para tantos mortos — argumenta Diinna. — Isso é…

— E eu não quero essa coisa perto dos meus meninos. — Toril está mais ofegante que Maren, enquanto olha para o tambor como se fosse uma arma. Sigfrid Jonsdatter acena com a cabeça em aprovação e Toril continua o ataque. — Nem do meu marido. Ele é um homem temente a Deus, e não quero que você se aproxime dele.

— Não me lembro de você se incomodar tanto com a minha ajuda quando quis engravidar de novo — retruca Diinna.

Toril pousa a mão na barriga, apesar dos seus filhos terem nascido há muito tempo.

— Eu não fiz nada disso.

— Sei tão bem quanto todas aqui que você fez, Toril — refuta Maren, que não consegue mais ficar calada ao ouvir a mentira. — E você também, Sigfrid. Muitas de vocês procuraram por Diinna ou pelo pai dela.

Toril semicerra os olhos.

— Eu jamais procuraria uma feiticeira lapã.

Ouve-se um assobio coletivo. Maren dá um passo à frente, mas Diinna impede seu avanço com o braço.

— Eu devia abrir um buraco na sua língua, Toril. Quem sabe assim você se livraria um pouco do veneno. — É a vez de Toril se encolher. — E isso não é feitiçaria, nem é para eles.

Diinna se vira para Maren. Ela está linda sob a luz azulada, de semblante forte e olhos de cílios volumosos.

— É para Erik.

— E para o meu pai. — A voz de Maren falha. Ela não pode nem pensar em separá-los; além disso, papai amava Diinna, sentia orgulho da união entre o seu filho e a filha de um *noaidi*.

— Ele voltou? — Maren faz que sim com a cabeça, e Diinna aperta seu ombro. — E para Herr Magnusson, é claro. Vamos velá-los. Assim como a todos que quiserem.

— E a sua mãe vai gostar disso? — devolve Toril para Maren, que se sente exausta demais para fazer outra coisa além de concordar, a cabeça pesada no pescoço.

Por fim, é acordado que quem quisesse que seus homens recebessem os ritos do povo sámi deveria levá-los para a casa de barcos auxiliar, que teria sido o lar de Maren. Apenas dois homens são levados para perto de Erik e papai: o pobre Mads Petersson, que não tinha nenhum parente para decidir por ele, e Baar Ragnvalsson, que costumava ir até as montanhas baixas e usava vestimentas do povo sámi.

A casa de barcos auxiliar daria um belo lar. Só a entrada da cabana já é do tamanho do quarto de Diinna e Erik, e o espaço principal tem quase a extensão da casa do pai de Dag, a maior da vila. A cama dos dois está disposta em tábuas prontas para serem marteladas pelas mãos cuidadosas de Dag.

Elas pegam a madeira para a lareira e colocam seu pai e Erik deitados no chão descoberto. Maren é obrigada a deixar Dag na casa de barcos principal: a mãe dele, Fru Olufsdatter, não havia trocado uma palavra com ela e se recusa a olhar na sua cara.

Maren corta uma mecha de cabelo congelado da cabeça morena de Erik, guarda-a com cuidado no bolso. Depois de deixar Diinna e o *noaidi* a sós no recinto silencioso, Maren dá a volta até a casa de barcos principal. Ela nota que uma das mulheres pregou uma cruz na porta; parece menos uma bênção para aqueles que estão lá dentro e mais um alerta para os que ficaram do lado de fora.

Quando ela volta para casa, mamãe está dormindo com um dos braços cobrindo os olhos, como se estivesse se protegendo de um pesadelo.

— Mamãe? — Maren quer contar a ela sobre o *noaidi* e a casa de barcos auxiliar. — Diinna voltou.

Não há resposta. A respiração de mamãe está bastante fraca, e Maren resiste ao impulso de pôr a bochecha sobre sua boca para verificar se ela continua viva. Em vez disso, tira a mecha de cabelo do bolso e a segura perto do fogo. A mecha descongela e se curva na forma de um dos belos cachos de Erik. Maren abre um corte no travesseiro e o guarda lá dentro junto com a urze.

•

Todos os dias, depois da *kirke*, Maren volta à casa de barcos auxiliar, embora não consiga se forçar a dormir lá como Diinna e o homem do tambor. Ele não fala norueguês e se recusa a fornecer a ela uma versão fácil do seu nome, por isso ela o chama de Varr, vigilante, pois soa como o começo do que ele diz se chamar antes de ela deixar de entender o restante com sua língua mal treinada.

Toda vez que visita o pai e Erik, ela espera do lado de fora e fica ouvindo Diinna e Varr falando em uníssono no idioma deles. Eles sempre se calam assim que ela põe a mão na porta, e Maren sente como se tivesse interrompido algo indecente ou então muito particular. Como se tivesse quebrado alguma coisa, desajeitada simplesmente por estar ali.

Maren fala em norueguês com Diinna e ela traduz para Varr, sempre com frases mais curtas, como se eles conhecessem palavras melhores e mais precisas para o que Maren está querendo dizer. Como será ter dois idiomas na cabeça, na boca? Como será ter de esconder um deles como um segredo obscuro no fundo da garganta? Diinna sempre viveu entre Vardø e outros lugares, aparecendo por ali uma vez ou outra desde que Maren era uma menina, acompanhando o pai silencioso que vinha consertar redes ou tecer amuletos.

— Nós já moramos aqui — contou Diinna a Maren certa vez, quando Maren ainda tinha um pouco de medo dela: uma menina de calça e casaco arrematado com pele de urso que ela mesma havia esfolado e costurado.

— Esta é a sua terra?

— Não. — O tom de voz da menina era tão firme quanto o seu olhar. — Nós só morávamos aqui.

Às vezes, Maren consegue ouvir as batidas do tambor, tão ritmadas quanto uma pulsação, e dorme melhor nessas noites, apesar de haver muito burburinho das beatas mais carolas a respeito disso. Diinna explica a ela que o tambor vai abrir os caminhos para que os espíritos possam se libertar mais facilmente dos corpos e para que eles não tenham medo. Porém, Varr nunca toca quando Maren está por perto. O tambor é largo como uma tina, com a pele bem esticada sobre uma tigela rasa de madeira clara. Há pequenas figuras espalhadas pela superfície: uma rena com o sol e a lua presos na galhada, homens e mulheres de mãos dadas como figuras de papel bem ao centro e, na parte de baixo, uma mistura hedionda de criaturas que são metade homens e metade animais se contorcendo.

— Ali é o inferno? — pergunta ela a Diinna. — E lá é o céu, e nós estamos aqui no meio?

Diinna não traduz para Varr.

— É tudo aqui mesmo.

4

Conforme o inverno começa a abrandar em Vardø e as despensas estão quase vazias, o sol se aproxima um pouco mais do horizonte. Quando o bebê de Diinna e Erik nascer, os dias já estarão inundados de luz.

Maren sente um ritmo inquieto dominar Vardø, seus dias tomando forma. *Kirke*, casa de barcos, trabalho doméstico, sono. Embora os contrastes estejam começando a ficar mais nítidos entre Kirsten e Toril, Diinna e as outras, elas se mantêm unidas como homens remando um barco. É uma aproximação nascida da necessidade: elas precisam umas das outras mais do que nunca, principalmente quando a comida começa a ficar escassa.

Elas recebem alguns grãos de Alta, um pouco de *tørrfisk* de Kiberg. Às vezes, os marinheiros param no porto e remam até a costa com peles de foca e óleo de baleia. Kirsten não tem a menor vergonha de falar com eles e sempre consegue um bom negócio, mas elas estão ficando sem produtos para o escambo e é evidente que, quando chegar a hora de cultivar os plantios, ninguém virá ajudá-las.

Maren usa as horas livres do dia para passear pelo promontório em que ela e Erik costumavam brincar quando eram crianças, os arbustos de urze começando a se recuperar depois de um inverno carente de sol. Antes que ela se dê conta, as urzes alcançarão seus joelhos e o ar terá um aroma tão doce que fará seus dentes doerem.

À noite, é mais difícil lidar com o luto. Na primeira vez que ela pega uma agulha, os pelos do seu braço se arrepiam e ela a larga como se tivesse sido escaldada. Seus sonhos são sempre sombrios e cheios de água. Ela vê Erik preso dentro de garrafas fechadas com rolha e o buraco aberto e lavado pelo mar no braço do pai: o osso branquíssimo. A baleia aparece com mais frequência, o invólucro preto atravessa a sua mente e não deixa nada de bom, nada vivo, em seu rastro. Às vezes, ela engole Maren inteira; outras, a baleia encalha na praia e ela se deita junto do animal, olhos nos olhos, enchendo as narinas com o seu cheiro ruim.

Maren sabe que mamãe também tem pesadelos. Mas duvida que a mãe acorde com o gosto de sal na língua, com o cheiro do mar no hálito. De vez em quando, Maren se pergunta se foi ela quem causou essa tragédia na vida delas por desejar tanto um tempo a sós com Diinna e mamãe. Isso porque, apesar de Kiberg ser perto e Alta não ficar tão longe assim, nenhum homem tinha vindo morar ali com elas. Maren queria passar um tempo com as mulheres, e agora todos os seus dias são assim.

Ela começa a imaginar que Vardø poderia continuar para sempre assim: um lugar sem homens, e sobrevivendo mesmo assim. O frio está diminuindo e os corpos dos mortos, por sua vez, estão começando a ficar macios. Assim que o degelo estiver no fim, elas enterrarão os seus homens, e talvez uma parcela da discórdia possa ser enterrada junto com eles.

Maren anseia por sentir a terra sob as unhas, o peso de uma pá nas mãos, Erik e papai por fim no seu lugar de descanso final, envoltos na mortalha prateada de bétula. Ela verifica o canteiro de vegetais na frente da casa todos os dias, arranhando o solo com as unhas.

•

Quatro meses após a tempestade, no dia em que ela consegue afundar a mão na terra, Maren corre até a *kirke* para declarar que elas finalmente podem começar a cavar. Mas as palavras ficam presas na sua garganta: ela vê um homem de pé ao púlpito.

— Esse é o pastor Nils Kurtsson — apresenta Toril, com a voz cheia de reverência. — Ele veio para cá de Varanger. Graças a Deus, nós não fomos esquecidas, afinal de contas.

O pastor volta os olhos claros para Maren. Ele tem a compleição esguia de um menino.

Expulsa do seu lugar de costume, Kirsten se senta ao lado de mamãe e Maren e se inclina no fim do culto para sussurrar no ouvido dela.

— Espero que os sermões não sejam tão sem graça quanto ele parece ser.

Mas são, e Maren imagina que ele deve ter feito algo terrível para ser designado para Vardø. O pastor Kurtsson é franzino, claramente desacostumado à vida no litoral. Ele não oferece nenhuma palavra de conforto para os infortúnios delas e parece um pouco receoso da aglomeração de mulheres que chega todos os dias de sabá para encher a *kirke*. Volta, apressado, para a sua casa, que fica ao lado, logo depois do último *Amém*.

Com a *kirke* recém-santificada, as mulheres passam a se reunir às quartas-feiras na casa do pai de Dag, com Fru Olufsdatter reduzida a sussurros nos cômodos da casa que é grande demais para ela. A fofoca continua igual, mas as mulheres estão mais cautelosas. Como Toril tinha dito, elas não foram esquecidas, e Maren aposta que não é a única preocupada com o que isso pode significar.

Na semana da sua chegada, o pastor escreve a Kiberg, pedindo que enviem dez homens, incluindo o cunhado de Edne, e Maren sente uma inveja inesperada quando eles chegam para enterrar os mortos. Os homens demoram dois dias para cavar os túmulos, e, como a escuridão da noite é menor nessa época do ano, eles trabalham até altas horas. Falam alto e riem demais para uma tarefa como essa. Eles dormem na *kirke* e se debruçam sobre as pás para olhar quando as mulheres passam por perto. Maren mantém a cabeça baixa, mas continua a passar pelo terreno de hora em hora para observar o progresso deles.

As sepulturas estão localizadas na parte noroeste da ilha, uma cova escura ao lado da outra, tantas que deixam Maren tonta. O solo é amontoado ao lado, e, enquanto Maren observa de uma distância segura, ela imagina a dor nos braços, o gosto de terra como uma moeda na boca, o suor gotejando da pele. Não parece certo, depois de tudo o que as mulheres presenciaram, depois de resgatarem seus homens das rochas e manterem vigília durante todo o inverno, que agora elas fiquem olhando outras pessoas cavarem os túmulos. Maren acredita que Kirsten concordaria com ela, mas não quer criar confusão. Quer o pai e o irmão enterrados, o inverno acabado, e os homens de Kiberg longe dali.

Na manhã do terceiro dia, os mortos da casa de barcos principal são levados até lá, já cheirando um pouco mal, as barrigas inchadas sob as mortalhas de tecido costuradas por Toril. São dispostos ao lado das covas abertas, o branco contrastando com a terra recém-revirada.

— Sem caixões? — pergunta um dos homens, dando um puxão em uma das mortalhas.

— São quarenta mortos — diz outro. — É muito trabalho para uma vila de mulheres.

— Uma mortalha dá muito mais trabalho que um caixão — retruca Kirsten friamente, e Toril enrubesce de surpresa. — E agradeço se não tocarem no meu marido.

Kirsten se senta à beira da cova e, antes que Maren compreenda o que ela está fazendo, a mulher já desceu para o buraco, deixando apenas a cabeça e os ombros para fora, de braços estendidos.

Os homens movem os lábios sem pronunciar nenhuma palavra, então Kirsten pega ela mesma o marido e desaparece ao baixar o corpo dele. Quando enfim reaparece, ela já está se erguendo, exibindo um relance da perna com meias enquanto escala para fora do túmulo.

Toril estala a língua e desvia o olhar, e um dos homens ri, mas Kirsten apenas apanha um punhado de terra do monte e joga sobre o marido. Em seguida, passa direto por Maren, tão perto que ela consegue ver as lágrimas nas bochechas de Kirsten. Maren devia ir atrás dela, dizer alguma coisa, mas sente a língua tão inútil quanto uma pedra.

— Parece que ela o amava mesmo — murmura mamãe, e Maren tem de se controlar para não dar uma resposta torta. Qualquer idiota podia ver que Kirsten amava o marido. Ela os via com frequência, andando juntos e rindo como bons amigos. Ele a levava pelos campos e algumas vezes até para o mar. Se ela o tivesse acompanhado no dia da tempestade, as mulheres de Vardø estariam ainda mais perdidas do que já estão.

O pastor Kurtsson se aproxima para abençoar o túmulo. Ele tem o semblante sério, e Maren supõe que ele se sinta constrangido por Kirsten ter exibido sua coragem diante daqueles homens.

— Que a misericórdia de Deus recaia sobre vós — entoa ele com a voz vacilante, sem dizer nada além disso sobre o homem que jamais conheceu.

— Kirsten não devia ter feito isso. — Diinna surge ao lado de Maren, enquanto observa o pastor.

Ela pousa a mão na barriga. O bebê já está para nascer, e Maren sente um nó de tristeza na garganta: o irmão debaixo da terra antes que o filho respire pela primeira vez. Ela sente um ímpeto de esticar a mão e tocar em Diinna, para sentir o calor da sua barriga e do bebê dentro dela, mas nem mesmo a Diinna de antes teria tolerado tal coisa. Essa nova Diinna é dura como uma rocha, e Maren não ousa pedir permissão.

Nenhuma das outras mulheres ajuda no enterro dos familiares. Os homens trabalham de modo metódico: dois deles entregam o corpo para os outros dois na cova. As famílias se aproximam para jogar um pouco de terra, o pastor Kurtsson abençoa os túmulos, os homens os enchem de terra. Ninguém lamenta, nem cai de joelhos no chão. As mulheres estão cansadas, anestesiadas, acabadas. Toril reza sem parar, as palavras levadas pelo vento.

O ciclo se repete até a hora de esvaziar a casa de barcos auxiliar, e o pastor Kurtsson ergue uma sobrancelha pálida ao avistar as mortalhas de bétula prateada. Mamãe ajeita a de papai, olha do pastor para Maren.

— Talvez devêssemos pedir a Toril…

— Não tenho mais tecido — retruca Toril.

— Eu tenho uma vela…

— Também não tenho linha — diz Toril, então vira as costas para as duas e se dirige para casa, puxando a filha e o filho. Sigfrid a segue, assim como Gerda. Maren pode apostar que ela, Diinna e mamãe vão enterrar seus mortos sozinhas, mas as outras mulheres permanecem ali enquanto Mads, depois papai, Erik e, por fim, Baar, são baixados na cova e cobertos.

Naquela noite, depois que os homens de Kiberg foram embora, Maren vai até os túmulos com a mecha de cabelo de Erik no bolso, com a intenção de enterrá-la junto com ele. Havia decidido que era uma lembrança macabra, que talvez fosse aquilo que estivesse envenenando os seus sonhos, deixando o mar se infiltrar neles. As noites não estão mais tão escuras como no inverno e, na penumbra, os túmulos lhe parecem um bando de baleias no horizonte, corcundas e ameaçadoras. Ela percebe, então, que não consegue se aproximar deles.

Maren sabe o que são: um terreno sagrado, abençoado por um homem de Deus, contendo apenas os restos dos seus homens. Mas aqui, com o vento sibilando entre os caminhos abertos da ilha e as casas iluminadas atrás dela, ir até os túmulos lhe parece tão amaldiçoado quanto se atirar de um penhasco. Ela imagina os túmulos caindo, desabando até lá embaixo, e o mundo parece tremer sob os seus pés. No meio da confusão, ela solta a mecha de cabelo de Erik. O vento a apanha dos seus dedos frouxos e a faz voar para longe.

•

Mais tarde naquela noite, o barulho da porta acorda Maren. Mamãe está encolhida sob as cobertas como um caramujo na casca, soprando o hálito rançoso no seu rosto. Ela havia insistido para que continuassem dividindo a mesma cama, embora isso faça Maren dormir mal.

Maren se senta na cama, o corpo alerta de nervosismo quando a porta se fecha. Não consegue enxergar ninguém, apenas sente a sua presença ali. Ouve um som parecido com um grunhido, uma sucessão rápida de arquejos quase animalescos. Parece alguém engasgado com um bocado de terra.

— Erik?

Maren se pergunta se o chamou até ali, se invocou o irmão com os sonhos e as orações, e a ideia a deixa tão assustada que ela se levanta e passa por cima da mãe para pegar o machado de papai. É então que ouve o lamento baixo de Diinna, uma onda de dor que faz a mulher cair de joelhos no chão, e Maren consegue distinguir sua silhueta. Um espírito não iria abrir a porta, Maren se repreende, e um machado de nada serviria contra ele.

— Vou buscar Fru Olufsdatter.

— Ela, não! — exclama Diinna entre uma arfada e outra. — Você.

Ela leva Diinna até o tapete em frente à lareira. Mamãe já está acordada e reaviva o fogo de modo que a luz se derrama sobre o chão, traz cobertores, esquenta a água, arruma uma correia de couro para Diinna morder e emite sons reconfortantes.

Não precisam da correia — Diinna não emite quase nenhum som além da respiração ofegante. Ela parece um cachorro ferido: geme e morde os lábios. Maren se senta perto da cabeça dela e mamãe lhe tira as roupas de baixo. Estão molhadas, e o cômodo inteiro cheira ao suor de Diinna. Ela está ensopada, e Maren passa um pedaço de pano na sua testa enquanto tenta não olhar para o monte escuro entre as pernas de Diinna, para as mãos escorregadias e ocupadas da mãe. Maren nunca tinha visto um bebê nascer antes, só filhotes de animais, e muitas vezes eles não sobreviviam. Ela tenta espantar da cabeça as imagens de línguas frouxas se projetando de mandíbulas flácidas.

— Já está quase na hora — diz mamãe. — Por que não veio nos chamar antes?

Diinna está quase muda de tanta dor, mas sussurra:

— Eu bati na parede.

Maren encosta de leve em Diinna e murmura na sua orelha, apreciando a intimidade que a dor da cunhada permite que compartilhem, como nos velhos tempos. Logo, a luz que entra pelas cortinas finas da janela se encontra com a luz da lareira, e as três são pegas em um brilho branco e turvo. Maren se sente envolta pela bruma do mar enquanto

Diinna se segura nela como a uma âncora, que a mantém a salvo contra as ondas de dor. Maren beija a sua testa e sente gosto de sal.

Quando afinal chega a hora de empurrar, Diinna se agita como um peixe fora da água, sacudindo o corpo no chão.

— Segure-a — diz mamãe, e Maren tenta, apesar de nunca ter sido mais forte que Diinna nem esperar conseguir tal feito agora. Maren se senta atrás dela para que Diinna possa se apoiar no seu corpo e sussurra na sua nuca. Suas lágrimas se misturam às de Diinna quando a mulher se retorce mais uma vez e, por fim, um choro ecoa entre suas pernas como uma resposta aos lamentos.

— É um menino. — A voz de mamãe está radiante de alegria e com uma pontada aguda de dor. — Um menino. Uma resposta às minhas preces.

Diinna cai para trás e Maren a deita no chão. Ela a abraça e beija seu rosto enquanto ouve o choro do bebê e o ruído de metal quando a mãe pega uma faca para cortar o cordão umbilical e depois limpa o sangue da criança com um pedaço de pano. Diinna se ampara em Maren, o choro ainda mais intenso, as duas tremendo, suadas e exaustas, até que mamãe cutuca Maren com o cotovelo e põe o bebê sobre o peito de Diinna.

Ele é minúsculo, amarrotado, coberto de placenta. Os cílios escuros contrastam com as bochechas brancas. Maren se recorda de um filhote de passarinho que encontrou caído do ninho no telhado cheio de musgo, sua pele era tão fina que ela conseguia ver os detalhes dos olhos sob a pálpebra fechada, a batida do coração sacudindo todo o corpo. Assim que ela tocou nele, com a intenção de devolvê-lo ao ninho, o filhote parou de se mexer.

O choro do bebê faz os ombrinhos dele se erguerem, a boca pequena funciona bem. Diinna abaixa a camisola e coloca o mamilo escuro na sua boca. Ela tem uma grande cicatriz atravessando a clavícula, uma queimadura que Maren lembra ter sido causada por uma panela cheia de água fervente, embora não se recorde de quem a jogou em Diinna. Gostaria de beijá-la ali também, para curar a pele.

Mamãe termina de limpar Diinna. Ela está chorando, ergue o corpo para se deitar do outro lado de Diinna, pousa a mão na dela, que está nas costas do bebê. Maren hesita por apenas um instante antes de pousar a mão nas das duas mulheres. Ele está surpreendentemente quente e cheira a pão recém-saído do forno e a panos limpos. Ela sente um aperto no peito, doído de carência.

3 de junho de 1618.

Estimado Sr. Cornet,

Escrevo por dois motivos.

Primeiro, para lhe agradecer a generosa carta de 12 de janeiro deste ano. Suas palavras de congratulação me são muito apreciadas. Minha nomeação para o cargo de lensmann da Finamarca é uma grande honra e, como bem afirma Vossa Senhoria, uma oportunidade de servir a Deus, Nosso Senhor, naquela área conturbada. O hálito do Diabo é mais fétido por aquelas bandas, e há muito trabalho a ser feito. O rei Cristiano IV vem trabalhando com afinco para solidificar a posição da Igreja, mas as leis que banem a feitiçaria foram promulgadas apenas no ano passado e, embora sejam baseadas no Tratado de Demonologia, ainda são insuficientes em comparação ao sucesso que o nosso rei Jaime obteve na Escócia e nas ilhas Ocidentais. Sequer foram decretadas na minha jurisdição. Evidentemente, assim que assumir meu posto no ano que vem, farei de tudo em meu poder para regulamentá-las.

O que me leva ao meu segundo motivo. Como é de vosso conhecimento, sou um grande admirador de sua conduta no julgamento da bruxa Elspeth Reoch, em Kirkwall, em 1616, caso que chegou até mesmo aos nossos ouvidos. Como escrevi na época, apesar de a aclamação pública ter sido dirigida ao arrogante do Coltart, sei o quanto Vossa Senhoria o apoiou e que foi vossa prontidão a responsável por identificar o incidente logo nos primeiros indícios. É precisamente esse o ritmo necessário na Finamarca: homens que consigam seguir os ensinamentos do Tratado de Demonologia para "identificar, provar e executar aqueles que praticam a feitiçaria".

Deste modo, escrevo para lhe oferecer uma posição ao meu lado, para juntos derrotarmos os males daquele lugar. Muitos dos problemas advêm de um segmento da população local, endêmica aqui na Finamarca — uma comunidade nômade chamada de lapões. Eles são, de certa forma, parecidos com os ciganos, mas seus feitiços lidam com o vento e outras manifestações do clima. Como mencionei antes, a legislação contra a feitiçaria deles já foi promulgada, mas não é levada a termo de modo satisfatório.

Como nativo de Orkney, não preciso lhe explicar as peculiaridades do clima ou das estações em um lugar como esse. No entanto, alerto-o de que a situação é grave. Desde a tempestade de 1617 (deve lembrar-se de que foi noticiada até nos jornais de Edimburgo: eu mesmo estava no mar na época e ela foi sentida em lugares como Spitsbergen e Tromsø), as mulheres foram deixadas à própria mercê. A bárbara população lapã convive livremente com os brancos. Sua feitiçaria é grande parte do problema que devemos enfrentar. Os feitiços climáticos são procurados até mesmo pelos marinheiros. Mas creio que, junto a Vossa Senhoria e a um pequeno grupo de homens capazes e tementes a Deus, nós conseguiremos afastar a escuridão mesmo nas trevas sempre presentes do inverno. Até aqui, nos confins da civilização, as almas devem ser salvas.

Vossa Senhoria certamente receberá uma boa remuneração por vossos esforços. Pretendo instalar-vos em uma propriedade de bom tamanho em Vardø, próxima ao castelo que servirá de sede do meu governo. Depois de cinco anos aqui, eu lhe escreverei uma carta de recomendação adequada para qualquer empreitada que deseje assumir.

Talvez seja recomendável manter essa oferta em segredo: não tenho dúvidas de que Coltart a descobrirá, mas ele não é o tipo de homem de que preciso.

Pense bem a respeito, Sr. Cornet. Aguardarei ansiosamente pela sua resposta.

John Cunningham (Hans Køning)
Lensmann do condado de Vardøhus

5

Na época em que seu sobrinho nasce, o corpo de Maren está se tornando um fardo que ela carrega com esforço, dor e algo parecido com asco. Está faminto, desobediente. Quando ela se levanta, parece que há bolhas entre todos os ossos, que estouram nos seus ouvidos.

O luto não a alimenta, mas a deixa cheia. Elas não estavam prestando atenção a isso, mas, quando Kirsten Sørensdatter pede permissão para falar na *kirke*, cerca de seis meses depois da tempestade, Maren enfim se dá conta ao notar a pele flácida no maxilar da mulher, assim como as linhas das veias salientes nos braços de mamãe. Talvez as outras mulheres também percebam, pois endireitam o corpo curvado após ouvir o sermão e a observam com atenção.

— Nada vai mudar com mais espera — começa Kirsten, como se retomasse uma conversa, os pequenos olhos azuis sérios. — Nossos vizinhos têm sido bondosos conosco, mas sabemos muito bem que a bondade tem limite. Devemos começar a cuidar de nós mesmas. — Ela apruma o corpo: algo estala. — A neve já foi embora, temos o sol da meia-noite e quatro barcos preparados para o mar. É época de pesca. Precisamos de vinte mulheres, talvez dezesseis. Eu me incluo no grupo. — Ela olha ao redor.

Maren espera que alguma das outras, Sigfrid ou Toril, ou talvez até mesmo o pastor, diga alguma coisa, faça alguma objeção. Porém ele também está mais magro, e já não tinha muito peso de sobra para início de conversa. O que Kirsten diz faz sentido, não importa quão direta ela seja sobre o assunto. Maren ergue a mão junto com outras dez mulheres. Ao esticar o braço, ela sente o mesmo desamparo de quando se inclina sobre o vento e o sente diminuir de intensidade logo no instante em que consegue se equilibrar. Mamãe olha para ela, mas não diz nada.

— Mais ninguém? Essa tripulação só é suficiente para dois barcos — incita Kirsten. As mulheres baixam os olhos e se mexem irrequietas nos bancos.

•

Elas acharam que estava tudo decidido. Mas, apesar de o pastor não ter feito nenhuma objeção na *kirke*, Toril chega à reunião da quarta-feira seguinte com a notícia de que o pastor Kurtsson encontrou a própria voz e tinha escrito uma carta.

— Como ele é esperto — diz Kirsten, sem tirar os olhos do trabalho: está costurando um par de luvas de pele de foca, para ajudar a segurar firme nos remos, supõe Maren.

— Para o homem que vai assumir o comando de Vardøhus em breve — explica Toril, e até Kirsten se sobressalta e ergue o olhar.

— A fortaleza? Aqui? — pergunta Sigfrid, os olhos brilhantes de entusiasmo com a fofoca. — Tem certeza?

— Você conhece alguma outra? — retorquiu Toril, mas Maren compreende a razão da pergunta. A fortaleza está vazia desde que ela se entende por gente.

Ao lado de Maren, Diinna e mamãe também interromperam o trabalho. As três mulheres estavam recuperando uma antiga rede de pesca, repousada no colo de Diinna, debaixo do bebê Erik, preso a ela numa faixa de pano. Ela abaixa tanto a cabeça para perto dele que mais parece uma mãe pássaro alimentando o filhote.

É impossível esquecer a última vez que as três trabalharam juntas nos remendos, e a agulha parece guardar rancor. Maren pousa a mão sobre a costura fina, para não perder a linha. A mãe de Dag, Fru Olufs-datter, tinha colocado bancos ao longo das paredes da cozinha e as mulheres se sentam ali em volta como se estivessem agrupadas na proa de um barco quadrado. A luz do fogo na lareira faz o chão parecer instável.

— Teremos um *lensmann*, Hans Køning. Ele foi nomeado pelo rei Cristiano e fará grandes mudanças aqui, com novas regras sobre o comparecimento à *kirke*, foi o que o pastor Kurtsson me disse. — Toril olha diretamente para Diinna. — E ele pretende catequizar os lapões e levar a palavra de Deus a eles.

Diinna se mexe ao lado de Maren, mas sustenta o olhar de Toril.

— Ele não vai conseguir fazer nada com homens como Nils Kurtsson — diz Kirsten. — Aquele homem não conseguiria levar nem uma vaca até o pasto.

Diinna bufa e volta para a costura.

— O pastor Kurtsson me disse que o próximo sermão será para impedir vocês — continua Toril, olhando feio para o topo da cabeça de Diinna. — O *lensmann* não vai aceitar a pesca como algo apropriado.

— Ele não é nosso *lensmann* ainda. E decoro não enche barriga — retruca Kirsten. — Só peixes enchem. Não me importo nem um pouco com o que um escocês acha disso.

— Ele é escocês? — Sigfrid ergue as sobrancelhas de espanto. — Por que não escolheram um norueguês ou um dinamarquês?

— Ele serviu com a frota dinamarquesa por muitos anos — explica Kirsten, os olhos atentos à costura. — Expulsou os piratas de Spitsbergen. O próprio rei o escolheu e o designou para Vardøhus.

— Como você sabe disso? — indaga Toril.

Kirsten não olha para ela.

— Você não é a única que tem ouvidos por aqui, Toril. Eu converso com os marinheiros que atracam no nosso porto.

— Eu sei que conversa — diz Toril. — Isso não é nada apropriado.

Kirsten ignora a mulher.

— E seja lá o que for que o pastor Kurtsson decida balbuciar para nós no próximo sabá, eu não vou conseguir ouvir nada de estômago roncando.

Maren sufoca uma risada. Se qualquer pessoa além de Kirsten tivesse dado a ideia de sair com os barcos, elas não teriam dado ouvidos. Mas ela sempre foi daquele tipo de mulher teimosa e forte e, no dia de sabá, a boca cheia de apáticas advertências do pastor Kurtsson não é capaz de impedi-las. Ele ainda não recebera a resposta do *lensmann*, de modo que Kirsten insiste para que elas sigam em frente com o plano.

•

Na quarta-feira, em vez de irem à reunião, oito mulheres se encontram na beira do porto. Elas perderam algumas voluntárias depois da notícia sobre a carta para o *lensmann* e, no fim das contas, vão sair somente com um barco.

As mulheres estão vestidas com as peles de foca e os gorros dos seus homens, com as mãos desajeitadas dentro das luvas grossas, os remos mais altos que elas enquanto examinam o emaranhado de redes remendadas, tão incompreensíveis quanto o cabelo embaraçado que Maren tira do pente de espinha-de-peixe de mamãe todos os dias.

— Muito bem. — Kirsten bate palmas uma vez com as suas grandes mãos. — Precisamos de três redes aqui. Maren, você pode me ajudar?

Apesar de grandes, as mãos de Kirsten são mais habilidosas que as de Maren, cujos dedos ficam esfolados e presos na trama fina das redes. O dia está bonito, o céu está claro e com poucas nuvens, livre do frio enregelante com que conviveram durante tantos meses que gelava até os ossos.

Elas esticam as três redes pelo porto, e as outras mulheres as prendem no chão com pedras pretas e lisas. Em seguida, Kirsten pega uma de cada vez e mostra como dobrá-las de modo que possam ser abertas com facilidade.

— Como você sabe fazer isso? — pergunta Edne.

— Meu marido me ensinou.

— Para quê? — replica Edne, o choque evidente na voz aguda.

— E ainda bem que ensinou — retruca Kirsten. — Agora, a próxima.

Elas são vigiadas por todos os lados, por trás das janelas e ainda mais atentamente da porta da *kirke*. A silhueta esguia do pastor Kurtsson é ressaltada pelo brilho das velas e da cruz de madeira cintilando atrás dele. Estão sendo julgadas, e não de modo favorável.

Por fim, elas carregam as redes até o barco e sobem nele. Mamãe preparou uma refeição para Maren, como costumava fazer para Erik e papai, que consistia em pão folha com linhaça e uma tira de bacalhau seco da última pesca de papai. Ela contou esse detalhe a Maren com orgulho, como se aquilo fosse uma bênção e não o que Maren sentia: um presságio. Um odre de cerveja de mesa está seguro sobre seu peito.

Antes de subir no barco, Maren faz algo que vem evitando por meses e encara o mar, que bate na lateral do barco de Mads com tapinhas descuidados. *Ondas*, corrige Maren. O mar não tem dedos, nem mãos, nem sequer uma boca capaz de abrir e engolir tudo o que existe. Ele não presta atenção a ela: não se importa nem um pouco com a sua existência.

Ela apanha um dos remos e, com Edne do outro lado, começa a remar. Nenhuma das pessoas que observa a cena as encoraja ou se despede, e, assim que as mulheres se põem a caminho, elas lhes viram as costas.

Kirsten as emparelhou de acordo com o tamanho. Edne e Maren têm altura e idade aproximadas, embora Edne seja um pouco mais magra. Maren precisa moderar as remadas para acompanhá-la e, pelo balanço da viagem, ela percebe que as outras ainda não compreenderam a necessidade de fazer concessões e ajustes ao ritmo da parceira. Fazer esses cálculos a distrai tanto que Maren nem se importa que estejam se afastando cada vez mais da terra firme, que em breve chegarão à embocadura do porto e que logo adiante está o mar propriamente dito, repleto de baleias, focas e tempestades, e homens que se afogaram e nunca mais voltaram.

Seus braços começam a doer em poucos minutos. Embora nenhuma delas tenha uma vida ociosa, esse é um tipo diferente de movimento, esse curvar para a frente e esticar para trás, com todo o impacto nos ombros e nos braços, subindo pelo pescoço e descendo pelas costas, no banco duro sob as coxas. Os pássaros começam a revoar, mergulhando tão baixo em direção ao barco, que Edne solta um gritinho.

A respiração de Maren compõe uma canção para a remada, um arquejo que ela pode sentir descer pelos seus pulmões e trazer à tona o ar estagnado, com gosto de poeira. Seu cabelo está molhado de suor e de água do mar, que goteja nas suas costas por cima do casaco, o rosto já dormente, os lábios rachados ao redor do mau hálito. Não era à toa que os homens deixavam as barbas compridas: de rosto nu, ela se sente tão despreparada para o mar quanto um recém-nascido.

Elas chegam ao fim do porto e de repente se encontram em alto-mar. O vento sopra mais forte assim que saem da enseada, e algumas das mulheres gritam quando o barco se sacode nas ondas vigorosas.

— Primeira rede — ordena Kirsten, com a voz ainda firme.

Edne e Maren a desdobram enquanto as outras continuam a remar. Elas esticam a rede como se fossem arrumar uma cama com lençóis recém-lavados e a jogam ao mar. A rede se ajeita como um cobertor sobre as ondas e então afunda, presa à superfície por rolhas de cortiça dispostas a intervalos regulares. Elas a amarram ao barco com uma corda e jogam a outra rede do lado oposto.

— Soltar âncora — ordena Kirsten.

Magda e Britta a arremessam ao mar e deixam que o metal pesado afunde. Os homens soltariam toda a extensão da âncora e remariam para ainda mais longe, mas elas se sentem relutantes em navegar para além da elevação da ilha de Hornøya. A dor nos braços de Maren se transformou em dormência, e ela se esforça bastante para não olhar para o monte de pedras que se eleva a cerca de trinta metros dali.

Com o barco atracado e as redes ao mar, algo similar à alegria toma conta das mulheres. Magda ri dos pássaros que arremetem acima das suas cabeças e a risada provoca um eco nos lábios da própria Maren. Elas se calam logo em seguida, mas o clima no barco mudou. As mulheres se recostam nas curvas do barco e partilham as refeições. As nuvens se afastam um pouco e, apesar de não sentir o seu calor, o sol começa a queimar a pele do nariz de Maren. Ela se sente cansada e feliz, e esquece completamente a baleia.

Depois de mais ou menos uma hora, uma sombra cobre o sol, as nuvens começam a se mover com rapidez e a maré fica mais cheia de novo. Um silêncio desagradável recai sobre elas, mas não há nada que possam fazer além de esperar. Spitsbergen, onde Kirsten disse que o *lensmann* lutou contra os piratas, fica além do horizonte cintilante de neve. Talvez elas consigam ver até o fim do mundo dali.

— As redes — incita Kirsten. — Agora.

Maren sabe que deu certo no momento em que elas começam a puxar. A rede está pesada e força os braços doloridos, mas, assim que a primeira leva de peixes saltitantes começa a emergir da superfície de água verde, as mulheres soltam gritos de alegria das gargantas roucas. Ao puxar com mais força e rapidez, elas logo derramam metade do conteúdo da rede no fundo do barco.

Além de *skrei* e de outros peixes brancos adequados para o preparo de *tørrfisk*, há arenques brilhantes e prateados como uma agulha e salmões que se agitam sem parar até que Kirsten apanhe um por um e bata com suas cabeças na lateral do barco. Edne se encolhe com a visão, mas Maren comemora junto com as outras. A outra rede está quase tão cheia quanto a primeira: um cantarilho vermelho solitário se debate desajeitadamente entre os bacalhaus. Maren ergue o peixe quase com carinho e o segura com firmeza pela cauda. O estalo da cabeça na madeira do barco a faz sentir um arrepio na barriga vazia.

— Muito bem — elogia Kirsten, com a mão no seu ombro e, por um instante, Maren acha que ela vai sujar as suas bochechas de sangue como um homem depois de uma caçada.

Há luz suficiente para mais uma rodada de pesca, mas as mulheres não querem abusar da sorte. Elas viram o barco na direção de casa e agora estão de frente para o mar aberto, interrompido apenas pela ilha de Hornøya e seu monte de pedras empilhadas. Edne reza baixinho e Maren fecha os olhos, respirando fundo e sentindo o arrastar do remo.

A remada para casa parece rápida; elas encontram o ritmo uma da outra com mais facilidade, como uma melodia que conhecem bem. Não há ninguém esperando por elas quando se aproximam da costa. Kirsten desce do barco para atracar, e Maren fica olhando para as águas escuras e pensando que talvez a baleia estivesse perseguindo-as durante todo aquele tempo e que agora se ergueria para partir o barco ao meio com suas costas.

Porém, logo ela recebe ajuda para saltar para a beira do porto, o chão parecendo instável sob os seus pés. A terra havia se tornado estranha depois de apenas metade de um dia ao mar: Maren se pergunta como os marinheiros conseguem suportar a volta à terra firme. As outras mulheres, com Toril na dianteira, começam a aparecer quando elas despejam a pesca nas tinas. Há uma comemoração contida conforme elas esvaziam as redes, e Maren mal pode acreditar na quantidade de peixes.

— Deus provê — diz Toril, embora a dor nos braços de Maren lhe indique que não foi Deus, mas sim as mulheres que providenciaram aquela pesca.

Mamãe chega ao porto como uma inválida, apoiada em Diinna, e Maren vê a touca do bebê Erik sobre o seu ombro. Diinna está de lábios franzidos. Ela não gosta de ficar sozinha com mamãe: mamãe tem andado distraída demais nos últimos tempos. Atrapalha mais que ajuda e realiza as tarefas domésticas de forma errada, cerze meias que já foram remendadas e deixa as jarras sem tampa, o que faz o conteúdo estragar. Diinna preferiria ir junto com o barco a ficar em casa com o filho e mamãe, Maren pode apostar nisso.

Ela ajuda a separar os peixes e, além da sua porção regular, Kirsten dá a Maren o cantarilho que ela matou. Pensa em contar à mamãe o que fez, mas a mãe encolhe o corpo e se afasta do peixe e dela, dizendo:

— Seu rosto está sujo de sangue.

Em seguida, ela se vira e segue Diinna, carregando a parte delas da pesca, de volta para casa, deixando que Maren limpe sozinha a mancha na bochecha.

Quando volta para casa, Maren deixa que Diinna a ajude a preparar todos os peixes, exceto o cantarilho. Ela limpa as escamas sozinha, abre um corte da cabeça esmagada até a cauda estreita e retira as entranhas. Separa as vísceras ao lado da tábua e não deixa que Diinna as jogue fora: são azuis, vermelhas e translúcidas. Em vez disso, ela as atira ao fogo e observa enquanto fervem e se dissolvem.

Maren usa as pinças de presa de morsa de papai para tirar até as espinhas mais finas do peixe e, assim que termina, ela o cozinha imediatamente, embora ficasse mais gostoso defumado. Quer comê-lo agora, o mais fresco possível, enquanto ainda consegue se lembrar da sensação de segurar o peixe vivo na palma da mão.

Mamãe a observa deitada na cama, com a cara fechada de desaprovação. Ela se recusa a comer o peixe, não come nada naquela noite. Não pergunta a Maren como foi no barco, nem diz a ela que está orgulhosa. Vira de costas na cama e finge que está dormindo.

Maren sonha, como sempre, com a baleia. Ela sente o gosto de sal na boca e os braços doloridos pelo esforço. Mas a baleia está nadando, não encalhada, e, apesar de ser preta e ter cinco barbatanas, ela não sente medo. Estica a mão para tocá-la, e o animal está quente como sangue.

6

Os meses seguintes são ao mesmo tempo nítidos e sem forma. Não há mais discussão sobre se devem ou não ir para o mar: elas simplesmente vão, toda semana. Mais mulheres se juntam a elas, e logo três barcos saem com regularidade, mesmo quando as estações mudam e a escuridão começa a se acumular pelos cantos do céu, como sombras nas vigas de uma casa imponente.

O pastor Kurtsson observa tudo dos degraus estreitos da *kirke* e prega sermões cada vez mais inflamados sobre os méritos da obediência à religião e aos seus servos. Mas, mesmo com o crescente fervor do pastor, Maren sente uma mudança, uma reviravolta entre as mulheres. Algo sombrio vem crescendo, e ela o pressente dentro de si mesma também. Está cada vez menos interessada no que ele tem a dizer e mais absorta no seu trabalho: pescar, cortar lenha, cultivar os campos. Na *kirke*, ela percebe que está à deriva, como um barco sem ancoragem, e sua mente está lá longe no mar aberto com os remos nas mãos e a dor nos braços.

Ela não é a única a perder o interesse nos costumes da *kirke*. Durante as reuniões das quartas-feiras, Fru Olufsdatter pergunta a Diinna sobre o costume sámi de aromatizar água fresca e pede a ajuda de Kirsten para confeccionar figuras feitas de ossos para marcar os túmulos do marido e do filho. Quando Maren visita os túmulos de papai e Erik, ela encontra runas de pedra mal esculpidas dispostas na forma de uma trilha entre a terra batida. Mais de uma vez, ela encontra uma pele de raposa no promontório, com a carne deixada no ponto mais elevado do monte. Recordações, amuletos: ela se lembra dessas coisas dos tempos de infância.

Maren observa as mulheres durante o culto, perguntando-se quem capturou a raposa e a sangrou. Quem arrancou a pele da sua carne e deixou o animal oco, preso pelas pedras, como uma oferenda ao vento. Ela pergunta a Diinna o que significa uma raposa esfolada e Diinna ergue as sobrancelhas e dá de ombros. Mas, seja lá o que for que esperam conseguir com aquilo, a verdade é que as mulheres de Vardø estão voltando aos costumes antigos, em busca de algo palpável.

Toril não deve saber o que anda acontecendo, ou já teria contado ao pastor. Ela e suas "beatas", como Kirsten as chama, passam cada vez mais tempo na *kirke* à medida que o inverno se aproxima e cai sobre elas, expiando os pecados que tiraram os maridos das suas casas.

A divisão continua crescendo, tão certa quanto uma rachadura na parede, cutucada por dedos incessantes e alisada de leve pelas barrigas cheias de comida. No entanto, elas continuam aqui, Maren lembra a si mesma. Continuam vivas. Elas têm um sistema — se precisam de peles, procuram por Kirsten e trocam por peixe seco ou alguma costura, que, por sua vez, é trocado com Toril por linhas feitas de tripas ou musgo fresco das montanhas baixas, para onde ela se recusa a ir por ser uma região cheia de sámis e pela fama de ter sido um local de reunião de bruxas. Todas têm suas habilidades e utilidades, entrelaçadas e construídas como uma escada improvisada, um degrau sobre o outro.

— Podemos dizer que tivemos sucesso — diz Kirsten certa quarta-feira. — O que os nossos maridos achariam disso?

— Nada de bom — responde Sigfrid. Ela tomou o lado de Toril por completo, mas não suporta perder as fofocas das reuniões. — O pastor Kurtsson diz que...

— O pastor Kurtsson já preparou o sermão da véspera de Natal? — indagou Kirsten.

— Imagino que sim — responde Sigfrid.

— Eu gostaria de dizer algumas palavras — diz Kirsten. — Sobre a tempestade. Acho que muitas de nós gostariam. Já está na hora. Eu estou pronta.

Maren dá uma olhada no aposento. Não encontra nenhuma candidata provável. Ela não tem palavras para descrever a tempestade, mesmo depois de um ano. Todas elas contam a história do mesmo jeito agora; foi passada adiante por muitas línguas até que as partes mais difíceis e ásperas ficassem tão lisas quanto o vidro do mar.

— Maren? — Kirsten está olhando para ela, em busca de apoio. Mas Maren não pode fazer nada por ela, que tampouco recebe apoio de Edne ou de Fru Olufsdatter.

As outras mulheres devem sentir, assim como Maren, certo conforto naquilo, em terem a mesma visão da extensão plana da enseada: é como se tivessem se enfileirado atrás de uma luneta e fechado um dos olhos de cada vez para observar a cena sob as mesmas lentes. *A tempestade chegou do nada.* Um estalar de dedos. Ela não consegue lembrar quem foi a primeira a fazer esse gesto: pode ter sido Toril, ou quem sabe Kirsten. Pode até ter sido ela mesma. Elas concordam em contar a história assim, com esse estalar de dedos, como se tivesse sido por acaso, embora seja uma espécie de covardia. Maren tem certeza de que as outras mulheres a desprezam por causa disso, assim como ela as despreza. Elas colocam uma venda sobre os olhos e outra sobre a boca, para que não tenham que se lembrar de fato. De como os barcos estavam no mar em um instante e, no seguinte, desapareceram.

Maren olha para a janela. A escuridão implacável tem um toque de cinza: uma neblina que desce do norte. Elas chegam de súbito, engolindo tudo, um frio úmido que entra debaixo das saias, penetra pelas meias, transforma a terra familiar em desconhecida. Lá fora, depois da última fileira de casas, se encontra o porto. Ela observa o mar ainda mais atentamente agora — está aprendendo a não se afetar tanto por ele, com as expedições de pesca semanais. Porém, com a proximidade do aniversário da tempestade, ela descobre que não tem a menor vontade de refletir sobre o que o mar tirou delas, muito menos de falar disso na *kirke*.

Maren sente que Kirsten fica decepcionada e vai ao seu encontro assim que Fru Olufsdatter diminui as luzes das lamparinas e diz a elas que já é hora de irem embora.

— Sinto muito — diz ela, tocando o ombro de Kirsten. — Tenho certeza de que o pastor deixará você discursar.

— Não preciso da permissão dele — diz Kirsten, semicerrando os olhos azuis. — Vou pensar no que vou fazer.

•

Kirsten não discursa na véspera de Natal, embora Maren fosse gostar de que ela o tivesse feito. O sermão do pastor Kurtsson é cheio de clichês, uma vaga repetição das palavras que dissera no enterro dos seus maridos e filhos. Maren não encontra nenhum conforto nelas, nada a respeito dos homens que perderam, nada a respeito das mulheres mudadas que ficaram para trás. Quantas vezes ela desejou que papai e Erik ainda estivessem vivos? O pastor Kurtsson jamais seria capaz de compreender. Nenhum homem poderia entender aquilo.

Enquanto observa o pastor se curvar até a prateleira sob o púlpito e tirar dali uma carta adornada por um selo e uma borla, Maren se dá conta de que, de certa maneira, odeia aquele homem: a fraqueza, o poder que detém sobre elas. As palestras constantes sobre a misericórdia de Deus, quando é evidente para Maren que essas graças divinas não chegam até aqueles lados lá do norte. Será que Ele a vê, será que está na sua cabeça enquanto ela tem tais pensamentos? Ela prende a respiração e procura dentro da mente, como se pudesse sentir Deus ali.

— Esta carta chegou ontem — diz o pastor, desdobrando o pergaminho. O selo é tão pesado que quase dobra o papel ao meio, e o pastor Kurtsson é obrigado a segurá-lo diante de si, de forma que oculta o seu rosto da visão das mulheres. — Nosso *lensmann* assumirá o posto em Vardøhus em breve, de onde governará todo o condado da Finamarca.

Toril se mexe no banco e passa os olhos pela *kirke* como se quisesse se certificar de que todas percebessem que foi ela quem lhes deu a notícia primeiro.

— Além disso, vocês... — continua o pastor Kurtsson. — Quer dizer, nós teremos um comissário vivendo aqui conosco. Ele será nomeado pelo *lensmann* para supervisionar a cidade mais de perto.

— Mas, pastor Kurtsson — indaga Kirsten —, não seria essa a função do nosso pastor, a vossa pessoa?

— É verdade que ele poderá nos auxiliar nas questões espirituais — retoma o pastor Kurtsson, fechando a cara com a interrupção. — Mas eu continuarei sendo o pastor de todas vocês.

— Louvado seja — diz Kirsten, animada demais para que o pastor possa fazer algo além de olhar para ela de modo sério.

Depois que a carta volta a ser dobrada e as beatas se ajoelham para se desfazerem em orações, Kirsten e Maren se demoram na frente da *kirke*. A noite está tão escura que elas são obrigadas a ficar grudadas uma na outra, como animais que pressionam os corpos juntos para trocar calor. Kirsten tem uma expressão soturna no olhar.

— Um comissário — repete ela. — Mas nenhuma menção a respeito das suas atribuições.

— Talvez ele assuma o papel de governador, como em Alta — sugere Maren.

— Num lugar tão pequeno? — pergunta Kirsten. — A população de Alta é muito maior que a daqui. Para que nós precisamos de um supervisor, ainda mais quando o *lensmann* Cunningham logo estará na fortaleza?

Elas olham instintivamente na direção de Vardøhus, embora a neblina esteja tão densa que faça os olhos de Maren arderem. Kirsten volta o olhar para ela, refletindo.

— Quer ir lá para casa? Tenho cerveja e queijo.

Maren adoraria ver o que Kirsten fez com a casa de Mads Petersson. Por muitas vezes, ela imaginou como Kirsten conseguia viver lá, sem a ajuda de fazendeiros, e gostaria muito de ver as renas. Mas mamãe estará em casa, chorando por causa de papai, então ela recusa o convite.

— Obrigada, mas tenho de voltar para casa.

Kirsten acena com a cabeça.

— Ele escolheu nos contar sobre o comissário justo no dia de hoje. Será que significa alguma coisa?

Maren pisca os olhos, surpresa.

— Nunca imaginei que você fosse supersticiosa.

— Estou só me perguntando se isso será o começo de algo.

— Talvez seja o fim — diz Maren, incomodada com o seu tom de voz. — Um círculo que se fecha.

— Círculos não têm fim — refuta Kirsten, que se apruma de repente. — Vejo você amanhã.

Elas se afastam e adentram a neblina, que engole tudo. As casas estão silenciosas enquanto Maren caminha da *kirke*, passando pela casa de Fru Olufsdatter, depois pela de Toril, até os arredores da vila, onde a luz da lareira da sua casa brilha debilmente através das janelas de ripas, dispersada em um branco espectral pela neblina.

Maren tem vontade de seguir em frente, passar pela casa vazia de Baar Ragnvalsson e ir até o promontório. Ela se esforça para pousar a mão na porta de casa, para abrir caminho até o calor nauseante. Mamãe está reavivando o fogo, cutucando um pedaço de pele ressecada no canto da boca, e Diinna está sentada com Erik junto ao peito.

— Eu contei a ela — diz mamãe, sem erguer o olhar. — Sobre o comissário.

— O que você acha disso? — pergunta Maren.

— Nada demais. — Diinna está esfregando as gengivas de Erik com pasta de cravo. A baba cai abundante de sua boca, vermelha sob a luz do fogo. Maren gostaria de sacudi-la pelos ombros. Ela sente falta das conversas que as duas costumavam ter. Achou que o nascimento de Erik compensaria o luto de Diinna pelo marido, mas ela anda mais calada do que nunca.

— Pelo menos vai ser uma pessoa nova — sugere ela. — Mais alguém para ajudar.

A língua de mamãe estala nos lábios rachados, e então elas ficam em meio ao silêncio que marca todas as suas noites, e não falam mais nada sobre o comissário.

Elas imaginam que o comissário será como o pastor, terá tão pouco impacto nas suas vidas quanto a neve que cai sobre o mar. Imaginam que tudo continuará igual, e que o pior já passou. Imaginam todo tipo de coisas tolas e inconsequentes, e estão erradas em todos os aspectos.

15 de janeiro de 1619.

Ao estimado comissário de Vardøhus, Sr. Cornet,

Feliz Ano-Novo! Agradeço-lhe a carta de 19 de outubro. Fico muito animado por tê-la recebido tão rápido. Nunca se sabe quanto tempo os barcos levarão até aqui.

Fico feliz por ter aceitado o cargo, e o encorajo a não se demorar. Informarei ao rei Cristiano vossa anuência — disponho de sua atenção e o senhor pode ter certeza de que falarei a vosso respeito com Sua Majestade. O pastor de Vardø já foi notificado e se encarregará de todos os preparativos para vossa chegada. Grandes façanhas o aguardam aqui, e espero que juntos possamos fazer com que o Senhor estime ainda mais a nós, os escoceses.

Anexo à carta uma passagem para Bergen, de onde Vossa Senhoria poderá seguir por Trøndheim até Vardø. Creio que a viagem não lhe será muito árdua.

Vossa ideia sobre tomar uma esposa norueguesa é muito boa, embora eu o aconselhe a não esperar chegar tão ao norte. Bergen terá uma boa cota de jovens desejosas por um marido de tal posição. Faça uso de seu título e da soma de dinheiro anexada para trazer alguém para aquecer vossa cama. Quem sabe alguém que saiba cantar? Precisaremos de um pouco de diversão.

Mande lembranças a Coltart, a quem eu não podia imaginar que lia suas cartas. Não haverá nada do tipo por aqui.

Venha em segurança e com rapidez,

Hans Køning
Lensmann do condado de Vardøhus

Bergen, Hordaland,
sudoeste da Noruega
1619

7

Siv tinha acendido as lareiras na sala de estar e pendurado as melhores cortinas, então Ursa sabe que ou houve uma morte ou haverá um casamento em breve.

— Ou quem sabe um cavalheiro venha nos visitar? — indaga Agnete depois que Ursa volta com a última jarra de água morna e a informação. — Ou uma atriz? — Agnete apenas recentemente descobriu a existência de atrizes, depois que seu pai providenciou a travessia de uma trupe de teatro a caminho de Edimburgo em um dos navios que lhe restou.

— Sendo assim, o cavalheiro ou estará morto ou virá se casar com uma de nós duas — diz Ursa, despejando a água morna na banheira. — O mesmo vale para a atriz, mas, nesse caso, ela virá para se casar com o pai.

Agnete ri e em seguida contrai o corpo de dor. Ursa pode ouvir o chiado dos fluidos que se acumulam nos seus pulmões.

— Calma, eu não devia ter deixado você empolgada. — Ela ajuda Agnete a se recostar nos travesseiros. Sua perna se arrasta pela cama, e Ursa alisa os lençóis. — Siv não vai me perdoar. Pronto.

Ela pousa a mão na pequena testa de Agnete, inclina a garota sobre a tigela esmaltada. Sob suas mãos, os pulmões da irmã chiam quando ela cospe. Ursa cobre a tigela sem olhar, contrariando as ordens de Siv:

ela sabe qual será a coloração do cuspe pela respiração pesada que ouviu durante toda a noite.

Quando Agnete termina, ela a ajuda a despir a camisola. A roupa tem cheiro de suor azedo e doença tão comum a Agnete, que Ursa mal o nota, a não ser quando o aroma limpo e intenso da água aromatizada de lavanda enche o ar. Ela ajuda Agnete a entrar na banheira, erguendo de leve sua perna ruim sobre a beirada, projetada em concha especialmente para esse propósito.

A irmã ainda é magra como uma criança, com a cintura e os quadris retos de menina, embora Ursa já tivesse o corpo de mulher quase completamente formado quando tinha 13 anos. Os médicos, que a visitam todos os meses, sempre tiram as suas medidas, mas eles não a veem nua como Ursa, as superfícies planas onde seu corpo angular deveria ter volume, a perna ruim enrugada como uma fruta velha.

— Decerto não sobrou mais ninguém para morrer — diz Agnete depois que Ursa coloca a barra de metal sobre a banheira para que ela se apoie enquanto se ensaboa. — Então só pode ser um casamento.

Ursa também pensara isso e espera que Agnete não ouça as batidas aceleradas e cheias de dor do seu coração.

— Você não acha, Ursa? O pai encontrou alguém para se casar com você! — Sua voz é vívida e ecoa como o som de um sino. Apesar da diferença de sete anos entre as duas, Ursa muitas vezes acha que Agnete consegue sentir o mesmo que ela, como dizem ser comum com irmãos gêmeos. Naquele momento, Agnete aperta a mão ensaboada no peito nu, no ponto exato onde Ursa sente a dor no coração.

— Pode ser.

Isso significa que Agnete vai ficar sozinha naquela casa, confinada principalmente no andar de cima, com apenas Siv para tomar conta dela. O pai raramente vem visitá-las, a não ser para dar boa-noite. Mesmo que o pretendente de Ursa seja de Bergen, Agnete terá que aprender a dormir sozinha naquele quarto e a passar os dias tendo apenas a si mesma como companhia. Mas Agnete não diz nada disso e apenas acena para que Ursa despeje a jarra de água em sua cabeça.

Depois que Agnete sai do banho, se seca e veste uma camisola limpa, ela faz Ursa parar de pentear o seu cabelo e pede:

— Venha aqui, me deixe fazer uma trança em você. Siv sempre faz um penteado muito sério.

Suas mãos são suaves conforme ela enrola e retorce o cabelo de Ursa em uma trança comprida que se une atrás de sua cabeça, curvando sobre a nuca e prendendo atrás das orelhas. Em seguida, Agnete olha para ela com tanto orgulho que Ursa fica constrangida.

Siv olha de cara feia para o penteado quando chega para ajudar Ursa a se vestir: ela é a mais ortodoxa das luteranas e só veste marrom, além de um quadrado de tecido branco engomado sobre os cabelos grisalhos. Franze o nariz enquanto põe de lado a roupa de algodão rosa-claro que Ursa iria vestir e vai até o armário pesado que elas costumavam dividir com a mãe.

É feito de cerejeira, cuja madeira foi removida de um barco vindo da Nova Inglaterra e envernizada com um tom de marrom-escuro que tira toda a cor do móvel: muito similar ao efeito que as roupas de Siv têm sobre ela. Porém, nas dobradiças e nos nós dos pés esculpidos e desgastados pelo uso, a madeira é de um belo vermelho profundo.

Siv pega o vestido preferido da mãe: amarelo de mangas bufantes.

— Seu pai quer que você vista este aqui — diz ela, relutante. — Você vai ser apresentada a um cavalheiro.

— Um cavalheiro! — Agnete se apoia nos travesseiros e junta as mãos em expectativa. — E com o vestido da mãe, Ursa. Estou com tanta inveja de você que poderia cuspir.

— Nem a inveja nem tampouco saber cuspir são virtudes, Agnete.

— Quem é o cavalheiro, Siv? — pergunta Ursa.

— Não sei, mas sei que é um bom cristão. Seu pai achou apropriado me dizer isso. Ele não é nenhum papista.

Agnete revira os olhos quando Siv se vira para abrir os botões das dobras de seda do vestido.

— Você descobriu alguma coisa que importe, Siv?

— Não consigo pensar em nada mais importante que isso.

— Ah, mas ele é alto, ou rico, ou barbudo?

Siv franze os lábios.

— Acho que vai ficar um pouco pequeno, mas não tenho tempo para fazer ajustes. — Ela acena para que Ursa se agache e ergue o vestido por cima da sua cabeça.

Ursa aguarda em meio à escuridão farfalhante das saias enquanto as mãos de Siv tateiam o tecido, sem fazer nenhum movimento para ajudá-la. Ela respira fundo, esperando que o aroma de lilases da mãe chegue até ela no escuro. Mas só sente cheiro de poeira.

•

A porta da sala de estar está aberta quando ela é chamada, a luz da lareira brilhando no tapete do corredor. Elas o ouviram chegar, correram até a janela para espiar e viram um chapéu preto de abas largas postado sob o parapeito, que o homem retirou a tempo de a porta se abrir e a cabeça desaparecer em meio às sombras. Agnete aperta a mão de Ursa.

— Lembre-se de tudo.

O corrimão está bastante liso e tem um cheiro enjoativo de cera de abelha que Siv não esfregou completamente. Ela espera que eles não tenham de se tocar. É claro que não. Mas, mesmo assim, Ursa o imagina esticando o braço para pegar a sua mão e deslizando direto, ensebado pela cera. Ele ainda não tem rosto, e ela se dá conta de que em breve terá. Assim como um corpo, uma voz e um cheiro.

É a primeira vez que ela conhece um pretendente e gostaria que o pai tivesse lhe contado algo a seu respeito, ou sobre como o conheceu, ou até mesmo se já é um conhecido. Quem sabe não é Herr Kasperson, o assistente do pai, com suas bochechas rosadas e o sorriso tímido. Ele tem 25 anos, somente cinco anos mais velho que Ursa. Ela acha que poderia gostar de um homem como ele, embora o rapaz tenha o estranho hábito de esfregar os lábios com o polegar, o que o faz parecer desonesto. Poderia pedir a ele que parasse com aquilo se fossem se casar. Ele parece ser o tipo de homem que daria ouvidos à esposa.

Os degraus rangem. Ela ergue o olhar para a porta entreaberta do quarto, imagina Agnete ouvindo atentamente, prendendo a respiração.

Ursa acendeu todas as velas que encontrou antes de descer, mas ainda assim Agnete fora engolida pela penumbra. O inverno tem sido rigoroso, alongando-se primavera adentro e mantendo as janelas fechadas pela neve. Mas o fato é que os cantos desta casa são sempre escuros, mesmo durante o verão, com as cortinas todas abertas e a luz entrando com tanta claridade que faz Ursa espirrar. Talvez ela nunca mais passasse outra estação naquela casa. Será que sentiria falta dela, ou somente das pessoas que moravam ali?

Ela dá as costas para a escada e apruma os ombros. É estranho andar com os estreitos sapatos de seda e o peso do vestido da mãe escorregando dos ombros.

Vozes graves bruxuleiam com a luz da lareira. A voz que responde ao pai não pertence a Herr Kasperson, nem a ninguém que ela conhece. Enquanto se prepara para entrar na sala, ela se dá conta de que a voz não pertence nem ao menos a um norueguês. *Inglês*, ela percebe, trazendo essa informação à tona do lugar pequeno e doloroso onde guarda as memórias da mãe. A mãe não sabia ler nem escrever, mas, como filha de um comerciante, aprendera a falar inglês bastante bem e passara o conhecimento a Ursa e Agnete. Elas costumavam falar o idioma durante o jantar, praticando a pronúncia até que ficasse perfeita e com pouco sotaque. Ursa estala a língua duas vezes e atravessa o umbral da porta.

O pretendente é alto como o pai, e mais largo que qualquer homem que ela conheça. Ele faz uma mesura quando o pai pousa a mão firme nas suas costas e a guia sala adentro, de modo que ela não vê seu rosto antes de se sentar.

Os homens estavam sentados um ao lado do outro nas poltronas de veludo vermelho e braços entalhados, e ela se acomoda em frente a eles na poltrona sem braços, tomando o cuidado de manter as costas eretas e as mãos cruzadas sobre o colo.

— Ursula. Você recebeu o nome da santa, eu suponho. — Por causa de seu sotaque, ela precisa prestar atenção a cada palavra para conseguir entender, apesar de ele não falar rápido. Pelo contrário, ele fala devagar demais, o que distorce as palavras. O homem está virado na cadeira, enviesado na direção do fogo e do seu pai. Sua voz é grave e chiada. Ela sente um rubor subir pela garganta.

O pai inclina a cabeça. Quer dizer que ela deve responder, embora o tom de voz dele não tenha sugerido uma pergunta.

— Sim, senhor. E da constelação.

— Constelação?

O pai tosse, sem graça.

— Ursula, esse é Herr Cornet.

— Comissário Cornet — corrige o homem. — Absalom.

Ela demora um instante para entender que aquele deve ser seu nome de batismo, pois ele o pronuncia como se fosse uma aleluia ou um *Amém*. Ursa olha para ele com coragem renovada.

Ele é alto e tem olhos escuros. Ela não sabe dizer quantos anos tem: não é tão jovem como Herr Kasperson nem de longe tão velho como o pai. É bonito à sua maneira. As roupas sóbrias e bem-cortadas não conseguem esconder o excesso de peso na região da cintura, embora ele não tenha tanto quanto ela. Ursa observa seu perfil, a imponência do maxilar e da testa refinada pelo nariz reto e pelos cabelos castanhos e levemente ondulados.

— O comissário Cornet veio da Escócia — explica o pai. — Ele vai assumir um cargo de muito prestígio em Vardøhus.

— Fui nomeado pelo próprio John Cunningham, sob as ordens diretas de Sua Majestade — completa Cornet, com orgulho. Ela nunca ouviu falar de nenhum John Cunningham, nem de Vardøhus. — E estou em busca de uma esposa.

Ela demora um minuto antes de perceber que aquele é o pedido de casamento.

— Esposa de um comissário — exclama o pai, alegremente. — Ursula?

Ela pode ouvir a pergunta em sua voz, sabe que deveria erguer o olhar e sorrir, garantir a ele que também se sentia feliz. Ela se recompõe, baixa os olhos para o colo. Os nós dos seus dedos estão brancos.

— Vamos providenciar tudo imediatamente.

Os homens conversam entre si, o pai indagando sobre o posto de comissário, Cornet perguntando se é verdade que não existem árvores lá no norte. A travessia será feita em um dos navios do pai, e Ursa ouve um zumbido crescente nos ouvidos. Siv apertou demais o vestido, e ela não consegue respirar direito. Pensa em Agnete, em sua respiração úmida. Norte. Ursa jamais adivinharia que o casamento a levaria para tão longe. Ela imagina o gelo e a escuridão. Por fim, o pai parece se lembrar da sua presença ali e a dispensa. Ursa se levanta tão rápido que fica tonta e sai da sala aos tropeços.

A esposa de um comissário. Ela sabe que não poderia desejar melhor sorte, mas ainda assim sente a pele arrepiada de nervosismo. Desde a morte da mãe, o pai tem tomado apenas decisões ruins: ela entende o motivo da demissão de todos os assistentes, exceto Herr Kasperson; da dispensa de todos os criados, exceto Siv; das visitas dos médicos reduzidas de semanais para mensais. Pode distinguir a razão de a sala de estar ficar sempre fechada para todos, exceto para as visitas mais importantes e para o Natal, dos ombros curvados do pai e do seu hálito de cerveja. Esse é um bom casamento, e é bem possível que traga uma boa quantia de dinheiro.

Ela passa pelo cabideiro e se inclina sobre o casaco de Cornet. O tecido cheira a folhas molhadas, e ela sente uma comichão nos dedos na direção dos bolsos, mas não pode suportar a ideia de tocar neles.

Ursa dispara escada acima, subindo os degraus muito depressa e fazendo barulho. Agnete se assusta quando Ursa fecha a porta do quarto e começa imediatamente a desabotoar o vestido.

— Qual o problema? Ele é muito feio?

Ursa precisa tirar o vestido, não consegue respirar dentro dele. Ela está crescendo em meio ao tecido, ou o tecido está encolhendo, e sua cabeça está presa pelo penteado e ela precisa se livrar de tudo aquilo: da trança cuidadosa da irmã, do vestido da mãe falecida. Como foi que ele veio parar aqui? Como foi que ele a encontrou, nesta casa silenciosa em uma rua agitada de Bergen?

— Você pode me ajudar?

Ela se senta ao lado de Agnete na cama, e a irmã se ergue com dificuldade, tateia os fechos, mas o vestido está muito apertado na cintura.

— Temos de chamar Siv.

Ursa se sente enjoada com o tecido apertado ao redor do corpo. Ela vai até a janela, esperando vê-lo ir embora. Seu coração bate tão alto quanto um relógio.

— Ursa? O que foi que aconteceu?

A porta se abre e seu pretendente sai para a rua, sem chamar uma carruagem. Ela observa a cabeça encimada pelo chapéu preto se perder em meio a todas as outras cabeças de chapéus pretos.

— Ursa?

Absalom Cornet. Soa menos como uma oração, e mais como uma sentença de morte.

8

Ursa espera acordar se sentindo diferente, mas não há nada de especial no dia seguinte. Siv acorda as irmãs cedo como de costume, abrindo as cortinas, apesar de a luz se infiltrar por elas desde que trocaram o tecido por um algodão mais barato. Ursa se lembra das cortinas de um belo veludo azul com que havia crescido, escondendo-se nas dobras longas do tecido enquanto a mãe se sentava à penteadeira, escovando os espessos cabelos loiros que ambas as filhas herdaram. Mas tiveram que vendê-las cinco anos atrás, junto com a penteadeira e os pentes de cabo de prata, quando o pai fez outro dos seus maus investimentos. Esse cômodo, que servia como quarto de vestir da mãe, agora funciona como quarto das duas irmãs, e o andar de cima foi fechado.

— Não faz sentido com Agnete do jeito que está — disse o pai a ela quando Ursa reclamou de ter de sair do quarto maior. — Todas aquelas escadas. Além disso, custa muito manter as lareiras acesas e toda a mobília guardada naqueles cômodos vazios. Vou vender grande parte dela, embora talvez alugue o andar.

Ursa está grata pelo fato de o inquilino ainda não ter se materializado. Ela não quer um estranho dormindo na casa deles. E agora nunca mais terá de se preocupar com isso, pois logo dormirá ao lado de um estranho em sua própria casa. Quando ela pensa nisso, suas mãos começam a tremer. Ela espera que Absalom Cornet não continue sendo um desconhecido por muito tempo.

Siv põe uma bandeja de café da manhã diante de Agnete. É a mesma bandeja de prata em que serviu o chá no dia anterior, e Ursa sorri para ela, reconhecendo seu esforço. Agnete tivera mais uma noite ruim, e os lençóis estão enrolados ao redor das suas pernas. Ursa os alisa e ajuda a irmã a se sentar na cama enquanto Siv limpa a tigela de cuspe com uma expressão de preocupação.

— Mais uma dose dos vapores depois do café da manhã, creio eu.

— Não, por favor, Siv — implora Agnete, com a voz grossa, o peito chiando. — Eu estou bem, é sério.

— O nariz dela ainda está ferido da última vez — explica Ursa. — Não podemos deixar para outro dia?

— Recebemos ordens médicas — diz Siv. — Você sabe que isso a ajuda.

— Mas machuca — geme Agnete quando Siv vai buscar a bacia para os vapores. Ela toca o ponto vermelho e sensível abaixo do nariz onde a pele está rachada e irritada.

— Eu sei — diz Ursa, afastando o cabelo da irmã do rosto. Apesar do banho, ele já está com cheiro de suor de novo. — Podemos cobrir o seu nariz com um dos lenços de seda da mãe.

— O azul?

Ursa se põe de pé e vai até o armário da mãe. Na prateleira alta, há uma caixa de madeira cheia de lenços e outros pertences que sobreviveram à limpa do pai e ela tira dali o lenço preferido de Agnete. Ela prende o cabelo da irmã para trás enquanto Agnete segura o lenço encostado no rosto, alisando o tecido com os dedos.

— Coma, Agnete.

— Nós devíamos conversar em inglês — diz Agnete. — Para ajudá-la a praticar.

— Ele é escocês.

— Mas fala inglês, não é?

— Sim.

— Então pronto.

— Então pronto — repete Ursa em inglês. — Coma, Agnete.

Agnete mordisca o *knekkebrød*.

— É tão seco.

— Não há bênção maior que pão — diz Ursa, fingindo severidade e imitando o tom de voz da governanta. Porém, fica cada dia mais difícil alegrar Agnete, com todos os seus prazeres sendo cerceados pouco a pouco. Os médicos a proibiram de comer qualquer coisa úmida há cerca de um mês, e ela ainda está se acostumando com isso. Ursa suspeita que eles estejam inventando grande parte do tratamento de Agnete com o passar do tempo. Não acredita que os pulmões fracos da irmã tenham sido causados por excesso de ensopado.

Siv volta trazendo um pedaço de pano e uma bacia grande de água fervente, junto com a garrafinha entregue a elas pelo médico. Ela começa a retirar a tampa da garrafa, mas Ursa estende a mão em sua direção.

— Posso cuidar disso. Obrigada, Siv.

Siv olha fixamente para ela.

— São sete gotas, como o médico mandou. Sete gotas, ou não adianta de nada.

— Eu sei.

A governanta pousa a garrafa na mão estendida de Ursa, planta um beijo na testa de Agnete e sai do aposento.

— Você não vai colocar sete gotas, vai? Uma só já está bom — pergunta Agnete, olhando ansiosamente para ela. Ursa pinga quatro gotas de óleo na bacia e a agita para que a cor amarelada se espalhe pela água. O odor atinge as suas narinas e faz os seus olhos arderem. Ela coloca a bacia na mesa ao lado de Agnete e ajuda a irmã a se sentar para poder se inclinar sobre o vapor, com o lenço bem apertado no nariz.

Ela descansa uma das mãos na testa da irmã para lhe dar apoio e põe o pano em sua cabeça para prender os vapores ali embaixo.

— Respire fundo.

Ursa pousa a palma da mão nas costas de Agnete, ouvindo e sentindo a inalação lenta e sofrida, assim como a exalação apressada e úmida. Conta em voz alta até cem respirações e então Agnete emerge dos vapores de rosto vermelho, os olhos lacrimejantes e o lenço úmido. Ela tosse, cospe na tigela limpa que Siv trouxe na bandeja de café da manhã.

— Como é a sensação? — pergunta Agnete enquanto Ursa cobre a bacia e a coloca de lado.

— Eu estava prestes a fazer essa pergunta a você.

— Arde e é horrível e eu gostaria que os médicos me ouvissem quando digo isso a eles. Sua vez.

— Como é a sensação do quê?

Agnete revira os olhos lacrimejantes.

— De estar noiva.

Apesar das suas queixas, Ursa percebe que a respiração de Agnete está melhor.

— Me sinto igual. Você quer ir lá para baixo hoje?

— Não. Mas me diga: como ele é?

— Eu ainda não sei muita coisa sobre ele — responde Ursa. — Só o que lhe contei ontem.

— Me conta de novo?

•

Ela conta a diminuta história três vezes antes de o dia chegar ao fim. O pai não foi vê-las naquele dia, nem no dia seguinte, e Siv diz a elas que ele está ocupado resolvendo os detalhes na residência de Absalom, deixando Ursa sozinha para suportar a decepção de Agnete com a ausência de corte.

— Por que ele não escreve uma carta?

— Faz apenas dois dias que nos conhecemos.

— Ainda assim.

— O que eu iria fazer com uma carta? Não sei ler.

— Uma canção, então. Alguma coisa.

Ursa dá de ombros.

— Talvez não faça diferença — diz Agnete. — Talvez o que importe é que ele a viu e quis se casar com você.

Ursa supõe que haja certo romantismo nisso. Que uma pessoa nem ao menos a conheça, e mesmo assim já a ame.

— Você acha que o pai mandou cartas para a mãe?

— Ela também não sabia ler. — Agnete parece decepcionada, e Ursa fica com pena dela. — Quem sabe. Você devia perguntar a ele.

Ela sabe que Agnete não vai perguntar. Ela tampouco. O pai desaba toda vez que ouve falar na mãe, mesmo depois de todos esses anos. Nos últimos tempos, Ursa o surpreendera olhando para ela com uma tristeza imensa no olhar — ela sabe que está cada vez mais parecida com a mãe com o passar dos anos. Talvez seja por isso que ele se mantenha tão afastado dela ultimamente, embora eles costumassem conversar sobre todo tipo de coisas. Eles já foram tão próximos, e agora o silêncio do pai é palpável.

Ursa se pergunta como esse momento seria diferente se a mãe não tivesse morrido dando à luz o irmão. Se os dois tivessem sobrevivido e agora houvesse um menininho correndo pela casa. Se o pai não tivesse perdido todas as suas economias, e os três irmãos ainda se escondessem atrás das cortinas de veludo, observando a mãe escovar os cabelos até que estalassem de estática. Mas Agnete continuaria doente, e ela ainda se casaria com um estranho e partiria com ele para um lugar do qual jamais ouvira falar.

De repente, Agnete estica os braços na sua direção.

— Você vai sentir a minha falta?

Ursa quer dizer a ela que sim. Quer dizer à irmã que ela é como o oxigênio para ela, que jamais poderia encontrar uma melhor amiga em todo o mundo. Em vez disso, ela apenas segura o rosto fino da irmã entre as mãos e espera que ela saiba o que aquilo significa.

•

Na noite anterior ao casamento, eles levam Agnete, sentada em sua cadeira, pelas escadas para jantar com eles pela primeira vez em meses. É uma tarefa nada elegante, e todos estão suando quando enfim conseguem acomodá-la o mais perto possível do fogo, envolta em xales. Siv a observa, pronta para agir, como se a menina fosse emborcar, como um barco virado, a qualquer instante.

Agnete, porém, senta-se ereta e mal tosse, e o pai serve um pequeno cálice de *akevitt* para Ursa. A bebida tem gosto amargo de remédio, mas ela a engole toda e a ardência se transforma num calor agradável no seu estômago.

Encorajada pelo *akevitt* e pela presença de Agnete, Ursa pergunta ao pai como Absalom Cornet veio bater à sua porta, e Agnete para de mastigar para poder ouvir. Ursa sabe que a irmã imaginara todo tipo de coisas fantasiosas.

— Eu o conheci no porto — diz o pai, sem olhar para Ursa. — Ele se aproximou para admirar o meu crucifixo.

A corrente lampeja no bolso do seu colete. Ursa sabe que ele tem o costume de tirar o crucifixo dali e segurá-lo nas mãos sem nem perceber: sua devoção havia se transformado em um tique nervoso.

— Ele me contou a respeito do cargo em Vardø, do chamado de Deus para servir ali.

— Pensei que tivesse sido o *lensmann* quem o chamara — diz Ursa, e pisca para Agnete. Mas o pai não entende a piada e serve outra dose de *akevitt*.

— O *lensmann* está abaixo do rei, e o rei, abaixo de Deus.

— O seu marido deve estar todo esmagado — diz Agnete, piscando em resposta para Ursa. Ela aperta a mão da irmã debaixo da mesa. É tão macia que ela gostaria de levá-la até a face, beijar a pele da irmã e nunca mais largá-la.

— Ele estava em busca de um navio e de uma esposa...

— Nessa ordem? — sussurra Ursa, e Agnete solta uma risada tão repentina que começa a tossir de novo. Siv se precipita com a tigela de cuspe e Ursa aperta sua mão com mais força até que o pior passe. O pai toma o *akevitt* de um gole só, fala mais para si mesmo do que para as filhas.

— Eu lhe ofereci uma pechincha pela travessia.

E por mim, pensa Ursa.

Agnete precisa voltar lá para cima e Ursa insiste em levá-la, dobrando as saias para não tropeçar na escada. A irmã está quente e leve demais, como um filhotinho recém-nascido. Agnete passa os braços finos ao redor do pescoço de Ursa.

— Não foi muito romântico, não é? — murmura ela, com o peito chiando.

— Vai ter de servir — responde Ursa. Agnete torce o nariz, desapontada.

Pelo menos dessa vez, Agnete cai logo no sono, mas o *akevitt* borbulha pelo corpo de Ursa, deixando as suas pernas inquietas. Ela se levanta e anda de um lado para o outro no quarto, encosta a testa no vidro frio da janela. Pode avistar o porto dali, os navios parecendo brinquedos no horizonte. Há sempre homens por ali, ocupados e em movimento. *O mundo continua a se mover*, reflete, e, sob o peso no seu estômago causado tanto pela comida de Siv quanto pela apreensão, ela se sente feliz pois em breve fará parte dele.

•

Partir de casa na manhã seguinte é como caminhar por uma paisagem em um sonho: tudo parece familiar e, ao mesmo tempo, completamente desconhecido porque ela não verá a casa por um bom tempo. *Nunca mais?* Não quer nem pensar na possibilidade. É filha de um dono de navios: é claro que vai voltar.

O pai a intercepta no corredor com um raro aperto em sua mão.

— A sua mãe... — começa ele, e ela ouve a angústia em sua voz.

Ela acha que ele não vai dizer mais nada, espera que não, pois seus olhos já estão bastante inchados das lágrimas que derramou com Agnete, apesar das compressas frias de Siv. Mas, em vez disso, ele a leva até a penumbra do seu escritório, acende uma lamparina e fecha a porta.

— Você deve ficar com isso.

É um pequeno frasco de vidro que costumava ficar na penteadeira da mãe antes de ser vendida. Ursa pega o frasco e abre a tampa, passa o velho perfume de lilases nos pulsos.

— Obrigada, pai.

Ela espera que as coisas fiquem mais fáceis para ele agora que há menos uma filha para vestir e alimentar. Talvez possa contratar alguém para ajudá-lo com Agnete. Afinal, apesar de não terem tido tempo de anunciar na coluna social do jornal e do seu dote consistir, em grande parte, na viagem para o norte, em um perfume e no vestido da mãe falecida, é um bom casamento. Seu marido é um comissário com uma carta de recomendação de um *lensmann* no bolso.

O pai beija a sua testa. Suas mãos tremem e ele cheira a cerveja velha: levedura e amargor. Mais tarde, o marido a beija exatamente no mesmo lugar para consagrar o casamento, e ele não tem cheiro de nada. É limpo como a neve.

9

Ainda é cedo quando Cornet segura a porta da taverna em que reservara uma cama e segue até o bar enquanto Ursa se recolhe ao quarto.

Ela se prepara o melhor que pode, põe um pouco da colônia de lilases nos pulsos e no ponto onde a pulsação move a pele fina sob os lóbulos das orelhas. Imagina que ele a beijará ali, e o pensamento faz suas mãos tremerem. O linho da camisola arranha os seus ombros e seios. A peça tem gola alta e não parece adequada para dormir, mas, como foi presente de casamento de Siv, talvez essa seja a intenção no fim das contas.

A própria Siv engomou a camisola, e Ursa sabe que ela gastou um tempo precioso na tarefa. Ursa sentiu o cheiro da goma fervente, viu Siv deixar a peça de molho durante os três dias entre o noivado e o casamento. A camisola ainda está com um cheiro azedo, embora Siv tenha passado a pedra de polimento nela para tirar grande parte do odor; ainda assim, o tecido estava rígido na primeira vez que Ursa apertou os laços na frente.

Agnete deu a ela o lenço de seda azul, seu favorito entre os lenços da mãe. Ele tilintou quando Ursa o pegou. Dentro havia cinco *skillings*, a parte de Agnete na venda das coisas da mãe.

— Não posso aceitar o seu dinheiro.

— Você não deve ir para tão longe sem ter os meios para voltar.

— Posso pedir o dinheiro a Absalom.

— Você devia ter o seu próprio dinheiro — disse Agnete, embora não fizesse a menor ideia do custo de tal viagem, assim como Ursa. — Por precaução.

Os olhos de Ursula são pequenos e singelos no reflexo da janela escura e ensebada: seus lábios tremem como os de uma criança amuada. Ela fecha as cortinas finas.

O marido, apesar de todo o orgulho que sente do título, claramente não é do tipo generoso. A hospedagem fica a poucos metros do porto malcheiroso, com sua perpétua fedentina de tabaco e decomposição. O cheiro se infiltra pelo parapeito apodrecido da janela no frio cortante e ela pressiona o pulso de encontro ao nariz.

Os lilases a fazem se recordar de dias mais felizes, antes de a mãe ter morrido, quando a casa ficava iluminada como uma árvore de Natal durante os invernos frios e os verões luminosos, e eles se vestiam e comiam com a ajuda de quatro criados e uma cozinheira. A mãe e o pai ofereciam jantares a outros comerciantes e suas esposas exuberantes, e Ursa tinha a permissão de se juntar a eles na sala de estar antes de seguirem para o resplendor e a tagarelice da sala de jantar.

Ela nunca pensara muito a respeito do seu café da manhã de casamento, mas supôs que seria algo parecido com aqueles jantares. Certamente imaginara que haveria outros convidados além de Siv, do pai e de Agnete, sem fôlego por causa do ar frio. Embora ela não tivesse amigos, pois o pai havia retirado completamente a família do convívio social, ainda assim Ursa imaginara mulheres como aquelas com quem a mãe costumava jantar, de pescoços compridos e nus sustentando colares brilhantes, os cabelos dourados presos num coque no alto da cabeça. Homens vestidos com bons ternos, com babados saindo do colarinho como pássaros rabugentos, trazendo ameixas açucaradas e sedas de presente. O cheiro de produtos de beleza e lavanda no ar; a mesa posta com pato assado e creme de espinafre, um salmão inteiro escaldado com limão e cebolinha, cenouras cozidas na manteiga. As velas tornando a cena dourada e preciosa.

Não a sala dos fundos da taverna Gelfstadt, convenientemente perto da *kirke* e do porto, uma garrafa de conhaque partilhada entre os dois homens, o pai de olhos enevoados pelas lembranças. Ele parecia envelhecido pelo fogo bruxuleante da lareira que cuspia fuligem e deixava passar uma brisa fria através do guarda-fogo. As velas eram formadas por cotocos derretidos de vários pedaços: amarelas e gotejantes.

Quando chegou a hora da despedida, Cornet se virou de costas, como se as lágrimas dela fossem algo indecente. Agnete se levantou sem a ajuda de ninguém, para mostrar que era capaz, e se apoiou na irmã só de leve, a caminho da carruagem. O pai bebera demais e eles já haviam se despedido no escritório dele. Não havia nada que Ursa pudesse dizer a Agnete, mas as duas permaneceram abraçadas até que Siv as separasse gentilmente.

— Se cuide, Sra. Cornet.

E, em seguida, eles se foram.

Ela imagina o marido no andar de baixo, a aliança que pôs em seu dedo tilintando no copo, talvez brindando a ela. E já que vão seguir a tradição dele a respeito dos nomes, Ursa se tornou a Sra. Absalom Cornet. Ela própria, perdida no nome do marido.

Espera poder agradá-lo, e sabe que uma boa parcela disso começa nessa noite, no quarto quadrado com a cama grande demais, aqui nessa taverna à beira das docas de Bergen, com o navio para a Finamarca à espera sobre uma água tão fria que é possível ouvir os homens quebrando o gelo do casco. Siv, cheia de recriminações, falou um pouco a respeito do que Ursa deveria fazer, com as faces coradas de vergonha — *camisola, cama, não fique olhando para ele pois é muito obsceno, reze depois que tudo terminar.*

Ela guarda o penico e desliza o aquecedor de cama de um lado para o outro. Há manchas desbotadas no colchão e a palha atravessou o tecido em alguns pontos. Não consegue nem olhar para o travesseiro encardido, de modo que o envolve em sua velha camisola.

Ursa se deita com bastante cuidado, certificando-se de que os cabelos recaiam sobre os ombros do modo como Agnete lhe disse que parece que ela está deitada sobre um campo amarelo e brilhante de trigo. A luz dos lampiões chega até ela de tempos em tempos vinda das docas, e através das paredes de madeira ela ouve vozes roucas falando em inglês, norueguês, francês e outros idiomas que não reconhece.

Ao fundo de tudo isso, ouve um rangido, como a escada de casa ou os joelhos do pai quando ele se senta. Por um bom tempo, não consegue identificar o ruído e se pergunta se o som está apenas na sua cabeça. Mas então ela se dá conta: é o gelo se deslocando ao redor dos barcos.

Logo Ursa estará naquele mesmo mar, partindo para cada vez mais longe de Agnete, do pai e de Siv, longe da casa na rua Konge e de Bergen, com suas vias amplas e limpas e seu porto agitado. Vai abandonar a melhor cidade do mundo, e o único lugar que jamais conheceu, e pelo quê? Ela nunca ouviu falar de Vardø, o lugar onde vai morar. Não sabe nada sobre a casa que dividirá com o marido, nem sobre as pessoas que vai conhecer.

A intensidade do rangido aumenta até se tornar o único som que ela consegue ouvir. Pressiona no rosto o pulso perfumado de lilases e respira fundo, como se sorvesse água.

•

O barulho da porta e o gotejamento de uma vela a despertam e ela rola na cama, em busca de Agnete. A camisola está amassada debaixo da bochecha, as mãos geladas sobre os lençóis. E, no pequeno círculo formado pela luz da vela, Absalom — seu *marido* — está se despindo, os cabelos escuros na cabeça curvada enquanto ele oscila o corpo e luta para tirar o cinto.

Ela não se mexe, mal respira. Durante o sono, Ursa destruiu o arranjo cuidadoso dos cabelos: estão enroscados no pescoço como uma forca. A camisola enrolou até a cintura, mas ela não se atreve a se mexer para abaixá-la.

Absalom Cornet despiu as calças, e, agora que seus olhos se acostumaram com a escuridão, ela pode ver que ele também está sem as roupas de baixo. É ainda mais pálido sem roupa, como uma criatura do mar afugentada da casca. Ursa fecha os olhos quando ele caminha na direção da cama, e a palha solta um cheiro de mofo quando ele põe o peso do corpo no colchão.

Uma lufada de ar frio entra pelas cobertas quando ele se acomoda debaixo delas, e ela sente as bochechas coradas quando percebe o que ele deve conseguir ver: suas roupas de baixo, infantis com as fitas decoradas. O quarto está cheio do odor pungente de álcool e fumaça. Ela não achou que ele fosse do tipo que bebe. Ursa consegue ouvir as batidas do seu coração martelando dolorosamente nos ouvidos.

Nada acontece por um bom tempo, e ela se pergunta se ele caiu no sono. Abre a pálpebra de leve e vê que os seus olhos continuam bem abertos e fixos no teto. Ele respira fundo, as mãos apertam o cobertor até os nós dos dedos ficarem brancos, e ela percebe que o marido está nervoso. Foi por isso que ele bebeu tanto e subiu para o quarto tão tarde da noite. Deve ser a sua primeira vez. Ursa está se preparando para falar com ele, para lhe dizer que também está com vergonha, quando ele se vira e olha para ela.

Ela reconhece o seu olhar, já o vira antes nos homens que chegavam aos jantares com passos firmes e de olhos límpidos e saíam de lá cambaleantes. Algo ardiloso surge nos seus olhos quando ele se vira para ela. Ursa se recorda do conselho de Siv para não encará-lo e, com uma urgência quase dolorosa, fecha as mãos sobre a camisola, puxando-a para baixo.

De súbito, ele rola o corpo por cima dela, tão desajeitado e pesado que amassa seus seios. A possibilidade de conseguir respirar diminui tão drasticamente que somente depois de sentir a dureza dele nas suas coxas é que ela pensa em inspirar, soltando um arquejo que se transforma em um grito. Ele está tateando as fitas, e depois, mais para baixo, a costura. Puxa, e o tecido cede. Ele se move sobre Ursa, mas o corpo dela não cede tão facilmente.

Ursa solta outro grito, um som que nunca ouviu sair de dentro dela antes. O berro a assusta ainda mais do que o marido. Ele a cortara, pensa, enlouquecida, ele a esfaqueara. Sente um âmago dentro de si que jamais soubera que existia: um lugar intenso e pulsante tão dolorido que ela poderia até chorar.

O rosto dele está afundado no travesseiro, e ele ofega com o hálito azedo na orelha e nos cabelos dela. Seus braços estão escorados de cada lado dos ombros de Ursa e seu peito bate de encontro ao dela com uma força terrível. Ursa para de prestar atenção ao ponto principal de dor enquanto ele arremete mais fundo dentro dela, e ela sente a cãibra nas pernas, presas debaixo das dele. Quando tenta mover as pernas, o marido ergue levemente o corpo e pousa o braço reto em sua clavícula, e ela compreende que ele quer que ela permaneça imóvel.

A cama emite um ruído selvagem parecido com um guincho, como o de um animal preso em uma armadilha e, por fim, lágrimas quentes surgem da sua humilhação, da sua destruição. O corpo dele treme por inteiro. Ela ouve um gemido de encontro ao ouvido.

A saída é quase tão dolorosa quanto a entrada.

Ele se levanta com o corpo mole e urina no penico: Ursa percebe pelo som que ele errou o alvo. Há algo quente no meio das suas pernas: sangue e outra coisa que não pertence a ela.

Depois que ele veste o camisolão, apaga a vela e afunda na cama sem encostar nela, Ursa rola para o outro lado e encolhe as pernas junto à barriga, tentando aliviar a ardência.

Ela jamais poderia imaginar: o conhecimento vão que as esposas devem levar consigo de que os maridos rasgam um lugar para si mesmos dentro dos corpos delas. É realmente assim que os bebês são concebidos? Ela morde a mão para não chorar. Como ela vai contar isso a Agnete, como ela vai avisar à irmã que mesmo com um homem nomeado comissário, com uma barba que cheira a neve limpa e que reza tanto quanto um pastor, não há segurança? Ao seu lado, com os primeiros raios de sol da manhã se infiltrando pelas cortinas surradas, Absalom Cornet abre a boca e começa a roncar.

10

A hierarquia em um navio é mais rígida do que na casa mais elegante. É quase um pacto, e Ursa decide, apesar do seu conhecimento limitado sobre o mundo, que não deve existir nenhum país governado de forma mais severa e organizada que um navio.

No lugar dos animais existem os micos, meninos de 12 ou 13 anos que escalam os cordames dos mastros e lavam o convés: até o gato do navio é mais bem tratado. Aceitam as surras e as broncas, impassíveis como cavalos, e são tão dignos de pena quanto eles. Em seguida, há os marinheiros, mais velhos e cascudos. São habilidosos e grosseiros, e realizam suas tarefas num ritmo que os olhos de Ursa não conseguem acompanhar. O capitão, pelo que parece, está acima de um rei, mas abaixo de Deus. O mar é o deus deles, distribuindo bênçãos ou cometendo violências, e é sempre mencionado em um tom de voz sussurrado e reverente. Ursa não sabe muito bem onde ela e o marido se encaixam — supõe que não se encaixem.

Porque um homem escolheria uma vida no mar está além da compreensão dela. Desde o primeiro instante em que embarca no *Petrsbolli*, ela deseja poder dar a volta e sair do navio. Tudo ali, da madeira escura ao parapeito coberto de lodo, parece encará-la com um olhar furioso e ameaçador.

É um navio rudimentar, mesmo aos seus olhos destreinados. Não que seu pai não tenha se esforçado: há lençóis de linho limpos nas duas camas, dispostas uma ao lado da outra para formar uma cama de casal, e um pequeno baú de madeira de cerejeira, como o do armário da mãe, com um fecho de latão embutido cuja única chave pertence a ela. Dentro do baú, ela guarda a colônia de lilases e o lenço azul da mãe, assim como o dinheiro de Agnete. Porém, esses belos detalhes tornam o conjunto ainda pior. A cabine é escura, seu chão é engordurado e escorregadio, e é minúscula — o marido consegue tocar as paredes de cada lado com os braços esticados e, quando eles se deitam, seus pés pendem para fora da cama.

Ursa sabe que aquilo é o máximo que podiam conseguir. Não podem pagar a passagem em um navio melhor. Ela se pergunta se Absalom se arrepende de ter aceitado a oferta de seu pai. Não é sequer um navio mercante de produtos sofisticados: a carga é de madeira local, prensada nas florestas de Christiania e trazida através dos fiordes para ser levada até o norte, onde não existem árvores. Essa ideia é tão desconhecida para ela quanto o mar: a cidade de Bergen é cercada por florestas.

Não pela primeira vez, ela agradece por não ter nascido homem e precisado estudar para assumir os negócios de navegação do pai. Com o chão nunca firme sob os seus pés, em um instante você pode estar bebendo chá com o marido na cabine do capitão, quase se imaginando em algum tipo de sociedade decente, apesar do balanço da diminuta lanterna feita de chifre e das xícaras presas por pequenas saliências na mesa para que não deslizem, mas, no instante seguinte, o mundo inteiro pode vir a oscilar para o lado.

Além disso, há o barulho. Não apenas do mar, que a noite na taverna Gelfstadt lhe dera uma boa noção, mas das outras pessoas. O som de um amontoado de homens: os passos pesados nas tábuas acima e abaixo do convés; suas risadas, sempre altas e longas demais; os grunhidos do esforço que fazem ao içar as cordas, lavar o convés ou mover a carga. A carga deve ser revirada e inspecionada em busca de quaisquer sinais de apodrecimento a cada dois dias, o gato do navio é solto para caçar os ratos.

Esse navio não foi feito nem está adequado para receber passageiros. A cabine dos dois foi montada em um canto do alojamento dos homens, separada por paredes finas de madeira barata que balançam e se estiram nos encaixes. Eles dividem a porta de entrada, à esquerda da cabine e à direita do espaço maior reservado ao dormitório dos homens. Ursa espera para sair do quarto até que a maioria dos homens já tenha subido para o trabalho, mas ninguém dorme no mesmo horário dentro de um navio, de modo que ela ainda avista as redes penduradas como imensos casulos da proa à popa, com dois ou três homens dormindo tão perto uns dos outros como morcegos agrupados em meio à escuridão. Mas o pior de tudo são os sons noturnos, os roncos e os demais ruídos produzidos pelo corpo; às vezes, ela ouve barulhos que a deixam ruborizada e toda retesada.

Os marinheiros, apesar de toda a grosseria, ainda assim a chamam de "Sra. Cornet" quando passam por ela no convés, mas é na cama que ela conhece o seu devido lugar. A princípio, Ursa acha que deve estar fazendo algo errado. Embora o marido a deixe despir as roupas de baixo antes, diferentemente daquela primeira noite juntos, e mesmo que tenha aprendido a deixar as pernas abertas para não se sentir tão presa debaixo dele e a prender o cabelo para que ele não o puxe com as mãos, Ursa sempre sente dor. Nem sempre há sangue, mas o sofrimento é constante.

Toda manhã, toda noite e depois de cada refeição, ele se ajoelha e reza com tanto fervor que ela duvida que conseguiria tirá-lo dali mesmo se as solas dos seus sapatos estivessem pegando fogo. Ele reza com um cuidado e uma atenção que não demonstra por ela; os lábios se movendo, a testa pressionada nas mãos fechadas. Em segredo, ela fica irritada com as histórias de amor de Agnete, com os olhares carinhosos da mãe para o pai, com as risadas indecentes das cozinheiras quando o rapaz das entregas aparecia na casa, anos antes.

Será que todos eles sabiam o que era o amor e mentiram mesmo assim?

•

Para sobreviver, ela está aprendendo a manter distância. Ursa ansiava por companhia mesmo antes de Agnete nascer; ela seguia o pai aonde quer que ele fosse e brincava no cômodo onde a mãe estava, sempre falando demais, embora soubesse que poderia ser expulsa para a sala de recreação junto com as bonecas e os blocos de madeira. Agora, ela se mantém em silêncio.

Ela pouco fala, mal abre a boca o suficiente para comer os pequenos quadrados de carne-seca e cenouras desidratadas, a papa de aveia ou de peixe, comestível apenas pela adição de ervas frescas que logo ressecam e assumem uma cor amarronzada. Ursa está se esforçando para se tornar invisível, fica muito silenciosa durante as refeições formais que fazem diariamente com o capitão, sua boca uma linha reta como uma dobradiça fechada. Até mesmo quando acompanha Absalom nas orações, com a madeira dura sob os joelhos, ela se certifica de não elevar a voz acima de um leve murmúrio ao dizer *Amém*.

Às vezes, o capitão Leifsson e Absalom têm conversas inteiras em que nem ao menos gesticulam na direção dela. O inglês do capitão é tão carregado que Ursa precisa ouvir com a mesma atenção que despende a Absalom para conseguir entendê-lo. O marido muitas vezes se vangloria da nomeação como comissário: ela aprende um pouco mais a seu respeito dessa maneira. Ele explica que, aos 34 anos, é o comissário mais novo que o *lensmann* Cunningham selecionou para o cargo e que os dois homens nasceram na mesma região da Escócia, embora sua família pertença a uma classe inferior. Conta que seu nome foi mencionado ao próprio rei.

— E por que ele o mandou buscar? — pergunta o capitão Leifsson. — Vardø fica bem longe da Escócia.

— Vamos enraizar a Igreja naquelas terras — responde Absalom, com a mesma paixão com que reza. — E dizimar os seus inimigos.

— Estou certo de que você não encontrará muitos inimigos — retruca o capitão Leifsson, tomando um gole de sua bebida. Ursa pode ver um sorrisinho nos cantos de sua boca. — Não há quase ninguém por lá.

Ursa guarda todas essas informações bem no fundo da mente. Ela quer tirar o máximo que puder do marido sem precisar dar muito de si mesma em troca — sente que a balança deve enfim se equilibrar para o seu lado, que em breve terá um pouco de poder na relação. É evidente que ele a deseja, mas o carinho parece tão distante quanto o seu destino. Talvez, quando afinal chegarem aos confins do mundo, eles ficarão mais próximos um do outro, mas acontece que nem ela sabe muito bem se quer que isso aconteça.

Tudo o que ela deseja, e pede nas orações, é algum tipo de controle. Ela só o encontra quando está sozinha, na cabine que, até aquele momento, tornou-se seu mundo em meio ao mar. O marido nunca fica ali durante o dia. Ele é exatamente o que o seu perfil lhe sugeriu na sala de estar do pai. Brutalidade palatável por toques de sofisticação e boas maneiras.

A viagem é pontuada por paradas ao longo da costa. Eles devem seguir pelo mar por um mês — "Talvez dois", diz o capitão Leifsson, despreocupado, enquanto Ursa sente o rosto lívido —, embora a viagem fosse muito mais rápida se estivessem a bordo de um navio que não tivesse negócios em praticamente todos os portos. Ursa supõe que o pai precise explorar todas as oportunidades comerciais.

Todos os dias, conquanto passe a maior parte deles sozinha, ela se veste com o cuidado que Siv lhe ensinou, prendendo os botões com o gancho feito para esse propósito. Siv também deve ter um gancho daqueles, para se vestir sozinha — ou será que seu vestido fecha na parte da frente? Ursa franze o nariz, tenta se lembrar. Ela não quer se esquecer de nenhum detalhe da sua casa. A monotonia é quebrada por uma náusea eventual, que ela alivia deitando-se na cama e colocando um pé no chão.

Faz dez dias que eles partiram de Bergen, e ela está deitada daquela maneira quando ouve uma batida à porta de madeira fina. O capitão Leifsson está postado ali, agachado sob a viga baixa e sorrindo.

— Estamos prestes a adentrar Christiansfjord, Sra. Cornet, para começar nossa aproximação a Trøndheim. O tempo está bom, e é possível ver as falésias. A senhora não gostaria de subir para apreciar a paisagem?

Ele tem a voz de um pastor, ou de um juiz. O tipo de voz que faz uma sugestão parecer uma ordem, impossível de desobedecer. O capitão é cerca de um palmo mais baixo que o seu marido e tem a barba mais rala, loira, em vez de escura como a de Absalom. Seus olhos são mais bondosos, também. Ela gostaria que Absalom olhasse para ela daquele jeito, e se pergunta se aquele seria seu quinhão a partir de agora, julgar todos os homens em comparação com o marido.

Ele aguarda enquanto ela põe a capa nos ombros e segue em seu rastro. O passadiço está movimentado como de costume, os homens correndo por sua extensão e parando para permitir que eles passem antes de desaparecerem em meio às sombras mais uma vez.

— Espero que esteja achando a viagem confortável — diz o capitão Leifsson.

— Muito confortável, obrigada, capitão. Espero não estarmos lhe dando trabalho demais.

— O fretamento é do seu pai. — Ela percebe que ele não diz que o navio pertence ao pai. — É bom — continua ele, talvez para suavizar a frase — ter um motivo para acender as lamparinas na minha cabine, e sei que o cozinheiro aprecia o desafio de criar iguarias culinárias adequadas a uma dama de Bergen. — Ele se volta para ela por um instante, a sombra de um sorriso em meio à barba. — Além disso, não viajo para Vardø desde os meus dias de pesca de baleia. Aqui estamos. Gostaria de subir primeiro?

A escada é íngreme, com uma inclinação mínima. Ursa gostaria de seguir na frente, de ter alguém atrás de si caso perdesse o equilíbrio, mas não seria apropriado fazer isso naquele vestido. Ela faz um gesto indicando que ele seguisse na frente. Os degraus são escorregadios e gelados, o frio se infiltra imediatamente por suas luvas e pelos sapatos de solas finas. O pai não poderia ter mandado um par de botas para ela?

O capitão Leifsson a aguarda no topo da escada e a ajuda a subir, sustentando seu peso quando ela tropeça de leve no último degrau coberto de gelo. Embora gentil, seu toque parece agressivo mesmo por cima das roupas: ela não pode permitir que um homem a toque, não importa que sua intenção seja boa. Ele a conduz até a parte mais alta no final do navio.

O dia está absurdamente claro: o tipo de claridade cristalina que chega quando o inverno ainda paira no ar. Eles já adentraram a embocadura estreita do fiorde e as falésias se erguem verticalmente em ambos os lados, uns bons trinta metros, a rocha preta marcada por linhas cinza-claro. O mar é verde e cintila com lascas de gelo, e, tão logo o vento sopra seu rosto e aumenta sua circulação, enregelando os seus pulmões, ela se sente melhor pela primeira vez desde que partiu de casa.

— Elas são magníficas, não são?

— São, sim — suspira ela, e fica envergonhada pelo entusiasmo na voz. — Você já deva ter visto falésias ainda mais imponentes, não é mesmo, capitão?

— Eu aprecio cada paisagem por si só, Sra. Cornet. Venha.

Ele lhe oferece o braço. Ela olha ao redor em busca do marido, mas não o avista. O convés está cheio de homens, debruçados de cada lado do navio, respondendo em uma cadeia de vozes ao imediato, Hinsson, que conduz o navio no leme perto da proa. A vela paira acima das suas cabeças, estalando ao vento como uma nuvem de lona: os meninos sobem e descem pelos cordames e os marinheiros mais fortes se sentam ao longo das vigas, ajustando as aberturas na lona para controlar a velocidade.

É agradável estar em meio a tanta ação. Ursa aceita o braço do capitão mais por necessidade do que por qualquer outra coisa, e eles começam a caminhar pelo convés. Ela sente as pernas ao mesmo tempo rígidas e macias, ressentindo e agradecendo o seu peso.

— A senhora devia subir até aqui mais vezes — sugere ele. — É perfeitamente apropriado para a senhora caminhar pela popa, mesmo sozinha. Ninguém a incomodaria.

— Vou pensar a respeito — diz Ursa, soando mais ríspida do que era a sua intenção, então ela rapidamente acrescenta: — Obrigada, capitão.

— A senhora já esteve em mar aberto antes, Sra. Cornet?

— Nunca.

— Fico surpreso — diz ele. — Seu pai costumava estar sempre no mar. Navegar parecia ser a grande paixão de sua vida. Eu imaginaria que ele a compartilhasse com os filhos, mesmo que fossem garotas.

— O pai não navega há muitos anos — retruca ela, surpresa. — Ele parou depois que eu nasci, e depois que a minha mãe... — Ela hesita. O ar puro certamente eleva a autoconfiança e, com o vento levando as palavras embora assim que elas saem de sua boca, Ursa sente que não precisa medir o que fala. — A mãe ficou cada vez mais frágil, e ele não queria sair de perto dela.

— Ah, sim. Soube que Merida faleceu. Tentei escrever uma carta a seu pai muitas vezes, mas... — Ele faz um gesto englobando o navio, e ela acha que entende o que ele quer dizer. Um navio parece ser um lugar completamente diferente. — Foi há seis anos?

— Nove. Perdoe-me, eu não sabia que o senhor conhecia tão bem os meus pais.

Ele para de andar.

— Você não está me reconhecendo, Ursula?

A menção do seu nome, sem estar velado pelo nome do marido pela primeira vez depois de dez dias, é um choque para ela. Porém, ela não vê nada de familiar em seu rosto. Balança a cabeça em negativa.

— Sinto muito, capitão. Deveria?

— Eu jantei em sua casa por diversas ocasiões, quando Merida ainda estava viva. Você costumava brincar à nossa volta, se enfiando sob os nossos pés. Às vezes, eu lhe dava comida por baixo da mesa, como a um cachorrinho... — Ele para de andar de novo e se vira para ela, de olhos arregalados. — Não tenho a intenção de ofendê-la, só estou dizendo que você era uma criança travessa. — Mas ela sorri da preocupação dele e aperta seu braço de leve.

— Não fiquei ofendida, capitão.

— Você está aqui em cima, esposa. — Absalom Cornet está diante deles, tão inesperado quanto uma rajada de vento, inclinando-se sobre o parapeito do navio e encarando os dois. Ele parece tão decente. No entanto, ela sente algo dentro de si latejar de pânico. Ursa não dá a menor indicação disso, mas seus olhos começam a piscar acompanhando as batidas do coração.

— O capitão me chamou, meu marido. Ele queria me mostrar as falésias de Christiansfjord.

Absalom olha de relance para as falésias como se só agora lhe ocorresse serem dignas de apreciação.

— Receberam o nome de seu rei, eu suponho.

— Há divergências a respeito. — A voz do capitão Leifsson é firme, mas suave.

— De que tenham o nome dele?

— De que ele seja o nosso rei. Alguns ainda refutam o tratado.

— É a lei — afirma seu marido, sem o humor equivalente ao da voz do capitão. — Certamente não há nada a ser refutado, não é?

— É claro que não. — O capitão faz uma breve reverência. Ursa se dá conta de que está se agarrando a ele e alivia o aperto em seu braço. Ela nota um músculo se movendo no maxilar de Absalom. — Estamos passeando pelo convés. O senhor gostaria de nos acompanhar?

Absalom balança a cabeça numa rápida negativa e volta a olhar a paisagem. Ela vê que as mãos dele estavam unidas no parapeito e se pergunta se estivera rezando.

O silêncio recai sobre eles. A conversa com o marido a lembrou de sentir medo. A nuca de Ursa fica arrepiada quando ela sente o cheiro de gelo no ar: do mais puro nada. O nó na boca do estômago, que antes tinha aliviado, voltou a ficar ainda mais apertado, mesmo enquanto se afastam de Absalom. O fiorde provoca uma sombra imponente sobre eles, e ela tenta relaxar sob o frio cortante.

— Quer dizer que você não se lembra? — A voz do capitão Leifsson é suave, como se ele reconhecesse o pânico dela.

Aqueles jantares deixaram de acontecer quando ela estava com 11 anos. Mesmo sem a névoa da distância, os rostos dos adultos eram todos iguais, cheios de fascinação, bigodes e velhice. Ela nunca prestava muita atenção neles, apenas se regozijava do seu acesso àquele mundo de risadas e fumaça. Mal se lembra de se esconder debaixo da mesa.

Deve ter feito isso em apenas uma ou duas ocasiões, quando o pai estava engajado demais na conversa para notar e a mãe fingia que não via nada.

— Sinto muito.

— Imagina. — Mas ela tem certeza de que o capitão ficou decepcionado de certa maneira. Para tirar essa impressão dele, ela lhe faz outra pergunta.

— Você já esteve em Vardøhus, capitão?

Ele faz que sim com a cabeça.

— É um castelo, como as pessoas dizem?

— De certo modo. Certamente é uma estrutura de bom tamanho para ser construída tão longe da civilização.

O desânimo deve ter ficado estampado no rosto dela, pois ele continua:

— Mas ouvi dizer que aumentaram a propriedade com a chegada do *lensmann* Køning. Ele desfruta da atenção do rei, e ouvi dizer que tem grandes planos para a Finamarca. O que o seu marido lhe contou sobre o lugar?

— Quase nada.

— E o seu pai? Sei que ele tinha navios baleeiros em Spitsbergen. Ele já foi para o leste, até Vardø?

Ela morde a parte interna da bochecha.

— Não que tenha mencionado para mim, capitão.

Eles se aproximam do leme do navio, de onde o imediato Hinsson os cumprimenta com a mãozorra. Diante dele, um dos micos, um menino magricela com aproximadamente a mesma idade de Agnete, está arrancando as pontas desfiadas de um cordame.

— O senhor me contaria algo a respeito da Finamarca?

— Eu só vi a região de longe, do mar.

— E eu jamais a vi. Nunca viajei para o norte de Bergen na minha vida.

Eles chegaram à proa, onde são Pedro, de quem o navio herdou o nome, foi entalhado em miniatura com linhas duras e eficiência e preso junto ao mastro. Pilhas de corda são armazenadas ali em grandes espirais bem apertadas e do tamanho de barris. O capitão solta o braço dela e se inclina sobre uma das pilhas, observando a proa. Logo atrás, o navio provoca longas fileiras de espuma na água. O capitão retira um cachimbo manchado do casaco.

— Você se incomodaria?

Ela faz que não com a cabeça. Ele pega uma bolsinha de tabaco do bolso e o soca dentro do cachimbo, acende o fogo na pederneira e o protege do vento. A súbita centelha do tabaco aceso faz Ursa perceber que já estava escurecendo de novo, a luz azulada assumindo um tom mais escuro de azul-marinho. Em breve, as primeiras estrelas surgirão no céu. Faz dias que ela não as vê.

Ele puxa o fumo por um longo tempo, expira a fumaça branca.

— O que você quer saber?

Ursa reflete por um momento.

— Qual o lugar mais distante onde você já esteve?

— De onde?

Ursa fica corada.

— De Bergen. — Ela havia esquecido que sua cidade não era o centro do mundo para todos.

— Spitsbergen, como já disse.

— Isso é muito longe?

Ele dá risada, um som gutural tornado mais melodioso pela fumaça na sua boca.

— É o mais ao norte a que a maioria das pessoas vai.

— E Vardø não fica tão longe assim.

— Não, não é tão longe.

Isso a conforta um pouco.

— O que tem lá?

— Baleias. Gelo. Alguns sámis atravessam o gelo durante o inverno para passar o verão lá, e voltam quando o mar congela de novo.

— Sámis? Você quer dizer lapões?

— Não, quero dizer sámis — retruca o capitão Leifsson, com firmeza.

— Você já se encontrou com eles? — A pele fina ao redor dos seus olhos arde um pouco.

— Com alguns.

— Como eles são? Terrivelmente selvagens?

— Não mais que qualquer homem. — Algo muda entre eles. Ele parece irritado com ela, e Ursa tenta encontrar algo para dizer que retome sua confiança nela.

— Existe alguma coisa além de Spitsbergen?

Ele dá uma fungada, coça o nariz. O momento de inquietação passa. O cachimbo já se apagou e ele esvazia o tabaco queimado e o enche de novo. Por um instante, Ursa imagina como seria ser casada com um homem como ele, que conversa com ela com tanta facilidade e segura seu braço com tamanha gentileza. Ele risca a pederneira, e o tabaco acende na cavidade escura formada por suas mãos.

— Estudiosos dizem que há uma rocha preta lá. Uma montanha, tão alta quanto o céu, feita de rochas magnéticas, e que é por isso que as bússolas apontam para o norte. Algumas pessoas acham que o mar puxa nessa direção quanto mais perto você chega. Dizem que, se atravessar o golfo, você será levado pela correnteza até a rocha preta.

— E então será lançado contra a montanha?

— Sugado por ela. — Ele dá um longo trago no cachimbo. — Eles acreditam que o mar termina antes da montanha, e depois desce como uma cachoeira até o centro da Terra. Mas eu não acredito nisso — diz ele, aprumando o corpo e endireitando os ombros. — Os sámis não falam nada a esse respeito, e eles viajam mais longe que qualquer escandinavo.

— O que você acha que existe lá?

— Talvez haja mesmo uma rocha preta. Faz sentido que as bússolas apontem para lá por algum motivo. Mas eu não acredito que o mar se transforme em um rio e então desça por todo o caminho. Acredito que o mar siga um fluxo e dê a volta na montanha. — O fornilho do cachimbo queima lentamente com uma coloração avermelhada. — E essa ideia já me deixa bastante assustado.

Ele esvazia o cachimbo, tira outra bolsinha de outro bolso do casaco, afrouxa o cordão e a estende na direção de Ursa.

— Quer uma semente de anis?

— O que é isso?

— Um condimento da Ásia. É doce.

Ursa estende a mão e ele deixa uma sementinha esverdeada cair em sua palma. Quando ela a morde, a semente é amarga e ela faz careta. O capitão Leifsson ri.

— É para você chupar a semente. Assim.

Ele põe uma na boca. Suas bochechas ficam encovadas. Ursa se vira para cuspir a semente na palma da mão e a joga fora do navio. O capitão lhe dá outra semente e ela a chupa, muito consciente dos olhos dele na sua boca.

— Esposa. — A palavra é curta, como uma intimação. — Capitão, nós devemos nos preparar para o jantar. —. O marido está postado ali com a mão estendida para ela. — Venha.

Ursa não tinha consciência de como ela e o capitão estavam próximos um do outro. Ela se afasta dele.

— Obrigada pela companhia, capitão.

— Foi um prazer, Sra. Cornet.

Quando Absalom pega a sua mão, ele a aperta demais. Assim que eles se afastam o suficiente para que o capitão não possa ouvi-los, o marido inclina a cabeça na direção de Ursa.

— Não fale norueguês com ele na minha presença. Um homem deve ser capaz de entender o que a esposa está dizendo. — Ele solta a mão dela. Ela o segue a uma distância segura, e eles se arrumam em silêncio para o jantar.

O seu mau humor parece passar com bastante rapidez, e ele a elogia depois que os dois trocam de roupa e Ursa está com os cabelos penteados e presos. Ele pousa a mão na parte inferior das costas dela quando caminham até a cabine do capitão e se senta perto dela à mesa.

— Estive pensando melhor, capitão. Gostaria de me esforçar mais para aprender a falar norueguês. Já ouvi o senhor assassinar a minha língua o suficiente. É justo que eu faça o mesmo com a sua.

— Certamente — responde o capitão Leifsson com jovialidade. — Vou falar com o Dr. Rivkin, acredito que ele tenha alguma experiência como professor.

Ursa sente a forca deslizar no pescoço. Em breve, não terá mais onde se esconder, nem ao menos na sua língua materna. Ela se recolhe mais cedo, deixa os homens conversando sob a luz dos lampiões. Mais uma vez, ela se sente completamente sozinha.

11

Eles chegam a Trøndheim durante a noite. O marido ainda não havia voltado da cabine do capitão e, a contragosto, Ursa gostaria que ele, que alguém, estivesse ali ao seu lado quando ouve a algazarra vinda do porto.

Ela tenta dormir, mas desiste antes mesmo de amanhecer. O dormitório dos homens está vazio, os casulos das redes penduradas, murchos sob a luz escassa. As lanternas não foram acesas no passadiço, mas o capitão já a guiara por uma trilha reta até as escadas. O medo do escuro quase a faz voltar para o quarto, mas ela ouve a voz de Agnete na sua mente, incitando-a a seguir em frente.

Tateando as paredes ásperas de madeira, ela começa a abrir caminho até o que deve ser a escotilha para subir ao convés. Ela se guia pelos sons e logo chega até as escadas. O alçapão está fechado e Ursa está praticamente na escuridão total, mas sobe os degraus mesmo assim. Na metade da subida, ela vê uma luz surgir de súbito e então ouve um baque alto quando alguém abre o alçapão.

Um pé descalço pisa no degrau de cima.

— Espere aí — grita ela. — Estou subindo.

Um rosto magro olha para baixo, e ela nota que é o menino que vira no dia anterior separando as pontas das cordas.

— Desculpe, Fru! — Ele desocupa o topo da escada apressadamente e, assim que Ursa chega lá em cima, estende a mão para ela, que fica grata por estar de luvas e aceita a ajuda do menino.

— Obrigada. — Ela ajeita a saia. — Você viu o meu marido? O comissário Cornet?

— Ele desembarcou, Fru Cornet.

— Sra. Cornet. — Ela o corrige e olha à sua volta. Trøndheim está toda iluminada por lamparinas e um guincho vem até eles no porto raso de pedras, o navio pronto para ser descarregado. O porto envolve o navio por todos os lados. Dali, a cidade se parece com Bergen, e ela fica animada. — O capitão Leifsson está por perto?

O menino faz que não com a cabeça.

— Não, senhora. Em terra firme.

— Você sabe aonde ele foi? — Ela tinha imaginado que um dos dois estaria ali no navio.

— Não.

— Então eu vou desembarcar também. Você pode encontrar alguém para me escoltar?

Ele dá um breve aceno com a cabeça e sai em disparada. O céu está clareando, e ela pode ver que as casas dispostas ao redor do porto são pintadas com cores vivas como as casas de Bergen.

O menino volta.

— O imediato Hinsson me pediu para cuidar da senhora.

— Não há mais ninguém?

— Ninguém que possa ser dispensado. — Ele sibila de leve quando fala, e ela se pergunta se o menino é na verdade mais novo que Agnete, ainda perdendo os dentes de leite.

— Você conhece a cidade?

— Não, Sra. Cornet.

— Bem — diz ela, resistindo ao impulso de jogar as mãos para o alto e desistir. — Vamos?

Ele abre caminho ao longo da prancha estreita, correndo na frente com os pés descalços. Ela deveria ter ao menos pedido a ele que se calçasse — o chão deve estar gelado.

Ursa corre atrás dele, para fora do navio instável pela remoção da carga. Os homens que atravessam a prancha param para permitir que ela passe por eles, mas, assim que pisa na madeira úmida, uma rajada de vento a empurra para o lado. Ela segura a corda com tanta força que machuca as palmas das mãos e consegue recuperar o equilíbrio, porém o vento solta os grampos dos seus cabelos e as mechas chicoteiam o seu rosto.

Rangendo os dentes, ela segue em frente até alcançar a beira do porto. O chão está tão parado que ela tropeça e, pela segunda vez naquela manhã, uma mãozinha pequena e suja a ajuda a se equilibrar.

— Cuidado, senhora.

— Você está bem? — Um homem fica parado a uma distância respeitosa, com a mão meio estendida como se estivesse prestes a lhe oferecer ajuda.

— Muito bem. — Ela dá um sorriso sem graça. — Há algum lugar aqui perto onde possamos comer alguma coisa?

Ele aponta para uma estreita estrutura de madeira mal pintada de amarelo. Uma placa escura com o desenho de um sino oscila levemente ao vento. Ela acena com a cabeça em agradecimento e, com o menino logo atrás, dá vários passos instáveis até a porta. O esgoto aberto diante da porta está congelado e ela desvia o olhar enquanto atravessa a tábua de madeira e entra na estalagem.

O local está quase lotado apesar de ainda ser cedo, mas o menino encontra uma mesa pequena para eles no canto mais distante da lareira. Há algumas mulheres muito bem-vestidas em meio à multidão, acompanhadas por seus maridos, e ela percebe que não deveria estar ali sem Absalom. Mas Ursa está exausta por causa da noite maldormida e então manda o menino ir até o bar com um *skilling* do presente de Agnete para comprar um copo de cerveja de mesa e um prato de comida.

Ele volta com o troco e alguns bolinhos de batata, que estão quentes e surpreendentemente gostosos, recheados com uma carne bastante salgada, a batata bem cozida e morna. Ele fica perambulando, indeciso, enquanto Ursa começa a comer, e ela tem de dar um puxão no menino para que ele se sente na banqueta ao seu lado, então coloca um bolinho na sua mão encardida antes que ele se decida a comer qualquer coisa. Ela sorri para o menino e ele fica tão surpreso que ela se pergunta qual seria a expressão em seu rosto até aquele momento. Para deixá-lo mais à vontade, Ursa pergunta como ele se chama e o menino diz que seu nome é Casper.

— Como foi que você arranjou trabalho no navio?

Ele encolhe os ombros, encarando os bolinhos de batata, e ela empurra o prato em sua direção. Não se importa com o silêncio.

Quando partem, um dos marinheiros abre a porta para eles com uma reverência fingida e, embora Ursa não se digne a responder, ela sai da estalagem com um sorriso no rosto.

— Pelo modo como eles olhavam para mim — diz ela a Casper —, parece até que nunca viram uma dama antes.

— Havia damas lá dentro — responde Casper —, mas não do mesmo tipo.

— Mesmo tipo?

— O tipo de dama que você é, senhora.

Ela se recorda das bochechas pintadas de ruge, dos vestidos de cores berrantes. Quando afinal compreende, Ursa cora e se pergunta se os marinheiros pensaram que ela também era uma prostituta e se aquelas mulheres ao menos recebiam algo em troca pela humilhação.

Eles abrem caminho pela cidade que despertava aos poucos. As ruas são estreitas e as casas parecem se inclinar umas sobre as outras, como se estivessem tramando alguma coisa. Não é tão bonita como Bergen, é claro, embora seja a capital do condado.

Os dois encontram um mercado em uma grande praça de comércio, e Ursa compra um par de botas, uma *vizard* e, apesar de seus protestos, um par de luvas para Casper.

— Eu o vi separando as pontas das cordas. As luvas vão ajudar a manter os seus dedos ágeis.

Ela tenta oferecer ao menino um par de botas também, mas ele se recusa a experimentar qualquer uma delas, o que agrada muito ao sapateiro.

— É melhor eu continuar descalço, senhora, enquanto ainda estou crescendo. Vão ficar pequenas para mim daqui a um mês. É o que o imediato Hinsson diz.

Quando voltam para o navio, seu marido está à espera no topo da prancha. Ele dá um tapinha de leve na cabeça de Casper e o menino desaparece em meio ao estardalhaço do navio, que perdeu a maior parte da carga de madeira e agora flutua mais perto da superfície da água. Absalom olha com uma expressão carrancuda para os pacotes de compras.

— É a primeira vez que tivemos uma *kirke* à nossa disposição. A mesma *kirke* em que seus reis são coroados, creio eu. E você deixa essa oportunidade de lado para comprar *coisas*. — Ele aponta com a cabeça os braços carregados de pacotes de Ursa. — Onde você arrumou dinheiro para comprar tudo isso?

— Minha irmã me deu um pouco de dinheiro.

— O marido deve ser informado acerca dos bens da esposa — diz ele, voltando os olhos escuros para ela. — Seu pai deveria ter lhe ensinado isso.

Ele estende a mão e, depois de uma pausa, ela estica o braço para aceitar a mão do marido, mas ele se desvencilha dela.

— O dinheiro, esposa.

Mais tarde, quando ele estiver roncando ao seu lado, ela vai cravar as unhas naquele ponto macio sob as orelhas e se amaldiçoar por ter entregado os *skillings* a ele. Mentir teria sido muito fácil — "Desculpe, meu marido, mas gastei tudo" —, mas ela não o faz. Alguma coisa a respeito dele compele Ursa ao mesmo tempo que a repele. Ela põe a mão no cinto e lhe entrega as moedas de Agnete.

Ele se vira e a conduz escada abaixo, até o corredor que leva ao quarto. Ursa se pergunta se, como o marido tinha ido à *kirke* e o dia era uma espécie de sabá, ele não se deitará com ela naquela noite. Mas ele o faz, e é como se tentasse incutir algo dentro dela, implantar sua penitência lá no fundo.

•

Muitas vezes, Ursa se pergunta o que diria a Agnete se a irmã estivesse ali. Não sabe como expressar aquela confusão: o modo como seu corpo se tornara algo desconhecido para ela, e como já tinha aprendido uma maneira de usar o silêncio como arma.

Ela se distancia do capitão Leifsson de novo, embora ele tenha sido bastante gentil com ela, até lhe dera uma bolsinha de sementes de anis. Porém, Ursa não pode confiar seus pensamentos a mais ninguém, por mais temerosos e limitados que sejam. Dentro de si, eles estão a salvo, como em uma caixa trancada mais segura que o baú de cerejeira que o pai lhe dera. Ela precisa das palavras, precisa guardar cada uma delas para si mesma.

Mas agora ela finalmente tem um lugar para ir. No dia seguinte à partida de Trøndheim, ela veste as roupas mais quentes que possui, põe uma semente de anis na língua, calça as botas, segura a máscara debaixo do braço e abre a porta da cabine.

O alçapão está fechado, por isso ela bate na madeira até que alguém o abra e não aceita a mão que lhe oferece ajuda para subir. Ursa procura por Casper, mas ele não está em lugar nenhum do convés, ou ao menos ela não consegue distingui-lo entre os outros meninos que escalam os cordames, desenrolando as velas do *Petrsbolli* para levá-los para o norte.

Andar pelo navio sem o braço do capitão Leifsson para ajudá-la a se equilibrar é desconcertante, mas ela não tropeça como fizera na prancha. Vai até a proa, logo atrás do mastro de onde são Pedro estende a mão apaziguadora. Depois de alcançar a grossa espiral de corda torcida em uma espécie de cadeira improvisada e de verificar que não havia ninguém ali por perto nem olhando para ela, Ursa sobe na espiral.

Ela pousa os pés com decoro em outra espiral de corda e se senta, abrigada pelo casaco e com a *vizard* no rosto, a mordida dura dos dentes na conta que a mantém no lugar lhe é tão reconfortante como um doce. Atrás das pequenas aberturas para os olhos, tudo lhe parece mais fácil de lidar. Ela se pergunta se é assim que um cavalo se sente, com a visão periférica incapacitada pelo uso dos antolhos, podendo enxergar apenas o que está na sua frente. Ela avista o imediato Hinsson atrás do leme, mas ele não presta atenção nela. Conforme eles avançam para o norte, ela volta os pensamentos para o futuro, até os confins do mundo.

12

O bebê Erik está com quase 11 meses quando o pastor Kurtsson recebe uma segunda carta do *lensmann* informando que o comissário já iniciara a viagem da Escócia e que a casa de barcos auxiliar precisaria ser preparada para a chegada dele. A construção deverá ser transformada em uma residência para o comissário.

O pastor Kurtsson, para surpresa de todos, procura por Kirsten durante a reunião de quarta-feira e pede ajuda a ela.

— Ele me disse que eu acalmo os ânimos das pessoas — diz Kirsten para Maren e mamãe assim que elas saem da casa de Fru Olufsdatter. — O que será que deu nele?

— Ele deve querer angariar aliados antes da chegada desse comissário — responde Maren.

— Toril não vai gostar nada disso — diz Kirsten com um sorriso.

— Toril não sabe como aprontar uma casa. Muito menos o nosso pastor — afirma Maren. — Mas você sabe, Kirsten. Toril sabe que o seu amado pastor Kurtsson não proporcionou a mesma estabilidade que você.

Kirsten se exime do elogio.

— Ele trará homens de Kiberg para ajudar, mas o comissário vai arrumar uma esposa em Bergen e ela vai precisar de um pouco de conforto material. O orçamento é limitado, e o *lensmann* Køning nos enviou a madeira. Eu devo matar animais suficientes para que eles tenham carne por todo o verão, e fiquei pensando se você não poderia fazer alguma coisa com as peles.

Maren olha para ela, surpresa.

— Toril é a melhor costureira para essa tarefa — diz mamãe.

— Talvez seja — concorda Kirsten. — Mas é bem provável que Toril teça sua amargura em meio aos belos bordados, e eu prefiro dar o dinheiro a você.

Sendo assim, fica decidido que Maren vai buscar as peles dos animais na semana seguinte, e que a carne deverá ser salgada e defumada na despensa que Dag construiu.

— Muito bem — diz Kirsten. — Nós duas podemos fazer com que aquela casa de barcos fique digna de um comissário.

Ouvir isso é como levar um tapa na cara, embora a casa de barcos nunca tenha pertencido a Maren. Foi bondade da mãe de Dag até mesmo permitir que elas abrigassem seus mortos ali dentro. Maren não tem nenhum direito sobre a casa de barcos, e, no entanto, ainda passa por lá sempre que pode, toca as runas entalhadas na porta, assim como as esculturas de Herr Bjørn na soleira. Ela ainda dá a volta por toda a circunferência nas noites melancólicas em que não consegue dormir por causa do choro de Erik, ou do de mamãe, ou do silêncio acusador de Diinna. Mas agora ela a perdeu de verdade.

— E como fica a pesca? — pergunta Maren.

Uma expressão conturbada toma conta do rosto castigado de Kirsten.

— Chega de pesca, creio eu. Pelo menos até as coisas se acalmarem.

Maren faz que sim com a cabeça, suprimindo um suspiro de decepção.

— Vou buscar as peles na semana que vem.

Kirsten se despede delas e se vira para voltar para casa.

— Nós nos esquecemos de qual é o nosso lugar no mundo — comenta mamãe à medida que elas seguem na outra direção. — Essa tal de Kirsten Sørensdatter devia ter mais cuidado. Ela acha que é nosso *lensmann*; vejo a sua arrogância de longe.

— Ela tem sido mesmo nosso *lensmann*, de certa forma — diz Maren ao passarem pela casa de barcos auxiliar. — Kirsten nos ajudou a sobreviver. Ela é um *lensmann* muito melhor que esse que está prestes a se instalar em Vardøhus.

— *Lensmann* do quê? De um lugar de mulheres. Não somos nada além de cartas de baralho para aquele homem. Ele permitiu que nós nos erguêssemos muito mais alto do que nos achávamos capazes, e pode muito bem decidir derrubar nosso castelo de cartas.

Mamãe não falava tanto assim havia semanas. Seu luto parece não ter fim; às vezes, Maren gostaria de sacudi-la pelos ombros, apenas para que pare de se lamentar. Durante as longas noites de inverno, que felizmente ficaram para trás, quando mamãe se agarrara a ela como um bebê no seio da mãe, Maren tinha vontade de arrancar as mãos da mãe de cima dela e jogá-la para fora da cama. Sua frustração vem acompanhada de mágoa, ela sabe muito bem: mágoa por mamãe parecer não admitir que Maren havia perdido tanto quanto ela, além de um futuro marido e, junto com ele, uma casa só sua.

Maren fica feliz que a mãe tenha recuperado a voz, mas acha que sua preocupação é equivocada. Ninguém vai saber das idas para o mar e, mesmo que saibam, não poderão culpá-las por tentarem se alimentar. A chegada antecipada do comissário sinaliza uma mudança: uma espécie de investimento na vila. Elas não foram de todo esquecidas, afinal de contas; se para o bem ou para o mal, em breve vão descobrir.

Diinna está na frente da casa, passando uma pedra de polimento nas tábuas dos degraus. Maren pode ouvir o chorinho de Erik vindo de dentro de casa e fica alarmada.

— Ele está chorando — diz mamãe, apressando-se.

— Ele se machucou com uma farpa — explica Diinna. — Eu já a tirei.

— Mas ainda está doendo — diz mamãe. — Você deveria acalmá-lo.

— Estou alisando os degraus, para que não aconteça de novo. — Diinna não ergue o olhar nem sequer uma vez. Ela está curvada sobre a pedra de polimento, absorta no serviço.

Mamãe murmura algo que Maren não consegue entender e passa deliberadamente por cima de Diinna, com os pés bastante próximos de sua mão. Há uma tensão entre elas com um equilíbrio tão leve quanto o de um remo em uma cavilha: estão prestes a perder o controle. Maren fica com o trabalho de agir como ponte entre as duas mulheres, e está a ponto de perder a paciência com ambas.

Ela se sente mal pelo bebê Erik, que não parece aliviar nem um pouco a mágoa silenciosa. Toril anda para tudo quanto é canto com as crianças aninhadas no quadril como se fossem uma cesta feita especialmente para ela, mas, para o corpo magro de Diinna, Erik parece mais um fardo ou um tumor. Ela não o chama de Erik, como mamãe insistira, mas de Eret, a pronúncia sámi do nome.

Há algo estranho na maneira como ela age com ele. Maren acha que Diinna olha para Erik de olhos semicerrados, do mesmo modo que um lobo encara outro lobo: ele é da família, mas ela continua desconfiada. É como se ele tirasse algo dela que Diinna não está disposta a dar, dos seus seios, dos seus braços, com as mãozinhas puxando seu cabelo. Ela nunca grita com ele, mas fica atenta. Não há nenhum traço de crueldade, mas tampouco existe muito afeto, a não ser durante as horas mais silenciosas da noite quando Maren pode ouvir Diinna cantando para o filho através da parede, sempre a mesma canção.

— Que canção de ninar é essa? — perguntou Maren certa vez.

— É o *joik* dele. — Diinna semicerrou os olhos. — Não é uma canção de ninar. É a música dele, que eu compus para ele.

— Você também tem uma música só sua?

— Todos nós temos.

— E eu?

— Não.

Ela não diz mais nada, e Maren deve se reconfortar sozinha, criando belas desculpas em sua cabeça: *eu não sou sámi, é só isso*. Mas a recusa constante de Diinna ao elo familiar entre as duas a magoa: Maren achava que o vínculo entre elas fosse mais forte, capaz de resistir à ausência do irmão. Ela estava enganada a respeito de tantas coisas que sente que deve reavaliar a sua vida todos os dias. Às vezes,

Diinna amarra o filho nas costas com uma faixa feita de pele de rena e sai em um passeio — Maren a observa seguindo a trilha para o promontório, ou mesmo pegando um barco até as montanhas baixas, e depois ela volta cheirando a urzes e ao ar puro e frio que só existe por aquelas bandas.

Maren ama o menino com uma intensidade violenta, embora se preocupe que haja algum problema com ele, que elas tenham feito algo errado durante o parto. Ele não sorri, não se lamenta, nem atira os objetos para longe com raiva ou frustração. Quando Diinna o deixa sozinho com mamãe e Maren, na maior parte do tempo ele fica sentado no canto macio da casa que mamãe montou para ele com cobertores e peles de animais, olhando em silêncio.

Erik teria amado o filho. Às vezes, Maren deixa que a dor pelo que poderia ter sido a atinja por completo, como quando ela vê o bebê soprar bolhas de cuspe entre os lábios rosados ou erguer os bracinhos para que ela o pegue no colo.

— Era uma farpa muito grande? — pergunta ela a Diinna, enquanto a observa polindo os degraus. Erik já havia parado de chorar: ele estava claramente chorando para chamar atenção, e não de dor.

Diinna balança a cabeça em negativa.

— Foi só um arranhão.

— Nós fomos à casa de Fru Olufsdatter — diz Maren.

— Eu sei. É quarta-feira.

— Kirsten disse que um comissário virá morar aqui em Vardø. O *lensmann* que em breve assumirá o posto em Vardøhus o mandou chamar.

Diinna continua a trabalhar com a pedra de polimento: o barulho é alto em meio ao seu silêncio. O degrau verga sob a força dela.

— Ele vai morar na casa de barcos auxiliar. Acabou de se casar.

Finalmente, Diinna olha para cima. Ela está de cócoras, a posição só não é indecente porque as saias são longas o bastante, mas, ainda assim, Maren gostaria que ela não fizesse nada que desse motivo para Toril e Magda cochicharem a seu respeito. Diinna responde com a franqueza habitual, que ostenta desde os tempos de infância.

— Na sua casa com Dag?

Maren sente um tremor de gratidão, pensando que talvez Diinna compreenda o quanto aquilo é difícil para ela. Diinna acena com a cabeça, bruscamente, e se põe de pé.

— Faz sentido. É um bom espaço. Dará uma bela casa.

Os cabelos de Diinna estão soltos e caídos sobre o rosto. Ela se curva para passar a pedra uma última vez no degrau, e Maren fica olhando para ela, boquiaberta; a mulher apanha a pedra de polimento e se vira para entrar em casa. Diinna não segue mamãe; em vez disso, entra pela porta privativa do seu quarto, deixando que mamãe cuide sozinha do bebê.

Maren não tem a menor vontade de entrar. Por um instante, ela imaginara que Diinna fosse perguntar como ela se sentia a respeito disso. Imaginara que talvez fossem conversar como faziam quando ela e Erik eram recém-casados — como irmãs.

Ela fica parada na escada polida por um bom tempo e deixa que a mágoa a apunhale no peito. Só entra em casa depois de ficar anestesiada pela dor e pelo frio e não conseguir sentir mais nada.

•

Como prometido, Maren vai até a fazenda de Mads Petersson oito dias depois. Ela continua a pensar na propriedade como dele, embora faça quase um ano e meio desde que Kirsten se mudou para lá. Sabe que já está na hora de buscar as peles, pois na noite passada o vento soprou forte do leste e Maren ouviu o pânico avassalador das renas conforme Kirsten escolhia quais delas iriam para o abatedouro. Maren cantarolou desafinadamente para abafar a algazarra, mas Diinna saiu de casa com Erik e ficou postada na escada enquanto os gritos eram lançados como pedras nas janelas.

Ela pega o caminho mais rápido, pelo centro da vila. O clima mais ameno fez as mulheres saírem de casa, e elas ficam sentadas em bancos, envoltas por xales, e param de conversar quando Maren se aproxima. Toril torce o nariz quando ela passa por ali, faz questão de mostrar seu desagrado dando uma estocada na fronha que está cerzindo com a agulha. Quer dizer que ela já ficou sabendo que Kirsten pedira a ajuda de Maren com as peles. Ela tem o prazer de abrir um grande sorriso para a mulher.

A fazenda Petersson se debruça no canto oposto da vila ao da casa de Maren, suas fronteiras se estendem por uma mescla de campos cultivados e matagais até o mar. Maren avista as renas pastando pelo declive antes de enxergar a casa, as pelagens brancas e acinzentadas mais visíveis agora que o solo está ficando verde e que as urzes estão começando a crescer. O cheiro dos animais também chega até ela, encardido e pungente, seguindo as mesmas correntes de ar que os berros de seus companheiros abatidos na noite anterior.

A casa é separada da vila, a porta da frente e as janelas são viradas para o mar. Maren não sabe como Kirsten aguenta: quando vai bater à porta, ela fica diretamente de costas para a ilha de Hornøya, com as centenas de pássaros barulhentos e pilhas de rochas. Mads Petersson deve ter tido a melhor visão da baleia entre todos na vila.

Quando Kirsten atende à porta, ela está corada e com cheiro de sangue. Luas crescentes de carmim surgem sob suas unhas quando ela gesticula para Maren entrar na casa.

— Estou quase acabando. Matei seis renas, então você terá peles suficientes para a cama e para o chão.

O cômodo é claro e abarrotado de coisas, quase do tamanho da casa de barcos auxiliar. Há um varal de caça pendurado no teto: coelhos esfolados e pálidos como bebês desnudos. Há uma porta lateral aberta e através dela Maren pode ver o rebanho se movendo pelo pasto, além da confusão púrpura e amarela das renas esfoladas e ainda por pendurar a uma curta distância dali. Maren se recorda das raposas no promontório, mas não vê nenhum sinal de bonecos como os de Fru Olufsdatter.

Em vez disso, o que ela vê é Kirsten, vestindo calças compridas. Maren fica parada ao lado da porta, olhando fixamente para elas.

— O que foi? — Kirsten baixa os olhos para si mesma. — Ora, deixe disso, Maren. Você não vai desmaiar agora, vai?

— É claro que não — retruca Maren. Ela já vira mulheres sámi de calças, afinal de contas. Diinna as usava o tempo todo quando era criança. Porém, há alguma coisa na postura de Kirsten, ali de pé com as pernas separadas como as de um homem, que a deixa incomodada.

— Eram de Petersson — explica Kirsten, puxando Maren para dentro para poder fechar a porta. — Acho que ele não se importaria.

— Você devia tomar cuidado, Kirsten — diz Maren. — E se não fosse eu que tivesse batido à porta? E se fosse Toril ou o pastor Kurtsson?

— Eles certamente teriam desmaiado — responde Kirsten, sem se preocupar. — Não importa, Maren. Você quer uma cerveja? Tenho queijo, também. Fiz no mês passado.

Maren aceita ambos e leva sua refeição para fora, a fim de observar enquanto Kirsten termina de esfolar os animais. A gordura continua grudada em cordões amarelados no lado de baixo do couro macio, e Kirsten usa uma faca de foca para raspá-la.

— Não tenho tempo de curtir o couro. — Kirsten nem ao menos olha para o que está fazendo. Ela fixa o olhar no mar, com o perfil forte e aquilino. É da idade de mamãe, mas a sua pele tem a aparência desgastada da pele de um homem, fazendo com que ela pareça velha e atemporal, tudo ao mesmo tempo. A vida na fazenda parece lhe fazer bem e, ao provar a cerveja, Maren percebe que é muito boa: sem o retrogosto amargo das bebidas que papai fazia.

Maren sabe por rumores que Kirsten havia perdido quatro filhos, fazendo o parto sozinha antes que eles estivessem completamente formados. Mas, de qualquer forma, não consegue imaginá-la como mãe. Ela tampouco é exatamente uma amiga: Maren sente em relação a ela o que sentia pelo antigo pastor da *kirke*, o pastor Gursson, que afundou no mesmo dia que o seu pai e o seu irmão. Ele transmitia a mesma calma, a mesma estabilidade. E também tinha os olhos azuis e astutos de Kirsten, que Maren não conseguia encarar por muito tempo sem enrubescer. Se Kirsten fosse homem, Maren acredita que ela não seria apenas uma líder extraoficial da vila, mas sim um pastor ou um homem da lei, talvez até mesmo um comissário.

— Recebi mais notícias do pastor Kurtsson — diz Kirsten. Maren ergue as sobrancelhas. — É, eu sei. Ele veio falar comigo depois da *kirke*. Toril ficou nos rondando como um falcão. Acho que você tinha razão de ele querer angariar aliados. Creio que ele prevê algum tipo de disputa com esse comissário.

— Você vai apoiá-lo?

Kirsten bufa.

— Eu vou apoiar a mim mesma. E a você. Mas pressinto que o comissário será um homem mais difícil de lidar que o pastor Kurtsson. Ele é escocês, assim como o *lensmann* Køning. E sua esposa é filha de um proprietário de navios de Bergen.

Maren ergue ainda mais as sobrancelhas e Kirsten dá uma risada gutural, imitando a expressão dela enquanto raspa outra camada de gordura da pele com um som de rasgo.

— Eu sei. Filhas de donos de navios não são muito comuns aqui na Finamarca, não é mesmo? Geralmente, elas não passam de Tromsø, ou no máximo de Alta.

— Imagino o que o *lensmann* prometeu para fazer com que uma dama abandonasse a vida na cidade.

— Talvez o marido seja bonitão. — Kirsten olha para ela de soslaio e Maren nota que seu queixo está salpicado de sangue. — Você não acha que é uma pena que ele venha acompanhado de uma esposa?

Maren fecha a cara.

— Como assim?

— Ele poderia ter escolhido alguém daqui.

Maren sente um rubor subir por suas faces e passa a mão pelo rosto como se pudesse se livrar da cor tão facilmente como de sangue.

— Duvido muito que ele me escolhesse.

— Dag Bjørnsson gostava bastante de você — diz Kirsten, com a voz mais gentil.

— Verdade. — Maren engole em seco. — Suponho que a maioria dos homens prefira uma dama da cidade.

— Você é uma boa mulher, Maren. Boa o bastante para qualquer um.

Maren não consegue encará-la, sente o rosto corar ainda mais.

— Ele é um marinheiro, como o *lensmann*?

— Um homem de Deus.

— Um pastor? — Maren suga as bochechas. — Não é à toa que o pastor Kurtsson esteja preocupado.

Kirsten crava a faca no chão aos seus pés e mergulha as mãos no balde de água ao seu lado, já enferrujado de sangue.

— Ele não usa batina, mas serve a Deus.

— Um religioso que pode se casar? Toril vai adorar isso. É bom que a esposa se cuide.

Kirsten dá uma risadinha e ergue o corpo para se alongar, esticando os braços para o céu.

— Eles chegam ainda esta semana. A presença do *lensmann*, por outro lado, já é sentida em Varanger e Alta. E em Kirkenes, também. Houve uma série de prisões.

— Prisões?

— Por feitiçaria — explica Kirsten, com a voz grave. — Sámi.

O coração de Maren dispara quando ela pensa em Diinna.

— Qual o motivo?

— Por tecer o vento e tocar tambores.

Maren engole em seco.

— A tecelagem do vento é para os marinheiros.

— E os tambores? — Kirsten apanha as peles, empilhando-as de modo que o pelo fique em contato com o pelo e o couro com o couro, e assim por diante. — Não se preocupe. Vou ficar de olho aberto.

— Toril tem língua solta — diz Maren. — Talvez eu devesse pedir a ela...

— Não peça nada a ela — interrompe Kirsten, estendendo as peles. — Não há como argumentar com uma mulher dessas. Vai passar. O *lensmann* só quer exibir o seu poder. Mas seria bom tomarmos cuidado.

— É você quem mais precisa aprender a se cuidar — retruca Maren, baixando os olhos para as calças de Kirsten.

Kirsten não responde, e Maren estende o braço para pegar as peles. Mas, em vez disso, ela limpa o sangue do queixo de Kirsten com os dedos. O gesto surpreende igualmente ambas as mulheres, e Maren não consegue encarar a amiga quando ela lhe entrega as peles. Elas são pesadas e têm um cheiro forte de carne crua e do ar doce do verão que está por vir.

— É uma pena que não haja tempo para curtir a pele. — Algo goteja e aterrissa nos seus pés. — O máximo que posso fazer é uma raspagem.

— Está bom assim.

Kirsten a guia pela lateral da casa. O mar cintila nas rochas. Maren quer perguntar se o mar a assusta, se a baleia vem até ela durante a noite. Mas só de olhar para Kirsten, com as mãos enfiadas nos bolsos das calças, Maren acredita que ela durma tão bem quanto o bebê Erik.

— Você devia se esconder — diz ela, e Kirsten ri e ajeita atrás da orelha uma mecha do cabelo de Maren solta pelo vento.

— E você não devia se preocupar tanto.

Maren pode sentir os olhos de Kirsten nela enquanto volta para casa, carregada de peles. Gotas de um vermelho vivo salpicam o chão e traçam o seu caminho como pedrinhas.

13

Agora que Ursa tem o seu lugar no convés, ela consegue suportar melhor o que acontece lá embaixo. Antes disso, ela jamais teria imaginado que seria mais feliz ao ar livre: tinha certeza de que fora feita para os salões. Mas, embora a popa do navio seja somente uma cela maior que a cabine, o ar que passa por ali é livre e limpo, e é fácil imaginar uma imensidão de coisas possíveis.

O sol começa a permanecer mais tempo lá no alto do céu e, às vezes, ela sente seu calor na pele ao redor dos olhos que não está coberta pela máscara, como sentia a respiração penosa de Agnete durante a noite. Ela se pergunta se Absalom pode sentir o gosto de sal marinho na sua pele, se ele nota o anel de pele bronzeada em volta dos pulsos, onde o casaco se desencontra das luvas.

O *Petrsbolli* navega perto da costa, mantendo-a ao alcance da vista nos dias mais amenos. Ao horizonte, as planícies suaves de Trøndheim dão lugar a um emaranhado de montanhas, que se erguem como ondas na beira do mar. Quando eles entram na órbita do Círculo Ártico, a paisagem quase não muda. As árvores se apinham nas gargantas dos fiordes, largas o bastante para Ursa imaginar desenhos e rostos de trolls em suas cascas; a neve se assenta no topo das montanhas. Ela observa as ilhas passarem, rebeldes pedaços de terra.

Ao virarem para o leste, ela avista o primeiro iceberg, uma enorme massa branca tão brilhante que possui traços de azul e verde, grande como a sua casa em Bergen, movendo-se de modo impenetrável como uma rocha pela água. O capitão Leifsson ordena que o navio dê a volta pelo iceberg num círculo amplo e lhe diz que a parte debaixo da água é a mais perigosa. Ela imagina o iceberg seguindo atrás dela por todo o caminho até chegarem a Vardø.

Depois de pararem em diversos portos menores, eles alcançam Tromsø. Ela não desembarca, mas observa de seu lugar no convés a aproximação do porto numa tormenta de vento e jatos de água do mar. A cidade pequena se eleva sobre uma ilha rochosa que parece colidir com a água do mar assim como as ondas colidem com ela, cinza sobre cinza. Eles ficam ali por tempo suficiente para o marido ir rezar na *kirke* e para que suprimentos frescos sejam trazidos a bordo para o último trajeto da viagem até Vardø.

No último momento, ela vê Casper atravessando a prancha antes que ela seja retirada. O menino está um pouco curvado, segurando um embrulho e ainda descalço. Ursa tira a *vizard* do rosto, inclina-se sobre a beirada do navio e chama o menino, mas ele já está longe dali. Ela sente algo similar ao pânico, uma lasca quente nas costelas. Ursa se aproxima do imediato e cutuca o ombro dele, como uma jovem sem educação.

— Herr Hinsson, Casper ficou para trás.

O imediato se vira e olha para ela sem compreender.

— Sra. Cornet?

— Casper. O menino que ficava sempre separando as cordas.

— Perdão, Sra. Cornet, não sei muito bem a que menino a senhora se refere.

Ela aponta para o lugar onde ele costumava ficar.

— Ali, ele ficava sentado ali.

— Os meninos têm permissão para ir e vir de acordo com o trabalho que encontram. Depois daqui, nós vamos seguir para Spitsbergen e nem todos estão preparados para a região das baleias.

— Eu não sabia que este era um navio de pesca de baleia.

Ele troca o pé de apoio.

— Nós fazemos o que dá lucro. Bergen está apinhada de bacalhau, e seu pai quer algo que tenha mais demanda.

Há algo em seu tom de voz que ela não gosta, mas Ursa deixa passar.

— Ele não queria pescar baleias?

— Ou não estava preparado. Não é forte o bastante ou algo assim.

Ele olha para trás pelo convés, e ela percebe que a tripulação está a postos, pronta para que ele assuma seu lugar no leme.

— Mas eu não... — Ela deixa que a frase permaneça na garganta. O imediato Hinsson não vai se importar. Nem mesmo ela sabe por que se importa tanto com o menino. Mas só de ver o rostinho desnorteado de Casper, de pés descalços e encardidos contraídos no chão do porto; ele parecia tão intangível. E agora o imediato vira as costas para Ursa, encerrando a conversa, e ela olha de relance para o porto. É como se o menino nunca tivesse existido.

Lamenta mais do que seria capaz de explicar por ele não ter se despedido dela, embora os dois não tivessem se falado desde aquele dia em Trøndheim. Ela pensara, com uma vagueza reconfortante, que ele poderia ficar em Vardø e ser uma espécie de criado doméstico, e iria pedir a Absalom ou pelo menos tentar fazer com que ele sugerisse a ideia. Era um pensamento incompleto.

Eles estão se afastando do porto naquele instante. Ursa consegue sentir o navio balançando, os homens de volta aos postos de costume, as cabeças já voltadas para o mar. Em breve, eles chegarão a Vardø, e ela é quem ficará para trás.

●

Alguns dias antes da previsão de chegada a Vardø, Ursa sente uma dor no estômago.

Ela se alastra pela coluna e sobe até a cabeça, pressionando com dedos fortes as têmporas e a parte de trás de suas coxas. Uma sensação de aperto toma conta de seu corpo, e um suor frio recobre o seu buço e as axilas. Ursa procura pelo capitão, desejando que Casper ainda estivesse a bordo. Ela pensa em chamar o imediato Hinsson, mas algo dentro de si a impede de falar: um instinto animal, sombrio, que lhe diz para não contar que está ferida.

Ela desce das cordas e sente um espasmo tão repentino nas costas que morde os lábios. Será que foi envenenada? Endireita o corpo, soltando o ar pela boca e prendendo a respiração quando a dor volta a aumentar, quebrando na parte inferior do seu corpo como uma onda incandescente.

Dessa vez, Ursa não se mexe até que a dor passe. Assim que se sente capaz, ela começa uma caminhada lenta pelo convés. A conta da vizard que a segura no lugar está presa entre seus dentes, de modo que ninguém vê que ela está suando, que seus olhos estão ardendo e cheios de lágrimas.

A descida pela escada parece tão intransponível quanto uma montanha. Ela conta baixinho de dez até um repetidas vezes até que consegue sentir a tábua do assoalho nos pés, então fecha os olhos e sai tropeçando pelo passadiço, concentrando-se em controlar a dor com a respiração assim que ela a atinge.

A dor é menos confusa agora: ela consegue traçar a sua origem, mapear a ardência que atravessa todo o seu corpo. Parece um pouco com suas cólicas mensais, mas dez vezes pior. Começa no espaço que o marido fez para si dentro dela, de onde saem espasmos primeiro para as pernas e a lombar, e enfim até a sua cabeça. Parece que suas entranhas querem sair de dentro dela, e Ursa se pergunta se o marido rasgara algum órgão vital, ou mesmo se os experimentos culinários do cozinheiro do navio por fim conseguiram matá-la.

Ela tateia a fechadura da cabine, os dedos escorregadios de suor e dormentes de frio, passa o trinco na porta e engatinha até o penico. O recipiente ainda não havia sido esvaziado naquele dia e uma poça amarela jaz no fundo. A dor diminui e reverbera, como o mar se acalmando.

Por fim, ela pisca e sente os olhos límpidos mais uma vez. Ursa está espremida entre a cama e a parede, os joelhos imprensados contra a estrutura de madeira, as costas alinhadas à divisória fina. Ela se pergunta se fez algum barulho: não consegue se lembrar. Suas saias caem por cima do penico e ela não olha enquanto se limpa com cuidado.

Ursa joga o pedaço de pano no penico e respinga um pouco do lado de fora, um líquido vermelho. Ela prende a respiração e o ergue, olha. Debaixo do pano há uma leve mancha. Ursa já presenciou as dificuldades da mãe o suficiente para saber o que é.

Ela deveria cobrir aquilo de novo e destrancar a porta. O dormitório deve estar praticamente vazio: poderia ir até a escotilha e esvaziar o penico por lá. O conteúdo mal mancharia as águas com a sua chegada.

No entanto, ela não consegue levar o penico, sequer consegue tocar nele, então o deixa no canto escuro do quarto, ao lado do baú, e se deita na cama ainda de roupa, o sono chega agitado como as ondas do mar.

•

Quando acorda, Ursa ouve os roncos do outro lado da parede fina e o marido já dorme ao seu lado. Ela se senta de uma vez só, tomada pelo pânico, e, com cuidado para não acordá-lo, vai até o baú. O penico está vazio. Seu coração dispara dolorosamente. Absalom deve ter jogado o conteúdo fora e deixado que ela continuasse dormindo.

Ela sente o peito em carne viva e pressiona o esterno com a mão. Volta para a cama e se permite chegar um pouco mais perto do calor do corpo letárgico do marido. Ele rola na cama e passa o braço por baixo dela, recolhendo-a para perto de si como uma vela enfunada.

CHEGADA

14

Eles chegam pouco antes da chuva. Mamãe chama Maren para assistir e elas vão até perto da beira do porto com o bebê Erik e Diinna, postadas ao lado da casa de Magda para ver a aproximação do navio. Atrás dele há uma grande formação de nuvens, que já engole o horizonte com camadas cinzentas de granito.

— A chuva vai pegar os baleeiros, vai pegar eles de jeito! — berra o filho de Magda, batendo palmas e os pezinhos no chão, sem pensar que, na verdade, a chuva também vai atingi-los em cheio na próxima hora.

— Eles nunca vão conseguir entrar no porto — diz mamãe, e é um fato que, mesmo àquela distância, o navio é incompativelmente grande; a embocadura do porto parece cada vez menor à medida que ele se aproxima.

Maren não faz nenhum esforço para responder, apenas observa a enorme nuvem que se forma. Na última vez que as mulheres pararam para olhar o mar dessa maneira, as ondas quebraram sobre quarentas homens. Ela cerra os dentes.

O vento fica mais forte e o navio solta a âncora do lado de fora da estreita embocadura do porto. O pastor Kurtsson sai a passos largos da *kirke*, com um chapéu preto apertado na cabeça. Ele parece uma marionete, um dos bonecos de Fru Olufsdatter, e Maren imagina o vento soprando suas roupas e fazendo o pastor voar até o mar. Ele saíra ao ar livre cedo demais, e agora parece desconfortável, parado ali no porto. Não há nenhuma movimentação no navio por um bom tempo. Mamãe começa a tremer.

— Você devia entrar — diz Maren, mas não dá nenhuma indicação de que a levaria para casa.

É vergonhoso, mas ela mal consegue suportar a ideia de tocar na mãe. Há algo indecente no modo ostensivo com que ela exibe o luto, e Maren teme que a dor se infiltre sob a sua pele quando elas se tocarem. Ela gostaria de ficar bem longe de casa, ou então que a casa fosse só sua. Se não fosse pelo bebê Erik, talvez já tivesse ido embora para se hospedar com Kirsten. Foi um golpe baixo ver a casa de barcos auxiliar reformada para servir de moradia a um comissário e sua esposa.

Enfim, elas avistam movimento no convés. Maren consegue distinguir as silhuetas escuras contra o céu cinzento, e de repente, tão inesperado como o sol no inverno, surge uma explosão de amarelo vivo de algum lugar abaixo do convés. É uma cor que Maren nunca viu antes, e ela fixa o olhar com certa avidez.

Cinco silhuetas, incluindo a de amarelo, são baixadas lentamente para um barco a remo. Um jato de espuma branca se sobressai no mar quando o barco é lançado às ondas. A silhueta em amarelo faz um movimento brusco, como se estivesse prestes a cair.

— Por pouco — diz Diinna. Erik está cochilando no seu ombro, e ela dá tapinhas de tempos em tempos nas costas do bebê.

No porto, o pastor Kurtsson bate os pés no chão e sopra dentro das mãos em concha. Ele sempre lhes diz que o amor de Deus é a única fonte de calor de que eias precisam para enfrentar o frio, e Maren sente uma pontada de satisfação em vê-lo tremendo. Kirsten se junta a ele nas docas e lhe entrega um casaco. Maren pode ver a relutância na postura do pastor ao aceitar a peça de roupa e a veste.

No barco, duas pessoas pegaram os remos e começaram a remar na direção da costa. A silhueta amarela está sentada na popa, com o vento bagunçando os cabelos ao redor do rosto, e agora que o barco está mais perto fica evidente que ela é a nova esposa vinda de Bergen. Suas roupas são absurdas, especialmente no mau tempo.

O homem ao seu lado, amparando-a, deve ser o marido: o futuro comissário. Ele é troncudo e empertigado, e se senta virado de leve para ela. Entre os remadores há outro homem, sentado com as costas largas viradas para a terra. Quando o barco se aproxima das docas e o pastor Kurtsson ergue a mão para saudá-los, ele se vira, mas não retribui o gesto.

Os remos são erguidos como mastros, e é Kirsten quem pega a corda e a amarra no ancoradouro.

Mamãe parece estarrecida.

— Ela devia tomar cuidado.

Pelo menos dessa vez, Maren concorda com ela. Todas sabem que as coisas deveriam mudar agora, até mesmo Kirsten, com um olheiro de Vardøhus vivendo entre elas. A hierarquia habitual deve ser seguida; a que é costumeira no restante do mundo, e não em Vardø. Uma onda de pânico faz o coração de Maren bater mais forte quando ela pensa que Kirsten pode oferecer a mão para ajudar os passageiros a desembarcar, mas a mulher recua e permite que o pastor Kurtsson avance, parecendo grande dentro do casaco emprestado.

O homem de costas largas sai pesadamente do barco, fazendo com que a embarcação oscile em seu rastro. A mulher segura firme na madeira em ambos os lados do barco. Maren está muito distante para ver o rosto do homem com clareza, mas as feições são planas, a metade inferior oculta atrás de uma barba preta. O companheiro da mulher salta agilmente do barco e troca um aperto de mão com o pastor Kurtsson antes de se voltar para ajudá-la. Ela balança a cabeça e diz alguma coisa.

— Ela já quer ir embora — diz Diinna, seca. — É uma longa viagem de volta para Bergen.

O pastor Kurtsson acena para que Kirsten se aproxime, e ela baixa a cabeça para ouvir; em seguida, ergue os olhos de súbito na direção das casas. Seu olhar encontra o de Maren e, embora Toril esteja mais perto dali, ela começa a caminhar até elas.

— O que foi que você fez? — pergunta mamãe, mas Maren dá dois passos na direção de Kirsten.

— Um casaco — responde Kirsten, a voz levada pelo vento.

Não faz o menor sentido Maren ir buscá-lo, já que a sua casa é a mais distante do porto, mas Kirsten olha diretamente para ela, então Maren abre caminho entre as mulheres reunidas ali e corre até para casa, com o vento nas suas costas. Ela tira o casaco de inverno, forrado de peles de coelhos caçados no promontório, do gancho e o carrega, batendo a porta ao sair de casa. Corre contra o vento e volta derrapando para o lugar onde estava antes, dando um susto em mamãe.

Kirsten mantém certa distância enquanto mamãe olha para ela com evidente antipatia. Maren dobra o casaco no braço e passa à frente das outras mulheres, com as saias apertadas batendo nos tornozelos.

— O que foi? — pergunta ela assim que alcança Kirsten, que se vira e se dirige de volta ao porto.

— A esposa está com medo de que as suas saias subam com o vento. — Há uma insinuação de sorriso em sua voz. — E não posso culpá-la.

A mulher no barco ergue os olhos para elas e, embora não fosse possível, Maren sente que ela as ouviu. Maren vê um rosto cheinho, grandes olhos castanho-claros e cabelos bem loiros que parecem espuma ao redor do rosto. Ela tem uma aparência ao mesmo tempo incorpórea, como se pudesse perder os contornos e se transformar em espuma do mar, e grande demais, espalhafatosa com o vestido amarelo.

— Um casaco para a senhora, Fru Cornet — diz o pastor Kurtsson, tirando-o das mãos de Maren e o estendendo em ambos os braços. — Não é tão elegante como os que a senhora está acostumada…

— Mas está limpo — interrompe Kirsten, e Maren sente as faces arderem quando o homem de costas largas volta o olhar para elas.

De perto, ele parece ameaçador, muito moreno em contraste com a palidez da mulher, marcando a sua posição com facilidade, da mesma maneira que Kirsten faz. Ela se sente encolher um pouco, curvando os ombros diante do seu escrutínio.

— A minha esposa — diz ele em norueguês, mas com um sotaque pronunciado — não está acostumada com o frio. E deverá ser chamada de Sra. Cornet.

Este é o marido? Por que ele não se sentou ao lado dela e ofereceu a sua mão para ajudar a esposa? Os lábios da mulher estão trêmulos e se abrem ligeiramente, como se ela fosse dizer algo ao marido, mas, em vez disso, ela olha para Maren, que está atrás do pastor Kurtsson.

— Obrigada. — Sua voz é firme e há uma determinação repentina nas linhas macias do seu maxilar, um músculo se movendo na bochecha.

Ela estende os braços para o casaco, e o homem que Maren pensou que fosse o seu marido e que agora percebe ter idade para ser o pai dela faz um gesto para que Kirsten e Maren se aproximem.

— Venham até aqui, por favor.

Elas param diante do barco a remo, que continua balançando. O homem faz um sinal para os remadores e eles obedecem tão imediatamente, que Maren se dá conta de que ele deve ter um posto elevado na cadeia de comando. Capitão, talvez. Eles baixam os olhos, os ombros ainda subindo e descendo pelo esforço da remada. Ainda vão lutar contra o vento na volta.

— Entregue o casaco a ela — diz o capitão para o pastor, e Maren pega o casaco de volta dos braços estendidos do pastor Kurtsson.

Há duas manchas rosadas nas faces da mulher quando ela aceita o braço do capitão para se equilibrar no barco a remo e, mantendo a outra mão nas saias volumosas, levanta-se com rapidez. Kirsten se move de modo a ocultar a mulher da visão dos outros conforme as suas saias se agitam ao vento. Ela segura o braço do homem até os nós dos dedos empalidecerem e aperta os lábios até ficarem finos.

Ela está constrangida, e Maren se sente constrangida por ela. Nunca viu tanto tecido, e tem um trabalhão para acomodar o corpo trêmulo da mulher nas mangas do casaco, rígidas pelo forro de pele.

A mulher é mais baixa e mais rechonchuda que Maren, e o casaco fica estirado no corpo dela, os braços um pouco erguidos e as costas esticadas. Naquele momento, apesar de ela ter o corpo de uma mulher e de o vestido ter um corte que enfatiza as suas curvas, a expressão confusa nos seus olhos claros a faz parecer uma menina. Depois que Maren a ajuda a fechar os botões, o vestido fica preso na altura dos seus joelhos, e ela finalmente consegue sair do barco.

— Obrigada — diz ela mais uma vez, com o hálito quente atingindo o rosto de Maren. Há algo doce nele, tão inesperado que faz a boca de Maren formigar.

Maren assente com a cabeça, os lábios firmemente fechados. Mesmo a bordo de um navio, essa mulher se manteve muito mais bem-cuidada que qualquer uma em Vardø, e agora é Maren quem fica envergonhada de sua aparência. Pouco antes, ela lamentou a condição dessa mulher, e agora Maren lamenta as suas saias esfarrapadas e o casaco de papai, ainda mais fedido depois dos meses em que ela saiu para o mar vestida com ele.

O marido da mulher assistiu a toda a cena impassível. Quando a esposa enfim está com os pés firmes nas docas, ele se vira para o pastor Kurtsson. No entanto, seus olhos não recaem sobre ele: o homem inspeciona as casas agrupadas ao redor do porto.

— Você é o pastor? — Maren não está inteiramente convencida de que seus modos lacônicos se devem apenas a uma falta de confiança no idioma.

— Sou, sim, comissário Cornet. Seja bem-vindo à nossa…

— Obrigado, capitão, pela viagem em segurança.

Ele estende a mão para o homem mais baixo, que ainda segura a esposa do outro pelo braço.

— Não há de quê, Sr. Cornet. Foi um prazer.

Ele faz um aceno breve com a cabeça e se volta mais uma vez para o pastor.

— Aquela é a *kirke*?

— Sim. Permita que eu…

Mas ele não espera o pastor terminar a frase antes de dar meia-volta e partir na direção da *kirke*, o longo casaco preto se agitando atrás dele parecendo uma revoada de corvos. O pastor Kurtsson hesita por um instante, e Maren pode jurar que ele chega até mesmo a dançar, apoiando-se em cada pé feito uma criança. Embora o pastor não seja um deles, não de verdade, ela sente aquela pontada de constrangimento de novo.

— Pode ir na frente — diz Kirsten ao pastor. — Vamos levar a Sra. Cornet para a casa dela.

O pastor Kurtsson endireita o corpo, tentando recuperar o controle da situação.

— Sim. Vou mostrar a *kirke* ao comissário e você pode cuidar das bagagens.

Ele segue atrás do comissário sem compreender totalmente o que tinha acabado de dizer, ou pelo menos é o que Maren suspeita. Kirsten balança a cabeça de leve e olha para o capitão.

— Isso é tudo, capitão?

O casco do barco está atulhado com três malas, um pacote menor e um baú pequeno de madeira avermelhada. É belamente entalhado e tem um fecho de latão. Quando os remadores começam a descarregar o barco, a mulher acompanha a operação de perto, com uma das mãos no casaco e os olhos fixos no baú, a testa franzida.

O próprio capitão ergue o baú com cuidado, e os homens carregam as três malas sozinhos. Kirsten apanha o pacote menor, e Maren fica na dúvida se deve segui-los. Ninguém lhe dá nenhum sinal, e ela repete a hesitação do pastor por tempo demais. Os cinco desaparecem entre as casas de Toril e de Magda, sob os olhares das mulheres e das crianças, o tremular e a agitação das saias amarelas da mulher desaparecendo enquanto seguiam na direção da casa de barcos auxiliar.

A esposa do comissário não olha para trás, e Maren não sabe muito bem por que quer que ela olhe. Ela tem uma sensação distante de pânico, e espera que Kirsten seja gentil.

Maren sai das docas, os pés fazendo ranger o chão endurecido pelo frio. Mamãe já foi embora, mas Diinna continua ali, atrás da casa de Magda, com Erik jogado no ombro, as mãos batendo fora de ritmo em suas costas. As duas voltam juntas para casa, e Diinna não abre a boca antes de elas chegarem.

— Não vai sair nada de bom disso — diz ela, os olhos fixos na cabeça de Maren, na direção do barco que se agita batendo no ancoradouro do porto. Ela inclina a cabeça, como se estivesse ouvindo alguma coisa, e em seguida se vira e desaparece pela lateral da casa. Maren ouve a porta bater depois que Diinna entra no quarto dela e de Erik.

Um instante depois, as nuvens que seguiram o navio até ali fazem o céu desabar na sua cabeça, a chuva começa a cair.

15

Embora Maren tenha uma boa desculpa para visitar a casa de barcos, as peles de rena costuradas e prontas ao lado da porta, ela passa os três dias antes do sabá andando de um lado para o outro dentro de casa, como um animal acorrentado. A chuva cai impiedosamente, transformando o solo macio em lama, e ela não quer se parecer com uma bagunça enlameada na primeira visita.

Tudo fica turvo e acinzentado pelo mau tempo, e a esposa do comissário lhe provocara uma grande inquietude, ainda que ela não saiba explicar o motivo. Maren sente que deve conhecê-la. O vestido amarelo é como uma aparição em seus devaneios: ela fica obcecada por recordar cada detalhe dele. O modo como o tecido macio e trançado cedia nos seus pulsos enquanto ela apertava o casaco, como a cor era viva e quanto tecido havia nas pregas soltas, o bastante para cobrir três pessoas. O hálito doce da mulher, suas unhas claras e delicadas.

As roupas de Maren são rígidas e coçam, e o seu fedor é tão evidente, que ela se pergunta como alguém consegue ficar perto dela. Ela se lava na água cinzenta usada nas tarefas domésticas, tenta pentear o cabelo em um nó mais arrumado. A ferida da agulha que havia furado a sua mão na noite da tempestade desaparecera por completo, mas ela cutuca a fina membrana entre o indicador e o polegar até ficar em carne viva de novo, a pele se encolhendo nas suas mãos. Suas unhas estão quebradiças e acinzentadas; a boca tem uma crosta esbranquiçada apesar de escovar os dentes com um ramo de bétula até as gengivas doerem e ela cuspir o sangue com gosto de cobre na lama. Ela se pergunta se algum dia ficará limpa de verdade, se alguma vez já esteve limpa. Começa a limpar o bebê Erik com mais frequência também, mas até mesmo o hálito dele tem o cheiro do leite de Diinna, e suas mãozinhas são imundas e pegajosas. Talvez eles tenham nascido para ser assim.

As nuvens de chuva deixam a casa com uma luz estranha; o brilho da neve se foi e lá dentro tudo fica cinza e escuro. Maren costumava apreciar essa época agitada, a vila inteira acordando do inverno e preparando tudo sob o sol que nunca se punha, antes que aquela dança lenta começasse de novo, com o frio forçando as pessoas a voltar para o abrigo umas das outras mais uma vez. Agora é um lembrete de como a vida delas havia mudado e, com a chegada do comissário, tudo deverá mudar ainda mais. *Logo agora que conseguimos nos restabelecer*, pensa Maren.

Quando papai e Erik eram vivos, eles saíam de barco por dias seguidos, e Maren e mamãe tiravam todas as peles e panos da casa, batiam neles do lado de fora e depois estendiam os tapetes limpos pelo chão. No verão passado foi Maren quem teve de sair de barco e a casa permaneceu fechada e enclausurada, com as peles acumulando poeira até que ela teve certeza de que sentia o próprio cheiro em tudo. Em breve, haverá viagens pelo mar até as montanhas baixas, e os mercadores virão de Kiberg e Varanger. Mas a chuva a prendera em casa, e, mesmo que mamãe esteja grata, pois a água vai preparar o solo e encorajar o musgo e os líquens, Maren se sente entediada. Desfaz as bainhas das peles de renas e as costura de novo com mãos mais cuidadosas, queima a última porção de urze desidratada e coloca as pelagens sobre a fumaça para tentar tirar o cheiro forte.

•

O sabá amanhece seco e quase dolorosamente claro. Maren sai de casa antes de mamãe, passando perto da casa de barcos auxiliar, onde diminui um pouco o ritmo para tentar adivinhar se o comissário e sua esposa estão ali dentro. A casa está silenciosa, a luz do sol incide sobre as janelas altas, tornando-as inescrutáveis. Ela aperta o passo de novo no chão enlameado.

Um grupo de mulheres já está reunido na porta da *kirke*: Maren pode ver Kirsten no meio delas, um palmo mais alta que as outras. Percebe que elas estão fofocando, pois, assim que se aproxima, as mulheres se viram para ver quem está chegando antes de voltarem a se inclinar sobre os ouvidos umas das outras. O dia não está muito quente, e elas têm de ficar se remexendo no mesmo lugar para que a lama não grude em seus pés, mas nenhuma delas quer perder a chegada do comissário Cornet e da esposa.

— E o que você achou dela? — pergunta Toril no instante em que Maren se junta ao grupo. — O que foi que ela lhe disse?

— Ela apenas me agradeceu — responde Maren. — Não é o suficiente para que eu forme uma opinião sobre a mulher. — Ela olha para Kirsten. — O que aconteceu depois que você os levou até a casa?

Kirsten encolhe os ombros.

— Eu fiquei só o tempo necessário para mostrar a despensa e acender a lareira. Ela não disse uma palavra. O capitão foi bastante gentil.

— E o marido?

— Não havia voltado da *kirke* até a hora que eu fui embora.

— O pastor Kurtsson me disse que ele ficou rezando durante várias horas antes de visitar Vardøhus — diz Toril, cheia de admiração. — Ele vai ser uma bênção para todas nós.

Maren sente pena da esposa, sozinha na casa nova enquanto o marido rezava.

— Você levou as peles? — pergunta Kirsten. Maren balança a cabeça em negativa. — Eu disse a ela que você faria isso.

Maren aperta a pele sensível entre o indicador e o polegar, e está prestes a dizer alguma coisa a respeito da chuva, da lama ou das bainhas refeitas quando é salva pelo silêncio repentino que recai entre as mulheres quando um vulto corpulento avança a passos largos, seguido por um vulto menor envolto no casaco de Maren, e vislumbres de um tecido azul-marinho batendo nos tornozelos.

As mulheres se distanciam umas das outras: Maren baixa a cabeça, sem saber muito bem por quê. As botas enlameadas do comissário entram e logo saem do seu campo de visão, com os sapatos finos da esposa alguns passos atrás.

Maren ergue os olhos a tempo de avistar um halo de cabelos claros sumir em meio à penumbra da *kirke* iluminada por velas. Ela parece tão pequena em contraste com o tamanho do marido, que Maren imagina a mulher entrando na barriga de uma baleia. Kirsten entra logo atrás, e as mulheres começam a segui-la aos poucos, num fluxo silencioso.

Maren espera mais alguns minutos por mamãe. Ela chega sem fôlego, de cabelos despenteados.

— Eu os perdi?

— Todo mundo já entrou. Diinna não vem?

— Ela diz que não está se sentindo bem — diz mamãe, a voz cheia de desaprovação.

O pastor Kurtsson abandonou seu lugar de costume ao lado da porta e se curva para falar com o comissário, que está sentado na primeira fila. Maren guia mamãe para que se sentem do outro lado e atrás deles, de modo que possa ficar de olho nos dois. Os bancos próximos aos recém-chegados estão lotados, embora as mulheres costumem se sentar espalhadas pela *kirke*. As velas crepitam quando Toril cumpre com a sua obrigação usual de fechar a porta e o pastor Kurtsson assume o posto atrás do púlpito.

Maren sequer escuta o sermão. Seus olhos estão fixos no comissário e na esposa. Ao seu redor, todas as cabeças estão voltadas na mesma direção e, quando rezam em voz alta, Maren se pergunta se as outras mulheres também tentam distinguir o fio de voz da esposa em meio ao emaranhado de vozes.

Um silêncio absoluto recai sobre elas depois que pronunciam o último *Amém*. Maren mantém os olhos fixos na nuca do comissário, cuja cabeça permanece baixa por um minuto inteiro depois de terminada a oração.

— Com certeza ele vai falar algo, não? — A voz de mamãe é discreta como o gotejar das velas.

O pastor Kurtsson sai de trás do púlpito e fica de pé diante do comissário, hesitante. A esposa olha fixamente para a frente. A gola do vestido é alta em seu pescoço pálido, o contorno arredondado da bochecha acobreado pela luz das velas. Ela tem o tipo de pele que muda para se adequar melhor a qualquer iluminação. Maren baixa os olhos mais uma vez para as mãos ressecadas, esfoladas e vermelhas, as mãos de mamãe tão malcuidadas quanto as dela.

Por fim, o comissário ergue o pescoço e se levanta. A *kirke* está tão quieta que ela ouve o farfalhar do tecido de suas roupas e o pigarro em sua garganta antes que ele se volte para elas e inicie o discurso. Ele se posta com os pés bem separados e as mãos nas costas, e ela se pergunta se ele já foi marinheiro ou soldado. Mais uma vez, Maren sente a mesma energia estranha que sentira no porto emanando dele, algo escondido e magnético, quase perigoso com toda a sua estatura.

Ele está de terno preto, um tecido não tão fino como o das roupas da esposa, mas bem ajustado: apesar de as roupas serem sóbrias, ele tem postura aristocrática. A barba foi aparada, revelando os lábios extremamente curvados e o queixo forte.

Maren supõe que ele seja bonito, mas também há algo de selvagem ali. Algo reprimido que, caso saísse de controle, poderia transformar seu rosto em algo cruel. Mamãe se aproxima dela, e Maren não se afasta.

— Sei falar pouca coisa em norueguês. O pastor Kurtsson vai traduzir quando for necessário. Meu nome é Absalom Cornet, e venho das ilhas setentrionais de Orkney, na Escócia. Essa — ele tira do bolso uma carta, amassada por muitas leituras — é uma carta oficial do *lensmann* Cunningham declarando que fui nomeado comissário de Vardø, assim como de todos vocês.

Ele passa a falar em inglês. Ela só conhece algumas poucas palavras do idioma, que aprendera com os raros baleeiros que saíram do curso das principais rotas de comércio, ou com aqueles que vivem nas cidades maiores das redondezas.

Maren ouve atentamente, distinguindo palavras desconectadas como pedaços de madeira flutuando na corrente da sua voz. A tradução do pastor Kurtsson vacila, e Maren suspeita que ele não saiba falar inglês tão bem quanto fizera o comissário crer. Ele mantém a testa franzida de concentração e não dá nenhuma ênfase especial às palavras, de modo que resta às mulheres decidirem o que é mais importante.

Ele diz que é seu dever ser os olhos e os ouvidos não somente do *lensmann* John Cunningham, que Maren percebe que deve ser o nome inglês de Hans Køning, mas também os olhos e os ouvidos de Deus.

— Quer dizer que o *lensmann* não virá mais para cá? — sussurra Maren para Kirsten, mas ela a ignora e mantém os olhos fixos no comissário.

Ele conta um pouco de sua vida prévia, em Orkney e depois em Caithness, lugares de que Maren jamais ouviu falar, e do seu envolvimento no julgamento de uma mulher. Diz que foi por esse motivo que veio para a Finamarca, para Vardø. Ele comenta que sabe que elas perderam muitos homens para uma tempestade; há uma comoção na *kirke*, um abalo coletivo ao ouvirem a menção a seus homens pela boca desse estranho. Também fala que vai anotar o nome delas, fazer um censo para o *lensmann* para que ele saiba quantas mulheres residem ali e quem são elas.

— Isso já deveria ter sido feito — traduz o pastor Kurtsson, cumprindo com o seu dever, mas sem se dar conta da provocação que havia na frase.

O comissário pede que a esposa se levante e ela lhe obedece, virando a cara redonda para a congregação e se abaixando em uma mesura que faz mamãe bufar. Ele a apresenta como a Sra. Cornet, e Maren sussurra o nome baixinho, imaginando qual seria o seu nome de batismo.

A mulher mal ergue os olhos. A pele debaixo do queixo vinca quando ela acena com a cabeça em resposta, as mãos pálidas contrastam com o vestido escuro. Os cabelos estão bem presos com grampos, embora ligeiramente tortos, e Maren imagina que ela esteja acostumada a usar um espelho e se pergunta se está acostumada a arrumar os cabelos sem um. Ela deseja que a mulher erga o olhar, que ela a veja e reconheça que foi Maren quem colocou o casaco nos seus ombros, mas a Sra. Cornet se senta assim que o marido faz um sinal, muito antes que o pastor Kurtsson consiga traduzir tudo.

— Pensem em mim como uma espécie de *lensmann*, de juiz. Podem confiar em mim como confiam no seu pastor. Vocês ficaram sem orientação por bastante tempo. Estou aqui para oferecer essa orientação, e devo pedir que se mantenham vigilantes.

O comissário Cornet volta ao seu norueguês desajeitado.

— Vou anotar os nomes agora. E para quaisquer perguntas ou dúvidas que possam ter surgido, espero agir como mediador.

De muitas maneiras, tudo o que ele descreve deveria fazer parte das funções de um pastor. Talvez o *lensmann* Køning tenha percebido que enviou um homem fraco e agora estivesse tentando corrigir o erro com um homem mais forte. Algumas mãos se levantam, e o comissário aponta para o fundo da *kirke*. A voz de Toril ecoa alto atrás delas.

— E as pessoas que não frequentam a *kirke*? Devemos lhe dar o nome delas também?

O rosto dele fica tão impassível, que Maren se pergunta se ele não entendeu. O pastor Kurtsson claramente supõe a mesma coisa e se inclina para cochichar em seu ouvido, mas o comissário Cornet se volta para encará-lo com uma expressão que faz o pastor recuar.

— Há pessoas que não frequentam a *kirke*?

Maren nota um trecho de gesso úmido ao lado da cruz, escuro contra a parede.

— Não muitas — responde o pastor Kurtsson. — As lapãs, algumas anciãs…

— Não vou mais aceitar tal coisa — interrompe ele, olhando para Toril nos fundos da *kirke*. — Dê-me os nomes.

16

O marido de Ursa está furioso. A atmosfera da casa está pesada, com um ar abafado de tensão que se forma sobre ele como uma nuvem de tempestade. A notícia de que existem pagãos em seu rebanho foi a gota d'água — tudo começou no dia em que chegaram, quando ele voltou de Vardøhus.

Haviam soltado a âncora, e Ursa quase temera olhar para terra firme. A fortaleza era formada por pedras cinzentas, visíveis do mar, com os muros altos e ameaçadores como os de uma prisão, e o capitão Leifsson lhes contara que a construção de fato servira muitas vezes como cárcere. Mais adiante, ao longo da costa, havia um grupo de casas a intervalos irregulares. Desprovida de árvores, a terra parecia monótona e sem graça como uma página em branco.

Enquanto remavam na direção da costa debaixo daquela ventania terrível, Ursa teve vontade de chorar. O capitão Leifsson estava sentado ao seu lado e ela manteve os olhos fixos nos joelhos dele enquanto o vento batia em suas faces.

Absalom estava tensionado feito uma mola, embora andasse quase gentil ultimamente, ainda que não de uma maneira perceptível para as outras pessoas. Ele começara a chamá-la de Ursula em vez de "esposa" e perguntava em norueguês como ela estava se sentindo; eram pequenos gestos de esforço, talvez até mesmo de afeição. Desde a noite em que ela passara mal, ele não tocara mais nela e, assim que se aproximaram de Vardø, o marido pediu a Ursa que vestisse o vestido amarelo, pousou a mão ao lado da dela no parapeito do navio e chegou tão perto que ela podia sentir o calor e os pelos de suas mãos através do tecido das luvas finas.

As mulheres que a ajudaram nas docas estavam queimadas pela neve e fedorentas. A mulher mais alta, que se apresentou como Kirsten, foi impertinente e rude. A outra, de idade próxima à sua, emprestou-lhe um casaco fedido. Essa jovem parecia apreensiva, tinha olhos azul-acinzentados da cor do mar, as faces encovadas. Porém, Ursa ficou agradecida pelo empréstimo do casaco quando lhe mostraram a sua nova casa.

Casa. No momento, a palavra queima em seu estômago enquanto ela observa o marido andando de um lado para o outro do cômodo pequeno onde devem dormir, comer, existir — não sabe ao certo se uma vida passada ali poderia ser chamada propriamente de vida. Ursa pensava até então que a situação em Bergen tinha ficado ruim depois da morte da mãe, com apenas uma criada e os cômodos mantidos fechados, mas isso é outro nível.

A casa tem apenas quatro janelas altas e pequenas, que ela mal consegue alcançar para olhar lá fora. A cama é grande e ocupa um lado inteiro do aposento — em cima dela há vigas e cordas compridas de onde estão penduradas cortinas ásperas para ocultá-la da visão. A lareira ocupa o outro lado do cômodo, com duas panelas e uma grande tigela dispostas sobre a prateleira de madeira. Não há nenhum tapete, apenas tábuas soltas suspensas na terra. Do chão sobe um frio congelante, embora Kirsten, que levara o capitão Leifsson e Ursa até a casa, tenha lhes dito que eles haviam chegado durante o verão.

Há outra porta nos fundos do aposento. Quando Kirsten a abriu, Ursa pensou que fosse vomitar. Havia enormes carcaças sem cabeça penduradas ali, abertas do pescoço até a barriga e depois costuradas de novo.

— Há o suficiente para durar até o inverno — dissera Kirsten, antes de acender o fogo no amontoado de musgo na lareira. O capitão Leifsson colocou o baú de Ursa em um dos cantos. Ele não conseguia olhar para ela.

— Sra. Cornet, foi um prazer imenso.

Ele fez uma mesura formal e ela quis se atirar em seus braços e se agarrar ao homem. O capitão estendeu uma bolsinha preta a ela e Ursa soltou os barbantes.

— Mais sementes de anis — disse ele. — Eu sei que a senhora gosta.

Ela não confiava nas palavras que podiam sair da própria boca, mesmo que Absalom não estivesse ali, e agradeceu ao capitão com um aceno de cabeça. Por um breve instante, Ursa se perguntou se ele diria a ela que o acompanhasse, se ele poderia levá-la de volta para Bergen. Mas ele foi embora com Kirsten, abandonando-a nesse cômodo de janelas pequenas, através das quais ela observou enquanto ele se afastava dali. Ele não olhou para trás. Em menos de uma hora, o navio ergueu a âncora e sumiu no horizonte encoberto pela chuva. Ela se sentou pesadamente no banco duro ao lado da mesa, fechou as mãos no colo e esperou por Absalom.

Sem o pôr do sol, Ursa se sente à deriva. Ela não sabe quanto tempo ficara sentada ali naquele primeiro dia antes que Absalom chegasse e a encontrasse ainda no banco, o recinto mal aquecido pela luz fraca que vinha do fogo quase apagado. Ele não brigou com ela, apenas reavivou o fogo e perguntou:

— Você está com fome?

Ela estremeceu e fez que não com a cabeça, lembrando-se dos animais mortos no cômodo ao lado. Ele assentiu nervosamente e passou os olhos pelo aposento.

— Não é nada com que você esteja acostumada. — Havia algo similar a um pedido de desculpas no seu tom de voz.

Ela estava com medo de que o marido fosse se zangar com a sua decepção, mas, em vez disso, ele se sentou na frente dela à mesa ampla e tirou uma carta do bolso.

— Eu pensei que estava com a vida ganha — disse ele, e não apenas para si mesmo. Ela aguardou. — Fui até Vardøhus. O *lensmann* ainda não se instalou lá. Não havia quase ninguém na fortaleza. Falei com um velho que trabalha como vigia. Eles nem sequer sabem se ele virá mesmo, é possível que se estabeleça em outro lugar. — Ele fechou o punho sobre a mesa. — Ele não mencionou nada disso nas cartas que me enviou.

Absalom ergueu os olhos tão de repente, que Ursa estremeceu, mas seu rosto estava fechado e pesaroso, e ela quase pensou em estender a mão para ele.

— Eu cresci em uma casa como esta — disse ele. — Em uma ilha não muito maior que Vardø. Parti assim que pude, fui para a cidade grande. Foi onde construí uma reputação. — Ele bate com o punho na mesa. — Mas aqui estou de volta ao início de tudo.

Ursa não soube de onde vieram estas palavras, mas lhe disse:

— Pode ser que você construa mais coisas aqui.

A expressão de Absalom mudou, como se uma luz tivesse se acendido debaixo da sua pele. Ele olhou para ela como se a visse pela primeira vez. Em seguida, estendeu o braço comprido sobre a mesa e pegou a mão dela.

Eles ficaram sentados ali, com a chuva pesada no telhado. Devia passar da meia-noite quando ele a chamou para se deitar, embora a luz acinzentada lá fora fosse a de um eterno crepúsculo. Ele foi mais gentil do que jamais havia sido; mesmo assim, ela não conseguia ignorar a madeira dura da cama, a chuva golpeando com força as paredes, então começou a imaginar que estava bem longe dali.

17

Absalom sai de casa duas vezes por dia nos três dias que antecedem o sabá e passa horas fora. Volta sempre ensopado.

— Não tem ninguém lá — diz ele. — Nem na *kirke*, nem em Vardøhus.

Ursa sabe que ele quer ser consolado, mas não pode fazer isso por ele. O olhar do marido quando ela o reconfortara naquela primeira noite a deixara com medo: ele está ávido pela sua aprovação, e ela não faz ideia do motivo. Gostaria de voltar a ser invisível.

Ursa sente o humor dele piorar, mas, quando para de chover no dia de sabá, parece um sinal de que tudo ficará bem. Ela coloca o vestido mais escuro e segue o marido em meio à lama.

Enquanto andam, ele lhe conta que a vizinha mais próxima é Fru Olufsdatter, uma mulher que, assim como muitas das outras, perdeu o marido e o filho na tempestade. A casa dela é claramente a melhor da vila: um *stabbur* de dois andares, com uma relva espessa revestindo a bétula prateada. Colunas de madeira esculpida formam uma cerca para a varanda, e Ursa vê cor através das janelas de molduras claras: tons de amarelo e vermelho adornam as paredes. Ela se pergunta se pode pedir a Absalom que decore a casa. Acha que não consegue aguentar mais nem um minuto daquele vazio. Ao contrário dessa, as outras casas são quadradas, térreas e desprovidas de janelas, e todas menores que a deles.

A *kirke* tem um bom tamanho, tão alta quanto a sua casa em Bergen e de um estilo mais ornamentado que as novas igrejas luteranas da cidade. Parece mais antiga também, com a madeira escura formando um ângulo contra o céu como um navio de outros tempos que ficara encalhado na praia. Umas dez mulheres aguardam do lado de fora e, pelo modo como param de falar e se distanciam umas das outras quando eles se aproximam, Ursa percebe que ela e o marido eram o tópico da conversa.

Ela se encolhe dentro do casaco emprestado, sente os olhos das mulheres sobre si. Kirsten está ali, assim como a jovem que a ajudou com o casaco. Ursa se pergunta se deve sorrir para elas, mas pensa duas vezes. Ela se sente ridícula com os sapatos finos cheios de lama, deveria ter calçado as botas que comprou em Tromsø. Endireita os ombros quando passa por elas, e logo em seguida se arrepende por não ter sorrido. Ela vai precisar de amigas ali, caso contrário é bem provável que enlouqueça.

O prestativo pastor os cumprimenta e acomoda na primeira fileira. Há algumas áreas mais claras na parede atrás da cruz de madeira, como se houvesse outra coisa pendurada ali antes, além de uma enorme mancha escura ao lado em que Ursa enxerga uma variedade de imagens. Durante todo o culto, ela sente uma espécie de calor em si, um escrutínio que tem um peso quase físico.

Os olhos do marido se fixam no pastor com uma intensidade que ele costuma reservar para uma distância um pouco maior. Suas mãos repousam imóveis sobre os joelhos: ele sequer parece respirar.

Ursa tenta parecer mais alerta quando ele se levanta para falar com a congregação. A tradução do pastor Kurtsson é bem primária e a dissonância entre os dois a incomoda tanto que ela quase perde a deixa na hora de se levantar e se exibir para o povo de Vardø. O olhar coletivo das mulheres recai sobre ela como pedra. Deveria aprumar as costas e encará-las. Ela faz uma leve mesura, por educação, e ouve alguém resfolegar baixinho nos fundos da *kirke*. Antes de Ursa voltar a se sentar, ela dá uma olhada rápida: a mulher magra que lhe deu o casaco está sentada ao lado de sua versão mais velha e ainda mais magra, os dois pares de olhos azul-acinzentados idênticos fixos nela. Será que foi ela quem riu? Ursa se sente traída, embora a mulher não lhe deva nada. Sente um rubor nas faces e um calor na nuca enquanto aguarda o marido terminar de falar.

Demora uma hora inteira para anotar todos os nomes para o censo, embora sejam tão poucas pessoas. Algumas mulheres estão ávidas para falar com seu marido: ele volta o olhar sereno para cada uma delas, exibe até mesmo um leve sorriso. Absalom aparou a barba para o culto e está vestido com o terno que usou para conhecê-la e se casar com ela. A dieta do navio o fez perder alguns quilinhos na cintura; a oração matinal havia suavizado a dureza do queixo bruto, que ressurge apenas quando ele ouve a menção àqueles que não frequentam a *kirke*, a luz das velas lançando reflexos vermelhos e dourados na sua barba.

Por um breve instante, Ursa consegue vê-lo pela perspectiva delas. É uma cidade de mulheres, com apenas um pastor desajeitado e dois velhos na congregação, os outros são ainda meninos: um homem como ele é bem-vindo aqui. E, ao seguir o marido a caminho de casa, Ursa se dá conta de que ela não é. As mulheres a observam com a descortesia de corvos: assim que perde a *kirke* de vista, ela as ouve grasnar.

Sob a forte luz do dia, ele parece mais velho, as rugas na testa mais profundas.

— Seis não vieram — diz ele. — Como o pastor permitiu tal coisa?

Os lábios de Ursa tremem: continua sem saber se as perguntas dele são direcionadas a ela. Supõe que essa não era, pois ele não diminui o ritmo. Ele já conhece bem o caminho por causa das orações que faz duas vezes ao dia e das peregrinações até a fortaleza, e eles passam por três casas compactas próximas umas das outras e depois entre duas casas maiores, com os limites demarcados por pedras.

Ursa tenta aprender o caminho, guardá-lo na memória. A vila provoca a sensação curiosa de parecer ao mesmo tempo comprimida e bem espalhada: ela se amontoa e depois se liberta, a terra precária entre as construções de madeira e pedra, relva e lama. Absalom não lhe contara quase nada a respeito da cidade, apenas que havia sido a mais atingida pela tempestade e que se tornara um lugarejo de mulheres. Imaginara uma irmandade, mas agora não tem mais tanta certeza de que haja alguma coisa para ela ali. Uma andorinha solitária segue na frente deles, subindo pelos céus.

Do lado de fora de casa, Absalom para de andar tão de repente que ela precisa se desviar dele, batendo os quadris nos do marido.

— Marido?

Ele semicerra os olhos.

— Ali. Está vendo?

Ursa vê, mas não sabe muito bem o que é aquilo. No lintel, há um amontoado de figuras grosseiramente esculpidas na madeira. Um círculo com linhas onduladas se projetando dele. Seria o sol? Ao lado, um peixe desenhado no estilo elementar de uma criança. As figuras, por sua vez, estão ocultas por mais entalhes. A princípio, ela acha que alguém havia tentado apagá-las, mas os riscos são muito regulares, deliberados.

— Runas — ofega Absalom, e há algo tão estranho em sua voz que ela não reconhece de imediato. As mãos dele agarram o paletó convulsivamente. O medo cresce dentro dela para se igualar ao dele.

— Marido?

— São runas — repete ele, com a voz trêmula.

Ele se vira e examina as casas ao redor. Ursa fica olhando enquanto Absalom vai até a construção mais próxima e bate à porta. Ninguém atende: ainda devem estar fofocando na *kirke*. Ele volta.

— É como o *lensmann* me disse. Talvez até pior. — Sua expressão assumiu um ar febril. A lama começou a engolir os sapatos de Ursa, mas ela não quer entrar em casa.

Há um chapinhar de passos atrás deles e duas silhuetas se aproximam, uma amparando a outra. Ursa percebe que é a jovem dona do casaco e a mulher mais velha que divide com ela as mesmas faces encovadas e os mesmos olhos: a sua mãe.

— Vocês — diz Absalom.

As mulheres estavam andando de cabeça baixa, e agora elas param subitamente de andar.

— Aquilo — continua ele, e seu medo se transforma em algo que Ursa compreende melhor: raiva. — O que elas estão fazendo ali? — Ele aponta para as inscrições no lintel da porta. — São runas, não são?

A jovem segue o dedo dele com o olhar. Ela acena afirmativamente com a cabeça.

— Quem as colocou ali?

— Diinna — responde a mãe.

Ursa olha para a jovem.

— O seu nome é Diinna? — pergunta Ursa, e a jovem faz que não com a cabeça, sem encará-la.

— Esta é a minha filha, Maren — explica a mãe. — Eu me chamo Freja, e foi Diinna, a viúva do meu filho, quem fez essas inscrições. — Ursa percebe o modo como ela apresenta a nora, com bastante distanciamento. — Nós acabamos de lhe dar os nossos nomes e o dela.

— Essa tal de Diinna não estava na igreja? — pergunta o seu marido. — Por que não?

— Ela está doente — responde a filha. — Diinna tem um menininho, precisa ficar boa logo para cuidar dele. — Freja lhe lança um olhar duro.

— O que isso está fazendo aqui? — Ele aponta o dedo para cima, a voz enojada.

— Esse foi o local de descanso do meu pai e do meu irmão — explica Maren. — Do marido dela. — Ela olha para Ursa e depois de volta para Absalom, vê que eles não compreenderam. — Depois da tempestade, foi para cá que nós os trouxemos.

Mortos, compreende Ursa, e sente um embrulho no estômago. Homens afogados ficaram estendidos no chão da casa deles. Ela pensa nas carcaças penduradas na despensa e sente a bile subir pela garganta. *Pelo amor de Deus, não vomite.*

— Por que ninguém nos avisou?

— Foi um local de repouso, só isso. — Maren deve pressentir o perigo, pois altera toda a sua postura. Seu corpo esbelto parece ainda menor quando ela encolhe os ombros. — Comissário, não pretendíamos ofendê-lo. Esse lugar costumava ser uma casa de barcos, é o único lugar na vila que consideramos grande o bastante para ser digno do senhor.

Ela é muito habilidosa, pensa Ursa. A postura de Absalom se suaviza diante da deferência da mulher, ela gostaria de conseguir agir desse modo com ele. Ursa sente que sempre é petulante ou submissa demais.

— Nós deveríamos ter sido informados. — Ele se vira e ergue os olhos para as figuras entalhadas. — Não são símbolos cristãos.

— Diinna é sámi — explica Freja.

Maren cerra a mandíbula, o osso pressionando com força a pele pálida. Ursa nota que ela não gostaria que aquele fato fosse revelado.

— Uma lapã? — Ele balança a cabeça de súbito, como um touro espantando uma mosca. — Eles tiveram um enterro lapão?

— Não — replica Maren, ganhando outro olhar feio da mãe. — Eles apenas velaram os corpos. Não fizeram mal algum.

— Qualquer coisa que não faça parte dos domínios do Senhor é nociva, não importa a sua forma. Eles não usaram tambores?

— Não.

Ele semicerra os olhos para ela.

— Vou contar isso ao *lensmann*.

Ele entra em casa. Os olhos azul-acinzentados de Maren brilham com intensidade, há um vislumbre de pânico neles. Ursa reprime um impulso de confortar a jovem.

— Ursula! — O berro de Absalom a tira da imobilidade. Ela pensa em se despedir, mas as duas mulheres já desapareceram pela lateral da casa.

A lama havia engolido os seus sapatos, e ela pensa em afundar até os joelhos, depois a cintura e então a garganta, até ficar presa no ventre da terra, deitada lá no frio, sufocada e em segurança.

— Esposa? — Absalom surge na soleira da porta, o fogo reavivado em centelhas flamejantes atrás dele escurecendo a sua silhueta ampla. Ele tem uma ferramenta plana nas mãos, uma espécie de cinzel, e o banco da mesa debaixo do braço. — Prepare o jantar.

Ela olha para ele sem dizer uma palavra, então baixa os olhos para os pés presos. Ele suspira, larga o cinzel e o banco, põe as mãos sob suas axilas e a ergue dali, soltando-a da lama e a colocando de pé na varanda. Ursa fica tonta: quantas vezes ela e Agnete não imaginaram um homem as carregando no colo até a porta da casa que dividiam com ele? Como a realidade é diferente, e como ela se sente tola. Seus sapatos estão arruinados, e ele fecha a porta.

Ela cambaleia até a prateleira fria. Estão quase sem peixes e pães, que foram deixados para eles pelas mulheres. Logo ela terá que fazer mais massa. Siv deixara de lhe ensinar os afazeres domésticos desde que a criada de Agnete fora dispensada e Ursa passara a cuidar dela. Ela sabe esquentar o óleo de hortelã na água e amparar a testa de Agnete com a mão para que ela respire os vapores, mas não sabe fazer cerveja de mesa. Sabe erguer e lavar a perna ruim de Agnete, mas não sabe cuidar de uma casa.

E, mesmo que conseguisse se lembrar de como se faz pão, Absalom não ficará satisfeito só com isso. Ele certamente não espera que ela destrinche a carne na despensa, não é? O corpo dela estremece, e Ursa vira as costas para a porta. Esperava que ao menos fosse ter uma criada. O pai deveria esperar a mesma coisa, ou não a teria mandado tão despreparada para os seus deveres de esposa. Ela parte o pão duro, mas seus dedos estão enregelados.

Ursa gostaria de poder escrever, de mandar uma carta para o pai. Ela lhe diria que Vardø é horrível, uma ilha cheia de mulheres enlutadas e vigilantes, e que algumas delas não frequentam a *kirke*. Diria que é frio mesmo no verão, e que o sol nunca se põe. Diria que eles não têm uma casa digna de um comissário; para falar a verdade, eles não têm nada nem parecido com uma casa, apenas um cômodo com runas entalhadas no lintel da porta, pois costumava servir de abrigo para os mortos.

Ela pressiona as mãos frias na boca, respira o ar preso dentro das palmas para aquecê-las. O que ele poderia fazer? Ursa não pode abandonar o marido: a desonra a seguiria como um cão sarnento até Bergen. Não conseguiria se casar de novo; viraria uma solteirona, um fardo para a família. É improvável que Agnete encontre um marido, e Ursa faz uma oração em agradecimento por isso.

Ela ouve um ruído de raspagem do lado de fora quando Absalom passa o cinzel nas runas. O som lhe perturba os nervos: a sua visão fica turva. Ela segura a faca com mais firmeza até que a tontura passe. Quando Absalom entra, a mesa está posta com os pratos de cerâmica de conjuntos diferentes. Eles comem o resto do pão.

•

Todos os dias, ele sai para rezar e aprender norueguês com o pastor Kurtsson, além de buscar notícias nos portões de Vardøhus. Ursa sabe que ele espera receber uma carta do *lensmann*, um convite. Ela também deseja ansiosamente que a carta chegue, e não apenas para desanuviar o humor tempestuoso do marido. Precisa sair daquela casa, comer algo além de *tørrfisk*, do peixe seco que enche a prateleira onde ela guarda a comida. Algo fresco: uma cenoura, alguma erva. Ela sonha com frutas, com doçura. Raciona cada semente de anis, coloca-a na bochecha até amolecer, sem esmagá-la entre os dentes. Sonha em dividir uma refeição com qualquer pessoa que não seja o marido.

No entanto, quando ele parte para fazer visitas ou receber notícias do *lensmann* que ainda não chegou, tudo fica ainda pior. Nesses momentos, ela está sozinha. Até mesmo a companhia dele é melhor que isso.

18

O comissário e a esposa chegaram há uma semana, mas as peles costuradas continuam dobradas ao lado da porta da casa de Maren. A conversa que tiveram com o comissário Cornet a deixara inquieta, embora ela saiba que poderia ter sido pior: se tivesse demorado demais, talvez não conseguisse impedir que mamãe mencionasse os tambores.

Quando ela a repreendeu assim que entraram em casa, a mãe se fechou como uma concha, e Maren ficou se perguntando se a sua conversa imprudente sobre Diinna tinha sido descuido. Precisa ficar de olho nelas, nas mulheres que considera sua família — elas se distanciaram tanto que lhe parece perigoso. Quase tão perigoso quanto a expressão no rosto do comissário quando falaram dos ritos sámis.

É claro que ela sabe que tais costumes são desprezados. O pastor Kurtsson fechara a cara ao ver as mortalhas de bétula prateada, mas não as proibira. O comissário Cornet parece não compreender que as coisas são diferentes ali. Era um território sámi, ainda que eles não o considerem como tal. Às vezes, os marinheiros ainda pedem a ajuda dos sámis para trazerem bons ventos e boa sorte, e Toril, apesar de seus protestos, foi atrás de Diinna quando precisou de ajuda para engravidar. Porém, o asco do comissário a fizera perceber coisas que não notara antes: fazia anos que os sámis, que costumavam instalar suas *laavus* no promontório durante o verão, não vinham mais, e Diinna era a última sámi que vivia em Vardø.

Quando conta a Diinna a conversa com o comissário, ela apenas encolhe os ombros enquanto Erik puxa sua trança grossa e chupa a ponta do cabelo entre as gengivas doloridas.

— Estou acostumada com tamanha ignorância — diz Diinna, os olhos fixos nas costas de mamãe.

Maren se sente sozinha em sua inquietação, como se fosse a única que visse uma tempestade se aproximando.

É só depois que a mãe fica cansada de tropeçar nas peles e perde a paciência, dizendo que ela mesma iria levá-las, que Maren finalmente apanha as peças e segue em direção à casa de barcos auxiliar.

O dia está claro e ela se sente confortável em seu vestido de lã. A lama endurecera em grandes sulcos por onde anda. Toril está batendo um tapete na frente de casa e elas ignoram uma à outra deliberadamente; a mulher lança uma nuvem de poeira de gosto ruim na boca de Maren. Ela dá uns tapinhas nas peles de rena para limpar a poeira delas.

A casa de barcos auxiliar está fechada e silenciosa, mas há fumaça saindo pela chaminé e o lugar onde as runas haviam sido entalhadas está pintado de uma cor branca fresca e reluzente. Não faz ideia de onde eles arrumaram a tinta: ninguém além da mãe de Dag insiste em fazer um serviço que só dá mais trabalho em vez de diminuí-lo. Ela tenta ouvir algum som vindo da casa antes de bater à porta, mas não há nada.

Um instante depois, a esposa do comissário, Ursula, abre a porta, os cabelos soltos em volta do rosto redondo.

— Bom dia, Sra. Cornet.

— Maren, certo?

Ouvir seu nome na boca da mulher lhe provoca um formigamento no peito. Ela assente.

— Maren Magnusdatter.

— O meu marido não está em casa. Ele está na *kirke* com o pastor Kurtsson.

Ela não retribui o olhar de Maren. Seus cílios são tão loiros que parecem brancos em contraste com as bochechas. A mulher está usando o vestido azul-marinho que vestiu no culto e ainda há um pouco de lama na bainha. Maren se pergunta por que ela ainda não o lavou.

— Eu trouxe isso para você. — Ela estende as peles. A mulher se encolhe ligeiramente. — O *lensmann* encomendou as peles a Kirsten para a sua chegada. São para o chão.

— Ah.

— Eu mesma as costurei.

— Obrigada — diz Ursula, mas não estende os braços para pegá-las. Ela olha para as peles como se ainda houvesse carne viva ali dentro, como se fossem algo a se ter medo.

— Posso estendê-las para você, se quiser.

Ela abre mais a porta para permitir que Maren entre e exibe uma expressão tão agradecida que a deixa desconcertada.

Os homens de Kiberg fizeram um bom trabalho ali. Há uma cama larga ao longo de um dos lados do aposento, com uma cortina para oferecer privacidade. Há também uma mesa pesada e, debaixo dela, um banco, além de uma série de panelas e tigelas penduradas acima da lareira que parecem intocadas. Ao lado da grade onde Dag costumava beijá-la, há uma prateleira de madeira presa na parede para a bacia de lavagem, junto de uma pilha de pratos. A porta que dá para a despensa, onde ele pegou em sua mão pela primeira vez, tem uma teia de aranha. Ela crava as unhas na palma da mão. Embora esteja bem arrumada, a casa não é nada acolhedora. A não ser pelo crucifixo sobre a lareira, não há nenhuma decoração. O fogo não fora devidamente alimentado e está fumegando, fornecendo pouca luz e calor.

Ela sente o frio do chão se infiltrando nas suas botas. Não é à toa que Ursula está tremendo, embora tente não demonstrar. Um cobertor de lã áspera está jogado nas costas de uma cadeira e Maren se pergunta se Ursula estivera usando-o quando ela bateu à porta e o tirara para manter as aparências. Quando passa os olhos, vê que a bacia está cheia de uma água cinzenta. Mais teias de aranha espreitam nos cantos do aposento e no teto sobre a cama, e as tábuas sob os seus pés estão enlameadas e turvas.

A casa está com cheiro de lugar fechado, mas não há nenhum traço da podridão que Maren sentiu da última vez que esteve naquele cômodo. É claro que não, já se passaram dezoito meses desde que os corpos do pai e do irmão estiveram ali — ela passa os olhos pelo ponto diante da lareira e sente que o chão é mais escuro ali. Ursula segue o seu olhar.

— Foi ali que...?

Maren faz que sim com a cabeça antes de pensar melhor a respeito, e Ursula se desequilibra. Ela acha que a mulher parece ainda mais pálida, com olheiras debaixo dos olhos, mesmo que suas faces continuem rechonchudas.

— Você está bem?

— Me desculpe — diz Ursa. Ela pousa uma das mãos na altura do estômago. — Ninguém nos informou. É um choque e tanto saber que os mortos ficaram aqui.

— Não há nenhum mal nisso — replica Maren. — É comum os mortos ficarem dentro de casa durante o inverno. Normalmente, nós os teríamos levado para a nossa casa, mas... — Mas eles eram dois. Ocupariam toda a extensão da sala. — Aqui era uma cabana de barcos. Na época, não sabíamos que seria a sua casa.

Ela não teria deixado que teias de aranhas se espalhassem pelas portas e pelo teto. Haveria cortinas trançadas nas janelas e panelas sobre o fogo cheias de ensopado de rena.

Precisa sair imediatamente daquela casa.

— Onde você quer que eu coloque as peles?

Ursula olha ao redor, como se tivesse perdido alguma coisa.

— Eu... — Ela aponta para o chão diante da lareira.

— Tenho duas aqui. Quem sabe — diz Maren — uma aqui e a outra em frente à cama? Não é agradável tirar os pés do calor da cama e colocá-los no chão frio.

Ursula cora ao mesmo tempo que assente, e Maren se pergunta se ela ficou envergonhada ao ouvir a menção à cama. Talvez as pessoas sejam mais reservadas quanto a esses assuntos em Bergen: sabe que o pai de Dag insistiu em construir dois andares na própria casa, de modo que os quartos pudessem ficar separados como na casa onde moravam em Tromsø.

Maren pega um dos tapetes de retalhos de pele e o estende diante da lareira. É uma bela pelagem, e ela havia costurado o peito branco de cada um dos animais nos cantos de maneira que parecesse uma padronagem. Alisa a pele e olha para Ursula em busca de aprovação, mas os olhos da mulher estão bem longe dali, e ela continua de mão na cintura.

A segunda pele Maren estende ao lado da cama. O leito está arrumado, mas com as cobertas amarrotadas. Antes de se levantar, de costas para o restante do aposento, Maren pousa a mão no lençol: ainda está quente.

Ursula está reavivando o fogo, cutucando as cinzas fumegantes. Talvez não seja da sua conta, mas Maren não consegue observar sem fazer um comentário.

— Você precisa de madeira fresca. — Ela aponta para a porta da despensa. — Há bastante ali dentro, Kirsten se certificou disso.

— É, eu...

Ursula se levanta: suas pálpebras tremem. Maren avança rapidamente e a segura pelo cotovelo, sentindo o braço ceder. Ursula pousa a mão no ombro de Maren para se equilibrar e ela é levada de volta ao primeiro encontro das duas nas docas, a mão da mulher macia e fria no seu corpo.

— Você está bem?

Os olhos de Ursula estão fechados. Suas pálpebras são de um tom de rosa pálido, como o interior de conchas ou as unhas de um recém-nascido. A respiração está rápida demais e irregular: Maren sente aquela doçura em seu hálito de novo, o que a deixa nervosa.

— Sim, me desculpe. — Ela apruma o corpo e Maren solta o seu cotovelo, pousa a mão nas costas da mulher. — Estou um pouco tonta.

— Você quer um pouco de água? Um pouco de pão?

Maren a conduz gentilmente até a cadeira mais próxima e cobre seus ombros com o cobertor. Ela se vira e vai até a jarra antes de Ursula responder — está vazia.

— Não tem mais água.

— Nem pão. — A voz de Ursula é fraca e baixa. — Não sei como.

— Como?

Maren olha a bacia de perto: tem uma película por toda a superfície da água. A casa não está apenas malcuidada — está nojenta.

— Como se faz... — Ursula para de falar e respira fundo.

Maren sente um aperto no peito bem no local do formigamento. Ela ergue a jarra.

— Posso buscar água. Fique aqui.

— Sinto muito, eu devia...

Maren ouve um farfalhar de saias. Ursula havia se levantado e se apoiado na mesa. A pele macia dos seus pulsos está vincada, o rosto franzido. Maren desvia o olhar mais uma vez e fala com Ursula olhando para os pés dela.

— É melhor você se sentar. Descanse um pouco. Não vou demorar.

Maren ouve a cadeira ranger e sai para o dia claro lá fora, aliviada por deixar aquela casa e com uma necessidade urgente de voltar. Respira fundo o ar fresco e corre para casa. Toril já entrara, e o tapete que deixara pendurado no portão para arejar tinha caído no chão: Maren pisa nele.

Mamãe, que está tomando conta de Erik enquanto ele brinca ao lado da lareira, olha para Maren de modo incisivo quando ela entra.

— Você demorou muito.

— Eu entrei para estender as peles.

— Ela é boa demais para estender o próprio tapete? Como está a casa?

— Ela não está se sentindo muito bem. Está tonta. — Maren atravessa a sala até o balde de água e enche a jarra. — A casa está...

Não sabe como expressar a tristeza que sentiu, vinda de Ursula, do chão empoeirado e da cama quente; o lugar inteiro parecia mais abandonado do que jamais esteve quando ela e Dag ficavam por lá, ou mesmo quando Diinna e Varr velaram os homens. Erik puxa a sua saia quando ela passa por ele para pegar um pedaço de pão preto da cesta.

— Para que isso?

— Eles não têm mais pão.

Mamãe se espanta.

— O comissário não tem pão? Aquela esposa gorducha deve ter comido tudo. — Ela semicerra os olhos, as faces encovadas à mostra. — Não temos de sobra para dar para os outros.

— Temos o suficiente para esta semana — retruca Maren, embrulhando o pão num pedaço de pano e colocando-o sobre a boca da jarra. — Eles nos darão outro pão assim que o assarem.

— É uma *dritt* preguiçosa — diz mamãe, de um jeito tão maldoso que Maren olha para ela assustada. — O que mais ela tem para fazer o dia todo? Não é como se ela saísse com o marido, sempre fazendo visitas.

— Ele faz visitas?

— Toril e Magda me contaram que ele rezou com elas. E imagino que ele deva estar de olho em Diinna também. — Mamãe passa a língua no canto da boca, a pele ressecada e purulenta ali. — Quem sabe ele não nos visita em breve?

— Quem sabe? — Maren disfarça o arrepio que sente enquanto arruma o xale nos ombros. — Não vou me demorar.

Maren passa pela casa de Toril a uma distância segura. Ela se pergunta se ele está lá dentro naquele instante, rezando com a família dela em vez de fazer companhia à esposa. Pisa no tapete de novo, afundando a sola dos sapatos no tecido.

A porta da casa de barcos está entreaberta e a friagem adentra pela casa, fazendo o fogo fraco tremeluzir. Ursula continua sentada onde Maren a deixou, com os nós dos dedos brancos e apertados sobre o cobertor. Maren reprime sua impaciência — por que ela não fechou a porta?

— Aqui — diz ela, baixando a jarra com todo o seu peso na mesa. Ursula volta a si quando Maren fecha a porta. — Água e pão. Onde ficam as facas?

— Ali.

Maren varre as migalhas de pão duro da tábua de corte. A faca está cega e ela não consegue ver a pedra de amolar em lugar nenhum. Corta duas fatias grossas do pão e as dispõe sobre o prato mais limpo que consegue encontrar, junto com uma caneca de chifre com uma mancha perto da borda.

Ela se pergunta se terá que colocar a comida na mão da mulher, ou até mesmo na boca, quando Ursula pisca e olha para Maren pela primeira vez, pegando na sua mão.

— Obrigada — diz ela. — Sinto muito, eu... — Ela para de falar, engole em seco. — Nem sei o que você deve pensar de mim.

— Não cabe a mim julgá-la — diz Maren, sentindo as faces corarem. A mão de Ursula está quente por causa do cobertor e é tão macia que ela não consegue sentir os ossos. Maren sente a própria mão toda angulosa; dura, seca e fria como a terra lá fora. Ela afasta a mão. — Não é incômodo nenhum.

— Eu posso pagar. — Ursula faz menção de se levantar. — Meu marido... Posso pedir a ele...

— Eu só peço um pedaço de pão em troca.

— Sim, é claro. Por favor, coma comigo.

Maren poderia rir disso, de ser convidada a partilhar o pão e a água que ela mesma havia trazido, mas, em vez disso, acomoda-se na cadeira ao lado de Ursula e pega uma fatia.

Ela nota as mordidinhas de Ursula, delicadas como a de um passarinho. Seus dentes são muito brancos, os lábios mais rosados agora que está aquecida debaixo do cobertor.

Maren hesita enquanto Ursula dá mais uma mordida no pão e bebe um gole de água.

— Posso lhe fazer uma pergunta, Sra. Cornet?

— Pode me chamar de Ursula. Ou Ursa.

— Ursa?

— Pode me chamar de Ursula, se preferir, é claro. Mas as pessoas mais próximas me chamam de Ursa, e agora que partilhamos uma refeição... — Ela abre um breve sorriso e Maren sorri também, sentindo o rosto tenso.

— Ursa. — Ela experimenta pronunciar o nome. — Sejamos francas: há bastante farinha, e Kirsten deixou cinco carcaças na despensa.
— Ursa retesa o corpo. Maren vai direto ao ponto. — Eu só estava me perguntando se está tudo bem.

Ursa fica mastigando por um bom tempo, até que o pão deve ter virado uma papa em sua boca. O som da ingestão é alto em meio ao silêncio. Ela volta a encontrar o olhar de Maren. Seus olhos são de um tom de castanho muito claro, quase dourado.

— Você vai me achar muito tola...

— De maneira alguma...

— Mas não sei fazer pão.

Os lábios de Maren formam um "Ah!" silencioso, e Ursa continua a falar:

— Não sei cortar carne, nunca vi um animal morto inteiro antes, não consigo nem pensar em entrar naquela despensa. Mal consigo manter o fogo aceso, e o meu marido tem de reavivá-lo quando a lareira se apaga. Eu não sei cuidar de uma casa. — Ela dá uma risadinha selvagem, e o coração de Maren dispara. — Não sou grande coisa como esposa.

— Tenho certeza de que isso não é... Bem, que não é tão...

Maren quer tranquilizá-la, mas como? Ela pode até entender o problema das carcaças: sua mãe também não gostava de lidar com essas coisas e deixava até mesmo os peixes para Maren limpar. Mas fazer pão, passar uma vassoura? Não são coisas muito difíceis de saber.

— É bem ruim — interrompe Ursa, e o rosto dela transparece uma raiva que Maren percebe que é de si mesma. — Mas não sei o que fazer para resolver o problema. — Ela estende o braço e aperta a mão de Maren. — Preciso de ajuda, isso é óbvio, eu sei disso. E nós temos um pouco de dinheiro. Será que você... você poderia me ajudar?

— Ajudar você?

— Me ensinar. Você não seria uma criada, mas sim uma amiga, uma professora. A não ser que seja uma ideia idiota. Pode me dizer se for o caso.

Maren se pergunta se deveria se sentir ofendida. Parece exatamente a mesma coisa que ser uma criada.

— Eu também não sou grande coisa como dona de casa.

— O nível aqui não é lá muito alto. — Ursa abre outro sorriso vacilante. Maren passa os olhos ao redor, para o fogo morrendo na lareira, as janelas pegajosas de fumaça, as teias de aranha. — É claro que, se você não quiser, está tudo bem. Eu nem sei se Absalom...

A mulher para de falar, o rosto sério de novo, afrouxando a mão sobre a de Maren. Ela, por sua vez, aperta a mão de Ursa em resposta.

— Sim — diz ela. A palavra sai de sua boca antes que ela pense muito bem a respeito.

— Você tem certeza? — Ursa sorri. — Obrigada. Vou falar com o meu marido.

Maren se põe de pé de supetão.

— Vou avisar a minha mãe.

— Sim.

— Vejo você no dia de sabá. Lá você me diz o que o comissário acha disso.

— Pode deixar. — Ursa a acompanha até a porta. Seus olhos castanhos se desanuviaram com o alívio. Ela tem uma migalha de pão no lábio inferior, e Maren segura as saias com força para impedir que sua mão a tire dali. — Obrigada, Maren.

A porta se fecha, e Maren sente que ela é quem está presa dentro de um cômodo abafado.

19

— Sei que não somos tão refinadas como ela, lá de Bergen, mas também não somos criadas. — Mamãe anda de um lado para o outro pela curta extensão do piso de casa, lambendo o canto ferido da boca e olhando para Maren com raiva. — O que deu em você para aceitar a proposta daquela *dritt* gorda?

Mas Maren não consegue explicar. Ela sabe que as duas já têm problemas demais com o bebê Erik e Diinna para mantê-las ocupadas, além de bastante trabalho a fazer no último mês do sol da meia-noite para garantir a sobrevivência durante o inverno. Há plantações a serem cultivadas depois de terem colhido a safra do ano anterior. Terão de ir até Kiberg para trocar peles por peixes, fazer viagens até as montanhas baixas para buscar urzes frescas e musgos para o pedaço do telhado onde o gelo penetrou e inflou no último inverno, deixando-o úmido depois de derreter.

Isso significa que Diinna terá de cuidar das tarefas que Maren não conseguir fazer, assim como mamãe. E mamãe está envelhecendo, ficando mais frágil, e dentro dela há uma raiva crescente de Diinna que deixa Maren assustada, mais até do que ela a está assustando no momento.

Enquanto mamãe lhe diz repetidas vezes como ela é tola e que supõe que não haja como sair dessa sem ofender a Sra. Cornet e, por sua vez, o comissário, Maren concorda com ela. Não sabe explicar o que aconteceu, por que sentiu que não tinha escolha. A única coisa que poderia dizer — embora não vá fazer isso — é que, quando Ursa afrouxou a mão, ela sentiu que havia algo importante escapulindo por entre seus dedos e que deveria se agarrar àquilo. Teve de aceitar a proposta. Não tinha escolha.

Embora esteja decidido, ela não sabe muito bem como o acordo vai funcionar. Parece estranho aceitar o dinheiro, mas mamãe não vai permitir que ela a ajude de graça. Não sabe como abordar o assunto, ou se deveria ir até a casa do comissário sem convite. Falta só mais um dia até o sabá — acredita que receberá notícias depois do culto.

Maren tenta realizar as tarefas com o cuidado e a atenção costumeiros, mas só de pensar em ficar fora de casa seu sangue ferve com algo inquieto, quente e quase doloroso. Mesmo que ela não vá sair para pescar em alto-mar como faziam antes da chegada do comissário, ainda assim é uma mudança de ares, e um lugar onde ela beijara seu noivo e velara o pai e o irmão. Em outra versão da sua vida, a casa de barcos lhe pertence, e agora Maren tem a chance de reivindicar uma pequena parte dela.

E Ursa — ela também faz algo pulsar dentro do corpo de Maren. É similar à aflição que ela sente quando observa Erik dormindo, mas é ridículo nutrir tais sentimentos de ternura por uma mulher adulta, mesmo que ela pareça tão perdida quanto uma criança. Maren fica atordoada com a situação de Ursa. Que tipo de vida será que ela tinha em Bergen para chegar aqui tão despreparada? Apesar de ser tão inimaginável quanto mamãe diz, Maren não sente nenhum desdém por ela, apenas uma piedade avassaladora.

O dia que passa entre o acordo e o encontro na *kirke* é repleto de imagens de Ursa sozinha naquela casa grande, sentada imóvel como uma pedra à mesa, debaixo dos cobertores, ou deitada na cama assim que o marido sai. Maren imagina os dedos descalços tocando a pele que costurou, os olhos gentis e atentos ao fatiar o pão que levara para ela. As mordidinhas de pássaro no pão.

•

Ainda que Maren esteja com pressa para chegar à *kirke*, ela bate à porta de Diinna e insiste para que vá ao culto no sabá.

— Ele não aprova — diz Maren — que as pessoas não frequentem a *kirke*.

— O que me importa a aprovação dele?

Maren não consegue fazer a cunhada desinteressada entender que ele é diferente do pastor, que cair nas graças daquele homem tem certa importância e que perder a sua simpatia teria um peso ainda maior.

Ela não havia contado a Diinna o que mamãe disse ao comissário a respeito das runas e dos ritos, embora acredite que a cunhada deva tê-las ouvido discutindo sobre isso através das paredes finas. Mas Diinna não dá nenhum sinal de que tenha ouvido, nem de que se importa com o que qualquer um diga, até mesmo Maren. A aversão entre ela e mamãe vibra, ficando cada vez mais ameaçadora. Maren pega a sua mão. A pele está grudenta com algo que ela não sabe o que é.

— Por favor, Diinna. Você deveria vir. Talvez ele faça mais perguntas para o censo.

Ela dá de ombros.

— Ele sabe onde me encontrar. — Ela desvia os olhos escuros para a parede. Talvez Diinna tenha ouvido, afinal de contas, talvez saiba que Toril informou o seu nome e que mamãe confirmou que ela morava ali.

— Ao menos nos deixe levar Erik — pede Maren, impaciente para sair dali.

Diinna estende o menino sem dizer uma palavra. Maren pega Erik e o coloca gentilmente no chão. Ele se senta pesadamente, como uma criança muito mais nova que seus quase 14 meses. *Ele deveria estar andando mais e balbuciando*, reflete Maren, *ou pelo menos tentando fazer essas coisas.* O bebê olha para ela com o rostinho sério. Ele tem os olhos de Diinna, e o rosto e os lábios finos do pai. Seu lábio inferior treme, mas ele não chora.

— Olá, Erik. Você vai para a *kirke* comigo. O que acha disso? — Ele passa os olhos pelo rosto dela, em seguida desvia o olhar.

Diinna fecha a porta; Maren ergue Erik no colo de novo e o leva para casa, beijando a sua testa. Ele perdera o cheiro de algodão limpo há muito tempo: agora tem cheiro de lã molhada, e seu cabelo está mais sujo do que deveria. Ela grita para mamãe se apressar e pegar um cobertor para Erik. Diinna lhe deu o bebê vestido só com um camisolão. Mamãe aparece resmungando.

— Ela mesma devia levar o filho à *kirke*. E no que estava pensando quando o vestiu com pouca roupa para sair? — Ela não se dá ao trabalho de baixar o tom de voz. — Aquela mulher está com o diabo no corpo.

— Silêncio, mamãe — explode Maren, olhando ao redor. — Não diga essas coisas.

Mamãe estala a língua de reprovação enquanto envolve Erik com o cobertor, enrolando-o como um recém-nascido. Ele se debate por um breve instante para libertar os bracinhos quando mamãe o pega no colo. Ela o trata como um bebê, mas Diinna o trata como se mal pudesse esperar a hora de ele crescer e sair de casa.

O que será dele? O filho de Erik, tão sério quanto o seu xará. Ela e o irmão viveram vidas separadas desde a mais tenra infância; Maren dentro de casa e Erik aprendendo a trabalhar na terra e, mais tarde, no mar. Às vezes, eles brincavam no promontório, naqueles raros anos intermediários em que tinham idade suficiente para ficar sem a supervisão dos adultos, mas não o bastante para lhes confiarem os trabalhos domésticos, sendo mais úteis fora do caminho. Mundos inteiros se revelavam nas planícies de Vardø — terras de trolls e reinos de fadas.

Quando estava na companhia de outras pessoas que não Maren, Erik era bastante calado e ela sempre falava pelo irmão caçula. Agora ela se recorda: Erik demorou a aprender a falar, já tinha uns 2 ou 3 anos. Mas isso era porque ela falava por ele. Quem vai falar pelo seu filho? Já adulto, Erik era um homem de poucas palavras. Nem mesmo Diinna, sempre alegre e sorridente naquela época, conseguia fazê-lo falar mais que o necessário. E agora sua esposa está calada como ele, além de taciturna.

•

A vinda do comissário e da esposa ainda era novidade o suficiente para as mulheres entrarem direto na *kirke*. Estão enfileiradas na frente da porta mais uma vez, com Kirsten um palmo mais alta que as outras. O pastor Kurtsson também está ali. Quando Maren se aproxima, ela nota que há uma ligeira divisão entre os grupos — a maioria se aglomerou perto do pastor, mas um punhado de mulheres, sobretudo as que iam ao mar pescar, está conversando com Kirsten.

Mamãe segue para o grupo do pastor, e Maren caminha na direção do outro. Ela ouve as mulheres fazerem festa com Erik sem muito entusiasmo; elas acham que ele já é grande demais para isso, e Maren sabe que a maioria não gosta mais de Diinna, assim como mamãe.

— Nada de Diinna? — pergunta Kirsten, observando as costas de mamãe. Maren balança a cabeça em negativa. — Você devia tê-la convencido a vir.

— Não posso obrigá-la. Eu tentei.

— Devia ter se esforçado mais — insiste Kirsten. — Edne deu um jeito de trazer o pai, apesar de ele estar quase cego. O censo... — Ela abaixa a voz. — Seria bom que ela estivesse aqui para dar o próprio nome. Ainda mais depois das execuções em Alta e Kirkenes.

— Execuções? — Maren sente um arrepio subir pelo pescoço.

— Três sámis, todos tecelões do clima.

— Mas a Diinna não...

— Não importa muito o que a Diinna faz, apenas o que ela é. Esse *lensmann*, ele está determinado a pôr um fim nos velhos costumes.

— Ele sequer está em Vardøhus.

— Nem em Alta — retruca Kirsten. — Mas ele tem seus comissários, e Cornet deveria ver Diinna na *kirke*.

Maren compreende. Não frequentar a *kirke* é perigoso; ser sámi e não atender ao culto é ainda mais.

— Não tenho mais tempo para voltar e buscá-la agora.

— Talvez ele não perceba — diz Kirsten, mas Maren sabe tão bem quanto ela que ele é do tipo que percebe tudo. É por isso que, assim que ela o vê vindo na direção da *kirke*, com Ursa logo atrás num vestido azul-claro, ela encolhe o corpo o máximo que pode.

— Bom dia — cumprimenta ele. As mulheres respondem em uníssono como garotinhas. Kirsten faz careta.

— Bom dia — diz uma voz mais baixa, que Maren sente se dirigir somente a ela. Ursa havia parado ao lado dela e de Kirsten e sorri com nervosismo. Seus cabelos estão mais bem penteados que no último dia de sabá; ela deve estar se acostumando com a falta de espelhos.

— Bom dia — responde Kirsten.

— Espero que possamos dar início ao nosso arranjo amanhã — diz Ursa, em tom de pergunta.

— Claro que sim.

Ursa abre um sorriso ainda mais largo, exibindo os dentes retos.

— Não esqueci que você me emprestou o seu casaco. Será que eu poderia comprar mais peles com você, Fru Sørensdatter?

— Certamente — responde Kirsten. — Posso levá-las amanhã, se for conveniente.

— Bastante conveniente. E talvez Maren possa lhe passar uma lista dos outros itens que precisamos. Fiquei sabendo que você tem um bom suprimento de grãos e coisas do tipo. Você parece ser uma mulher muito empreendedora.

— Muito obrigada, Sra. Cornet.

— Pode me chamar de Ursula.

Maren percebe que algumas mulheres estão olhando para elas, Toril divide sua atenção entre o comissário e a conversa delas com a esposa.

— Até amanhã — diz Ursa, seguindo o marido pela entrada sombria da *kirke*.

— Vocês têm um arranjo? — pergunta Kirsten, a curiosidade evidente no seu tom de voz.

— Ela precisa de ajuda com a casa — explica Maren. Ela sente o estômago se revirar. Parece um tipo estranho de triunfo. — Eu me ofereci. — Kirsten ergue as sobrancelhas. — Ela vai me pagar. Um bom dinheiro. Dinheiro de Bergen.

Kirsten assente devagar.

— Me dê essa lista depois do culto. E, Maren...? — Kirsten olha atentamente para ela, os olhos tão diretos quanto as palavras. — Tome cuidado. — Ela aperta o antebraço de Maren e entra antes que ela possa lhe perguntar com o quê.

20

Absalom parte cedo para Alta no dia seguinte, antes que Ursa possa pedir sua aprovação sobre o plano de trazer Maren para ajudar em casa. Ele conta a ela que tem uma nova tática.

— Estou cansado de esperar em frente aos portões da fortaleza dia após dia. Até o *lensmann* chegar a Vardøhus, vou arrumar algo para fazer. Fiquei muito interessado em apurar toda a dimensão de alguns acontecimentos que transcorreram em Alta recentemente.

Ursa acredita que ele também esteja decidido a conhecer os outros comissários para descobrir como é a relação deles com o *lensmann* Cunningham. Ela sabe que o marido fica furioso só de pensar que talvez os outros se comuniquem com o *lensmann* enquanto ele continua isolado em Vardø, por isso ela espera que a situação atual deles seja comum a todos os comissários e reza para que Absalom não volte com ainda mais raiva no coração.

Ele lhe diz que terá de subir a costa até Hamningberg em um pequeno barco a remo por algumas horas, tripulado por um pescador de lá, de onde um navio baleeiro o levará até Alta, que fica a dois dias de viagem para o oeste. Devem ter passado por lá vindo de Bergen, mas Ursa não se recorda de terem parado na cidade.

Com a viagem e a visita, ele ficará fora por pelo menos uma semana, e ela sente a mesma mistura de alívio e ansiedade que sentira na noite em que ele não a procurou no navio. A casa está se tornando familiar, já que ela passa o dia inteiro ali dentro, mas à noite, mesmo com ele roncando ao seu lado, Ursa pensa nas carcaças na despensa, nas runas entalhadas na porta e no lugar diante do fogo sob a cobertura de peles de Maren, onde os homens afogados estiveram.

Embora Ursa não tenha lhe falado de Maren, ele ficou impressionado com as peles, por isso logo concordou quando ela pediu dinheiro para comprar mais pelagens e suprimentos prometidos por Kirsten, estimando o valor um pouco para cima para que pudesse pagar a Maren. Acredita que ele não teria recusado: a vergonha que era a casa deles ficou evidente depois da visita de Maren. Estava tudo bem enquanto ela ficava sozinha em meio à crescente imundície. Mas, quando Maren veio, trazendo as peles que agora adornavam o chão, ela se deu conta da desordem pela primeira vez.

Fez o melhor que conseguiu no curto intervalo entre a partida de Absalom e a chegada de Maren, passando a vassoura de cerdas grossas na casa e fazendo com que nuvens de poeira e terra voassem pelos ares. Ela buscou água no poço e tentou esfregar a lama do vestido azul com uma escova e uma tábua. Imaginou Agnete de sobrancelha erguida e, mais que tudo, o rosto fino e cansado de Siv, suas mãos rachadas e cheias de bolhas, as unhas tão curtas que as irmãs zombavam delas por parecerem masculinas.

O rosto de Ursa fica vermelho de vergonha com a lembrança, a crueldade impensada e a total estupidez daquilo. Seus braços latejam pelos minutos passados na tábua de esfregar, e ela sente as mãos grudentas pelo sabão de banha e manchadas pelas cinzas. Devia pedir a Absalom que escrevesse uma carta a Siv para agradecer por manter ela e a irmã limpas, alimentadas e, à sua maneira austera, amadas. Ursa anseia por se sentir da mesma forma outra vez, assim como pela banheira diante do fogo crepitante da lareira, o calor que chegava até os seus ossos com tanta facilidade. A pressão da coluna ossuda da irmã contra a sua quando elas se sentavam viradas de costas uma para a outra na banheira, o zumbido da respiração ofegante de Agnete parecendo abelhas espremidas nas suas costelas...

Maren está na porta antes que Ursa tenha tempo de enxugar as lágrimas do rosto. Ela carrega uma trouxa de pano que deposita no chão ao lado da mesa com grande esforço, curvando-se com cuidado. Ursa lhe oferece um pouco de chá.

— De quê? — pergunta Maren, olhando para as prateleiras quase vazias.

— Meu marido trouxe folhas de mirtilo de Bergen. Tenho certeza de que ele pode nos ceder um pouco.

Maren assente e vai até a lareira.

— Deixe comigo — diz Ursa. — Eu sei preparar chá.

É uma tarefa muito simples, mas ninguém nunca a tinha observado enquanto ela a realizava antes, e Ursa sente os olhos de Maren em si do mesmo modo que sentiu na *kirke*. O olhar a faz empertigar o corpo, pegar as xícaras na prateleira com mais cuidado, florear um pouco com as folhas antes de colocá-las para ferver. Ela aprecia a atenção da mulher: não parece malícia, como se esperasse Ursa cometer algum erro, mas, sim, cuidado, como quando Siv supervisionava o seu bordado.

Maren segura a xícara entre os dedos frios — Ursa nota que a pele em volta das suas unhas está rosada e esticada como se tivesse acabado de ser escovada. Suas mãos são ásperas como as de Absalom. Ela fica envergonhada com a palma das próprias mãos, macias e inexperientes como as de um bebê, e as esconde nas dobras da saia. As duas devem ter a mesma idade, mas são tão diferentes uma da outra. Ursa se sente grande demais na presença de Maren, desajeitada e ridícula com suas anáguas. Os olhos de Maren são grandes e de uma cor suave, mas o seu olhar é penetrante e inteligente.

Na última vez que estiveram juntas naquela casa, Maren se encarregou de tudo imediatamente, e Ursa espera que ela aja da mesma forma agora. Porém, Maren parece insegura, com os olhos baixos para o vapor da xícara. Isso provoca uma inquietação em Ursa, um desconforto. Ela fica atenta à própria respiração, alta demais no silêncio, e tenta respirar com mais leveza, o que deixa o seu peito apertado.

As duas mulheres ficam sentadas em silêncio à mesa, e Ursa se dá conta de que, embora a relação entre elas seja um tanto indefinida —

Maren não é uma criada, como Siv, de modo que ela não é a patroa —, é função dela falar primeiro, iniciar a conversa.

— Obrigada mais uma vez por ter vindo.

Os olhos de Maren continuam fixos na xícara.

— Fico feliz que a sua mãe tenha podido ficar um tempo sem você. Com sorte, eu vou aprender depressa e ela logo a terá de volta. Os verões devem ser bastante agitados por aqui, já que duram tão pouco.

Maren está tão curvada sobre o vapor da xícara, talvez aquecendo o nariz, que Ursa pode ver os cabelos em sua nuca se projetando do coque apertado, a gola do vestido amassado e surrado, os nós da sua coluna sob o tecido. A trouxa puída continua a seus pés.

— O que você trouxe?

Maren se abaixa e ergue a trouxa até os joelhos, esticando os panos e os braços, as cavidades na base do pescoço se tornando mais profundas. Ursa se inclina para ajudá-la, juntando as mãos às suas debaixo da trouxa para colocá-la em cima da mesa.

— Nossa, é pesada feito pedra — exclama Ursa, agora de pé ao lado da cadeira, enquanto os dedos finos de Maren tentam desatar o nó, que ficara mais apertado com a pressão. Sua unha lascada fica presa no tecido e ela arfa. — Devo cortar o nó? — Ela apanha uma faca, mas finalmente Maren resolve falar.

— Não, por favor, Sra. Cornet. — Há um senso de urgência na formalidade, e essas duas coisas surpreendem Ursa. As faces de Maren estão coradas e ela se move de modo que a trouxa fique oculta atrás dela, como se protegesse uma criança pequena da lâmina de Ursa. — É da minha mãe.

Agora é Ursa quem fica corada, e ela se demora ao devolver a faca para o lugar. Não foi Maren quem colocou essa distância entre as duas de volta, mas ela mesma, ao tratar o pano como algo que poderia ser facilmente obtido, descartado e substituído. *Essa era a sua vida antiga,* diz a si mesma.

Quando ela se volta de novo, o pano havia sido removido com cuidado de baixo da carga e cuidadosamente dobrado ao lado. O primeiro palpite de Ursa não estava de todo errado: ao lado de uma coluna lisa de pedra, que ela identifica como um rolo de massas, há uma pedra cinza no formato de um monte com o topo achatado, mais ou menos do tamanho da barriga da mãe quando ela estava grávida do irmão que nunca viveria.

— É uma pedra de polimento? — pergunta ela, e Maren bufa, emitindo um som abrupto que a faz levar a mão à boca.

— Desculpe, é só que... — Maren não consegue reprimir outra bufada, seguida por uma leve gargalhada. Ela parece imediatamente arrependida, o que, por sua vez, faz Ursa rir também. — Mil desculpas.

— Não se desculpe — pede Ursa, sentindo a distância entre as duas voltar a se encurtar. — Só me explique o que é isso, por favor. E, talvez — ela sorri —, me diga por que não é uma pedra de polimento.

— Uma pedra de polimento serve para alisar ou engomar. Ela cabe na palma da mão, mais ou menos assim... — Maren estende a mão com a palma virada para cima e, num gesto que é mais instintivo que planejado, Ursa também estende a mão e a pousa na palma dela. Ela mal consegue sentir o ressecamento, a frieza e os calos ásperos antes que Maren afaste a mão, apertando-a de encontro ao corpo como se tivesse se queimado.

— Eu...

Há uma batida à porta: três toques distintos que demonstram uma confiança que faz Ursa pensar no marido. Ela sente o coração disparar, mas Maren reconhece o som.

— Kirsten Sørensdatter — diz ela.

Ela bate à porta como um homem, pensa Ursa ao abrir a porta de casa. Kirsten está postada ali com os braços carregados de trouxas, um balde coberto pendurado no cotovelo e duas peles amarradas como uma capa no pescoço. Ela não espera um convite para entrar, simplesmente avança e joga aquele monte de coisas na mesa.

— Bom dia, Ursula, Maren.

Ela fica parada, sorrindo para as duas, como se soubesse que havia chegado num momento embaraçoso e compreendesse aquilo melhor que a própria Ursa. Mais uma vez, ela se sente compelida a traçar um paralelo entre Kirsten e o marido: ela é tão segura de si, tão firme, ali, no meio do aposento, que Ursa fantasia conseguir sentir o ar saindo do caminho para ceder mais espaço para ela. E, embora Maren exclame, surpresa, de imediato, Ursa leva um tempo até notar que a mulher está de calças.

— Kirsten, você está louca? Eu lhe disse que você tem de parar com isso.

Maren está de pé diante da amiga, e, ainda que de onde esteja Ursa não consiga ver o seu rosto, ao lado da porta aberta, ela ouve o medo na sua voz.

Kirsten baixa os olhos para si mesma.

— Loucura seria matar renas de saia.

Ursa vê as manchas escuras nas suas coxas, salpicando os fundilhos das calças, que estão um pouco curtas para ela, a cintura presa por uma corda. Ela olha lá para fora pela porta aberta: não há ninguém espiando das janelas vizinhas, ninguém nos degraus das varandas. Fecha a porta e volta para perto da mesa em silêncio. Maren abre e fecha a boca sem emitir nenhum som, postada muito perto de Kirsten, como se quisesse ocultá-la da visão de Ursa. Há um elo entre as duas, ela acredita, uma amizade mais profunda do que a de duas mulheres que fofocam em frente à *kirke* uma vez por semana.

— Não tinha ninguém olhando — diz Ursa, esperando partir aquela ligação entre elas.

— Mesmo assim, alguém deve ter visto. — Maren junta as mãos como se estivesse rezando. — Tem sempre alguém que vê. E, se o pastor Kurtsson ficar sabendo, ou então o comissário...

Ela arfa e se vira para Ursa, que se afasta. A energia de Maren lhe parece perigosa e desesperada, como a de uma raposa presa numa armadilha.

— Sra. Cornet, Ursa, a senhora não vai... — Ela tenta se acalmar. — Por favor, a senhora poderia não... — Ela se volta para Kirsten. — Você veio à casa do comissário, Kirsten. A casa do comissário, dentre todas as outras, vestindo calças!

— São as minhas melhores calças — retruca Kirsten, fingindo se sentir insultada.

—- E você a veste para matar animais? — pergunta Ursa, entrando na brincadeira. Maren continua parecendo desolada, e Ursa tenta tranquilizá-la. — Não vou contar nada ao meu marido, Maren. Fru Sørensdatter, você tem a minha palavra. Ou devo chamá-la de Herr Sørensdatter?

Maren não ri, mas Kirsten dá uma risada alta e tira um chapéu imaginário.

— Milady.

— Você não entende como isso é perigoso? — Maren torce as mãos nas saias. — Uma coisa é usá-las dentro da própria casa...

— A única coisa perigosa aqui é a sua carranca. Se bater um vento, você vai ficar assim para sempre, e até mesmo os trolls vão fugir de você.

— Trolls são coisas de criança — refuta Maren. — Isto é sério.

— E mesmo assim você deixa migalhas de pão para eles todos os anos no solstício de inverno.

— Nós não seguimos esses costumes. — A voz de Maren tem uma nota de histeria, e Ursa enfim se dá conta de que ela é, mais uma vez, a causa da sua perturbação. É do seu marido que Maren tem medo, da desaprovação dele a respeito das runas e, sem dúvida alguma, dos trolls.

Ursa o despreza naquele momento: como gostaria que aquelas mulheres soubessem que ela tem tanto medo dele quanto elas. Dessa vez, ela se aproxima de Maren e pousa a mão nos seus ombros.

— Por favor, Maren, não precisa se preocupar. Não vou contar nada disso ao meu marido. Ele está em Alta esta semana, e tenho certeza de que o pastor Kurtsson está aproveitando a sua ausência para descansar das aulas de norueguês. Além disso — ela lhe lança um sorriso hesitante —, eu também deixo comida para os trolls no solstício de inverno. Para ser sincera, a minha irmã e eu insistíamos em preparar um arenque, com batatas assadas e um bolo de sobremesa.

— Eu gostaria de ser um troll em Bergen, para comer tão bem assim — diz Kirsten, e, ainda que Ursa decida levar o comentário dela com bom humor, percebe a provocação oculta ali e se repreende de novo pela ostentação.

Maren a estuda por um momento e, por fim, parece aceitar a sua promessa. Ela assente lentamente, suavizando o queixo pontudo.

— Obrigada.

— No entanto, Kirsten — diz Ursa, determinada a assumir o comando, a demonstrar confiança para que Maren possa acreditar nas garantias que ela lhe dera —, é melhor você pegar uma roupa emprestada para voltar para casa. — Ela levanta a tampa do baú de cerejeira e tira dali uma saia de lã cinza. — Esta aqui está um pouco comprida para mim. — Ela a estende para Kirsten e, pela primeira vez, vê dúvida estampada no rosto largo da mulher.

— Não posso vestir isso — diz ela. — É valiosa demais.

— Bobagem — retruca Ursa. — Eu insisto.

— Vou sujá-la de lama com as minhas botas.

— Estou aprendendo a lavar a lama dos tecidos. Não é incômodo algum.

Kirsten aceita a saia com certa relutância e tira as botas antes de vesti-la. A saia fica um pouco curta nela, mas as pernas das calças são ainda mais curtas e não aparecem sob a bainha.

— Toda essa preocupação por causa de um par de calças — diz Kirsten, amarrando os cadarços das botas de novo. — É provável que eu cause mais estardalhaço usando uma saia bonita como esta. É melhor tomar cuidado, Sra. Cornet, ou as beatas virão bater à sua porta para implorar por uma esmola de renda. — Ela se endireita. — Eu trouxe tudo o que você me pediu — diz ela a Maren. — Farinha e afins. Até encontrei algumas sementes de erva-doce entre as coisas de Mads. Não preciso delas.

Ursa busca o dinheiro que deve a Kirsten pelos suprimentos e a mulher guarda as moedas no bolso das calças compridas debaixo da saia.

— Obrigada. Espero que aproveite as aulas, embora nem possa imaginar por que escolheu essa professora. — Ela abre um sorriso caloroso para Maren, cujo rosto ainda exibe os últimos vestígios de preocupação. — Vejo você na quarta-feira.

21

Maren tinha vontade de chorar. Maldita Kirsten, com sua arrogância, sua estupidez e sua necessidade de ser vista. Não acredita nem por um minuto que ela só vestiu as calças para matar as renas. Ela queria aparecer. Queria avaliar a esposa do comissário, e agora tinha conseguido. Maren espera que ela esteja envergonhada.

A porta se fecha com peso, e Maren se sobressalta.

— Por favor — diz Ursa. — Não se preocupe.

Maren tenta suavizar a expressão do rosto, que lateja com o esforço. Não está acostumada a ser notada dessa maneira. Mas Ursa está olhando para ela como se pudesse enxergar através da pele o seu coração batendo descompassado. Cruza os braços sobre o peito e envolve o próprio corpo.

— Não estou preocupada. — Ela pigarreia, dá um beliscão debaixo do próprio braço e em seguida volta para a mesa, onde a pedra a aguarda. — Você me ajuda a levá-la até a lareira?

— Vamos queimá-la?

— Pedras não queimam — responde Maren com cautela, olhando para Ursa a fim de ver se ela estava brincando e descobrindo que sim. Ela retribui o sorriso. — É uma pedra de assar. — Ela abre uma das trouxas que Kirsten trouxera, verifica o conteúdo e tira dali um pacote trançado de alguma coisa. Ela o abre com cuidado e esfrega a farinha entre os dedos, sentindo os grãos. — Ainda bem que Kirsten trouxe erva-doce, ela só arranjou farinha de batata. — Bate uma mão na outra para se livrar da farinha. — Vamos fazer *flatbrød*.

Ursa assente.

— Acho que já comi isso antes, no Natal, com arenque e cebolas.

Maren se retrai. *Flatbrød* é o alimento que elas mais comem, mas nunca com cebolas. Espera que Ursa goste — ela não vai ter pão fresco na despensa com muita frequência.

Ela não lhe dá muitos detalhes, não conta a Ursa que o motivo pelo qual escolhera fazer aquele pão na primeira aula é porque até uma criança conseguiria fazê-lo, já que é quase impossível queimá-lo ou deixá-lo amargo. Maren faz *flatbrød* com mamãe desde que se entende por gente, antes mesmo de papai levar o irmão para caçar e pescar. Elas passam um dia inteiro preparando o pão a cada dois meses, Mamãe abrindo a massa e Maren assando.

— Esse tipo de pedra mantém muito bem o calor. Nós as utilizamos nas nossas camas, durante as noites mais frias.

Ela costumava ir com mamãe, às vezes até com papai, procurar esse tipo de pedra nas montanhas baixas. Pedra-do-fogo, como papai a chamava, pois ficava quente com apenas um toque da luz do sol. Ela passa a mão sobre a pedra. Aquela era a sua segunda pedra de assar, coletada mais recentemente, há cerca de uns dez anos. A pedra que deixou em casa é melhor, arredondada como uma cuia pelos anos de uso. Pensou em dar essa de presente para Ursa, mas está com vergonha de lhe oferecer. Mamãe não vai dar por sua falta. Ela não presta muita atenção em mais nada, como se uma película tivesse crescido sobre os seus olhos e ficasse mais espessa com o passar dos meses.

— Como um aquecedor de cama?

Maren não sabe, mas, de qualquer forma, faz que sim.

— Ela mantém o calor constante, impede que o ar entre na massa. O pão dura por meses, anos.

Elas erguem a rocha, segurando uma de cada lado — Ursa fica surpresa com a capacidade de Maren de trazê-la sozinha até a sua casa —, e a colocam sobre a grade da lareira.

— Vai demorar um pouco para esquentar, mas podemos começar mesmo assim.

Ela coloca na mesa os itens que Kirsten trouxera: há bastante farinha e um balde de *kjernemelk* com uma película fina no topo que deixa Maren com água na boca só de olhar. Enquanto desembala os pacotes menores de sementes e até um pequeno cristal de sal, Maren percebe que Kirsten está ainda mais bem de vida do que havia pensado.

Ela pega o pilão e o almofariz de Ursa, feitos de pedra fria e acinzentada, e pede a ela que moa as sementes de erva-doce enquanto começa a medir e a peneirar a farinha. As sementes têm um gosto muito forte quando inteiras e deixam o pão desequilibrado, sem gosto onde não há sementes. É assim que ela se sente ali, ao lado de Ursa: pálida e fina como um *flatbrød* sem graça.

Ursa espalha a erva-doce moída sobre a farinha e Maren tem de peneirar tudo de novo: Ursa não trabalhara muito bem e o pó das sementes não está tão fino quanto gostaria. Mas a mulher olha para ela com uma expressão ansiosa no rosto, de modo que Maren apenas assente e agradece. Quando a mistura de farinha fica um pouco menos granulosa, resta uma pequena pilha de cascas de erva-doce ao seu lado na mesa. Ursa estica o braço para jogá-las fora, mas Maren estende a própria mão. Dessa vez, ela está preparada para o contato físico e não sente a pequena onda de pânico que sentiu quando Ursa havia pousado a mão na sua.

— Guarde-as. Podemos usar as cascas também.

Ursa faz algo muito estranho. Ela cobre o rosto com as mãos e emite um som amuado; parece uma criança que acabou de receber uma bronca.

— Me desculpe — diz ela. — Eu me sinto tão tola. Você deve me achar uma pessoa horrível por desperdiçar tudo.

— Eu não acho nada disso — diz Maren. — Só acho que a sua vida era diferente em Bergen. Espero que venha a gostar da vida aqui. — Ela sente uma onda de calor subir pelo pescoço. — Não que eu ache que você esteja com dificuldades.

Ursa solta uma risadinha falsa, um som lamentoso que deixa Maren nervosa.

— Ah, mas eu estou.

É um momento de troca de confidências que enche Maren de ternura.

— Vai ficar tudo bem, Ursa.

Ursa olha para ela com uma gratidão tão sincera que Maren sente o rosto corar.

— Você é tão gentil. Estou muito grata por ter você aqui.

Ela estende os braços para Maren, e, embora ela não costumasse abraçar as pessoas — a última vez que fizera isso deve ter sido com Diinna, quando ela estava deitada no chão enquanto mamãe segurava o recém-nascido Erik —, algo a impele a deixar que Ursa a abrace.

Não há nenhuma relutância ou constrangimento no modo como Ursa se recolhe em seus braços, acomodando-se sob o queixo de Maren, com os cabelos cheirando a sono e água perfumada. Ursa mencionou ter uma irmã, e devia estar sentindo falta de abraçá-la, pois se agarra a Maren com uma carência perturbadora.

Maren, por sua vez, cria coragem e aperta o abraço ao redor de Ursa, sentindo a maciez do seu corpo sob o tecido fino do vestido, o volume suave das omoplatas como ondas baixas nas suas costas. Não quer respirar fundo, não quer criar o espaço entre elas necessário para estufar o peito. Mas logo Ursa vai se soltando e se separando dela.

— Obrigada — diz Ursa, e se volta para as cascas de erva-doce. Ela parece ter se acalmado com o abraço, ao contrário de Maren, que ficou inquieta. — Devo moê-las mais um pouco?

Há uma pulsação dupla no corpo de Maren. Ela acena que sim e começa a acrescentar o *kjernemelk*, removendo a manteiga da superfície para chegar ao líquido. O ato exige concentração e a deixa mais tranquila. Ela embrulha a manteiga no pano limpo que Kirsten lhes dera para esse fim, e o aroma cremoso envolve suas narinas. Ficaram sem manteiga no ano passado, e ela havia sentido falta desse luxo, o sal desidratado de uma baldada de água do mar, batida até se tornar dourada e lisa e perfeita.

Depois de adicionar leitelho suficiente, ela o mistura com cuidado, inclinando a tigela para que Ursa possa ver enquanto ela mexe a massa até que fique firme e consistente, formando um monte parecido com uma pequena réplica da pedra de assar que está aquecendo no fogo da lareira.

Maren espalha a farinha sobre a mesa e Ursa lhe passa o pesado rolo de massa. É feito de uma pedra diferente da pedra de assar, mais fria, para impedir que a massa grude. Ela porciona a massa em punhados e põe um deles diante de Ursa.

— Você precisa abrir a massa tão fina como um biscoito.

Ursa assente com a cabeça, mas, no instante em que começa a abrir a massa, Maren percebe que ela nunca fez biscoitos antes. A forma que faz não se parece em nada com um círculo. Porém, quando ela ergue o olhar para Maren em busca de aprovação, com um pouco de farinha na testa perto da linha dos cabelos, ela sorri de modo encorajador e fica observando quando Ursa leva a massa com cuidado até a pedra de assar e a deixa cair ali em cima. A massa está torta, com um dos lados caindo pela beirada na direção das chamas flamejantes, e Maren já sabe que o pão vai ficar queimado ali e cozinhar de modo desigual em todo o restante.

— Quanto tempo? — Ursa não tira os olhos da pedra de assar.

— Temos de esperar até toda a água evaporar, para que fique crocante e fácil de partir. Você fica de olho?

Depois que Ursa recebe sua tarefa, Maren assume o controle do rolo de massa. O utensílio não mantém nenhum resquício do calor das mãos de Ursa. Ela abre o restante da massa em círculos perfeitos. Não tem a habilidade de mamãe, mas eles estão uniformes e cheios de pintinhas como os raros ovos que elas encontram escondidos nos vãos entre os rochedos na frente de casa. Desde a tempestade, nunca mais procuraram pelos ovos. Talvez devesse mencionar isso à mamãe — depois de bem mais de um ano sem serem incomodados, é provável que os pássaros tenham se esquecido do perigo que as pessoas representam para eles.

Depois de algumas tentativas de Ursa de tirar o *flatbrød* da pedra cedo ou tarde demais, ela aprende o ponto em que deve resgatar os pães com a pinça e colocá-los para esfriar. As mulheres encontram um bom ritmo para trabalhar, comunicando-se apenas através de olhares e acenos de cabeça, e, quando a massa está toda aberta e empilhada, Maren pega uma panela sem nem perguntar e começa a preparar mais chá. A lareira é dupla, como Dag tencionara fazer, de modo que elas podem ficar lado a lado em frente ao fogo. Quando o chá fica pronto, os primeiros pães estão secos e frios.

Ursa cutuca os pães com os dedos.

— Será que estão bons?

— Só há uma maneira de descobrir.

Elas se sentam à mesa enfarinhada. Ursa pega o pão que fizera e o quebra com as mãos, espalhando migalhas e flocos de sementes pelo colo. Ela os limpa distraidamente, jogando no chão enquanto mastiga.

— Ficam mais gostosos depois de alguns dias — diz Maren.

— Já estão bem bons. — Ursa abre um sorriso largo e Maren o retribui com prazer. — Não há bênção maior que pão.

— O quê?

— É algo que Siv costumava dizer.

— A sua irmã?

— Criada. — Ursa parece se dar conta do que tinha dito. — Mas também minha amiga. Minha irmã se chama Agnete. — Ela pisca, e os cílios claros roçam suas faces. — Ela é doente.

— Sinto muito.

— Ela quase se afogou quando nasceu. Os médicos dizem que é porque o parto aconteceu durante o banho da minha mãe, e que ela ainda tem água nos pulmões. Eu cuidava dela.

Maren não sabe o que dizer. Ela pega mais um pouco de *flatbrød*, apanhando as migalhas com cuidado na palma da mão e as colocando sobre a farinha.

— Eles acharam que ela não viveria até o primeiro aniversário, mas Agnete já tem 13 anos. Ela vai estar crescida quando nos virmos de novo.

O silêncio se alonga. Ursa não termina de comer a sua parte, apenas gira o pão entre os dedos e o passa de uma mão para a outra. A dor é tão evidente no seu rosto que parece indecente olhar para ela.

— O meu irmão também era mais novo que eu — diz Maren, por fim. — Um ano mais novo. Ainda assim se casou antes de mim.

— Pelo menos nisso eu ganhei de Agnete. — Lentamente, Ursa ergue os olhos para Maren. — Você deve sentir falta dele.

Não há nada que Maren possa dizer a esse respeito. Ela sente uma energia pesada emanando do lugar diante da lareira onde puseram o corpo de Erik, de pele esverdeada e parecendo encolher diante dos seus olhos. Não conseguiu tocar nele durante as semanas em que o irmão permaneceu ali, não se ajoelhou e se atirou sobre ele como mamãe fez. Apesar de a Kirke falar de almas e Varr e Diinna de espíritos, desde o instante em que viu o irmão morto, ela sentiu que não havia mais nenhum vestígio dele neste mundo ou em qualquer outro. Havia apenas um corpo, tão vazio quanto as carcaças na despensa. Erik não era essa figura encolhida; ele não estava voando como um pássaro visto da janela, não estava no mar, nem na baleia ou no céu. Ele se foi, e Maren não conseguia encontrar nenhum conforto para a perda.

— Sinto muito — diz Ursa. — Não quis ser intrometida. Agnete e eu não conversávamos muito com outras pessoas além do pai e de Siv.

— Na minha casa, nós não conversamos sobre nada — diz Maren, bruscamente. — Temos de armazenar os pães. Você tem algum barril para isso?

— Não que eu saiba. Embora talvez...

Ursa olha na direção da despensa. As teias de aranha se foram, mas Maren suspeita que elas tivessem sido limpas dali em vez de quebradas pela passagem de alguém.

— Vou buscar — diz Maren, pondo-se de pé, mas Ursa se levanta com ela.

— Deixe que eu vou. — Há aquela expressão determinada no queixo da mulher, que Maren notou quando ela desceu do barco de vestido amarelo. — Eu consigo.

Ela atravessa o aposento e põe a mão no trinco. Maren vê o ligeiro erguer de ombros quando ela respira fundo e abre a porta, deixando manchas de farinha na soleira. A despensa tem uma pequena fresta que faz as vezes de janela na parede mais distante, e a luz penetra através das silhuetas das carcaças penduradas e ilumina os cabelos finos que se projetam ao redor das orelhas de Ursa, escapando do nó apertado.

Ursa vacila por um instante antes de entrar na despensa, longe dos olhos de Maren. Ela vê o balanço das renas abatidas, os corpos de um vermelho-escuro e musculosas. A carne deve estar suculenta agora, com o gosto forte e salgado. Devia se oferecer para ensinar-lhe como cortar a carne, mas talvez seja cedo demais para isso. Ouve um rangido e Ursa volta da despensa, rolando um barril diante de si e se desviando quando o balanço de uma das carcaças faz o animal morto roçar nela. Fecha a porta ao sair, passa a língua nos lábios e rola o barril até a mesa, endireitando-o e descansando as mãos sobre ele.

Elas embrulham o *flatbrød* e o empilham dentro do barril. Depois que terminam, limpam a mesa e varrem o chão. Maren lava as xícaras na água acinzentada da bacia, as mãos enrugando enquanto ela esfrega a ponta dos dedos na borda da xícara de Ursa.

Retiram a pedra do fogo com o auxílio das pinças e a colocam na beira na lareira.

— Deixe aí até amanhã — instrui Maren. — Até lá a pedra vai esfriar.

— Devo levá-la até a sua casa?

— Pode ficar com ela. E com o rolo de massa. Nós temos outros dois.

Ursa estica o braço com uma intimidade natural e pega a mão de Maren.

— Obrigada.

— Eu posso ficar mais um pouco — diz Maren, embora não seja bem verdade. Havia prometido à mamãe que voltaria para casa a tempo de assar os próprios pães. Mas voltar para aquela casa pequena, repleta de um silêncio e de uma tristeza tão profundos que impregnam o ar, parece impensável naquele momento, ali naquele cômodo aquecido, com a mão macia de Ursa na sua. — Podemos começar a costurar aquelas peles.

— Que falta de consideração a minha — exclama Ursa. — Você deve estar sentindo falta do casaco.

— Sim. — A mentira sai fácil; ela tem o casaco do pai em casa. — Seria bom ter o meu casaco de volta.

— Mas será que a sua mãe não está precisando de você? Eu me viro sem o casaco. Não tenho nenhum lugar para ir além da *kirke*. Além disso, ainda faltam alguns dias até o sabá e o tempo está ficando mais quente a cada dia que passa.

Maren sente que a oportunidade está escorrendo por entre os seus dedos.

— Não gostaria que você ficasse sem ele. Não vou levar muito tempo para lhe ensinar. Embora é claro que seria mais rápido se nós duas costurássemos. Acabaríamos antes do fim do dia.

Por que ela simplesmente não diz que gostaria de ficar? Não é assim que as pessoas dali costumam falar, isso quando se falam, esse vaivém como uma correnteza que segue numa direção e depois volta impulsionada por um vento forte.

— Para mim, não tem problema se você ficar. Para ser sincera, eu até prefiro que fique, já que Absalom está em Alta. — Seus olhos brilham quando ela se vira para Maren. — Nós podemos nos sentar juntas perto do fogo e conversar um pouco enquanto costuramos. Se você quiser. Não precisa fazer isso...

Mais uma vez, Maren tem aquela sensação dentro dela, aquele terceiro braço espectral que se estende dela para segurar Ursa, como se ela estivesse se afogando e encontrasse uma jangada entre os destroços do naufrágio.

— Sim — consegue dizer. — Eu posso ficar, sim.

22

As mulheres estendem as peles no chão e Maren apanha uma faca para cortá-las nos lugares certos. Ela precisa estender um barbante pelo corpo de Ursa para tirar as suas medidas, e até mesmo isso a faz corar. Em seguida, parte as peles em diversos formatos e, enquanto Ursa a observa, Maren sente que ela quer lhe perguntar alguma coisa.

— A reunião de quarta-feira é algo que acontece com frequência?

Maren para de cortar e se apoia nos calcanhares.

— A reunião de quarta-feira que Kirsten mencionou — insiste Ursa. Maren mal consegue se lembrar do que aconteceu durante a visita de Kirsten. Parece que foi há muito tempo. — São só vocês duas?

— Não. Muitas de nós nos reunimos na casa de Fru Olufsdatter.

— Ela é nossa vizinha, não é? Talvez eu pudesse comparecer. Gostaria de conhecer as pessoas fora da *kirke*.

Maren se retrai.

— Não vou mencionar nada disso a elas, se você não quiser. Posso fingir que nem a conheço.

Maren sabe que ela diz isso de brincadeira; mesmo assim, demora muito para ocultar a mágoa no rosto.

— Pode fazer o que você quiser.

Ursa se levanta e vai até o baú de cerejeira.

— Quer uma semente de anis? — Ursa deixa cair duas sementes diminutas na palma da mão e as oferece para ela. — Você as coloca na língua. Elas têm um gosto estranho, mas muito bom. — Ela pega uma semente, coloca na boca e estica a língua para fora para mostrar. — Se não gostar — diz Ursa, cobrindo a boca, as palavras soando um pouco emboladas pela semente de anis —, você pode cuspir.

Maren pega a semente da mão de Ursa e fecha os lábios sobre ela.

— É bom, não é?

— Eu nunca provei nada parecido. É de Bergen?

— Da Ásia. O capitão Leifsson, encarregado do navio que me trouxe até aqui, me deu algumas.

Elas voltam ao trabalho; Maren leva as peças das mangas até a mesa para elas costurarem, uma manga para cada uma. Faz os furos com um cilindro pontiagudo e mostra a Ursa o ponto de cruz que precisa fazer para reforçar a costura.

— Espero que você não se incomode com as minhas perguntas sobre a reunião das quartas-feiras — continua Ursa. — Eu entendo se não for bem-vinda. É só que gostei tanto do nosso dia juntas que gostaria de conhecer as outras mulheres, se forem todas tão gentis como você.

Como Maren pode explicar o nó que sente dentro do peito só de pensar em Ursa fazendo amizade com as outras? É infantil sentir ciúmes de uma amizade tão recente. Além disso, é complicado ter a presença da esposa do comissário em um ambiente tão informal. Ela confia que Ursa não contará a ninguém sobre as calças de Kirsten, mas o que mais ela poderá ouvir nas reuniões?

— Eu entendo que sou uma estranha aqui — instiga Ursa —, mas gostaria imensamente de não ser mais.

— Pode vir, é claro.

— Você vem me buscar? Não gostaria de chegar sem convite na primeira vez.

Maren não consegue fazer nada além de concordar com a cabeça.

— Ótimo. — Ursa sorri. — Está marcado. — Ela volta a atenção para o trabalho. — Agora, onde foi que eu errei aqui?

A resposta vem sem demora, e Maren ajuda Ursa a desfazer a costura e desta vez mostra a ela como se faz mais devagar, para que ela consiga acompanhar. O fogo se apaga duas vezes antes que elas terminem. O mundo está quieto e cinzento além das janelas pequenas, a noite tão silenciosa que parece que todos os seres vivos estão prendendo a respiração.

O polegar de Ursa está vermelho e sangrando de tanto empurrar a agulha através da pele grossa sem um dedal. Maren pensa em lhe trazer um pedaço de couro da próxima vez.

— Você devia experimentar. — Maren estende o casaco para ela, e Ursa desliza a peça pelos braços.

— Como estou? — pergunta ela, dando uma voltinha. — Pareço uma mulher de Vardø?

Ursa não se parece em nada com elas, com nenhuma delas. Maren sente uma dor no peito e abaixa a cabeça para ocultar a confusão, começa a enrolar a linha feita de tripas que sobrou.

Ursa tira o casaco, pendura-o no gancho ao lado da porta, pega outro, que está ao lado, e o estende para Maren.

— Obrigada pelo empréstimo. — Ela atravessa o aposento até o baú de novo. Desta vez, há duas sementes na palma de sua mão e algumas moedas.

— Aqui.

As moedas são frias e reluzem na mão de Maren.

— Isso é muito.

— Não pela pedra, pelo rolo de massa e por tudo o mais — retruca Ursa. Ela fecha os dedos de Maren sobre as moedas. — Nós fizemos muito mais do que eu jamais esperava conseguir. Ora, eu já sou quase uma dona de casa.

— E as sementes de anis?

— Uma para agora, outra para mais tarde. Até quarta?

Maren quer que Ursa peça de novo a ela que fique, que se intrometa no seu caminho, que fique com ela ao menos até o dia raiar. Mas ela apenas abre a porta e a deixa desaparecer na noite nebulosa iluminada pelo sol.

O tempo que passou com Ursa a fez se sentir notada de um jeito que não experimentava desde que Dag veio até ela, trêmulo, e a pediu em casamento. Mesmo a sua amizade com Kirsten, embora muito estimada, é baseada em termos diferentes.

Ela nunca viu tanto dinheiro antes, pois a vila opera mais pelo escambo do que pela troca de moedas. Elas ressoam nas saias de Maren como uma provocação. Tornam o tempo que passaram juntas nada mais que um serviço e fazem com que ela signifique para Ursa nada mais do que Kirsten significa. Ainda assim, ela sabe que é muito dinheiro, vai sobrar bastante depois que fizerem os pedidos de sempre dos mercadores de Varanger quando eles vierem no solstício de verão. Além disso, mamãe não iria deixar que ela voltasse para casa de mãos vazias e a proibiria de voltar lá.

Será que Maren lhe daria ouvidos? Ela duvida que a desaprovação da mãe pudesse mantê-la longe daquela casa e de Ursa. É a primeira amiga que Maren faz em anos, e que não foi tocada pelas dificuldades de uma vida inteira passada em Vardø. Mesmo antes da tempestade, nenhuma das mulheres era tão amável quanto ela.

Quando avista a sua casa, com a luz que vaza das janelas fazendo com que parecesse um barco sobre um mar nebuloso, ela tira três das moedas menores e mais pesadas do bolso e as guarda no outro, abafando o som com um pedaço de pano. Não sabe quanto elas valem, nem consegue identificar os desenhos nelas, mas algo relacionado ao seu peso e à sua cor faz Maren ter certeza de que são as mais valiosas.

Guardará essas moedas para si mesma, para um propósito ainda indefinido até para ela. Talvez vá a Trøndheim e compre um tecido trançado para fazer um vestido no estilo do azul-marinho de Ursa, com uma gola que se arredonda audaciosamente perto dos ombros e com um acabamento de renda no punho das mangas. A roupa não cairia tão bem nela quanto em Ursa, mas seria bom ter algo novo, que não tivesse bainhas e costuras esfarrapadas. Ela aperta as moedas até senti-las quentes ao toque e olha para o céu. O sol está baixo e difuso, os raios de luz não param de se mover para o canto dos seus olhos. Talvez ela possa até construir uma casa para si mesma algum dia.

Sua mãe está acordada e de pé diante da lareira, com a pedra de assar disposta sobre as chamas como um sapo, uma pilha de *flatbrød* ao lado e mais massa em cima da mesa. Ela não se vira quando Maren fecha a porta. O cômodo parece abafado depois de passar o dia na casa do comissário, e, embora esteja limpo, ela sente um cheiro que nunca notou antes: de fumaça e cabelo sem lavar. Ela pigarreia e sente o gosto da semente de anis.

— Mamãe?

A mãe estica o braço para o pão assado, dá uma batidinha nele com os dedos e o vira na palma da mão. O pão ainda está soltando vapor, mas ela se demora ao levá-lo até a prateleira e o coloca ali de modo tão suave como numa oração. *Não há bênção maior que pão*, pensa Maren, enquanto a mãe pega outro círculo de massa e o distribui em cima da pedra.

— Desculpe, eu me atrasei — diz Maren, tirando o casaco. Sente um aperto súbito no peito ao se lembrar de Ursa, de como ela havia feito o casaco novo parecer algo raro e adorável, feito um pássaro vestindo as próprias penas.

Ela não sabe que Maren costurou duas pequenas runas na parte de dentro das mangas, as runas que Diinna certa vez lhe dissera que significavam cuidado e proteção contra o perigo. Pensar nisso agora a deixa contente, como mensagens rabiscadas com tinta invisível, pressionadas na pele pálida dos pulsos de Ursa, o percurso suave de suas veias verdes como o degelo.

Mamãe permanece em silêncio, mas há uma tensão nos ombros erguidos dela, e, quando Maren se aproxima do fogo, ela contrai o queixo ao virar o pão. Suas mãos estão tão acostumadas ao movimento que ela não baixa o olhar e continua olhando para a frente, o calor fazendo o suor brotar no seu rosto. Sua pele brilha com a transpiração, a ferida permanente no canto da boca descamando. Ela parece uma estranha.

— Mamãe?

Maren estende as moedas e finalmente mamãe olha para ela, e depois para a sua mão. Sem dizer uma palavra, ela indica com a cabeça a tigela onde guardam a bolsinha de trocados, o colar de contas que receberam do pai de Diinna quando ela se casou com Erik e a pérola cinza que seu pai encontrou numa concha e que Maren pensou em dar a Dag como presente de casamento. Ela coloca as moedas ali e volta para entregar à mamãe o *flatbrød* seguinte.

Elas trabalham lado a lado, e o silêncio é ao mesmo tempo mais pesado e mais confortável do que com Ursa. Fizeram isso tantas vezes que parecem partes diferentes de um só corpo.

— Como ela é? — pergunta mamãe, por fim.

Maren pensa nas mãos macias de Ursa, nas suas faces delicadas, na ruga que surge no seu queixo quando ela reflete ou fica constrangida. Pensa no seu hálito de anis, que compartilha com ela agora, como um segredo.

— Ela não é como você esperaria.

Mamãe bufa, incrédula.

— Você vai conhecê-la em breve — diz Maren, passando o último pão cru enquanto mamãe deposita outro na prateleira. — Ela vai à reunião de quarta-feira.

Ao mencionar esse fato, ela sente a mesma confusão que sentiu quando Ursa abordou o assunto. A amizade das duas é recente e indefinida, ainda não se tornou algo sólido o bastante para que ela se sinta segura a respeito. E se Ursa finalmente perceber que escolheu uma pessoa totalmente medíocre para ajudá-la quando poderia muito bem escolher entre muitas outras professoras? Toril é a mais habilidosa com a agulha; Gerda, a mais rápida para bater manteiga; Kirsten, a melhor para cortar a carne. Sua mãe é uma cozinheira melhor e assa pães como ninguém — Maren nem ao menos tem o bom temperamento da maioria das outras mulheres.

— É mesmo? — Mamãe ergue as sobrancelhas. — Isso vai ser bem interessante. O que será que a sua querida Kirsten vai achar disso?

— Por que ela acharia alguma coisa?

— Ela gosta de ser o centro das atenções, não é mesmo? Com a esposa do comissário na reunião, Kirsten não vai conseguir assumir o controle tão facilmente.

— Ela não vai se importar. Foi Kirsten quem mencionou a reunião na frente dela.

— Veremos — diz mamãe. Ela começa a empilhar os pães dentro do barril e Maren se aproxima para ajudar. Do outro lado da parede fina, Erik finalmente se acalmou e Maren ouve o início de uma canção, cantada baixinho por Diinna no seu idioma. O *joik* de Erik.

Elas vão se deitar assim que os ruídos da manhã começam a deslizar por baixo da porta, e Maren tem de esperar até mamãe adormecer antes de tirar o restante das moedas e as sementes de anis do bolso e guardá-las no rasgo em seu travesseiro. Ela move as sementes ali dentro, sentindo-as pequenas e duras contra a bochecha, e fantasia poder sentir o seu cheiro através do tecido encardido. Deveria aproveitar um dos longos dias de verão e remar até as montanhas baixas. Não substituiu as urzes desde a tempestade, e agora elas estão tão secas quanto pão queimado. Talvez, agora que Ursa tem o seu próprio casaco, ela queira acompanhá-la.

Maren ainda consegue ouvir a cantoria de Diinna através da parede. Erik deve estar acordando, e ela pousa a mão na madeira, deixando que suas pálpebras se fechem contra a claridade do dia. Ela afunda, e a baleia que veio buscar seu pai e seu irmão emerge, chamando-a para o mar.

23

Mamãe faz Maren trabalhar duro no dia anterior à reunião de quarta--feira. Ela precisa ir à casa de Toril para buscar alguns coletes de inverno remendados, e a mulher é mais severa com ela do que nunca. Toril sempre foi uma mulher de temperamento difícil, fria até mesmo com as pessoas que conhecia a vida inteira, mas desde a tempestade ela passou a usar a fé como uma armadura, brandindo sua devoção como se fosse uma espada. Maren conta cinco crucifixos na prateleira sobre a lareira, enfileirados como armas que acabaram de ser forjadas. Mais alguns deles revestem as paredes, objetos delicados feitos de algas marinhas trançadas com barbante.

— São para o comissário Cornet? — Maren indica com a cabeça os crucifixos.

— Para Deus. Ele me visita quase todos os dias — responde Toril.

— Deus?

— O comissário. — Maren suga as bochechas para não rir da cara furiosa de Toril. — Mas não hoje. Hoje ele está em...

— Alta.

Os nós dos dedos de Toril ficam brancos nos coletes que segura nos braços.

— Ele contou a você?

— Você não é a única que sabe das coisas, Toril — diz Maren, lembrando-se de como Kirsten deixou Toril frustrada com as informações que tinha sobre o *lensmann*. Ela estende as mãos para a pilha de tecidos alinhavados, mas a mulher não os entrega para ela.

— Ele não a visitou.

Maren encolhe os ombros.

— Eu sei que não. Ele nunca a visitaria, não com aquela lapã e o bastardinho dela vivendo sob o mesmo teto.

A raiva chega instantânea e escaldante ao peito de Maren.

— Erik não é nenhum bastardo. Eles eram casados, você mesma dançou na festa de casamento.

— Não dancei, não — refuta Toril. — Eu jamais dançaria numa união tão diabólica.

Maren sente a mão coçar. Ela adoraria esbofetear o rosto de Toril e puxá-la pelos cabelos. Mas apenas arrebata os coletes das mãos dela.

— É melhor segurar essa língua, Toril Knudsdatter.

Toril perde o equilíbrio e tropeça, batendo o ombro na prateleira ao seu lado e derrubando vários crucifixos no chão. Maren se vira e, de coração acelerado, a deixa agachada no assoalho para recuperá-los.

Vardø está agitada de uma maneira que só acontece no verão, as mulheres sentadas em frente às casas batendo manteiga e limpando as escamas dos peixes trazidos de Kiberg. Os aromas e o papo furado, apesar de familiares, não conseguem tranquilizá-la. Ela segue imediatamente até a porta de Diinna, bate na madeira com o cotovelo.

Diinna demora a atender. Sua pele está sem cor, a boca é uma linha reta, os cabelos estão soltos e escorridos. Lembra a Maren a expressão no rosto dela no dia em que Kirsten a ajudou a sair da neve naquele primeiro inverno depois da tempestade. Atrás de Diinna, o quarto está escuro e abafado, com cheiro de leite azedo. Maren pode ver a pequena silhueta de Erik, ainda enfiado nas cobertas, o movimento lento da sua respiração mal discernível.

Diinna estende os braços para pegar os coletes sem dizer uma palavra, mas Maren balança a cabeça negativamente e gesticula para que ela saia de casa. A porta se fecha atrás delas, embora Maren quisesse ser capaz de dizer a ela que a deixasse aberta, para permitir que um pouco de ar fresco entrasse no cômodo onde seu filho está dormindo.

— Acabei de voltar da casa de Toril.

— Estou vendo. — À luz do dia, Diinna parece mais miserável do que nunca, de olhos sem vida e cheios de bolsas. Se Maren não soubesse que não havia como ela ter arranjado uma bebida, pensaria que Diinna estava bêbada.

— Ela tem falado a seu respeito, e de um jeito muito maldoso.

— O que me importa?

— Ela disse que você e Erik não eram casados, não de verdade.

A dor aflora no rosto de Diinna. Ela coloca uma mecha de cabelo na boca e chupa as pontas.

— Ela estava presente, viu o nosso casamento.

— Ela chamou de… — Maren abaixa a voz para que mamãe não a ouça — …união diabólica.

Diinna encolhe os ombros.

— Ela sempre foi assim. Mesmo quando ainda éramos crianças. Uma vez, ela jogou uma panela cheia de água quente em cima de mim. — Ela pousa a mão no lugar em seu ombro onde o tecido cicatrizado se estende como uma renda, e Maren afinal se recorda de que foi Toril quem infligiu aquele ferimento. — Por que veio me procurar com essas histórias velhas?

— Mas isso não é só conversa fiada — diz Maren. — Ela tem a atenção do comissário agora. Ele reza com Toril quase todos os dias.

Diinna bufa.

— É isso que eles passam o dia inteiro fazendo?

Maren deixa os coletes caírem no chão e a segura pelos ombros. Sente os ossos duros entre os dedos.

— Diinna, por favor. Venha à *kirke* no sabá. Ele tem de ver o seu rosto, tem de vê-la no culto.

Diinna se desvencilha dela.

— Eu deixo Erik ir, por você e pela sua mãe. Devia ser o bastante.

— Não é por mim. — Maren tem vontade de sacudir a mulher. — É por você, e, se não quiser fazer isso por si mesma, faça por Erik. Está registrado no censo do comissário que você não frequenta a *kirke*.

— Censo?

— No livro dele. Está escrito lá, e, uma vez escritas, as coisas não são tão facilmente esquecidas. Além disso, você é...

— Uma lapã? — Diinna semicerra os olhos.

— Eu jamais usaria essa palavra. Mas eu lhe contei o que Kirsten me disse a respeito dos homens sámis que foram executados em Alta, e mais outro em Kirkenes.

— Eles eram só tecelões do vento. — O rosto cuidadosamente inexpressivo de Diinna se contorce de tristeza por um instante. — Inocentes.

— É exatamente por isso que você deve tomar cuidado. — Maren cerra os dentes. — No primeiro discurso dele — continua ela, lembrando-se de súbito —, o comissário Cornet mencionou o envolvimento no julgamento de uma mulher. Talvez essa não seja a única razão de ele estar aqui, mas faz parte. Você deve ir à *kirke*.

— Me parece que seria melhor ficar bem longe dele.

— Mas ele já sabe a seu respeito. Toril mencionou o seu nome na *kirke* e, pelo que pude perceber, ela continua falando de você para o comissário.

— Eu devia ter aberto um buraco na língua dela em vez de só ameaçar — diz Diinna. — Faria um bem para todas nós.

Maren havia se esquecido da ameaça feita em um daqueles terríveis dias que se seguiram à tempestade e sente uma nova onda de náusea efervescente.

— Você não devia dizer essas coisas.

— Por quê? Você também acha que sou uma bruxa? — Diinna olha fixamente para ela, sem piscar.

Maren crava as unhas nas palmas das mãos, seu desespero beirando a irritação.

— Quer dizer que você não irá à *kirke*?

Diinna desvia o olhar para um ponto ao longe.

— Seria bom se você viesse pelo menos para encontrar as outras mulheres com mais frequência — insiste Maren. — Você costumava gostar de algumas de nós.

Você costumava me amar, pensa ela, apanhando os coletes. Diinna não se mexe para ajudar. Ela ainda tem uma serpente de cabelo ensebado rastejando nos lábios, e o som de sucção enche a boca de Maren de amargura.

— Que tal se você for à reunião de quarta-feira? Você costumava ir. Toril nunca vai, assim como a maioria das beatas.

— Mas a sua mãe vai. E pensei que vocês fossem todas beatas agora — diz Diinna, secamente.

— Você sabe que não sou igual a elas — retruca Maren, empertigando-se e estendendo os coletes. — Kirsten, Edne e muitas de nós não somos iguais a elas.

— Sim — concorda Diinna, aceitando as peças de roupa macias. — Mas eu tampouco sou igual a vocês.

Lá dentro, Erik começa a gemer.

— Você virá à reunião? — pergunta Maren, desesperada, enquanto Diinna abre a porta e se vira para fechá-la ao entrar. Não recebe nenhuma resposta.

Ela anda de um lado para o outro em frente à porta. Maren sente a armadilha se fechando em volta delas, tem essa sensação desde que Toril deu o nome de Diinna na *kirke*. As notícias que receberam de Alta só pioraram as coisas. O fato de que os marinheiros tinham o costume de procurar a proteção dos amuletos contra o mau tempo dos sámis desde que se estabeleceram ali não teve nenhum valor no tribunal. Kirsten lhe contou que eles foram julgados e executados no mesmo dia.

Ela sabe que frequentar a *kirke* vai de encontro às crenças de Diinna e aos costumes dos sámis, mas não consegue deixar de pensar que agora o que acreditam importa menos do que o que fingem acreditar. Às vezes, Maren se pergunta se não está fingindo um pouco, também. Os olhos de Deus parecem tê-la abandonado, sente isso desde a tempestade, e, depois da chegada do comissário, ela teme Cornet muito mais que qualquer Deus.

Dentro de casa, mamãe está embrulhando os peixes salgados em panos limpos. Há uma variedade de peças espalhadas sobre a mesa em vários tons de branco, escaldadas pelo sal. As espinhas estão amontoadas numa pilha pequena, prontas para serem separadas entre as que podem ser usadas como agulhas ou pentes e as que serão fervidas para fazer sopa.

— Sobre o que vocês estavam conversando?

Maren guarda os coletes na prateleira e se junta à mamãe na mesa.

— Diinna se recusa a ir à *kirke*.

— Isso não é novidade. — Mamãe olha para ela com interesse. — Por que você perdeu o seu tempo? — Maren pega um dos peixes e um par de pinças. Não quer repassar aquela conversa de novo. — Ah. Foi Toril? — Maren faz que sim com a cabeça, e mamãe cerra os lábios. — Eu disse a Erik que haveria fofoca quando ele se casou com Diinna. E agora ele não está mais aqui para protegê-la dos boatos.

E você não faz nada para ajudá-la, pensa Maren, tirando as espinhas de um peixe-borboleta.

— Eu a convidei para a reunião de quarta-feira.

Mamãe ergue as sobrancelhas.

— Ela e a esposa do comissário? Você acha inteligente juntar as duas no mesmo lugar?

— Urs... A Sra. Cornet não é como o comissário. Vai ficar tudo bem.

— Veremos. — Há um ligeiro lampejo de excitação na voz de mamãe e, mais uma vez, Maren reflete que a aversão da mãe por Diinna se tornou mais similar ao ódio. Enquanto antes mamãe se preocupava que Diinna fugisse para as montanhas baixas, agora Maren suspeita que ela preferiria que a nora o fizesse, contanto que deixasse Erik ali. — Além do mais — mamãe estala a língua no canto da boca —, seja lá o que acontecer, você pode ter certeza de que Diinna é a responsável.

24

Embora Ursa estivesse preocupada com a ideia de dormir sozinha em casa, seu corpo está tão desacostumado a qualquer tipo de esforço que ela cai num sono profundo assim que fecha a porta para Maren. No dia seguinte, ela acorda cedo e confusa, com a cabeça latejando, em sua casa arrumada e varrida, o casaco novo pendurado como uma presença sólida atrás da porta.

Pensa em vesti-lo e sair para dar uma volta, talvez se encontrar com Maren. Ainda que fosse inimaginável sair desacompanhada em Bergen, nesse lugarejo de mulheres isso não parece ser motivo para fofocas. No entanto, ela não sabe o caminho de lugar nenhum, exceto o da *kirke*, e não tem a menor vontade de ir até lá.

Depois de quarta-feira, Ursa diz a si mesma, ela conhecerá mais pessoas e quem sabe poderá fazer visitas. Vestida com o casaco e as botas, ela se sente mais segura. Prepara um pouco de chá, come um quadrado de *flatbrød* com um pouco da manteiga que Maren tirou do *kjernemelk*. Apenas um dia com Maren já lhe fez abrir os olhos, e, onde antes ela não via nenhum trabalho a ser feito, agora Ursa sabe que tem de reabastecer o combustível para a lareira, e talvez usar um pouco da farinha que sobrou para fazer pequenos pães frescos que poderá comer com Absalom assim que ele voltar.

O dia de seu retorno chega muito mais cedo do que ela esperava. Na manhã de quarta-feira, Ursa levanta cedo da cama e se veste, e está fervendo água para o chá quando a porta se abre bruscamente atrás dela. Ela se vira, pensando que pudesse ser Maren chegando cedo para buscá-la para a reunião, mas na soleira da porta está Absalom Cornet, tirando o seu chapéu preto.

— Marido. — Ela consegue manter o sorriso nos lábios por um ínfimo instante. — Já está de volta?

— O vento estava soprando contra nós, por isso tive de me informar em Hamningberg sobre a situação em Alta. — Depois de todos aqueles dias, ele só conseguiu chegar à próxima vila da costa.

Ursa estuda o seu rosto, mas não encontra nenhum sinal de mau humor. Ele olha para ela de cima a baixo.

— Você esteve na *kirke*, esposa?

— Perdoe-me, marido, mas não. Eu só queria parecer apresentável.

Ele ergue as sobrancelhas grossas.

— Para quem?

— Eu vou me encontrar com algumas das mulheres mais tarde.

Ela temia a reação dele, mas Absalom assente.

— Isso é muito bom. Toril Knudsdatter veio aqui para convidá-la?

— Não, marido.

— Sigfrid? Elas me disseram que viriam aqui.

Ela balança a cabeça em negativa.

— Não conheço essas mulheres.

— Elas são de grande ajuda para a *kirke*, e tenho supervisionado o seu aprendizado espiritual com o pastor Kurtsson.

Ursa derrama a água fervente sobre as folhas, fazendo-as girar.

Ele franze a testa enquanto ela lhe entrega uma xícara de chá fresco.

— Quem, então?

— A nossa vizinha, Fru Olufsdatter. — Ela não quer mencionar o nome de Maren, e muito menos o de Kirsten.

— Entendo. — Ele toma um gole da bebida.

— Como foram as coisas em Hamningberg? — Já que ele não fez nenhuma objeção imediata ao seu comparecimento à reunião, ela prefere fazê-lo mudar de assunto.

— Bem, muito bem. O comissário de Kiberg também ficou preso lá. Larsen. É um bom homem, embora um pouco arrogante. Sabia todas as notícias que o comissário Moe enviou de Alta. O julgamento foi inequívoco.

— Você ia para um julgamento? Qual o caso?

— Já tinha terminado. Eu só queria me colocar a par da situação. Mas eles têm mais dois lapões na masmorra, então pretendo voltar lá quando o vento estiver soprando a favor.

— O que os lapões fizeram?

— O problema não é bem o que eles fizeram, mas o que eles são. Feiticeiros.

— Eles são bruxos? — Ursa cruza os braços.

— Na maioria das vezes — responde Absalom. Ela nota que ele ficou lisonjeado com o seu interesse.

— Como se prova algo assim?

— Existem testes. — Ele se inclina para perto dela e, embora haja uma excitação inegável em sua voz, também há um pouco de medo ali. — O nosso rei Jaime da Escócia escreveu um livro sobre como identificar e testar um bruxo, mas os lapões são bem fáceis de reconhecer. Eles têm tambores de pele esticada, e batem neles para evocar os demônios. — Ele faz o sinal da cruz, e Ursa sente um arrepio percorrer a sua pele.

— Demônios? Eles podem fazer isso?

— Tanto quanto um pastor pode chamar a Deus — diz Absalom, com seriedade. — Nos velhos tempos, antes da ordem do rei Cristiano, eles não eram nem ao menos obrigados por lei a destruir tais instrumentos. A carta de Moe nos informou que eles estão de posse de um tambor. Não se atrevem a queimar o instrumento para não libertar alguma coisa.

Ursa estremece de medo.

— Você acha mesmo que algo assim é possível?

— Eu já testemunhei coisas desse tipo. — A voz de Absalom é um mero sussurro. Ele está se lembrando de algo que o deixa com medo, e isso a perturba. — Na Escócia, nós tínhamos muitos julgamentos. Eu não precisava fazer essa viagem para comparecer a outro, mas pensei que pudesse aprender alguma coisa com o modo de operar do comissário Moe. Decerto não posso adquirir nenhum tipo de conhecimento com Larsen. — Ele volta a se encostar na cadeira. — Ele não havia nem pensado em realizar um censo antes que eu sugerisse a ideia.

— Ele já se encontrou com o *lensmann*?

— Sim, em Alta. — A expressão de Absalom volta a se fechar, inescrutável como de costume. — Muitos dos outros comissários são velhos amigos, antigos marinheiros.

— Quer dizer que essa é uma grande honra, não é, marido? — Ele ergue o olhar para ela. — Você ter sido chamado lá da Escócia, apenas pela sua reputação.

Ele endireita um pouco os ombros e olha para Ursa com o vislumbre de um sorriso no canto dos lábios.

— Isso é verdade, Ursula.

Em seguida, ele bebe o restante do chá e se levanta com energia renovada.

— Vou à *kirke*. Espero que a sua reunião seja agradável. Mas esposa...? — Ela olha para o rosto dele. — Fique de ouvidos abertos. Se escutar qualquer coisa que seja útil... — Ele para de falar e sai outra vez, fechando a porta atrás de si.

Ursa consegue respirar de novo. Ela agiu bem com ele ali, mostrando interesse em Alta e no julgamento, embora o assunto revirasse o seu estômago. Feitiçaria parecia algo muito distante em Bergen, mas aqui? Talvez existissem coisas assim. Ela lava a xícara dele imediatamente e prepara outro bule de chá. Não quer beber da mesma borra que ele.

●

Maren chega logo depois do meio-dia, trazendo duas outras mulheres. Ursa reconhece a sua mãe e faz uma breve mesura que a mulher não retribui. Em vez disso, ela olha para dentro da casa, atrás de Ursa, e há tamanha hostilidade em seu olhar que Ursa não as convida para entrar, apenas veste o casaco e fecha o trinco da porta.

As três mulheres trazem trouxas amarradas à frente do corpo, e Ursa identifica o tecido que pensara em cortar preso à mãe de Maren. Espera que ela não tenha contado à mãe sobre sua ignorância. O céu atrás delas está cinzento e azul, como um hematoma recente, suas silhuetas deformadas destacadas contra o horizonte.

— Esta é Diinna — apresenta Maren, a tensão evidente no rosto.

A outra mulher encara Ursa com firmeza. Ela está carregando uma trouxa do tamanho do torso e tem uma cara larga e maçãs do rosto altas. Ursa nunca a viu na *kirke* e percebe que deve ser a mulher sámi que Maren tentou proteger das perguntas do marido. Aquela que entalhou as runas na porta.

Apesar de ser tão magra quanto Maren e sua mãe, a magreza lhe cai melhor, ela tem uma postura mais à vontade. Seus cabelos parecem oleosos e não lavados há bastante tempo, embaraçados e com nós nas pontas. Ela rearruma a trouxa que traz na frente e Ursa leva um instante antes de se dar conta de que é uma criança pequena, embora não tão pequena assim para ser carregada como um bebê.

— Este é o Erik — diz Maren. — Filho do meu irmão.

— E meu — completa Diinna, com uma pontada de desafio na língua. Há algo perturbador naquelas três mulheres, e Ursa caminha ao lado de Maren pela curta distância até a casa da vizinha.

A porta está entreaberta e Ursa ouve as conversas vindas lá de dentro, juntas com o agora familiar aroma de pão fresco. Ela não tem tempo para tomar coragem antes que Maren abra a porta por inteiro e mergulhe dentro do aposento amarelo.

Há bancos estendidos dos dois lados do cômodo, com mulheres sentadas ali em grupinhos e conversando enquanto costuram. Em uma das paredes, há uma prateleira embutida com o que parece ser uma coleção de pedras claras. A mesa está disposta diante da lareira, cheia de pães e peixes, jarras de água e cerveja de mesa. Nesse momento, ela se pergunta se deveria ter trazido alguma coisa, se deveria buscar as pequenas broas que fez no dia anterior.

A princípio, a conversa continua, mas em seguida as cabeças se viram na sua direção quando Ursa entra na sala, rostos que ela conhece da *kirke*, mas para os quais não tem nome. Por fim, o aposento fica em silêncio, exceto pelas crianças que brincam no chão aos seus pés. É a mesma sensação que teve na primeira vez que foi à *kirke*, e Ursa se retrai e baixa os olhos para as saias.

É Kirsten quem quebra o gelo.

— Eu não lhe disse que ela viria? — pergunta ela para uma mulher de cabelos grisalhos sentada ao lado da lareira. — Aposto que está aliviada por ter usado as travessas boas agora.

A mulher se levanta e vai até Ursa, as mãos estendidas num gesto de boas-vindas. Fru Olufsdatter, a dona da casa.

— Estou muito contente que você tenha vindo, Sra. Cornet.

— Pode me chamar de Ursula, por favor. A sua casa é linda.

— O pai do meu marido a construiu — diz ela. Ela se move ligeiramente para a direita, e Ursa se pergunta se a mulher está tentando ocultar a prateleira ao lado do fogo. Ao seu lado, Maren troca o pé de apoio, mas a atenção da mulher está concentrada em Ursa, quase de modo reverente. — Obrigada por vir.

— Foi Maren quem me convidou — diz Ursa, ainda ávida por provar a legitimidade da sua presença ali. A mulher ignora Maren deliberadamente, e Ursa percebe que há algo entre as duas, certo distanciamento.

— Estou muito contente — repete ela, e vai até a mesa. — Gostaria de comer ou beber alguma coisa?

— Estou com um pouco de sede — responde Ursa, e a mulher se inclina sobre a mesa para servir a bebida de uma das jarras. Ela aproveita a oportunidade para examinar a prateleira mais de perto. Os objetos não são todos feitos de pedra; Ursa consegue distinguir duas figuras esculpidas em osso dispostas ali no meio.

Fru Olufsdatter endireita o corpo e entrega uma xícara a ela. Não é água nem chá — tudo o que ela tem bebido há semanas, desde o *akevitt* no navio —, mas algum tipo de líquido turvo. Ursa cheira a bebida, sem intenção de ofender.

— É água de azedinha — explica Maren a ela. — Tem um gosto um pouco forte, mas acho que você vai gostar.

Com Maren tão perto, Ursa consegue sentir o cheiro de anis em seu hálito. Isso a tranquiliza e ela dá um gole na bebida, tenta não franzir o nariz. É bastante amarga, mas com um gosto doce no final, como as maçãs que Siv compra para cozinhar no Natal. Agnete adorava comê--las antes de os médicos a colocarem numa dieta à base de comidas secas; ela as abocanhava como se fosse uma égua, com os dentes se projetando entre os lábios. Ursa sente um nó nas entranhas de saudade.

Fru Olufsdatter olha ansiosamente para ela, então Ursa sorri e acena com a cabeça para aceitar mais um pouco da bebida, ainda que vá levar um tempo antes de se acostumar com o gosto. As mulheres abrem espaço para elas no banco à direita da lareira, e, embora haja espaço suficiente para a forma franzina de Diinna, ela permanece de pé ao lado da porta, mesmo depois de ter colocado Erik com as outras crianças. A presença dela tem tanto efeito sobre as outras mulheres quanto a de Ursa. Apesar de se sentir mal por Diinna, ela está grata que a atenção sobre si seja mais similar à cautela do que à antipatia declarada.

A conversa recomeça, mas em um tom mais baixo, cada mulher falando com quem está sentada ao seu lado e não com as que estão do outro lado da sala como antes. Ela olha para Diinna sobre a borda da xícara. Herr Kasperson, o assistente de seu pai, passou uma temporada em Spitsbergen, trabalhando como contador em uma estação de pesca de baleias. Ele lhes contou que os lapões eram baixos e de aparência selvagem, com os dentes pequenos e afiados como agulhas, e que usavam caudas de lobos presas com nós no pescoço e chapéus pontudos na cabeça. Mas ela não vê nada muito diferente em Diinna além da pele mais escura, das maçãs do rosto salientes e do comportamento das outras mulheres em relação a ela. Ursa pensa no julgamento em Alta, perguntando-se se Diinna ouviu alguma coisa a respeito.

Erik também fica um pouco distante das outras crianças, sentado com as pernas para a frente estendidas. Ele parece mais nitidamente distinto: há algo meio frouxo no maxilar do menino, certa moleza. Ursa se pergunta se há algo de errado com ele. Agnete também foi uma criança mais lenta. Mas, apesar da doença, sua mente se aprimorou. Talvez aconteça o mesmo com Erik.

Maren tira uma faixa grande de tecido da trouxa, desembala uma agulha fina e um carretel de linha. Kirsten coloca um par de botas — grandes feito um pé masculino — sobre um banco baixo diante de si e corta pedaços de pele para forrá-las. Ursa se dá conta de que também deveria ter trazido alguma coisa para fazer.

— Você quer uma ajuda? — pergunta a Maren, que olha para ela com uma expressão de surpresa. Ursa supõe que ela deve estar se lembrando da costura que fez nas mangas do casaco. No entanto, ela também deve ter percebido a necessidade de Ursa de se concentrar em alguma coisa e passa para ela um pedaço menor de tecido, possivelmente uma fronha, e com uma agulha mais grossa para não espetar os dedos com tanta facilidade.

Ela tem plena consciência dos olhares que recebe quando enfia a linha na agulha, encontra o trecho esfarrapado e pega um pedaço novo de tecido para remendá-lo. Mas, quando está prestes a dar o primeiro ponto, a porta se abre mais uma vez.

Uma mulher de rosto magro entra com duas crianças, seguida de outra mulher acompanhada por uma garota com os mesmos olhos azuis e lábios finos. O silêncio que se segue é mais abrupto que aquele que acompanhou a chegada de Ursa. Kirsten põe de lado o banco com as botas e se levanta de braços cruzados.

— O que você está fazendo aqui?

— Até onde sei, esta aqui não é a sua casa para você me fazer tal pergunta, Kirsten Sørensdatter. — A mulher está carregando duas cestas e, então, ela levanta o pano de cima de uma delas e a estende para Fru Olufsdatter. — Não venho de mãos vazias.

Fru Olufsdatter não apanha a cesta. Ela parece ter sido pega por uma corrente invisível, está pálida e subitamente assustada. Seus olhos se voltam para a prateleira ao lado da lareira, para o lugar onde estão as pequenas figuras de ossos e pedras. A mulher franze os lábios e coloca a cesta em cima da mesa. Ursa nota que ela usa um crucifixo no pescoço e percebe que é uma das beatas com quem o marido se reúne.

— Sigfrid e eu só viemos para fazer companhia. E para falar com a Sra. Cornet.

Ursa leva alguns instantes antes de lembrar que ela é a Sra. Cornet. O nome ainda não parece lhe pertencer: é uma coisa que não faz parte dela, como a agulha na sua mão, tão afiada quanto.

— Comigo?

— O que você quer com ela, Toril?

Maren se retesou ao lado dela e, pelo canto dos olhos, Ursa vê uma antipatia explícita no seu rosto.

— Isso não lhe diz respeito — responde Toril.

Ursa encosta a perna na de Maren para impedi-la de retrucar.

— Como posso ajudá-la, Fru…

— Knudsdatter. — Toril fecha a cara. — Pensei que o seu marido tivesse lhe falado a meu respeito.

— E a meu respeito, também — diz Sigfrid. — Ele queria que viéssemos para lhe fazer companhia.

— Ela já tem companhia suficiente — retruca Kirsten, apontando para as mulheres na sala.

As outras mulheres desviam o olhar, e Ursa não sabe muito bem se elas temem mais a desaprovação de Kirsten ou a de Toril. Há uma óbvia disputa de poder entre as duas, embora elas não lhe pareçam comparáveis. Ela ficaria do lado de Kirsten sem pensar duas vezes.

— Ele espera que a esposa tenha uma companhia mais apropriada — diz Toril, e Ursa sente as bochechas corarem pela interferência de Absalom. Não devia ter falado dos seus planos com ele. Toril se posta diante de Ursa e, por fim, a mãe de Maren cede seu lugar no banco já apinhado. Toril coloca a outra cesta no chão e se senta ao seu lado.

Fru Olufsdatter continua com uma expressão de medo. Ela se postou diante da prateleira de novo, e Ursa nota quando ela muda uma jarra de posição para ocultar as figuras de ossos.

Sigfrid também encontra um lugar no banco, derrubando a cesta de Toril e fazendo os retalhos de rendas e carretéis de linha rolarem pelo chão.

— Desculpe — diz Sigfrid, agachando-se para arrumar a cesta.

Toril estala a língua em desaprovação enquanto algumas das mulheres se levantam para ajudar a recolher as coisas. Ursa percebe que Kirsten não se levanta, tampouco Maren, por isso permanece sentada no seu lugar.

Diinna recupera um estojo de agulhas e estende o objeto para Toril. Ela, por sua vez, olha para Diinna de cara feia e não faz menção de pegá-lo.

— Você está me ameaçando?

— Ameaçando? — Diinna bufa e solta o estojo dentro da cesta.

— Eu não me esqueci de como você cogitou enfiar uma agulha na minha língua — esbraveja Toril, e um burburinho ecoa pela sala.

— Toril — alerta Kirsten, com a voz séria. — Ela só estava ajudando.

— Eu não preciso da ajuda de gente como ela — diz Toril.

Maren fica tensa ao lado de Ursa. Diinna parece prestes a dizer alguma coisa, mas apenas fecha a boca e pega Erik no colo. Ela sai da casa sem nem ao menos se despedir e deixa a porta bater ao passar. Maren se sobressalta e parece prestes a correr atrás dela, e Ursa tem certeza de que a sua presença é a única coisa que a mantém ali.

Enquanto isso, Toril não faz o menor esforço para iniciar uma conversa com Ursa. Ela fica ali sentada, um pouco perto demais, e pega um pedaço de tecido para cerzir. Logo fica evidente que ela é muito habilidosa na costura; seus dedos finos trabalham com primor, fechando os rasgos nas pontas do tecido e arrematando com um ponto que ela nunca tinha visto antes.

— Então, Ursula — a voz de Kirsten ecoa como um sino pelo cômodo cheio de sussurros, fazendo todas ficarem em silêncio —, o que Maren lhe ensinou até agora? Vejo que você está usando um casaco muito bonito feito com as peles que eu lhe trouxe.

Ao seu lado, Maren se retrai ligeiramente. Talvez seja como Ursa temia, ela está envergonhada pelo arranjo que fizeram. Mas agora é tarde demais.

— Ela é uma ótima professora. Acho que tenho *flatbrød* para durar uma década, e o casaco me servirá muito bem.

— Você costurou um casaco? — pergunta Toril.

Ela fala por cima de Ursa, que gostaria de ser magra como Maren para poder pressionar o corpo contra a parede. Maren não responde, mantém os olhos fixos na costura, mas Ursa nota um leve tremor em seus dedos.

— Sim — diz ela. — Maren me ajudou a costurar uma roupa de frio. Eu não trouxe nada adequado ao clima daqui quando vim de Bergen.

— Sra. Cornet, eu ficaria muito feliz em ajudá-la a costurar as suas roupas. É a minha especialidade. Sou conhecida por isso em toda a vila.

Ninguém se pronuncia a favor dela, embora Sigfrid acene com a cabeça como uma lacaia.

— Estou bastante contente com o que tenho. Mas agradeço, Fru Knudsdatter.

— Pode me chamar de Toril, por favor. — Ela se aproxima ainda mais, como se fosse possível, com os joelhos virados para a coxa de Ursa. — O seu marido acha que seria agradável nos encontrarmos com mais frequência. Ele acha que você precisa ter conversas mais inteligentes, já que veio de Bergen. A minha mãe nasceu em Tromsø...

— Fru Olufsdatter é de Tromsø — interrompe Kirsten. — Se a Sra. Cornet quiser ter uma conversa inteligente não é você quem ela deve procurar, Toril. A menos que queira decorar a Bíblia de cabo a rabo.

— Você diz isso como se fosse algo ruim, Kirsten Sørensdatter — diz Toril, rispidamente. — Está esquecendo quem é o nosso comissário. Um homem tão temente a Deus quanto o próprio pastor Kurtsson. Ele quer uma companhia mais adequada à esposa do que a de vocês e, certamente, um casaco melhor para ela do que aquele que Maren Magnusdatter consegue fazer.

Ursa acredita que deveria se pronunciar em defesa de Maren, mas sua voz parece tão presa na garganta quanto as suas saias debaixo das coxas de Toril. A mulher parece se acalmar, e sua voz volta a assumir aquele tom enjoativo de tão doce.

— Quem sabe você não gostaria de um pouco de companhia durante o dia? Sei que ele está sempre na *kirke* ou resolvendo algum assunto importante no distrito...

— Eu já tenho companhia, muito obrigada, Fru Knudsdatter.

Sente o olhar penetrante de Toril sobre ela e depois sobre Maren, que ainda não tinha dito nem uma palavra em sua própria defesa.

— Muito bem — diz Toril, com decepção na voz.

— Isso é tudo, Toril? — pergunta Kirsten. — Será que podemos ficar livres da sua amável companhia?

Toril joga a costura dentro da cesta e então faz uma pausa, passando os dedos pelos retalhos.

— Quem pegou a minha renda? — Ela passa os olhos pela sala.

— Renda? — pergunta Kirsten, parecendo entediada.

— Foi você? — Toril confronta Kirsten, a diferença de altura entre as duas como a de um adulto para uma criança. — Eu tinha renda guardada aqui.

— E para que eu ia usar renda?

Ursa prende a respiração, mas Toril parece pensar que não vale a pena brigar por isso.

— Elsebe, Nils, vamos embora.

Ela se levanta de súbito e reúne os filhos, que a seguem silenciosos e ordeiros como seus pontos de costura. A mulher se vira quando alcança a porta, e Sigfrid se apressa para arrumar as coisas e levar a filha para fora da casa.

— Não pense que eu não vi o que você tem acima da lareira, Fru Olufsdatter, e nem quem fugiu da sua casa quando nós chegamos aqui. O tempo para essas coisas já passou. O comissário Cornet não tolera isso de forma alguma. Homens foram queimados em fogueiras em Alta...

— O meu marido — intervém Ursa, furiosa — não se importa com o que as pessoas fazem dentro das suas casas.

O aposento inteiro parece prender a respiração. Ursa toma consciência do silêncio absoluto quando Toril volta o rosto autoritário na sua direção. Ela se lembra de Siv quando voltava da *kirke*, com as orações frescas na cabeça: inabalável, fortalecida pelas rezas.

— Como queira, Sra. Cornet. Vou dizer a ele que a senhora escolheu as suas companhias.

— Eu mesma posso dizer a ele. — O coração de Ursa bate disparado. Fogueiras? Absalom se esqueceu de mencionar esse detalhe para ela.

Toril se vira de lado para deixar as crianças saírem antes dela e fala de novo com Fru Olufsdatter:

— Você faria bem em usar o presente que lhe trouxe. — Ela indica a mesa com a cabeça. — Depois eu pego a cesta de volta. Deus a abençoe.

25

Depois que a porta se fecha atrás de Sigfrid e da filha, Maren se sente capaz de respirar de novo. Kirsten bate as mãos e solta um assobio.

— Sra. Cornet, você tem um fervor aí dentro que, confesso, eu não tinha previsto.

— Eu apenas falei o que penso — diz Ursa, com firmeza, embora esteja tremendo. Maren gostaria de pegá-la nos braços e niná-la como uma bebê. — O que eu decido fazer com o meu tempo não é da conta dela.

— Os bonecos — diz Fru Olufsdatter. Sua voz evoca a Maren a imagem de um trapo encardido, o rosto da mulher tem a mesma cor acinzentada. — Eu tinha me esquecido deles, Sra. Cornet. Não são... Eu os ganhei de presente depois que o meu marido e o meu filho morreram. Muitas de nós ganhamos...

Ela passa os olhos pela sala em busca de apoio: as cabeças baixam de volta à costura.

— Não significam nada para mim. Devia atirá-los ao fogo. — Mas ela não se move, apenas encara Ursa com olhos desesperados.

— Eu não me importo com os objetos que a senhora escolhe manter em casa, não mais do que gostaria que me dissesse como decorar a minha.

— Pensei que fosse isso que Maren vinha fazendo — intervém Edne.

Maren olha para ela de cara feia.

— Só estou dando uma ajuda.

— Quem era aquela mulher? — pergunta Ursa, e Maren fica contente de ouvir a antipatia evidente em sua voz.

— Ela ajuda o pastor Kurtsson com as coisas da *kirke* — explica Kirsten. — E me parece que agora foi consagrada emissária do seu marido.

Nenhuma das mulheres se atreveria a fazer tal comentário, mas Kirsten é recompensada com uma gargalhada repentina de Ursa, que ecoa como uma onda pelos bancos e faz Maren sentir uma pontada de inveja.

— Não se preocupe com os seus bonecos, Fru Olufsdatter — diz Kirsten. — Ursula não se incomoda com eles, e ela conhece o marido muito melhor que Toril Knudsdatter.

Ursa não ri desta vez. Uma ruga de preocupação surge entre seus olhos.

— Que presentes ela lhe deu? — pergunta Edne.

Fru Olufsdatter não se mexe para olhar dentro da cesta, por isso Kirsten se curva diante dela, bufa e tira dali um crucifixo feito de tecido e barbante, como aqueles que Maren fizera Toril derrubar da prateleira de casa.

— Deve haver umas duas dúzias aqui. É o bastante para todas nós.

Ela atira um dos crucifixos para Maren, que o apanha por instinto. Ela o guarda na trouxa, querendo se livrar dele o mais rápido possível. Parece mais uma ameaça que um presente.

A reunião geralmente dura até a noitinha, mas Maren não tem mais estômago para comer nem para conversar. É um alívio quando, depois de um período de silêncio incômodo, Ursa começa a se inquietar no banco, desconfortável, e se inclina para ela e pergunta:

— Vamos embora?

Mamãe está conversando com Edne, então as duas partem juntas, causando outro silêncio assim que se levantam e uma explosão de sussurros depois que saem da casa. Fru Olufsdatter permanece sentada toda encolhida no seu lugar no banco e observa Ursa partir como se estivesse amedrontada.

Assim que chegam à casa de Ursa, ela hesita à porta, com uma tensão na mandíbula. Maren fica ouvindo e escuta um som baixo que deve vir do comissário, e depois uma voz de mulher em resposta. Maren reconhece o tom açucarado: é Toril, falando com alguém com autoridade. Ursa começa a recuar, mas seus pés fazem a madeira do degrau ranger e as vozes param. Elas ouvem passos firmes no assoalho e logo o comissário Cornet surge à porta, com um olhar carrancudo.

— Esposa — diz ele, ignorando completamente a presença de Maren. — Para dentro.

Ursa empalidece, mas endireita os ombros e se vira para agradecer a Maren antes de atravessar a soleira da porta. Maren não consegue ver o aposento atrás do corpanzil do comissário, mas ouve distintamente a saudação de Toril para Ursa. O comissário fecha a porta na sua cara e, por um instante, ela fica ali à espera. Mas o que pode fazer? Não vai abrir a porta, tampouco ficar ouvindo atrás da fechadura. Acima da porta, as runas não foram totalmente apagadas. As formas ainda são visíveis, aparecendo sob a madeira pintada como cicatrizes.

Ela poderia voltar para a reunião, mas o veneno espalhado por Toril permanecia na sala. Mamãe jamais gostou de Toril, mas ultimamente Maren acha que as coisas mudaram. Ela notou a expressão de satisfação no rosto de mamãe enquanto Toril fazia o seu discurso e depois com a partida de Diinna. Toril sempre foi contra a visita do povo sámi à vila, e Kirsten sempre foi cabeça-dura. Mas a divisão entre as mulheres se agravara, engolindo a todas numa rixa enorme, profunda e perigosa como um abismo.

Até mesmo Kirsten a vinha irritando com a sua ousadia. Maren ainda não se esqueceu de quando ela chegou à casa de Ursa vestida com calças — pelo menos Toril não comentou nada a respeito, o que significa que não deve tê-la visto daquele jeito. Ela não teria perdido a oportunidade de espalhar uma fofoca tão boa assim.

Maren mal presta atenção no movimento dos próprios pés enquanto segue de volta para casa. Ela está bastante concentrada em si mesma, ouvindo apenas a confusão dos seus pensamentos, emaranhados como uma rede de pesca. Diinna se demorou a sair da casa apenas por um instante, o suficiente para lançar a ela um olhar tão cheio de veneno que, se Maren acreditasse nas histórias das beatas sobre o povo sámi, acharia que tinha sido amaldiçoada. Será que Diinna achava que Maren sabia que Toril compareceria à reunião? Não pode ser.

Ela diz isso por trás da porta fechada de Diinna, mas a cunhada não responde. Também não ouve nenhum som vindo de Erik. O silêncio de Diinna é como um muro que se transforma numa onda, levando Maren para longe da sua porta e adiante, passando pela casa de Baar Ragnvalsson, com o telhado apodrecido e desabado, as pedras espalhadas em volta como se tivessem sido jogadas por um troll. Antigamente, a casa era muito boa, mas, quando ele começou a passar os verões com os sámis nas montanhas baixas, ela deixou de ser o lugar onde ele morava e passou a ser o lugar onde ele existia. Ela o via sentado ali fora mesmo na estação mais fria, vestido com a túnica bordada e o chapéu, a cabeça inclinada para o lado e os olhos fechados, como se estivesse ouvindo alguma coisa.

A recordação a atinge como um soco, e ela aperta o punho de encontro ao coração. Nunca lamentou a morte dele, embora o seu corpo tivesse ficado ao lado do de papai e de Erik durante todos aqueles meses. Não consegue nem sequer se lembrar dos seus ferimentos, isso se ele tinha algum. Talvez seja melhor assim. Maren faz uma pequena oração ao vento, que tinha começado a soprar com força atrás dela, como uma mão insistente nas suas costas, fazendo as saias voarem diante do seu corpo. Seus cabelos são jogados no rosto, por isso precisa concentrar a atenção nos pés, e não consegue mais ver as ruínas da casa de Baar Ragnvalsson, tampouco a memória da sua silhueta ali do lado de fora.

Ela passa pelo muro que cerca a casa e segue para a terra verde e pantanosa ali adiante. Quão rapidamente o pouco domínio que eles têm sobre a terra desaparece, como se nunca houvesse existido pessoas além da fronteira e ela tivesse adentrado por completo no território dos trolls. Quando eram crianças, ela e Erik costumavam brincar de caçar as criaturas, sob o pretexto de procurar o trevo-de-cheiro que às vezes crescia ali e que sua mãe fervia até que as folhas amolecessem e soltassem um líquido leitoso, bom para acalmar o estômago nas épocas de fome. Inspecionavam o musgo e a grama rente, procurando por inscrições e círculos de pedra, e por pequenas portas em montes ou rochas. Eles se comunicavam por meias palavras, contando um ao outro que haviam caminhado por cima de uma colina e que agora estavam amaldiçoados de morte, perdendo-se um do outro na névoa que às vezes subia pelo promontório vinda do mar.

Maren se lembra de se encontrar repentinamente sozinha em meio à neblina certa vez, com um cinza interminável ao redor, a umidade gélida encharcando os seus ossos. Deveria ter ficado parada no lugar, agachando-se para se manter aquecida, mas continuou andando até que pensou que tivesse atravessado a fronteira. O horror daquele pensamento a deixou paralisada, e, quando a névoa se ergueu, tão de repente quanto uma revoada de pássaros alçando voo, ela viu que estava a um passo de uma queda de quase vinte metros, com a espuma do mar batendo branca no fundo do penhasco. Erik veio correndo no solo poroso, gritando o seu nome: ele fez o que ela deveria ter feito, ficou parado e aguardou. Suas bochechas estavam cheias de ranho e manchadas de lágrimas, e ela o empurrou e o chamou de covarde, apesar de a expressão no rosto dele refletir o que Maren sentia, o coração assustado dela batendo no peito apertado do irmão. Foi uma das várias e pequenas maldades que ela gostaria de não ter feito; atos praticados sem pensar ou, pior ainda, situações em que teve a intenção de causar mágoa.

Seus pés a haviam levado até ali, àquele lugar. Hoje o céu está claro e cristalino, com a luz daquele tom cinza-azulado que significa que elas encontrarão uma camada de gelo por dentro da porta apesar de ainda faltarem alguns meses para o inverno. Ela chega o mais perto que se atreve da beira do precipício. Às vezes, durante aquele ano terrível em que a dor era tão constante que parecia que ela estava vivendo com uma faca atravessada no peito, Maren vinha até aqui e punha a ponta dos pés na beirada de modo que uma boa lufada de vento seria capaz de derrubá-la lá embaixo. A morte viria célere, mais rápida que uma lâmina ou uma infusão de beladona no chá. Da vila não dá para ver esse lugar, e a correnteza que mantém o canal livre do gelo carregaria o seu corpo para o mar aberto. Era algo que todas comentavam: que foi sorte a tempestade não ter caído daquele lado de Vardø, ou seus homens jamais teriam sido trazidos de volta à costa para elas.

Quando ficava parada ali, era tanto um desafio quanto uma oferenda. Ela estava esperando, assim como Baar Ragnvalsson, receber permissão para voltar para casa e continuar a sua vida, embora muitas vezes se perguntasse se era aquilo mesmo que queria. Desde a tempestade, Maren não encontrava muitos motivos para existir. Mas algo provocou uma mudança nela; Maren a sente agora, certa como as diferentes estações do ano. Alguém provocou uma mudança nela.

Há pequeninas flores amarelas crescendo em caules duros aos seus pés. Ela colhe uma para o pai, uma para Erik e mais outra. A terceira ela fecha nas mãos em concha perto dos lábios, enquanto deixa que o vento leve as outras duas pela beira do penhasco.

•

A semana inteira, Maren teme ouvir uma batida à porta, vinda para lhe informar que ela não seria mais necessária, que Toril conseguira pegar o seu lugar na residência do comissário. Além desse temor, ela tem de suportar a hostilidade crescente entre a mãe e Diinna, que têm um desentendimento sobre a falta de movimentos de Erik na sexta-feira, e a briga cresce com tamanha ferocidade que Maren pega o menino no colo e dá a volta pela casa de Baar Ragnvalsson com ele umas dez vezes antes que a discussão acabe.

Mas a batida nunca vem e, no sabá, embora Ursa não saia nem por um instante do lado do marido e seja cumprimentada pelo nome de batismo por Toril e Sigfrid, é o rosto de Maren que ela procura na multidão e é ao encontro dela que vai depois do culto, enquanto o comissário conversa com algumas das mulheres.

— Você vai lá em casa amanhã?

Maren mal consegue falar.

— Ele costuma sair no meio da manhã.

Ursa roça os dedos nos dedos de Maren, num gesto para lhe inspirar conforto. Há um círculo de hematomas no seu pulso e, quando ela se dá conta de que Maren está olhando, afasta a mão. Ursa baixa a manga e volta tão rápido para o lado do marido que Maren sente que deve ter imaginado aquilo.

No dia seguinte, ela chega à casa de Ursa com o tear enfiado debaixo do braço, e sente o corpo relaxar assim que entra e vê que está a sós com Ursa. Elas passam o dia trançando o tecido para fazer cortinas, devagar e cometendo muitos erros; um dia cheio de silêncios confortáveis e de toques mais reconfortantes ainda, que fazem Maren se sentir tão solta e sem forma quanto o trançado de Ursa.

— O que Toril queria? — pergunta ela. Ursa está olhando de cara feia para o tear como se ele a tivesse traído, a língua surgindo como um ponto rosa entre os seus lábios.

— Ela perdeu um pedaço de renda durante a reunião de quarta-feira. Disse que queria pegar emprestada um pouco da renda que Kirsten me deu, mas acho que acredita que Kirsten roubou a dela.

Maren pousa o tear no colo.

— Ela disse isso na frente de Absalom?

Ursa assente, concentrada na tecelagem.

— Não se preocupe, eu a corrigi. Lamento que Absalom tenha sido tão rude com você.

— Eu não me importei. — Maren não esperava nada menos que isso. — Ela contou a ele sobre os bonecos?

— Talvez — responde Ursa. — Ele sem dúvida não gostou nada de saber que Diinna esteve lá. Eu lhe disse que as reuniões não são nada de mais, que são inofensivas. — Ela pousa o tear na mesa com um suspiro, e Maren não sabe se a causa é a dificuldade com o tear ou a interferência de Toril. — Também disse que Toril não deveria largar os estudos com ele, e que os seus deveres cristãos já são cumpridos pelo trabalho que ela faz pelas outras pessoas. Que não seria justo tê-la só para mim. Você, por outro lado — continua ela, com um sorriso malicioso —, é completamente dispensável. E barata, também. E quem sabe não possamos salvar a sua alma por morar na mesma casa que uma lapã?

A palavra soa mal na boca de Ursa, mas o restante da frase é tão agradável que Maren não a corrige.

— Além disso, ele concordou que você tem de vir aqui duas vezes por semana a partir de agora. Quanto mais longe ficar daquela casa e da sua influência, melhor para você, não acha?

O rosto de Maren dói de tanto sorrir, a pele seca dos lábios repuxando, mas, assim que Ursa estende o braço para pegar o tear, ela vê os hematomas de novo, escuros feito terra no seu pulso.

— O que aconteceu?

Ursa baixa os olhos para o pulso como se não pertencesse a ela.

— Nada. — Maren olha fixo para ela. — Absalom... Às vezes, ele não sabe a força que tem.

— Não foi por causa de Toril? Nem de mim?

— Não — responde Ursa, corando. — Não foi feito com raiva.

— Ele não deveria tocar em você desse jeito — diz Maren, enfim compreendendo. Sente uma fúria intensa e assustadora, quente como um ferro em brasas dentro dela.

— Não é o dever de uma esposa ser tocada pelo marido?

As bochechas de Maren ficam coradas com a franqueza dela.

— Eu não saberia dizer.

— Você nunca foi casada, antes da tempestade?

Maren não quer evocar Dag, não neste momento. Ela balança a cabeça e diz:

— Não.

•

A partir daquele dia, ela está na casa de Ursa às segundas e às quintas-feiras, sempre alerta para mais hematomas, mas não descobre nenhum. Maren pensa no corpo pálido de Ursa, perguntando-se se ela está marcada em lugares que não consegue ver.

Nas quartas-feiras, Ursa vai às reuniões, e sua presença rapidamente perde o fascínio da novidade. Maren percebe que Fru Olufsdatter tirou os bonecos e as runas da prateleira e colocou um dos crucifixos de Toril no lugar, mas os bancos estão menos lotados. Toril e Sigfrid não voltam, Edne não vem mais e, depois de algumas semanas, nem a sua mãe.

— Toril vai fazer uma reunião na casa dela — diz mamãe. — O comissário estará lá, para nos guiar nas orações. Você devia comparecer, Maren. Aposto que a esposa dele também vai.

Mas Maren sabe que Ursa não estará lá, então vai com ela para a casa da mãe de Dag, onde Kirsten toma a palavra e faz piadas cada vez mais chulas sobre as beatas, e Maren tenta não pensar no que aquelas mulheres falam delas. Ursa parece não se perturbar com a rixa, talvez não tenha percebido ou quem sabe sinta que está acima de tudo aquilo. Ela não fala mal de Toril, exceto quando está sozinha com Maren, e ela suspeita que seja a única que conheça os verdadeiros pensamentos de Ursa.

Duas vezes por semana é muito para uma casa de um cômodo e uma família de duas pessoas. A própria Maren gera grande parte da bagunça que ajuda a arrumar. Elas realizam as tarefas vagarosamente, com Ursa mais habilidosa a cada dia que passa, de modo que em breve não precisará mais de Maren ali, mas não dá nenhuma indicação de que deseje que ela pare de ir até a sua casa. Elas cortam a carne de duas das renas e fazem ensopados com amoras que Ursa deixa por tempo demais no fogo, então precisam passar horas areando as panelas. Maren a ensina a abafar o fogo, de modo que possa quebrar a crosta pela manhã e ter um fogo forte o bastante para ferver a água quase que de imediato.

Além dos hematomas desbotados, a presença de Absalom não é nada mais que uma mera impressão na casa: ela só o vê na *kirke*. Ursa fala um pouco dele, conta a ela da crescente frustração do marido pela falta de notícias de Vardøhus, mas Maren não faz mais perguntas, pois não quer saber. Ela troca os lençóis e ajuda a lavá-los, sabe que as regras de Ursa vêm todos os meses regularmente, permite-se ter esperanças de que eles não durmam muito juntos, embora haja apenas uma cama e nenhuma poltrona em que um homem pudesse dormir.

Quando estão sozinhas, Maren consegue imaginar que não é o comissário e a esposa que moram ali, nem mesmo outra versão da sua vida em que tivesse construído um lar com Dag naquela casa, mas sim ela e Ursa. E, embora saiba que é uma ideia errada, além de perigosa, Maren se permite viver esse sonho cada vez mais conforme as semanas que elas passam juntas se transformam em meses e começam a estender o tempo uma com a outra até as noites tardias e claras, quando Absalom está viajando para Alta ou para qualquer outro lugar. Maren não quer nem saber onde ele está, apenas deseja que nunca mais volte.

Nessas ocasiões, elas passeiam juntas pela vila enquanto a maioria das pessoas está dentro de casa ou dormindo, a distância entre as duas latejando como um gancho enfiado em Maren. Conversam sobre a infância. Ursa lhe conta que a sua família era rica, mas que havia perdido o dinheiro, e, quando fala de Agnete, Maren sente a tristeza emanando dela como se fosse o frio. Maren conta a Ursa da caça aos trolls com Erik, o que a faz rir.

Ela leva Ursa até o promontório, observa como a cor da pele fina do seu pescoço muda sob a interminável luz fraca e como o vento ajusta o vestido ao seu corpo, como no dia em que se conheceram e Maren achou que ela era uma tola, assim como mamãe ainda acha.

Ursa está contando a ela da rocha preta no fim do mundo, que atrai a correnteza para si.

— O capitão Leifsson, capitão do *Petrsbolli*... O navio em que viemos até aqui, sabe? Ele acha que não há cachoeira nenhuma, que talvez nem exista rocha alguma. — Ela se vira para Maren de olhos brilhando. — Mas eu acho que existe. Gostaria de ver essa rocha, um dia.

Maren sente vontade de estender os braços para Ursa e envolvê-la, mas não do jeito casual como se abraçam quando ela chega ou vai embora da sua casa. Quer apertar todo o corpo dela no seu, como Dag fazia com ela na casa de barcos.

Às vezes, esse pensamento lhe ocorre no meio da noite, e Maren sente uma leve pulsação no ventre e tem de se controlar para não se tocar. Mesmo com a mãe roncando ao seu lado, não é nada fácil, e ela sonha com bocas úmidas gemendo o seu nome, às vezes na voz de

Dag, mais frequentemente na voz de Ursa, o rosto macio dela colado ao seu, as mãos suaves e quase sem ossos contra a magreza pontiaguda das suas costelas.

Ela acredita que esconde bem o que sente do mundo, falando o mínimo possível de Ursa com mamãe e menos ainda com Diinna, que logo repararia em algo no seu rosto ou no seu tom de voz, disso ela tem certeza.

Mais que tudo, ela oculta a emoção da própria Ursa, consciente do absurdo dos seus sentimentos. Mas não reza para que isso passe, não reza por nada na *kirke* além de Erik e papai. O segredo não a perturba. Pelo contrário, ela se sente fortalecida por isso, transformada em algo deslumbrante e raro. Maren não diz a si mesma que ama Ursa, mas sabe que é o mais próximo do amor que jamais sentiu. Com essa emoção dentro de si, ela se sente tão corajosa quanto Kirsten de calças, e, embora sinta prazer com o sentimento, sabe que ele também é imprudente e perigoso.

26

A carta do *lensmann* chega quase quatro meses depois da chegada deles a Vardø. O tempo de Ursa é preenchido pelos dias passados com Maren e pelos outros em que deve sobreviver sem ela. É para Maren que a sua mente se volta quando o marido avança sobre ela. Andando com Maren em meio à ventania no promontório, o chão tão irregular que ela sempre tropeça e se apoia na amiga, sem fôlego de tanto rir, as mãos fortes de Maren a amparando enquanto as mãos do marido provocam mais hematomas nos seus pulsos.

Nas noites em que se deitam juntos, ele não tem mais aquela raiva dentro de si, embora continue não sendo nada prazeroso. Ele sequer faz muito barulho, e ela se pergunta se aquilo não se tornou um dever para ele, se não seria melhor para ambos se ela engravidasse e, talvez assim, pudessem deixar aquilo de lado.

Ursa tenta imaginar como seria a sua vida com um bebê, mas isso é um mundo completamente alheio a ela, bastante similar a como se sentia a respeito de Vardø antes de chegarem ali. Supõe que acabaria se adaptando assim como fez com aquele lugar, e com Maren para ajudá-la também com isso talvez não fosse tão difícil, mas só de pensar na sua barriga macia ficando dura e cheia a deixa tão enjoada que fica tonta.

Quanto ao parto, o pouco que sabe a respeito disso aprendeu com a mãe dando à luz tantos dos seus irmãos natimortos, além de Agnete.

Mesmo um bebê vivo vem acompanhado de tanto sangue. Às vezes, ela pensa em conversar com Maren sobre isso. A reação dela aos hematomas a fez pensar que seria melhor não, embora não ache que Maren seria pudica. Ela deve ter algum conhecimento, por causa de Diinna e Erik, mas há sempre algo mais importante para falar, ou então um silêncio tão agradável para compartilhar que Ursa sente que poderia mantê-lo para todo o sempre.

Maren nunca falou de um noivo, ou do desejo de arranjar um. Solteironas eram uma raridade em Bergen, mas também o eram viúvas antes da meia-idade. Os homens, a maioria composta por marinheiros, vêm ao porto de Vardø para vender peixes, abrigar os barcos das tempestades e trocar mercadorias por peles e costuras. Mas eles ficam ali na fronteira, às vezes nem ao menos saem dos barcos, e Kirsten vai ao encontro deles. Ursa acredita que deve haver rumores sobre essa ilha, com todos os homens afogados, que mantém os vivos afastados dali.

Absalom deve saber desses boatos. Ele viaja com êxito para Alta, e na volta às vezes lhe conta sobre mais julgamentos, mais sámis presos, e, agora que Ursa sabe que isso significa que eles serão queimados na fogueira, não pede mais detalhes. Ela quase poderia esquecer que existe um mundo além de Vardø, especialmente nos dias em que o mar provoca uma neblina que paira por cima de tudo, e ela e Maren precisam andar de braços dados e ficar perto uma da outra, caminhando devagar pelo promontório. A paisagem é estranha mesmo durante um dia claro. Não há florestas, nenhum arbusto acima da altura do quadril, e até na época do sol da meia-noite era frio o bastante para que Ursa precisasse usar o casaco na maioria das noites.

Agora o tempo está virando de vez, e o inverno chegará em breve. Ursa não tem como imaginar quão brutal ele é, mas, à medida que os dias ficam mais curtos, o frio se infiltra com tanta intensidade que suas juntas parecem estalar. Em Bergen, eles fechariam metade da casa e aqueceriam os cômodos restantes ao máximo, de modo que ela e Agnete teriam passado os dias só de combinação caso Siv permitisse. Aqui, ela fica de casaco o tempo todo, até mesmo quando está deitada na cama com o marido, com as peles de rena puxadas sobre os seus corpos.

Ela não recebe nenhuma carta do pai nem da irmã. Supõe que poderia mandar para eles um pouco da urze desidratada que colheu no promontório ou algo que ela mesma tenha tecido com pouca habilidade, pedir a Absalom que escrevesse um bilhete por ela, mas não faz nada disso. Agora que estão separados há tantos meses, Ursa quase deseja poder esquecer seus rostos; a sensação do corpo barulhento da irmã encolhido ao seu lado, com os joelhos pontudos machucando-a; a cama limpa todas as noites; o jantar, durante o qual havia queijo e carne que não precisara cortar ela mesma da carcaça dos animais. A falta que sente da vida em Bergen é tão irreal quanto a falta que a paisagem sente das árvores.

Absalom escreve muitas cartas, para os outros comissários e para o *lensmann*, supõe ela, mas recebe bem poucas, de modo que, quando ele entra em casa sacudindo um quadrado de papel, a última coisa em que Ursa pensa é num convite.

— O *lensmann* Cunningham chegou! — Seu rosto brilha, os olhos radiantes de triunfo. — Ele está em Vardøhus e nos convidou para jantar na fortaleza.

Absalom lhe diz que vão passar pelo menos uma noite lá; o *lensmann* espera que eles durmam na fortaleza, ainda que fique a apenas um quilômetro e meio da vila. Ursa não tem nenhuma bolsa de viagem para pernoite, somente o baú e a mala maior, então dá o seu vestido mais elegante, as anáguas e as roupas de baixo para Absalom levar na mala dele. Ela sente um pouco de enjoo ao pensar nas roupas dos dois juntas ali dentro, pressionadas umas nas outras. Dá uma escapulida de casa quando o marido vai à *kirke* para contar a novidade ao pastor Kurtsson e corre até a casa de Maren.

Maren parece preocupada quando abre a porta, mas sua expressão se suaviza assim que vê quem está ali.

— Graças a Deus. Eu estava prestes a quebrar o pescoço da minha mãe. Quer dar um passeio?

Ursa gostaria de poder dizer que sim, mas balança a cabeça em negativa.

— Eu vim apenas para lhe contar que fomos convidados pelo *lensmann*. Para passar a noite em Vardøhus.

Maren ergue as sobrancelhas.

— Na fortaleza? Mas é tão perto.

— Eu sei — concorda Ursa —, mas Absalom está todo animado.

Uma sombra atravessa o rosto de Maren, como sempre acontece quando Ursa menciona o marido.

— Tudo bem — diz ela. — Você me avisa quando voltar?

Ursa assente.

— É claro que sim.

Maren espia por sobre os ombros para dentro de casa, e Ursa junta as mãos para dar ênfase ao que vai dizer em seguida.

— Mas você deveria dar um passeio. Isso lhe faria bem. — Ela ergue as sobrancelhas ao ouvir as vozes alteradas que soam dentro da casa. — É melhor do que ser presa por assassinato.

Há uma centelha de sorriso nas faces de Maren. Seus olhos da cor do mar estão inescrutáveis.

— Se cuide — diz ela.

— Se cuide.

•

Na manhã seguinte, Absalom a acorda cedo e a faz calçar as botas de passeio, mas, depois de darem alguns poucos passos fora de casa, Ursa escuta um som que não ouvia desde que saiu de Bergen: o estrépito de ferraduras e o chocalhar de uma carruagem. Absalom fica exultante quando o veículo para.

— Agora nós estamos feitos, Ursula.

Ela troca as botas pelos sapatos finos antes de seguir para a carruagem. Os cavalos parecem subnutridos e muito magros para os arreios: devem ter sido trazidos por mar em um dos navios de passagem por ali, e a viagem não lhes caíra muito bem. Mas a carruagem é construída de madeira leve e coberta, então é melhor que uma carroça. Ao redor, as vizinhas saem de suas casas para observar a cena enquanto Absalom a ajuda a entrar. Ela se inclina pela janela, para tentar avistar Maren. Gostaria que ela visse aquilo para que depois pudessem rir juntas do absurdo, da viagem de carruagem de um quilômetro e meio. Porém, Maren não está lá. Em vez disso, ela vê Toril parada com um olhar malicioso e Fru Olufsdatter já se encolhendo para dentro de sua bela casa.

É possível ver a fortaleza assim que eles saem dos limites da vila, uma encosta de terra e vegetação esparsa protegendo as muralhas de pedra cinzenta, a construção se erguendo de uma planície monótona e sem graça. É completamente desinteressante, embora o capitão Leifsson tenha lhe contado que o lugar causou um breve conflito entre Novgorod e a Dinamarca-Noruega, que aquele pedaço de terra era disputado, e que por isso o *lensmann* se instalou ali.

— Se não fosse pela pesca e pela caça de baleias, duvido que eles sequer tivessem se importado — disse o capitão. — Mas quem comanda Vardøhus controla a passagem pelo mar de Barents, e, quando o verão chegar, eles ganharão milhares de *skillings*.

Para Ursa, aquele não parece um lugar cheio de riquezas, mas o *lensmann* acabou de chegar.

A viagem termina logo depois de começar. O *lensmann* não se encontra lá para recebê-los, e, ainda que o marido não diga uma palavra, Ursa sente a vibração gélida de sua decepção desabar sobre ela como uma nuvem de chuva. Ela nota que a encosta é formada pelo mesmo tipo de pedra cinzenta dos muros. Maren nunca a levou até ali nos seus passeios, e Ursa se dá conta de que sentia pavor da fortaleza desde que a avistou do navio. Ela estremece quando passam por uma seção da fortificação operada por dois guardas. Viu mais homens nos últimos minutos do que em todos aqueles meses. Eles são conduzidos por um fosso vazio em uma estrada de lajotas, bastante escorregadia apesar de não ter chovido nos últimos dois dias. Ursa precisa segurar o braço de Absalom para não escorregar.

Na base do muro há uma porta emoldurada por dobradiças de metal. Um guarda os inspeciona através de uma janela gradeada embutida na porta antes de abri-la. Depois que atravessam a soleira, a porta bate pesadamente atrás deles, e Ursa se sobressalta.

— Parece uma prisão — diz ela.

— E é mesmo — responde Absalom.

Não é o castelo que ela havia imaginado. No interior há vários edifícios, dispostos ao longo dos cantos do muro. Absalom aponta para um deles e fala com o guia para confirmar.

— Aquela é a masmorra, certo?

O guarda faz um breve aceno com a cabeça.

— O covil das bruxas.

— Há alguma bruxa ali?

O interesse de Ursa se intensifica enquanto examina a estrutura. Nunca tinha visto uma prisão antes. É comprida e estreita. Ela vê grades nas janelas pequenas no alto.

O guarda acena mais devagar, mexendo os ombros. Responde no inglês rústico que muitos marinheiros aprendem a falar.

— Dois. Feiticeiros. Lapões de Varanger.

— Posso vê-los? — A voz de Absalom tem certa ânsia, uma empolgação.

O guarda aponta para o edifício maior.

— O *lensmann* Køning deseja conhecê-lo, e logo será hora do jantar. O *lensmann* gosta que as coisas sejam feitas na hora certa. — O homem endireita a postura. — Ele era o capitão da nossa frota. Expulsou os piratas de Spitsbergen.

— Nós nos correspondemos — retruca Absalom, na defensiva. — Eu sei disso.

O guarda faz uma mesura reverente, e Ursa se lembra de Maren, apequenando-se na presença do seu marido.

Eles dão as costas para a masmorra e atravessam as lajotas escorregadias até o edifício principal. É mais alto que os outros, construído num estilo desconhecido para ela, com uma fachada larga e uma porta no centro, feito de pedras como o muro, mas com toques de madeira nas janelas e até mesmo frontões entalhados no telhado. O guarda não bate, apenas abre a porta e os leva por um corredor largo. O lugar parece estar habitado há muito tempo. Há um tapete trançado com uma estampa berrante nas cores rosa e amarela, sua maciez agradável nos pés de Ursa.

O guarda os conduz para a esquerda, até uma sala onde há uma lareira crepitando e xícaras de porcelana dispostas em uma mesa baixa de madeira escura. O tecido que reveste a parede está manchado pela fumaça e as janelas têm cortinas pesadas e caixilhos vermelhos que não combinam com o tapete. Na mesa, ao lado do bule de chá, há até mesmo um vaso de flores de onde se projetam cinco lilases.

— Aguardem aqui, por favor.

O guarda fecha a porta suavemente ao atravessá-la. A cadeira é estofada com as mesmas cores do tapete, mas sua estampa está desbotada e surrada. Quando ela se senta, um pouco da espuma de enchimento escapa dos braços da cadeira. O assento é duro, como um banco de igreja.

Ela olha para os lilases mais de perto: são feitos de papel. Vê agora que não há água no vaso e que a poeira se acumulou nas dobras das pétalas. Ainda assim, Ursa fica animada ao ver as flores, com a tentativa de criar um ambiente caseiro.

Absalom não se senta nem se move para servir o chá. Ursa fica observando, de garganta seca e língua grossa de sal marinho, enquanto o marido anda pela ampla extensão do aposento, o casaco preto e comprido fazendo o fogo tremeluzir toda vez que ele passa por perto.

Ursa vê que ele está nervoso e se pergunta se deveria dizer algo para tranquilizá-lo antes de perceber que é exatamente esse o poder que ela não possui. Sua mãe conseguia acalmar o pai com apenas um toque da ponta dos dedos em seu pulso, com nada além de um mero suspiro. Ele se inclinava para perto dela como um bambu curvado pelo vento, as rugas no rosto se suavizando. Absalom percebe que ela o está encarando. Fecha a cara e vira o rosto para o outro lado.

A porta se abre e ela se levanta rapidamente, mas é somente o guarda.

— Minhas desculpas, comissário Cornet. O *lensmann* tem um assunto urgente a tratar e vai se atrasar um pouco. Quem sabe — ele nota o chá intocado — vocês não gostariam de comer alguns biscoitos enquanto esperam?

— Não — responde Absalom, com um músculo retesado na bochecha sob a barba aparada.

— Sra. Cornet? — O guarda se volta para ela.

A boca de Ursa se enche de água com a vontade de comer manteiga, açúcar e talvez algumas frutas...

— Não, estamos bem. — O marido lhe lança um olhar severo. A porta se fecha.

Ursa se pergunta se algum dia eles compartilharão um silêncio agradável, parecido com aqueles que partilha com Maren. Absalom se senta e serve uma xícara de chá marrom-claro para ela, que tem cheiro de madeira molhada e remédio. Ela o bebe em pequenos goles — já está frio, mas não deixa de ser algo para fazer — enquanto ele fica encarando a porta com um olhar tão intenso, que Ursa se pergunta se o marido está tentando evocar o *lensmann*. Ela pensa nos bruxos presos na masmorra, os... Como foi mesmo que o guarda os chamou? Feiticeiros. Absalom se remexe na cadeira, toma um gole do chá, faz careta e coloca a xícara na mesa.

— Você gosta desse negócio?

Ele faz a pergunta em norueguês, e o sotaque está melhorando. Ela sempre se surpreende quando ele fala com ela; provoca um choque no seu corpo, faz seu coração disparar e suas mãos suarem. Ela larga a xícara para que pare de tremer no pires. *Calma*, diz Ursa a si mesma.

— É razoável.

— Por que você faz isso? — Ele está recostado na cadeira, olhando diretamente para ela. Ursa deseja que a sua atenção volte para a porta.

— Se você não gosta de alguma coisa, deveria deixá-la.

Ela ouve a desaprovação na voz dele. Não consegue fazer nada certo, é incapaz de agradá-lo. Pega a xícara de novo e termina de beber.

— Agora eu gosto.

Ele cruza os braços e volta a encarar a porta. Ficam ali por talvez mais meia hora — não há relógio na sala — e, desta vez, quando a porta se abre, surge uma mulher seguida por um criado ainda menino.

— Comissário Cornet, eu sou Christin Cunningham. — Ela inclina a cabeça quando ambos se levantam. — Você tem de perdoar o meu marido. É algum problema com os impostos, creio eu. Geralmente é. — A sua voz tem apenas um leve sotaque, dinamarquês, Ursa acredita, como o do ex-sócio do pai, Herr Brekla. Seus olhos são grandes e emoldurados por cílios espessos e retos. Ela os vira para Ursa. — Você deve ser a esposa adorável que veio de Bergen. — Ela estende ambas as mãos e Ursa as pega nas suas, sentindo-se envergonhada e ao mesmo tempo encorajada pela simpatia da mulher. — Perdoe-me, não sei o seu nome.

— Ursula, Fru Cunningham. Ursula Cornet.

— Uma beldade. — Christin sorri. Ela emana uma afeição maternal, conclui Ursa, embora não possa ter muito mais que 30 anos. Usa uma touca branca do mesmo tipo que Siv usava, mas enfeitada com renda branca e elegantemente engomada, afastada da testa para revelar os cabelos escuros bem partidos ao meio. — Você se saiu bem, comissário. — Ela se vira para o menino. — Oluf o acompanhará até o escritório de John. E nós — ela enfia o braço de Ursa debaixo do seu — podemos ir para a cozinha. É muito mais acolhedor lá.

Ela os guia de volta para o corredor, então o criado leva Absalom em frente e para a direita enquanto Ursa e Christin descem por alguns poucos degraus até um espaço quadrado apenas ligeiramente menor que a sala de estar. Duas mulheres erguem o olhar das cenouras que estão descascando. Um grande ensopado borbulha no fogo, e tudo tem um aroma rico e nutritivo.

Christin passa a falar em norueguês, e seu sotaque fica mais marcado. Ursa fica aliviada por não ter de tentar falar no seu dinamarquês desajeitado, aprendido por meio de conversas curtas com o assistente do pai.

— É muito bom tê-la aqui. Vários dos outros comissários são homens de fé e não têm interesse em arrumar uma esposa, ou então são velhos ou moram muito longe.

Christin a leva até um sofá ao lado da lareira, e uma das mulheres para de descascar as cenouras para lhes trazer mais chá e — o estômago de Ursa ronca — biscoitos escuros e redondos, que dispõe em uma mesa baixa diante delas.

— Espero que não se incomode — diz Christin, tirando a touca. Seus cabelos estão presos num coque bem-feito. — Gosto muito mais daqui do que de lá de cima. Nós pedimos que redecorassem a sala um pouco antes de chegarmos, mas ainda parece sombria, não acha?

Ursa se controla.

— É muito bonita, Fru Cunningham.

Christin acena com a mão numa paródia de graciosidade.

— Pode me chamar de Christin. — Ela pega a travessa de biscoitos e a estende para Ursa. — *Pepperkaker?* Sei que são mais apropriados para a época do Natal, mas ainda está frio o bastante para ser Natal aqui, não acha? São os meus preferidos, e John consegue arrumar um bom suprimento de gengibre de suas conexões em Bergen — Ursa sente um aperto no peito ao ouvir a menção à sua cidade —, embora esteja quase acabando. Você trouxe algum tempero de casa? Não? Que pena. — Ela pega um dos biscoitos e o examina criticamente. — Estão um pouco queimados. Fanne, você deve tomar mais cuidado.

No entanto, Ursa sente o cheiro do gengibre e fica tão agradecida pela sua doçura que não se incomoda com o retrogosto amargo.

— Agora, você deve me contar tudo a respeito de si mesma, e do seu marido também. É um homem bonito, como os escoceses costumam ser, apesar de um pouco... — Ela franze o nariz e solta uma risadinha alta que dá nos nervos de Ursa. — E você é tão adorável. Onde foi que ele a encontrou?

— Em Bergen.

— Sim, eu sei que foi em Bergen. Mas onde? Como?

Ursa conta a ela como foi o encontro dos dois.

— Ele lhe disse como eram as coisas por aqui?

Ela balança a cabeça em negativa.

— Ele mesmo não sabia muito a respeito, creio eu.

Christin suspira, um som teatral que Agnete fazia enquanto jogava o corpo para trás, com a mão na testa.

225

— Eu avisei ao John, disse que ele deveria contar para todo mundo. Mas ele é marinheiro, está acostumado com isso. Você já ouviu a história sobre Spitsbergen? Não que faça a menor diferença se ouviu ou não. Ele vai contar tudo no jantar.

Seus olhos escuros brilham, mas não há malícia neles. É estranho encontrar uma mulher assim em um lugar tão austero. Ela é extravagante e perspicaz, tudo ao mesmo tempo. É exatamente o tipo de pessoa que compareceria aos jantares em Bergen e seria amiga de sua mãe.

— Ele é o preferido do rei, se é que você pode acreditar nisso. E se o preferido do rei acaba aqui, você consegue imaginar onde os inimigos vão parar?

Ursa nota os olhares trocados entre as criadas e suspeita que elas não aprovem o comportamento da senhora.

— Há quanto tempo vocês estão aqui? — pergunta ela, sentindo-se mais corajosa neste cômodo de mulheres, com o gosto de açúcar ainda na língua. — Não vimos vocês chegarem.

— Nós chegamos durante a noite, duas semanas atrás — responde Christin. — Você ficou surpresa?

Ursa espera que o marido não fique sabendo que um bom tempo passara entre a chegada deles e o convite.

— É que a casa parece tão bem arrumada.

— Castelo — corrige Christin, um pouco mordaz demais. — Foi como o rei chamou. Fortaleza de Vardøhus. — Seus olhos miram um ponto ao longe. Ela não parece estar muito bem, pensa Ursa. O brilho no seu olhar é exagerado demais, meio de esguelha e estranho. — Nós nos casamos em Copenhague. Um capitão! Eu tinha pensado que...

Ursa compreende, pois também tinha pensado a mesma coisa. Ela sente um ímpeto de estender ambas as mãos para Christin, como a mulher fez com ela na sala de estar. Vozes masculinas soam do corredor no andar de cima, e Christin parece voltar a si.

— O jantar será em breve, sim? — Ela se levanta e alisa as saias escuras. — Preciso fazer uma pergunta ao John.

Elas sobem até o corredor e veem a porta à frente se fechar. Absalom está lá com outro homem, talvez dez anos mais velho, de rosto barbudo e marcado pelas intempéries como o do capitão Leifsson que se abre num sorriso largo.

— Você deve ser a Ursula. — O norueguês do homem é impecável. Absalom não olha para as mulheres, mas fixa o olhar nele, fascinado. Ursa supõe que o marido não saiba da demora do *lensmann* em entrar em contato com ele. — É um prazer conhecê-la. — Cunningham troca para o inglês. — Me diga uma coisa: você sabe cantar?

— Cantar?

Absalom dá uma risada afetada. Isso não é nada do feitio dele, e Ursa olha para o marido, surpresa, mas os olhos dele estão fixos no *lensmann*, que bate nas suas costas, rindo.

— Deixe para lá, deixe para lá. Você deve estar pronta para o jantar. Eu gosto de jantar às sete horas em ponto, como fazíamos a bordo do *Katten*. Meu segundo navio, sabe? Aquele que naveguei até Spitsbergen. É bom manter uma rotina, não acha? Fanne vai acompanhá-los até o seu quarto.

Uma Fanne com uma expressão dura no rosto os leva até o andar de cima. O quarto deles fica acima da sala de estar, na parte da frente da casa, e é tão desbotado e elegante como a sala, embora tenha um cheiro desagradável, de sótão fechado e esquecido, e algo mais persistente, oleoso e enjoativo, como gordura solidificada no fundo da panela.

No entanto, o aposento parece estar a um mundo de distância da casa deles, apesar de ficar a somente um quilômetro e meio descendo a estrada. Há até mesmo um espelho enferrujado na cômoda. Fazia muito tempo que Ursa não olhava para o próprio rosto a não ser em janelas escuras, e ela nota que perdeu um pouco do seu formato arredondado e que as semanas no convés do navio somadas aos dias andando com Maren lhe deram um punhado de sardas nas bochechas e no nariz que Siv teria dito ser coisa da plebe. O seu rosto também tem uma expressão diferente — uma ruga de preocupação surgiu entre os seus olhos, e ela a alisa com o indicador, mas o vinco continua ali, tênue como um sussurro.

O vestido de Ursa foi colocado sobre uma cadeira para arejar, e a bolsa de viagem está vazia na cômoda. Os pertences deles foram dobrados e arrumados nas gavetas, e Ursa se sente desconfortável ao pensar que alguém os tocou e viu as manchas que ela não conseguira tirar das roupas. Ela costumava ficar tão à vontade com o bando de criados que tinha em casa e achara uma chateação quando ficaram apenas com Siv, mas agora não tem mais tanta certeza assim sobre o assunto. Alguém vendo as suas roupas emporcalhadas, os seus pertences imundos, toda a bagunça da sua casa e do seu corpo.

Absalom está contente, talvez até mesmo um pouco bêbado. Ele se senta na beira da cama com dois pedaços de papel nas mãos, atados por uma fita verde e um lacre de cera.

— A reunião com o *lensmann* foi boa, marido?

— Ele me mostrou qual é o meu propósito, esposa. É um homem ainda mais excepcional do que eu esperava.

— Fico feliz por você.

Em seguida, Absalom faz algo que a deixa atônita. Ele se levanta, segura-a pelo queixo e encosta os lábios nos dela com suavidade e de um jeito casto.

— Deus é o responsável por isso, Ursula. Tenho certeza disso agora.

Ela espera até que ele se vire de costas para limpar a boca com a mão. Ainda assim, pode sentir as cócegas que sua barba fez nela, o aperto suave do polegar dele nos seus lábios.

Foi tão delicado que ela sente vontade de chorar.

27

Há um biombo no canto do quarto, pintado com pássaros pretos e revestido por uma camada grossa de verniz, e Ursa leva o vestido para trás dele quando Absalom começa a desabotoar a camisa. O espelho e a iluminação do cômodo a deixaram mais insegura a respeito da sua aparência do que se sentira em meses, e ela consegue ver o formato indefinido do seu corpo no verniz. Apesar de Absalom estar ali perto, ela tira as roupas de baixo e fica examinando as suas curvas, os mamilos como pequenos buracos escuros no meio dos seios, a penugem clara entre as pernas, a curva da barriga só um pouco diminuída pelas mudanças na sua vida.

É como ver um fantasma, e ela troca de roupa rapidamente, sai para se olhar no espelho mais uma vez e tenta alisar e enrolar o cabelo como Christin fez. Os grampos machucam o seu couro cabeludo.

Eles descem e encontram Christin saindo da cozinha, usando um vestido amarelo-vivo, de um veludo tão fino que o tecido parece reluzir num tom quase dourado sob a luz das lamparinas. Ela acena com aprovação para o cabelo de Ursa, dá uma batidinha no próprio cabelo para mostrar que tinha notado.

— Perdoem-me pelo cheiro — diz ela enquanto os leva até a sala de estar. — Meu marido aceitou receber os impostos dos russos na forma de baleias. Banha e óleo. — Ela faz careta. — É muito fedido mesmo.

Então é de lá que vem aquele cheiro defumado e gorduroso, tão difícil de ignorar. Os biscoitos queimados de gengibre reviram no estômago de Ursa. Eles têm fornalhas de banha em Bergen, mas disfarçam o cheiro com cravo.

— Foi uma sábia troca — diz o *lensmann* Cunningham, surgindo do que Ursa presume ser o seu escritório. Ele está vestindo um pequeno rufo sobre a túnica preta: está um pouco apertado, e ela vê o pomo de adão dele se espremendo antes de desaparecer debaixo da gola. — Os preços sobem toda semana, agora que os canais estão fechados.

— Foi você quem fechou os canais — diz sua esposa.

— Exatamente. — Ele empurra a porta e sinaliza para que o sigam. — Por aqui.

A sala de jantar é coberta por lambris de madeira tão fresca que Ursa ainda consegue sentir o aroma da floresta, com uma mesa capaz de acomodar três vezes o número de convidados. Há castiçais por toda a extensão, e Ursa fica agradecida ao perceber que não há nenhuma lamparina de gordura ali, apenas as velas com sua luz suave. Sente o brilho se derramar sobre ela como uma lambida de bondade, alisando suas mãos ressecadas e inundando o marido de gentileza. Sobre a mesa, há duas fileiras de talheres e pratos de porcelana, e, no centro, uma broa quadrada de pão preto com uma faca ao lado.

Eles se sentam com o *lensmann* na cabeceira da mesa, as costas viradas para uma ampla janela. As cortinas não foram fechadas e a escuridão penetra pela sala, esgueirando-se até a luz das velas. As mulheres se sentam uma ao lado da outra, de frente para Absalom.

Fanne entra com uma bandeja de cálices com inscrições na borda cheios pela metade de um líquido claro. O aroma é herbal e distinto. Ela deixa a garrafa na mesa ao lado do *lensmann*, um recipiente elegante de gargalo comprido e vidro azul.

— *Akevitt* — diz o *lensmann* Cunningham. — Geralmente é um aperitivo para depois do jantar, eu sei. Mas é um hábito que adquiri a bordo do *Katten*. Um cálice antes da refeição desperta a língua. *Skol!*

Ele ergue o cálice e bebe todo o conteúdo de uma só vez. Absalom o imita e começa a tossir. O *lensmann* Cunningham bate nas costas dele enquanto Ursa olha para Christin em busca de orientação, mas ela também esvaziou seu cálice. Toma um golinho do *akevitt* e estremece. O líquido desce queimando.

Ao lado de Absalom há duas cadeiras vazias.

— Teremos companhia? — indaga ele, e Ursa se pergunta se o *lensmann* Cunningham também consegue ouvir a decepção em sua voz.

— O comissário Moe, de Alta — responde o *lensmann*, pegando a faca e começando a fatiar o pão. — Vocês já se conheceram, não? E Herr Abhorsen, um rico comerciante do norte de Bergen. — Ele acena para Ursa. — Achei que você gostaria de saber das últimas fofocas.

Ursa, com educação, também acena. Nunca ficou sabendo das fofocas quando morava lá e já era velha o bastante para se importar com isso. Ela e Agnete especulavam, mas o pai delas não podia se dar ao luxo de contratar uma dama de companhia depois que a mãe morreu, de modo que as irmãs ficavam dentro de casa na maior parte do tempo, com sua imaginação e tagarelice.

— Mas devem estar atrasados, vindo lá de Alta. Podemos começar sem eles. — Serve mais *akevitt*, desta vez enchendo somente os cálices dele e de Absalom.

— Me diga, Ursula — pede Christin, pousando a mão de leve na dela. — E a sua família? O que o seu pai faz?

— Ele é proprietário de navios, a maioria de comércio de madeira. De Christiania.

— Carvalho, então? — interrompe Cunningham. — *Katten* era um navio de comércio de pinheiros. Mais leve, mais rápido.

Christin fala como se o marido não a tivesse interrompido.

— Você tem irmãos ou irmãs?

Um gosto amargo enche a boca de Ursa e ela bebe outro gole do *akevitt*, apreciando o canal ardente que a bebida entalha na garganta, o calor que leva ao estômago.

— Uma irmã. — A sala permanece em silêncio, então ela menciona o seu nome também. — Agnete.

— Ela é aleijada — diz Absalom. Ursa se retrai. — Há algo errado com a perna dela, com os pulmões.

— Ela é mentalmente sã — completa Ursa. — Tem 13, quase 14 anos.

— Tão mais nova — medita Christin. Fanne entra com um prato de algo prateado e gelatinoso e o coloca no centro da mesa, inclinando o corpo entre Cunningham e Absalom. Os olhos do *lensmann* a seguem sala afora. — Por que a sua mãe esperou tanto tempo?

Ursa examina o rosto do marido. Mas ele está com os olhos perdidos ao longe, a atenção adormecida até que seja despertada pelo seu mestre.

— Ela perdeu muitos bebês, até onde eu sei.

— Algum menino? — pergunta Cunningham, esticando o braço para garfar um pedaço de arenque prateado do prato diante deles.

— Não sei — responde Ursa. É muito estranho falar dos partos fracassados da mãe durante um jantar com pessoas que ela acabou de conhecer, mas sente que não pode se recusar a fornecer a informação.

— Qual é a opinião dela sobre você morar aqui? — Agora, ele está amassando o peixe sobre uma fatia de pão com a parte de trás do garfo. O arenque vira uma polpa reluzente. Ursa fica enjoada.

— Ela morreu — intervém Absalom, não para poupá-la, mas apenas para participar da conversa.

— Sinto muito — diz Christin, tirando a mão de cima da de Ursa e pegando o prato. — Arenque?

Ursa pega um pouco de peixe, a gelatina deslizando por entre os dentes do garfo e empapando o pão de centeio. Eles comem, e Fanne traz uma travessa pequena de cebolas fatiadas.

— Da próxima vez, traga as cebolas junto com o peixe — diz Christin.

Fanne faz uma mesura e volta com um garrafão contendo um líquido cor de mel e serve uma grande taça da bebida para cada um deles, embora o *akevitt* continue sobre a mesa, o segundo cálice de Absalom cheio e intocado.

— O seu marido me contou das suspeitas dele sobre Vardø — diz Cunningham. A comida se remexe dentro de sua boca sob a luz das velas. — Qual é a sua opinião?

— A minha opinião? — repete Ursa.

— A respeito das mulheres. — Ele engole; o pomo de adão luta outra vez para passar pelo rufo. — As mulheres costumam ver coisas que nós não percebemos, não é mesmo, querida?

— E coisas que vocês gostariam que nós não percebêssemos — retruca Christin, com astúcia na voz, enquanto Fanne sai da sala mais uma vez, seguida de perto pelo olhar do *lensmann*.

— Elas parecem ser... — Ursa procura a palavra certa.

— Não se preocupe com o tato, Sra. Cornet. Eu já conheci o bastante dessas mulheres da Finamarca para saber como elas são difíceis de lidar, e as de Vardø têm uma reputação especial até mesmo aqui. Depois da tempestade... Tenho certeza de que você contou a ela tudo a respeito disso. — Ele dirige a última frase a Absalom. Mas o marido não lhe contou nada. Tudo o que sabe, ela captou das conversas com o capitão Leifsson ou então das menções de Maren ao pai e ao irmão. — A tempestade matou um bocado de homens em Kiberg, fez muitas viúvas. Elas se casaram de novo. Aqui foi muito pior. Mas as mulheres de Vardø... — Ele mastiga a comida, balança a cabeça. — Cerca de seis meses depois da tempestade, eu recebi uma carta do pastor Kurtsson. O que você acha dele?

Absalom encolhe os ombros largos.

— Ele tem um bom coração, mas não é um homem muito firme.

Cunningham balança a cabeça até que o movimento ganhe velocidade e então rasga outro pedaço de pão com as mãos.

— Ele me escreveu contando que as mulheres estavam planejando sair para pescar sozinhas. Você consegue imaginar uma coisa dessas?

— Para falar a verdade, sim, consigo — responde Christin. — As mulheres daqui são diferentes. Elas cultivam a terra, cuidam do rebanho.

— Camponesas fazem isso em toda parte — diz Cunningham. — Mas nenhuma delas vai para o mar.

Os caminhos da conversa parecem calmos, como se eles já tivessem percorrido esse terreno diversas vezes.

— O que elas deveriam fazer? — pergunta Christin. — Morrer de fome?

— Eu cuidei para que elas tivessem comida.

— Como?

— Enviei dinheiro para Kiberg, para que eles mandassem peixes e grãos para elas.

— Você não estava aqui — refuta Christin. — Como pode ter certeza de que os alimentos chegaram até elas?

— Eu não precisava estar aqui para cumprir com o meu dever. — Cunningham ergue o tom de voz. — Eles não desafiariam a minha autoridade. O lugar de uma mulher não é a bordo de um barco. Além disso — ele dá uma mordida em outro pedaço de pão e olha para Ursa —, aquela tempestade não foi normal.

O coração dela dispara e, pelo canto dos olhos, vê Absalom se inclinar para a frente, os cotovelos apoiados na mesa.

— Você tem certeza disso? — pergunta ele, a respiração entrecortada.

Cunningham não tira os olhos de Ursa quando responde:

— Absoluta. Passei mais tempo no mar do que em terra firme a maior parte da minha vida. Sei o que o mau tempo é capaz de fazer e o que não é. Quarenta homens mortos de uma hora para a outra? — Ele balança a cabeça, incrédulo. — E depois do que o seu marido me contou sobre as runas... — O *lensmann* faz o sinal da cruz, a mão ainda segurando o pão. Absalom o imita, e finalmente Cunningham volta a atenção para o seu marido. Ursa consegue respirar de novo. — Certamente você compreende por que eu o designei para este lugar, não? Temos certo controle sobre isso em Alta e em Kirkenes, mas aqui...

Ursa aguarda, mas o fim da frase nunca vem. A porta se abre e Fanne entra, carregando uma larga bandeja polida com cinco tigelas do ensopado cujo aroma ela sentiu na cozinha mais cedo.

— O comissário Moe está aqui, *lensmann*. Ele está lavando as mãos para jantar.

Ela coloca as tigelas sobre a mesa, uma delas no lugar ao lado de Absalom. Eles esperam, o cheiro do ensopado fazendo o estômago de Ursa roncar dentro do vestido, até que o comissário Moe entra na sala.

— Devo lhe pedir desculpas, *lensmann* Køning — diz ele em norueguês. — A travessia foi bastante difícil. Esperei que o mar se acalmasse, mas só piorou. Daniel desistiu da viagem e foi para Hamningberg. Você sabe como é esse pessoal de Bergen. — Ele pisca para Absalom, que o encara com uma expressão de quem não entendeu. O homem tem um bigode, assim como o pai de Ursa, e o seu desalinho confirma as dificuldades da travessia. Ursa acha que ele tem aproximadamente a idade do *lensmann*, e é da altura dela.

— É um prazer encontrá-lo mais uma vez, comissário Cornet — diz ele, trocando para o inglês enquanto faz uma mesura para Absalom, que acena ligeiramente com a cabeça em resposta. — E esta deve ser a sua charmosa esposa.

Ursa não consegue sequer imaginar que ele tenha ouvido tal descrição de Absalom.

— Comissário.

— Pode me chamar de Moe, por favor. Bem, então... — Ele bate as mãos. — O que vamos comer?

28

Os três homens falam tão alto e sem parar, entre si e por cima um do outro, que é como ouvir dez homens de uma vez só. Christin mal toca na comida, toma um gole aqui e ali do hidromel e fica observando os três. Por fim, ela se inclina para Ursa e pergunta:

— Ele não fala norueguês?

— Só um pouco. Ele está estudando com o pastor.

— Você não poderia ajudá-lo?

— Não sei muito bem se ele aceitaria.

Christin assente, e Ursa sabe que a mulher entende o que ela quer dizer.

— Então, me diga, com sinceridade: como são as coisas na vila? O meu marido me contou o suficiente para se assegurar de que eu não faça uma visita.

— Não é tão ruim assim.

— Você não tem medo?

— De quê?

— Cornet nos escreveu a respeito das runas e dos bonecos. Bem, ele escreveu ao meu marido, mas John lê muitas cartas para mim. Ele adora uma plateia.

Ursa pega mais um pedaço de perdiz.

— Eu não tenho medo. E você? Não sente medo, com a masmorra tão perto daqui?

— Ah, sim. — A mulher beberica o hidromel, mas sua voz continua seca como nunca. Talvez aquele seja o segredo para sobreviver ali: esvaziar o copo. — Os lapões. Meu marido sente um fascínio especial por eles.

— É o trabalho da minha vida — retumba o *lensmann*. Ursa se sobressalta, não havia percebido que a conversa delas estava sendo ouvida. — O motivo de eu estar aqui. O meu predecessor, antes do último, não teve tanta sorte.

— Kofoed? — pergunta Moe. — Eu o conheci quando era menino. Foi um negócio feio.

— O que aconteceu? — pergunta Ursa.

— Os lapões o pegaram — responde o *lensmann*, sombrio. — E o amaldiçoaram. Dizem que ele murchou como uma planta arrancada pelas raízes. De um dia para o outro.

O comissário Moe se benze com o sinal da cruz.

— Eu mesmo testemunhei quando Olson foi queimado na fogueira. Ele era o líder do bando. Quando atearam fogo nele, a fumaça queimou preta como o fogo do inferno.

Ursa larga o garfo, mas os outros continuam a mastigar, os olhos fixos no comissário Moe.

— Houve outros sinais, antes de Kofoed? — pergunta Absalom.

— Ah, sim — responde Moe, de modo sombrio. — Mortes de gado, pelas quais os lobos receberam a culpa, até Olson confessar. Jovens grávidas sem estarem casadas. E todos nós que o vimos queimar ficamos doentes por vários dias depois do acontecimento. Era como se eu tivesse nódoas nos pulmões.

Há um silêncio pesado. Ursa se sente enjoada, com o *akevitt* revirando o seu estômago. Ela bebe mais um pouco.

— Você tem dois feiticeiros na masmorra — diz Absalom para Cunningham. — Por que eles foram presos?

— Tecelagem do vento — responde Cunningham.

Ursa não consegue impedir que uma risadinha escape dos seus lábios. Os demais olham para ela com uma expressão implacável. Ela não pode dizer a eles que se lembrou da sua própria tecelagem, com os pontos grandes o bastante para que dedos a atravessassem, e como Maren sacudiu a vela na cara dela e disse que aquilo não serviria para nenhum navio zarpar.

— Me desculpem — diz ela. — Eu nunca tinha ouvido falar de tal coisa na minha vida.

— Isso não é motivo de riso — diz o *lensmann* Cunningham, e Ursa se sente como uma criança repreendida. — O clima sempre foi a arma preferida deles. Você deveria saber disso, já que mora em Vardø.

— Acho que talvez seja porque não temos bruxas em Bergen.

— Pode até ser — retruca Cunningham, sério, de olhos desfocados e apertando o braço da cadeira com uma força incomum. — Mas havia uma montanha de bruxas perto de Bergen, não é mesmo, Moe?

— Ainda há. Lyderhorn, creio eu.

— Eu li a respeito — concorda Absalom. — Mons Storebarn e Mons Anderson se reuniam lá e conspiravam contra a *Kirke*.

— Eu lhe disse que ele era bom, não foi, Moe? Nós, escoceses, sabemos das coisas. — Ele estica o braço sobre a mesa para brindar com Absalom. — Ainda assim, elas costumam ficar à espreita nos confins do mundo. Foi o que eu lhe disse, não foi, Absalom? — Cunningham está sentado na beira da cadeira. — Nas nossas cartas. A luz da vela é mais fraca nos cantos. Estamos aqui para fazer a luz brilhar com mais intensidade, para procurar a escuridão e queimá-la até virar cinzas. Engoli-la com o fogo do amor de Deus.

Os olhos dele brilham. Embora esteja falando com Absalom, o olhar do *lensmann* está fixo nela. Ele parece possuído, e Ursa sente um pavor repentino de que ele se atire sobre a mesa na sua direção, segure-a pelo pescoço e aperte até matá-la. No entanto, ele apenas volta a se recostar na cadeira e gesticula para que a esposa lhe sirva mais uma taça de bebida.

Nenhum dos outros convidados parece notar que estão presos naquela sala com um urso selvagem.

— Foi por isso que o rei me nomeou para cá, em vez de um dos seus conterrâneos. — Ele acena com a cabeça para Moe. — Estamos fazendo muitos progressos na Escócia, mas é claro que lá não temos de enfrentar o problema dos lapões. Eu sabia que tínhamos de nos encontrar o quanto antes, especialmente depois da sua última carta, Absalom. Das notícias a respeito da lapã e dos bonecos.

Ursa sente a pele se arrepiar. Ela esperava que a referência que Christin fez aos bonecos mais cedo tivesse sido apenas uma conjectura, mas pelo jeito Toril abriu a boca, como Maren temia. E a lapã... Ursa precisa contar a ela que tinham mencionado Diinna.

— Até agora, a nossa maior preocupação têm sido os feiticeiros lapões, os homens. Eles chamam a si mesmos de *noaidi*, você conhece o tipo. Xamãs, como Olson e os dois que estão na masmorra. Mas as mulheres também se tornaram um problema, e não apenas as lapãs. O seu marido — os olhos dele se voltam novamente para Ursa, e ela consegue ouvir as batidas do próprio coração — é um homem muito talentoso, como você certamente sabe. — Ele ergue as sobrancelhas ao ver a expressão de Ursa de quem não entendeu muito bem o que ele quis dizer. — Com certeza, você deve saber que foi por isso que eu o chamei, não? Ele é um dos nossos melhores homens, mesmo entre os escoceses.

— Peço desculpas — diz ela, olhando para Christin em busca de apoio, mas a mulher está com o olhar perdido e os lábios ligeiramente entreabertos.

Cunningham se vira para Absalom com uma expressão teatral de exasperação que faz o comissário Moe dar uma gargalhada, abafada pela boca cheia de pão.

— Absalom, não me diga que a sua esposa não sabe nada das suas realizações?

O marido de Ursa encolhe os ombros com modéstia, e ela sente vontade de bater nele.

— Eu não lhe contei nada.

— Bem, então eu devo contar a ela. Diga-me, Ursula, você já ouviu falar de uma mulher chamada Elspeth Reoch?

— Peço desculpas, mas nunca ouvi.

— Eu é que peço desculpas, pois vou lhe contar tudo. — Sua voz está cheia de satisfação, e Ursa se sente determinada a olhar nos olhos dele, a não demonstrar medo. — Ela não tinha mais que 12 anos quando fez promessas ao diabo, não foi isso, Absalom? Tinha 12 anos quando banhou os próprios olhos nas lágrimas do demônio para ser capaz de ver o que não deve ser visto, heresias e profanidades. Fez um pacto com ele. Você sabe o que é um pacto, Sra. Cornet? Sabe o que uma mulher precisa fazer para adquirir tais poderes de bruxaria?

— Tenho certeza de que ela consegue imaginar — interrompe Christin. — Não seja tão vulgar, John.

— Mas é vulgar. — Cunningham bate com a palma da mão na mesa. — É uma depravação, é nojento. Ela deu à luz um filho dele, não foi, Absalom?

— Dois — responde Absalom, com seriedade. — Embora só tenhamos descoberto o seu segredo durante o julgamento. Ela alegou que tinha perdido a voz, viveu como muda por muitos anos depois do pacto. O irmão tentou forçá-la a falar batendo nela. Ele era um homem temente a Deus, e informou sobre ela a Coltart.

— Coltart — cospe Cunningham, com uma antipatia evidente no tom de voz. — O homem é uma fraude sem igual. Você foi a força por trás da condenação dela, não negue isso. A modéstia é um belo traço de caráter na maioria dos casos, mas não nesse.

— Como você a fez falar? — pergunta Moe.

— Mergulho. Ferro.

— Você a amarrou?

— Marquei com ferro em brasa. Com crucifixos, no pescoço e nos braços.

Absalom não olha para Ursa. Ela espera que seja porque sente vergonha do que fez, mas não ouve nenhum sinal de remorso na voz.

— Continue.

— Ela gritou numa língua demoníaca, e depois cantou como o pássaro do diabo que era. — Ursa sente o vestido se apertar vendo o prazer que ele sente com a atenção do *lensmann*. — Confessou tudo, desde a sedução de quatro homens a roubo e até a meia dúzia de encontros com o diabo.

— Mas o que distinguiu tanto esse caso foi a execução. Uma jogada de mestre — diz Cunningham.

— Vocês não a queimaram na fogueira? — pergunta Moe, como se estivesse indagando sobre o clima daquele dia.

— Queimamos, sim — responde Absalom.

— Queimaram — ecoa Cunningham. — Mas antes disso, para fazê--la pagar pelo crime de falsidade sobre sua suposta mudez, eles a estrangularam. Não é verdade, Absalom?

— Sim. — Neste instante, ele lança um olhar breve para Ursa, como se não quisesse que ela estivesse ali, então ela se dá conta de que ainda não ouviram a pior parte da história. Aperta com força a mesa, para se preparar.

— Continue — pede Cunningham, sorrindo. — Conte a eles como você fez.

— Com uma corda, senhor — diz Absalom, e enfim ela ouve a vergonha que tanto procurou na voz dele.

— E qual foi o seu envolvimento?

A voz de Absalom é quase inaudível.

— Eu mesmo segurei uma das pontas da corda, *lensmann*.

— Viram só? — diz Cunningham, inclinando-se sobre a mesa para dar um tapinha no ombro de Absalom. — Um homem de muitas qualidades. Não é qualquer um que consegue infligir a punição. Aposto que Coltart não segurou a outra ponta daquela corda.

— Não, não segurou, *lensmann*. — Ele não olha para Ursa desta vez, e ela fica agradecida. Não conseguiria esconder os seus sentimentos naquele momento por nada neste mundo.

— Foi então que eu soube que precisava de você aqui — continua Cunningham. — No calor do momento. Qualquer um pode acender uma fogueira; matar alguém assim é tão fácil quanto ferver água para uma xícara de chá.

— A chaleira chia mais alto — diz Moe.

— Por favor — censura Christin.

— Perdoe-me, querida — diz Cunningham, um sorriso malicioso na boca barbuda. — Moe, não se esqueça da nossa companhia.

Ursa não consegue falar. Ela odeia aquele homem, agora tem certeza disso. Odeia todos eles. Sabia do julgamento porque Absalom o mencionou durante o seu primeiro discurso na *kirke*, mas não imaginou que a mulher havia sido executada, que o marido a assassinara com as próprias mãos. *Marcada com ferro em brasa. Estrangulada. Queimada na fogueira.* As palavras se repetem na sua mente como uma cantiga de criança. Ela estremece, e Fru Cunningham nota.

— É bastante desagradável ouvir esses detalhes, mas você não deve sentir pena de uma bruxa, Ursula — diz Christin, com empatia. — É na bondade que elas se agarram, no coração partido, na mente sensível. Até mesmo em Tromsø ou em Bergen, nós, mulheres, devemos saber essas coisas.

— E você não precisa temê-las tanto como a maioria das mulheres — intervém Cunningham. — Não com um marido como o seu.

Ursa observa Absalom do outro lado da mesa. Não tinha imaginado o orgulho que ele sentiria ao contar essa história. Sente o prazer emanando dele diante da admiração dos outros, tão tangível quanto o cheiro de álcool vindo do *lensmann* Cunningham.

O tópico da conversa muda para canais usados para pesca, depois para caça de baleias em Spitsbergen e, por fim, o que para Ursa parece interminável, para o tempo do *lensmann* Cunningham passado a bordo do *Katten*. O jantar termina com um *rømmegrøt* tão grande que Fanne tem de afastar os castiçais das velas para acomodar o enorme prato de mingau no meio da mesa.

Ursa aceita uma porção por educação, mas o mingau tem um gosto estranho, intenso demais depois dos meses que passou comendo a comida do navio e então a de Vardø. Durante todo esse tempo, ansiou por sentir o gosto das sobremesas que estava acostumada a ter em casa, do creme, da canela e do açúcar, mas o mingau desce espesso, cai mal e pesado no seu estômago.

Ela nota que Absalom também mal toca na sobremesa. Suas mãos, largas como peças de presunto, estão repousadas na mesa, os pelos curtos dos dedos captando a luz das velas como teias de aranha. Ela sente um aperto na garganta.

O comissário Moe se levanta da mesa logo em seguida, de nariz vermelho, usando a longa viagem como desculpa.

— Eu me sinto revigorado — diz ele, segurando a mão de Absalom. — Vamos dar início ao trabalho.

Christin fica cada vez mais calada ao lado de Ursa, e ela suspeita que seja o efeito da mesma bebida que deixa o *lensmann* tão expansivo. Ursa também bebeu mais do que talvez fosse educado. Sente um formigamento na língua sensível pela bebida alcoólica. Enquanto os pratos são retirados da mesa e Absalom e o *lensmann* Cunningham se levantam para se retirar para o escritório, ela passa os dedos nos lábios. Parecem muito macios e como se pertencessem a outra pessoa.

— Ursula?

Christin está de pé atrás da cadeira empurrada de volta para a mesa, observando-a.

— Espero que não se incomode.

— Me incomodar?

— Estou muito cansada. Você quer que eu a acompanhe até o seu quarto?

— Ah... — Ursa se levanta com pressa e a barra da sua saia fica presa debaixo das pernas da cadeira quando ela a afasta da mesa. O *lensmann* Cunningham se move com bastante lentidão para ajudá-la. — Obrigada. Obrigada pelo jantar. Estava muito bom.

— Nós encontramos Fanne em Alta — diz o *lensmann* Cunningham. Ele está perto demais dela, e Ursa sente azedume e mingau no seu hálito. — É uma boa cozinheira.

— Eu não diria tanto — retruca Christin, seca. — Mas fico feliz que você tenha gostado.

— Vocês têm criados em casa? — pergunta Cunningham, olhando de esguelha para Absalom. — Alguma mulher de Vardø sabe cuidar de uma casa?

Há uma malícia na voz dele que deixa Ursa arrepiada.

243

— Minha esposa tem uma ajudante — responde Absalom. — Embora não seja de minha preferência. Ela é parente de uma lapã.

— Elas não são parentes — refuta Ursa, encorajada pelo medo. — Não têm laços de sangue. Ela frequenta a *kirke*, marido. É uma boa mulher.

Absalom parece prestes a dizer mais alguma coisa, mas Cunningham acena para ele com um gesto fraco.

— É melhor deixar tais assuntos para as mulheres — diz ele. — Você já tem muito com o que se preocupar, ainda mais com o que precisamos fazer a respeito da conversa que tivemos.

— Vamos? — Christin quase bate os pés no chão de impaciência. Ela está claramente louca para se deitar, e Ursa não se importa em ir para a cama também. Anseia pelo esquecimento do sono, por acordar de manhã e voltar para casa, por Maren. Em sua mente confusa, diz a si mesma que precisa alertá-la sobre certas coisas, como a menção a Diinna e aos bonecos. Crava as unhas nos pulsos para não esquecer.

Elas seguem para o corredor e dão boa-noite aos homens, que já retomaram a conversa e a interrompem apenas por um breve instante, o *lensmann* Cunningham para esbarrar a boca nas altas maçãs do rosto da esposa e Absalom para roçar os lábios em Ursa daquele modo suave e perturbador mais uma vez, agora na bochecha.

— Você deve sentir muito orgulho de ser casada com um homem desses — diz Christin enquanto a leva pelas escadas. Ursa sente vontade de rir, de perguntar de qual parte ela deveria se orgulhar: da atenção servil ao *lensmann*, do papel íntimo que ele desempenhou na morte de uma mulher ou da satisfação que sentiu com isso? — O seu marido realmente não tomou parte na escolha da sua criada? — pergunta ela.

— Ela não é bem uma criada, é mais uma companhia.

— É melhor manter essa gente longe de você. E do seu marido — diz Christin assim que elas chegam à porta do quarto de Ursa. Christin abre a porta e cede espaço para ela passar. Quando Ursa passa, a mulher ergue a mão e roça os dedos na sua nuca, onde os grampos deslizaram do coque. O local está sensível. — Mas você é tão adorável, que duvido que precise se preocupar.

Ursa sente um rubor subir pela sua garganta apertada.

— Me preocupar?

— Bebidas, jogos de cartas. — Ela pisca lentamente para Ursa. — Criadas. Grandes homens também têm suas fraquezas. E somos nós que devemos suportá-las.

Ursa sente uma vontade súbita de trocar confidências com ela, sobre a vida com Absalom, com todos os pequenos horrores e confusões, mas Christin já havia baixado a mão, seguindo para a outra ponta do corredor. Não cambaleia ao andar, apenas toma bastante cuidado.

— Boa noite, Ursula. Vou colocar o seu nome nas minhas orações.

Ursa fecha a porta. Entra luz pelas frestas das cortinas fechadas, e a colcha da cama foi dobrada na ponta, exibindo os lençóis bem passados ali embaixo. Será possível que Fanne e o *lensmann* durmam juntos? Talvez nesta mesma cama, quando não há visitantes.

Ela solta os cabelos, reunindo os grampos na palma da mão enquanto atravessa o quarto, e vai até a janela para, com um dedo, abrir uma fresta na cortina pesada. Os outros edifícios do complexo continuam iluminados, com exceção da masmorra. Ela fica ouvindo: seria aquele o som dos gemidos dos homens ou apenas o vento, o mar? As janelas escuras parecem encará-la, e ela deixa a cortina cair e se apressa em terminar de se limpar, aflita para já estar dormindo quando Absalom vier para a cama.

Antes de se enfiar debaixo dos lençóis limpos, Ursa se ajoelha ao lado da cama, do jeito que ela e Agnete costumavam fazer, e ora por Christin, com seus olhos tristonhos; por Maren, lá fora em algum lugar da escuridão; e por si mesma. E, embora talvez seja uma blasfêmia inominável, ela ora por Elspeth Reoch, que morreu pelas mãos de Absalom. Bruxa ou não, ela não desejaria tal destino a ninguém.

29

Ursa pensou que a pior parte da noite já tivesse passado, mas não consegue dormir antes que Absalom venha para a cama. Os ruídos da casa são estranhos demais, o mar está muito mais próximo e o barulho das ondas nas rochas é perturbador. Ela acredita estar ouvindo a mão dele na maçaneta várias vezes antes que ele realmente abra a porta.

— Você está acordada, Ursula?

Não adianta fingir que não. Ela se senta na cama, puxando os lençóis até o queixo. Ele tira as botas e vai até a poltrona ao lado da lareira. Segura um cálice em uma das mãos e alguns papéis dobrados na outra.

— Espero que tenha apreciado o jantar.

— A comida tinha um sabor muito intenso, não estou mais acostumada com isso.

Ele põe o cálice sobre a lareira e inclina a cabeça, de modo que ela pode ver apenas o seu perfil enquanto Absalom olha para o fogo. Quando fala, ele também se dirige às chamas, e ela não consegue distinguir as palavras.

— Perdão? — diz ela.

Ele fala um pouco mais alto.

— Eu não queria que você descobrisse dessa maneira.

Ela pensou que sentiria medo com a volta dele, mas agora está cheia daquela raiva sincera que sentiu na sala de jantar. O sentimento a deixa corajosa.

— Que você matou uma mulher?

O silêncio se alonga, abrindo-se como uma fenda. Ursa consegue ouvir o seu coração batendo mais alto que as ondas do mar. Gostaria de estar vestida com algo além da camisola de algodão.

Por fim, muito lentamente, ele endireita o corpo e se volta para ela, com as chamas reluzindo ao redor das suas pernas. Seus lábios estão fechados numa linha reta e fina, e, quando ela encontra o seu olhar, Ursa vê que os olhos do marido estão vidrados e um tanto desfocados. Será que ele está bêbado como o *lensmann*?

— Matei uma mulher? — repete ele, incapaz de compreender as palavras. — Não. Não — ele sacode a cabeça como se tentasse espantar uma mosca —, eu julguei uma bruxa, esposa. Ela foi sentenciada à morte pelo tribunal do meu país. Era culpada, aos olhos da lei e de Deus. "À feiticeira não deixarás viver." É o que Deus prega.

— Mas você, marido... você tinha de ser o responsável por matá-la?

Ele parece magoado ao pegar o cálice de cima da lareira e, ainda com os papéis na mão, senta-se com todo o seu peso na poltrona ao lado do fogo.

— Era um assunto de grande importância. Eu não tive o menor prazer com isso, embora ela merecesse morrer, e rezei muito depois. Deus me perdoou. Não sou um homem arrogante, Ursula. — Ela se esforça para não emitir nenhum som de escárnio. — Mas tenho orgulho dos serviços que presto a Deus. E espero que a minha esposa também se sinta assim.

Ursa sabe que a coisa mais sábia a fazer é dizer que sente orgulho dele, como Christin acha que ela deveria. Dissiparia a tensão entre os dois, e talvez ele esteja bêbado o suficiente para não se lembrar dos detalhes da conversa pela manhã. Porém, ela não diz nada, limitando-se a encará-lo.

Ele reclina a cabeça no encosto duro da poltrona, de modo que ela só consegue ver um pouco dos seus olhos, que parecem quase pretos.

— Eu aprecio muito que você venha de uma boa família, Ursula. Mal pude acreditar na sorte que tive quando o seu pai me contou a seu respeito. A filha de um proprietário de navios. — Ele respira pela boca. — Você é muito melhor do que eu esperava.

Queria que ele parasse de falar, que parasse de olhar para ela.

— Você é um comissário. Poderia ter escolhido alguém melhor. — Ela gostaria que ele tivesse feito isso. Naquele instante, embora isso fosse significar que jamais teria conhecido Maren, Ursa anseia por estar de volta a sua casa em Bergen com Agnete, enfiada na cama que as duas compartilhavam, solteira e sem saber nada da existência de Absalom Cornet.

— Eu não vim do topo — diz Absalom. — Não sou como o *lensmann*, que já nasceu em berço de ouro. Sou filho de um pastor de ovelhas, sabia?

— Não, não sabia. Você nunca me contou. — *Cuidado*, diz a si mesma. *Não seja tão ríspida.*

— Você nunca perguntou. — Ele faz uma pausa, como se esperasse que ela fizesse a pergunta agora, mas Ursa não confia no que pode dizer se começar a falar.

Ele toma um grande gole da bebida.

— Eu nasci numa ilhazinha minúscula. Só um pouco maior que essa, como já lhe disse. Não havia nada além de ovelhas lá. Fedia muito. E então construíram uma *kirke* na ilha mais próxima, e o lugar era limpo e tinha aroma de velas. Era o lugar mais bonito que eu já tinha visto na vida. — Ele fecha os olhos, como se estivesse vendo aquela imagem. — O pastor de lá podia distinguir algo especial em mim. Foi ele quem me recomendou a Coltart quando a bruxa foi capturada.

A bile sobe pela garganta de Ursa.

— Não é algo verdadeiramente milagroso? O filho de um pastor de ovelhas se tornar um caçador de bruxas e depois um comissário. — Seus olhos cintilam na direção dela.

— É, sim, marido.

Ele se remexe na poltrona.

— Por que você não me chama de Absalom?

— Farei isso se você assim preferir, Absalom. — Ela sente uma espécie de perigo iminente e procura alguma forma de se livrar dele.

— Você sabe o significado do meu nome?

Ela balança a cabeça em negativa.

— Padroeiro da paz.

Ursa quase dá risada, mas consegue se controlar a tempo.

— É tudo o que eu quero. Livrar o mundo das bruxas, para que possamos viver na paz de Deus. E, se o único caminho até lá for por meio da guerra, que assim seja.

Ele fecha os olhos de novo e não diz mais nada por um bom tempo. Ela acredita que ele adormeceu e o nó no seu estômago se afrouxa ligeiramente. Mas, um instante depois, Absalom volta a falar.

— Esse é o meu destino, Ursula. O *lensmann* tem muita fé em mim. Ele me enxerga como alguém especial, assim como o pastor em Orkney.

Ele se põe de pé tão de repente, que Ursa leva um susto e pula na cama. O marido bebe o restante da bebida de um gole só e larga o cálice, vai até a cama e se senta ao lado dela. Ursa sente o hálito quente dele nas bochechas.

— Você me acha especial, Ursula?

Ela se vira para encará-lo. Suas mãos tremem nos lençóis.

— Sim, Absalom.

Ele fecha uma das mãos sobre as mãos dela. Está quente, forte e seca. Ergue os papéis dobrados.

— O *lensmann* me deu isso. Chegaram a Vardøhus nos últimos dois meses. São cartas de Bergen.

O coração dela salta dentro do peito.

— Do meu pai? — Quer pegá-las, mas suas mãos estão presas debaixo da dele. Absalom assente e baixa as cartas na colcha. — Estão todas abertas — diz ela, reconhecendo a caligrafia do pai, mas sem entender as palavras escritas ali.

— Um marido deve saber tudo a respeito dos assuntos da esposa.

— As cartas são minhas — diz Ursa, tentando permanecer calma.

— Você sabe ler? — O seu tom de voz lhe informa que ele sabe muito bem que não.

— E você, sabe ler em norueguês? — esbraveja ela, as palavras saindo da sua boca antes que consiga se controlar. Ele pousa a mão no seu ombro e começa a apertá-lo sem que ela consiga se desvencilhar.

— Cuidado, esposa. As cartas estão escritas em inglês.

— Eu não quis dizer... É claro que o meu pai sabe que você teria de ler para mim. — A pressão no seu ombro é dolorosa. — Mas você não podia ter esperado até que estivéssemos juntos?

— Ler as cartas é o meu dever. E se eu tivesse de prepará-la para receber alguma má notícia?

O coração de Ursa martela dentro do peito. O jantar elegante se revira dentro da sua barriga.

— Há alguma má notícia?

Ele não diz nada, apenas suaviza o aperto da mão no seu ombro.

— Por favor. — Ursa sente que está prestes a chorar. — Absalom, tem algo a ver com Agnete?

Ele estica o braço para as cartas mais uma vez e as arranca das mãos dela. Absalom revira as cartas, e Ursa tem certeza de que ele está procurando por aquela que traz notícias da irmã. Da sua morte.

As lágrimas já rolam no seu rosto quando ele balança a cabeça lentamente.

— Nada do tipo. As coisas continuam do mesmo jeito que eram. — Ele folheia os papéis. — A sua irmã tem um médico novo. Eles compraram um tapete para o quarto dela. Banalidades e coisas pequenas assim. Querem saber como é a sua vida aqui.

Ela seca as lágrimas, tremendo.

— Você pode ler para mim?

— Já está tarde.

— Só uma carta, então. A última que eles mandaram. — Ursa se sente tão desesperada quanto um animal faminto. — Por favor, marido... Absalom — corrige ela. — Você leria uma carta para mim, por favor?

Ele olha para Ursa por um longo tempo e, em seguida, estica a mão e toca a última das suas lágrimas. Esfrega a gota entre os dedos, refletindo, então apanha uma das cartas. Ela sente vontade de chorar de novo, de alívio, mas se controla.

— Esta aqui foi enviada em 23 de maio.

— Mas isso foi meses atrás — diz Ursa, antes que consiga se conter.

— Nós estamos a meses de distância. As cartas demoram a chegar aqui. — Ele permanece tranquilo com a interrupção dela, mas Ursa se lembra de não falar mais nada. — Diz: "Querida Ursa." — Ele faz uma pausa. — É assim que eles a chamam?

Ela assente.

— Não é muito elegante. "Querida Ursa, não faz muito tempo que você partiu, mas já sentimos a sua falta imensamente. Os dias são mais sem graça, a casa, menos cheia de luz."

Ursa fecha os olhos e tenta imaginar a voz do pai.

— "Embora me conforte saber que você levou o seu brilho para o norte. Creio que eles precisam de você ainda mais do que nós. Agnete não sofreu nenhuma piora. Siv está pensando em contratar uma garota para ajudar na cozinha, para que possa cuidar melhor de sua irmã. Apesar de Agnete insistir que ninguém seria uma enfermeira melhor que você. Ela quer que você saiba que a ama muito, embora esteja sentindo falta do lenço azul, e gostaria muito que você o devolvesse."

Ursa sorri enquanto Absalom reprime um bocejo.

— E assim por diante.

— Por favor, leia um pouco mais. — Ela pousa a mão na do marido, odiando-se por precisar dele tanto assim. — Por favor, Absalom.

Ele olha para ela com mais atenção e ela reconhece o seu olhar de desejo, esfrega o polegar lentamente no dele. Absalom volta à leitura, e Ursa afasta a mão dali o mais rápido que se atreve.

— "Espero que o capitão Leifsson tenha cuidado bem de você. Ele vai voltar à Finamarca no início do ano que vem, e mandaremos presentes por meio dele. Avise se houver algo de especial que precise. Se os negócios de Absalom exigirem que ele viaje aqui para o sul, não deixe de acompanhá-lo. Ursa, só agora percebo como contava com você. Pode ter certeza de que amo Agnete o suficiente por nós dois e que estou determinado a ser o pai que ela precisa na ausência da irmã tão adorada."

Ursa não consegue conter as lágrimas desta vez. As palavras são tão amáveis que ela sabe que Absalom não as inventou: seu pai realmente escreveu exatamente o que o marido acabou de ler. Ela se sente enjoada de tanto alívio.

— Foi o que eu lhe disse: não há nenhuma novidade. — Absalom atira a carta na cama e avança sobre ela. Mas Ursa demora muito para reagir: retrai-se, ainda emocionada com as palavras do pai, com o amor e a afeição sinceros na carta. Ele fecha a cara e recolhe as cartas. Os papéis se amassam entre seus dedos.

— Cuidado — implora ela. Mas, com um movimento fluido, ele se levanta e atravessa o quarto. Ela percebe o que ele pretendia fazer no mesmo instante, então se levanta da cama e corre para impedi-lo, mas já é tarde demais. Absalom atira as cartas no fogo da lareira.

Ursa pressiona a mão na pulsação dolorosa sob os seios enquanto ele se volta para ela. Ele toma a sua cabeça entre as mãos, tão grandes que recobrem as bochechas, e a faz olhar para cima, dobrando o seu pescoço, arqueado para ele. Ela o imagina apertando a sua cabeça, o crânio cedendo sob a força dele, mas então Absalom baixa a boca sobre a dela e a beija de um modo tão delicado que deixa a sua pele arrepiada.

— Vou escrever a eles em seu nome — diz ele, o hálito quente contra a bochecha de Ursa quando encosta os lábios novamente nos dela. Ela sente a rigidez dele de encontro ao seu ventre e compreende que há uma condição não expressa para a oferta de Absalom.

Atrás dele, as cartas do seu pai se encolhem até virar cinzas e são levadas como sinais de fumaça noite adentro.

CAÇA

30

Embora Ursa fique ausente apenas na quarta e na quinta-feira, é o dobro de dias para os quais Maren havia se preparado, e ela sente cada momento com a precisão de uma lâmina. A reunião é cheia de especulações a respeito do *lensmann* e das fofocas que Ursa trará na volta, e cada vez que ouve falar dela Maren sente um arrepio na nuca.

Ela não sabe como existia antes de Ursa, agora que poucos dias de ausência parecem intermináveis. Maren se equipara à mamãe na ansiedade, a Diinna, na irritação, e a Erik, no silêncio. Realiza suas tarefas com uma raiva contida que a faz terminar com rapidez e então foge para o promontório, o único lugar de onde consegue espiar por cima dos muros da fortaleza, e de lá observa as luzes nas janelas. Pode ver toda a extensão de Vardø ondulando pelo vale suave, as duas metades da ilha praticamente iguais uma à outra, como um livro aberto. Em ambas as noites, ela caminha pela beira do penhasco até deixar a grama amassada e batida.

Fica sabendo que eles voltaram na manhã de sexta-feira, quando Kirsten chega trazendo sal e sangue, ingredientes para fazer *blodplättar*, além de uma mensagem de Ursa. Mamãe se recusa a falar com Kirsten; ela quase não fala mais com Maren.

— Certifique-se de que ela conte tudo a você — diz Kirsten da soleira da porta. — Estou muito interessada em saber como é o nosso *lensmann*.

— Se você fosse às reuniões de Toril — diz mamãe para Maren, dando uma surra no batedor de manteiga, embora Maren possa ouvir pelo ruído seco que ela fora trabalhada demais —, já teria ouvido tudo a respeito dele. O comissário Cornet sempre fala do trabalho do *lensmann* e dos seus planos para todas nós.

— Mas eu estou interessada em saber quais são as impressões de Ursula sobre o homem — diz Kirsten. — Vejo você no sabá, Maren.

— Que planos? — pergunta Maren depois de fechar a porta e colocar a vasilha de sangue na mesa, apesar de não estar muito interessada em saber. O barulho da manteiga batida em excesso talhando no leite está deixando-a com enxaqueca e fazer perguntas é tudo o que pode para não arrancar o pilão da mão de mamãe.

— Coisas boas, coisas de Deus.

A mãe olha de relance para o crucifixo de pano que Toril lhe deu, pendurado em um entalhe no revestimento da parede. Ela havia deixado outro crucifixo na porta de Diinna, e Maren o encontrou todo desfiado e jogado dentro de um balde de água dois dias depois. Diinna devia estar usando-o como pano de prato.

Quando foi que a aversão de Diinna por mamãe se tornou tão monstruosa?, pergunta-se ela. Não que a aversão de Maren pela mãe seja muito menor. Ela tenta silenciá-la, mas só consegue ver aquela ferida repugnante na boca da mãe, que ela não para de lamber, o rosto duro e estreito parecido demais com o seu, o suor que lhe empapa o vestido de trabalho. Essa é a mulher que costumava confortá-la, que riu e a abraçou quando Maren voltou para casa com a notícia do pedido de casamento de Dag, que concebeu o seu irmão e fez o parto do filho dele com mãos gentis, e agora ficava sentada ali, ranzinza, batendo manteiga? Até mesmo a sua respiração irrita os ouvidos de Maren, barulhenta por causa do esforço.

Maren não pede maiores explicações, mas começa a preparar *blodplättar*, o coração atormentado um pouco mais aliviado por saber que Ursa foi devolvida a ela e que estava ali perto neste exato momento. Depois de misturar completamente a farinha com o sangue, ela vai até o rochedo com uma corda e a amarra no poste que Erik fincou no chão para esse propósito cinco anos antes.

Deixa uma cesta descer pela encosta, e seus olhos se demoram um pouco mais que o necessário nas rochas lá embaixo. A baleia tem aparecido cada vez menos para ela, mas agora Maren a vê esparramada nas pedras pontiagudas, as laterais do corpo subindo e descendo. O cheiro de sal e carne podre chega às suas narinas e ela passa a mão no nariz para se livrar dele, pisca os olhos até a visão desaparecer.

Ela se curva e amarra outra corda sobre a primeira, apertando bem o nó para fortalecê-lo. Amarra a outra ponta da corda na cintura, sobe as saias e prende o tecido na corda e, em seguida, desce pela trilha fácil até o ninho de mergulhões mais próximo, a mente cheia demais para que tente o caminho complicado. Os pássaros alçam voo, guinchando, e ela sente a cabeça retinindo com os grasnidos. Trabalha de modo metódico, pegando cinco ovos de três ninhos diferentes, apiedando-se dos ovos menores, daqueles com pequenas pintinhas ou de coloração clara como leite. Lá embaixo, a maré está baixa, e ela se recorda de quando tirou o filho de Toril das ondas, com o corpo mole, sem a menor firmeza nos ossos.

Maren escala o rochedo bem rápido, puxa a cesta para cima e volta para casa. Quebra os ovos um depois do outro na mistura de sangue e farinha, as cascas se partindo com facilidade e salpicando a massa, e então ela precisa recuperá-las com as mãos, linhas de sangue secando com rapidez debaixo das suas unhas.

Na hora da refeição, elas dividem *blodplättar* entre si, o aroma de ferro e sal por toda a casa. Sua mãe se mantém piedosamente calada enquanto comem: Maren sabe que ela deve estar pensando em Erik, em como aquele era o seu prato favorito. Quando ela pega um pouco da comida, ainda quente, em um pedaço de pano para deixar com Diinna a caminho do promontório, mamãe não faz nenhuma objeção.

— Achei mesmo que tinha sentido cheiro de *blodplättar* — diz Diinna. Ela está sentada nos degraus em frente à sua porta, com Erik brincando na terra ali embaixo. Pega o pano com cuidado. — Eu vi você indo até o rochedo. Verificou bem os nós? — Diinna abre o embrulho e cheira a comida.

— Não precisa me agradecer — diz Maren, seu aborrecimento parecido com uma bolha prestes a estourar. Ela se vira para partir, mas Diinna estende a mão forte e a segura pelo pulso com delicadeza.

— Obrigada, Maren. — É um choque tão súbito quanto receber um tapa na cara quando ela vê o brilho nos olhos escuros de Diinna. — Se você precisar de ajuda na próxima vez, é só me pedir. Eu escalo melhor que você.

Maren assente e engole em seco. Esfrega o dedo nas costas da mão de Diinna.

— Farei isso.

Quando se afasta das sombras da casa, ela escuta Diinna falando carinhosamente com o filho.

— Venha aqui, *ráhkis*. Venha provar. O seu pai adorava isso.

Enquanto anda, Maren só pensa em Ursa: se ela vai estar no ponto de encontro combinado, e o que fará se ela não estiver. A alternância entre prazer e pânico quase a deixa sem fôlego, e, quando ela avista a silhueta de Ursa em um vestido cinza-claro no promontório, Maren sente a cabeça girar e precisa diminuir o passo para não tropeçar.

Por um breve instante, a imagem dupla do sol baixo refletido no mar ofusca a sua visão, e ela acha que talvez não seja Ursa. O rosto parece uma máscara àquela distância, os pálidos cabelos loiros em um frenesi ao redor da cabeça, os olhos escuros como dois buracos profundos e engolindo tudo sob as sobrancelhas franzidas. Mas, no instante seguinte, Ursa começa a sorrir, voltando a ser ela mesma, e ergue uma das mãos para acenar enquanto a outra segura as saias rodopiantes, e tudo o que Maren pode fazer para não sair correndo em disparada é erguê-la nos braços e acenar em resposta.

Ela para pouco antes de abraçá-la, pois, embora a boca de Ursa exiba um sorriso largo, há uma tensão nos seus olhos, as olheiras parecendo hematomas. Maren resiste ao impulso de pousar os polegares ali para aliviá-las.

— Quer dizer que Kirsten a encontrou? Achei melhor não vir pra cá assim que chegamos, mas não queria esperar até a noite.

— Você está bem?

— É tão óbvio assim? — pergunta Ursa. — Fiquei de cama o dia inteiro ontem. Foi por isso que nos atrasamos mais um dia. Espero que não tenha esperado por muito tempo.

Maren não fala nada da noite passada, da caminhada aflita ali no penhasco. O chão aos seus pés está arrastado e desgastado pelos passos dela, e ela se mexe para cobrir a pior parte.

— O que a aflige?

— É só uma dor de estômago. Você me acostumou a comer como uma camponesa. — Ela sorri debilmente. — A comida de Vardøhus acabou comigo. E talvez a bebida, também.

Maren a imagina com o corpo mole pelo álcool, como papai ficava no solstício de inverno.

— Você está chocada? — pergunta Ursa. — Também teria bebido em tal companhia.

— A visita não foi boa?

— Meu marido diria que sim. O *lensmann* é um grande admirador dos seus feitos.

— Isso é bom para você. Quer dizer que vocês devem ficar por aqui?

Ursa olha para ela de testa franzida.

— O *lensmann* é um animal. Todos eles são, até mesmo a esposa. — Ela respira fundo e coloca a mão na lateral do corpo. Maren se aproxima de Ursa.

— Talvez devêssemos nos sentar em algum lugar, não acha? Você está muito pálida.

— Meu marido está em casa. Está escrevendo um decreto ou algo do tipo. Vamos ouvir tudo a respeito na *kirke*. Mas eu queria avisar a você: o nome de Diinna foi mencionado.

— Mencionado?

— Meu marido contou ao *lensmann* sobre as runas e ele não ficou nada satisfeito. Sobre os bonecos também. Estou pensando em avisar Fru Olufsdatter, mas queria lhe contar de Diinna primeiro.

— Você acha que é um mau sinal? — pergunta Maren, embora saiba que é. Ela está tentando entender as ramificações da situação, sentir que tipo de problemas a confidência de Ursa contém.

— O meu marido se recusa a me dar detalhes, mas eles falaram em bruxaria. Há dois homens na masmorra. Lapões.

— O que Diinna faz não é bruxaria. As runas são o equivalente às nossas orações, só isso.

— É melhor você arranjar outro argumento — diz Ursa. — Ele não gostaria nada de ouvi-la dizer uma coisa dessas. Eu falei bem a respeito dela com o meu marido, mas o *lensmann* concorda com ele e eu descobri que Absalom já lidou com bruxas no passado.

— Diinna não é bruxa — rebate Maren, o pânico fazendo sua voz soar mais ríspida do que ela pretendia.

A voz de Ursa é deliberadamente calma.

— Talvez ela pudesse ir à *kirke*.

— Não vou conseguir convencê-la disso. — Maren sente um aperto na garganta. — Ainda mais depois que Toril apareceu na reunião de quarta-feira. Ela não confia na minha opinião a respeito dessas coisas.

Toda a alegria que sentira ao ver Ursa foi dilacerada por aquela notícia, e Maren começa a andar de um lado para o outro, percorrendo uma versão menor da rota que ela trilhara à espera de Ursa.

— E se eu falasse com ela? — Ursa pousa a mão no seu antebraço, fazendo-a parar de andar. — Eu acredito de verdade que isso é importante.

Maren não consegue imaginar Ursa sendo capaz de causar qualquer efeito sobre Diinna, mas o toque dela provoca um rebuliço nos seus nervos.

— O que mais eles falaram dela?

— Nada. Mas a conversa... não foi nada boa. — Ursa leva as mãos ao rosto de repente e fala com uma voz sufocada. — Perdoe-me. Eu não conhecia o homem com quem me casei. Se soubesse quem ele é, eu a teria alertado e não teria trazido você para perto de mim, de nós.

Maren cruza os braços.

— Eu fui mencionada?

— Por Deus, não — responde Ursa. — Eu jamais deixaria que eles falassem do seu nome daquele jeito. Não permitiria isso. — Ela toma as mãos de Maren nas suas e as aperta com firmeza. — Você me é muito querida, sabe disso, não sabe? Jamais deixaria que alguém lhe fizesse mal.

É agora, pensa Maren diante do rosto adorável e destemido de Ursa, dos olhos fixos nos seus, é agora que ela deveria beijá-la. O pensamento é assustador: mas Maren tem certeza de que, se fosse homem, ela encurtaria a distância entre as duas e pressionaria a boca na de Ursa, impediria suas palavras com beijos. Porém, ela apenas concorda com a cabeça.

— Eu sei.

— Vamos, então? — pergunta Ursa, quebrando o encantamento. — Falar com Diinna?

— Não vai fazer a menor diferença — diz Maren.

Ela não quer que o encontro das duas termine tão cedo, não quer voltar para a vila e para a companhia de outras pessoas. Mas deixa que Ursa guie o caminho mesmo assim, de cabeça baixa contra o vento de modo que Maren consegue ver a sua nuca cor de leite.

— O que mais você conta de Vardøhus e da esposa? — pergunta ela.

— Nada. É um lugar sombrio, apesar de imponente. E ela... — Ursa hesita, procurando a palavra certa para descrever a mulher, o que faz Maren pensar que ela não pensou muito na esposa do *lensmann* depois de conhecê-la. Fica bastante contente com isso. — Deve se sentir solitária lá, creio eu. Não me importei muito com ela.

Ela não tinha considerado esse perigo, de que Ursa poderia gostar de Fru Cunningham o suficiente para trocar confidências com ela. Maren sente um alívio arrebatador, como se tivesse evitado cair dentro de um buraco por muito pouco.

— As runas são mesmo iguais às orações? — pergunta Ursa. — Não são usadas para chamar, evocar coisas? Eles falaram em tecelagem do vento.

— Diinna não faz essas coisas. As runas eram inofensivas.

Feitas para guiar as almas do irmão e do pai de Maren em segurança, Maren tinha acreditado nas runas. Durante aqueles meses ela esteve em busca de alguma coisa, qualquer coisa, para pôr em ordem o caos que a tempestade desencadeou na vida delas. Encontrou um pouco de conforto nas runas e nos tambores de Varr. Embora pudesse negar no tribunal se assim precisasse fazer, aquilo seria uma mentira.

Será que o comissário Cornet também sabe das runas deixadas no promontório, das raposas esfoladas e das conversas sobre baleias de cinco barbatanas? Com Toril em seus ouvidos, ela não duvida nem um pouco. Maren tem quase certeza de que Diinna não fez nenhuma dessas coisas, mas a culpa poderia facilmente recair sobre ela. Podem dizer que tudo não passou de simples superstição, é claro, mas agora ela vê que tudo foi feito inconsequentemente, assim como a pesca. Além disso, a chegada do comissário Cornet, apesar de ter trazido Ursa para ela, também desvendou aquele véu protetor de uma maneira que a presença do pastor Kurtsson jamais foi capaz de fazer.

Diinna continua sentada nos degraus, com Erik no colo. A cabeça do menino está afundada no peito dela, e Maren nota de repente que a boca de Erik está ao redor do mamilo da mãe. Ursa para de andar de súbito, perdendo a determinação ao mesmo tempo que um rubor cora as suas bochechas.

Diinna ergue o olhar para as duas mulheres, e Maren repentinamente a enxerga como um estranho faria, como Ursa deve vê-la. As pernas separadas para suportar melhor o peso do filho, que é grande demais para estar sendo carregado, o seio pesado aparecendo entre as dobras do gibão. As veias se destacando, como rios na pele fina. Os cabelos oleosos e grudados na cabeça, os olhos escuros e desafiadores. Com Erik agarrado nela, Diinna parece uma espécie de divindade, poderosa e estranha. Maren não consegue deixar de olhar para o seio dela. Ela se vira para longe, a boca seca.

— Não devíamos estar aqui.

— Ela não devia fazer esse tipo de coisa fora de casa — diz Ursa, a voz baixa. — E se Absalom visse isso?

Maren olha em volta. Elas estão protegidas da visão de todas as outras casas, exceto pelas ruínas de Baar Ragnvalsson, os pássaros que pairam ali como as únicas testemunhas.

Diinna havia tirado Erik do peito e o colocado de pé. Ela abotoa o gibão de novo. Não parece nem um pouco envergonhada.

— Pensei que fosse demorar mais para voltar — diz ela enquanto Erik estende os bracinhos para o seu colo. Ela afasta as mãos dele e se levanta. — Você costuma passar bastante tempo no promontório.

Há uma dureza no tom de voz que deixa Maren desconfortável.

— A Sra. Cornet queria falar com você — diz ela. Está furiosa, mas não sabe muito bem por quê. — Você tem uma porta em perfeitas condições, por que não faz bom uso dela?

— O que você gostaria de me dizer — Diinna volta os olhos de pálpebras pesadas para Ursa —, Sra. Cornet?

Ursa vai direto ao ponto.

— Eu acabei de voltar de Vardøhus. Meu marido recebeu um convite para jantar com o *lensmann* Cunningham. Eles falaram a seu respeito durante o jantar.

Maren percebe que Diinna não esperava por isso, embora ela oculte bem a surpresa. Há apenas um leve movimento no seu maxilar e Ursa, não tendo notado o gesto, esforça-se mais para frisar a importância da situação.

— Tinham dois lapões encarcerados lá. — O maxilar de Diinna se retesa ainda mais. — Tecelões do vento.

— Eu não faço isso — diz Diinna.

— Mas eles falaram das runas, Diinna — intervém Maren. — E dos bonecos, também.

— Foi Fru Olufsdatter quem fez os bonecos sozinha — explica ela. — Eu só disse a ela quais ervas devia queimar para a recordação.

— E ela provavelmente vai ter problemas também — diz Maren. — Mas é com você que nós mais nos preocupamos.

— Você não precisa se preocupar comigo de jeito nenhum. O momento para isso já passou há muito tempo.

— Era Ursa quem queria lhe contar — diz Maren, virando o rosto para que Diinna não visse a mágoa estampada nele. — Ela acha que é importante.

— Você devia ir à *kirke* — diz Ursa. — Não acredito que a situação seja irremediável.

— Ah, não? — pergunta Diinna, incrédula, e Ursa se remexe, desconfortável, sob o olhar dela. — Com dois lapões, como você diz, encarcerados e sem dúvida alguma à espera da fogueira?

Maren espera que Ursa a desminta, e sente uma crescente pressão na garganta quando ela não o faz.

— Não acredito que o meu marido seja incapaz de ter misericórdia. — A voz de Ursa não é nada convincente.

— Já ouvi falar sobre o que acontece quando o meu povo fica à mercê de homens como o seu marido, Sra. Cornet. — Ela se abaixa e apanha Erik do chão, segura o menino de encontro ao quadril. — Eu não teria tanta certeza assim.

Diinna atravessa a soleira e fecha a porta. Maren hesita por alguns instantes antes de ir atrás dela. Não bate à porta, mas a empurra por completo, atingindo a perna de Erik, que solta um gemido baixinho. Maren fecha a porta na cara de Ursa e se volta para o quarto. Fazia anos que não entrava lá, possivelmente desde que tinha acabado de ser construído e Diinna e Erik eram recém-casados, quando enchera o quarto de florezinhas brancas e amarelas e ajudara a trazer os *skrei* que ganharam de presente de casamento e pendurara as postas nas vigas como velas de navio em miniatura.

Não há nenhuma flor ali agora. O que parecia apertado para um casal recém-casado parece ainda menor para uma mãe e o filho. O fogo está abafado e há um cobertor grosso pendurado na janela, de modo que o quarto fica inteiramente no escuro, e Diinna pisca para ela na penumbra como uma espécie de pássaro noturno. Erik vai até um canto cheio de pequenas figuras de pano espalhadas, além de alguns galhos, como um ninho. O cômodo cheira a leite e *blodplättar,* cujo aroma vem da casa dela e da mãe. As botas do irmão estão perto da lareira, um eco da posição das botas de papai no cômodo ao lado. Uma delas está desamarrada, com a lingueta para fora, a parte de dentro escura como uma boca.

Maren veio para acusar Diinna de grosseria, para dizer que ela mentiu quando disse que Maren não se preocupava mais com ela, mas parecia impossível fazer isso dentro daquele quarto. Falharam com ela, com o bebê e com a memória de Erik.

— Diinna...

É então que ela vê uma figura amarrada sobre a lareira, envolta pela renda desaparecida de Toril. A visão faz Maren tropeçar. Há uma agulha prateada enfiada na lateral da figura.

— O que é isso?

Diinna acompanha o seu olhar e, em seguida, pega o boneco.

— Nada. É só uma boneca para Erik.

— Esta é a renda de Toril.

Diinna arranca a agulha dali e desenrola o retalho de renda.

— Quer devolver a ela?

Maren balança a cabeça negativamente, e Diinna atira a renda no fogo. Maren faz um movimento espasmódico, como se fosse resgatar o tecido, mas ele já foi pego pelo fogo, retorcendo-se e curvando as pontas para cima.

Ela inspeciona o quarto, avista runas ao lado da cama e um punhado de ossos de coelho perto das botas vazias. Sente os pelos do braço se arrepiarem.

— Diinna, o que é tudo isso?

— Tudo o quê? — Diinna coloca o boneco no meio de um grande quadrado de tecido esticado sobre a cama. Em cima dele, põe um lenço feito com a cauda de uma raposa, luvas grossas, o seu facão, uma túnica.

— O que você está fazendo?

— Você não deve contar a ninguém — diz ela, sem parar um instante sequer. — Nem mesmo para ela.

— Você não pode ir embora. — Maren sente uma onda de pânico. — Diinna, você não é bruxa.

Porém, há um tom de dúvida em sua voz, e Diinna olha para ela com firmeza.

— Você não parece ter tanta certeza assim.

As mãos de Maren tremem, e ela se dá conta de que está com um pouco de medo.

— O boneco...

— É uma boneca — corrige Diinna. — Para Erik. Peguei a renda dela de raiva e para deixar o tecido menos grosseiro.

Os olhos de Maren miram os ossos, as runas, e Diinna solta uma risada baixa e triste.

— Eu me lembro da época em que as runas lhe traziam conforto, em que os marinheiros procuravam o meu pai para jogar os ossos e saber o que estava por vir. É uma linguagem, Maren. Só porque você não sabe falar essa língua, não quer dizer que ela seja diabólica.

Maren assente, sentindo-se envergonhada. Gostaria de pedir desculpas, mas sabe que não serão suficientes. Em vez disso, ela repete:

— Você não é bruxa.

— Não importa o que sou, só o que eles acreditam que eu seja.

— Ursa acha que vai ficar tudo bem, ela acha que ele vai...

— E o que ela sabe disso? — A voz de Diinna falha. — O que você sabe? Eu fiquei por sua causa, para que Erik conhecesse a família. Mas aqui não é mais seguro.

— Você não vai levá-lo, vai?

— Ele é meu filho — diz ela. — Você não pode pensar que eu sou capaz de abandoná-lo.

— Como ele vai sobreviver nas montanhas baixas?

— Teremos de seguir para mais longe que isso — diz Diinna. — Mas, seja lá onde formos parar, ele vai viver melhor do que tem vivido aqui. — Ela passa os olhos pelo quarto esquálido. — Este lugar não é adequado para uma criança. Ele precisa de ar fresco, de árvores, de pessoas que não olhem para ele como se estivesse quebrado ou incompleto. — Ela lança um olhar venenoso para a parede atrás da qual Maren consegue ouvir a mãe ainda batendo manteiga. — Eu devia tê-lo levado embora quando o pai dele morreu.

Maren pega a mão de Diinna, tenta atrasá-la.

— Fique, por favor.

— Não é seguro.

— Eu posso mantê-la em segurança.

Ela balança a cabeça e leva a mão às faces de Maren.

— Nós não significamos nada para eles. Somos como homens para o mar, pegos na correnteza. — Ela encosta a testa na de Maren. Sua pele é tão seca quanto areia. — Você poderia vir conosco — continua Diinna. Maren se desvencilha dela. — Passar os verões além das montanhas baixas, nas florestas ao sul. Eles não vão nos seguir até lá e, se seguirem, nós sabemos como nos esconder se for necessário.

— Não posso deixar mamãe sozinha. — Ela não pode deixar Ursa sozinha. — E não há nenhum perigo para mim aqui.

Diinna parece querer dizer mais alguma coisa, mas apenas dá um nó na primeira trouxa, pega outro cobertor da prateleira e o estende na cama para fazer mais uma.

Há tantas coisas que Maren gostaria de lhe dizer, mas só consegue fazer uma pergunta:

— Quando você vai partir?

— Hoje à noite. Vou levar o barco de Babar...

— Está caindo aos pedaços — interrompe Maren. — Leve o barco de Kirsten. Sei que ela não vai se importar.

Diinna concorda com a cabeça.

— Ela pode dizer que eu o roubei. Vou deixá-lo na costa, em segurança.

Maren pega Erik no colo e o aperta de encontro a si, sente o cheiro de leite do menino.

— Tenho uma coisa para você. Um punhado de moedas...

— Fique com elas — diz Diinna. — Não tenho como usá-las na floresta.

— E se você for pega?

— Não diga nada a ninguém — pede Diinna.

Ela vai até Maren mais uma vez e abraça ambos. Maren cerra o maxilar com tanta força que ouve um estalo.

— Tome cuidado — sussurra Diinna, o hálito fazendo cócegas em seus ouvidos. — Até mesmo com ela.

Ela se afasta e pousa o polegar na testa de Maren.

— Para o caso de você precisar me encontrar.

Maren fecha os olhos bem apertado, lembrando-se de como Diinna imprimira aquela mesma linha na testa do irmão antes que ele saísse para o mar naquela véspera de Natal.

— Diinna… — Maren pega a mão dela antes que ela a afaste. — Você pode cantar para mim? O *joik* dele?

Ela tem certeza de que Diinna vai se negar a fazer isso, mas a mulher leva a boca aos ouvidos de Maren e começa a cantar. A melodia é ritmada e suave, e Maren reconhece alguns trechos por tê-la ouvido através da parede, mas a canção é ao mesmo tempo mais estranha e mais bonita cantada próxima ao seu rosto. Quando termina, sente como se algo tivesse sido arrebatado dela. Erik fica calmo e sorridente depois da música, e Maren dá um último beijo na bochecha fria dele e sente o seu cheirinho antes de devolvê-lo para a mãe.

Ela cambaleia para fora da casa, desnorteada, um choro preso na garganta. Os cabelos de Ursa parecem cintilar depois de toda aquela escuridão.

— Ela vai à *kirke*?

— Vai, sim — responde Maren, porque é mais fácil, e o rosto de Ursa se ilumina com a mentira.

•

Naquela noite, Maren não ouve nenhum barulho embora durma na sua antiga cama, com os ouvidos encostados na parede. Pensa que Diinna deve ter mudado de ideia e vai até a porta dela assim que amanhece.

A porta está destrancada e se abre quando ela a toca. Não há mais nada lá dentro, a não ser as botas de Erik, vazias, ao lado do fogo apagado. Maren vai até a cama arrumada. Sente vontade de abrir as cortinas, de deixar o ar e a luz tocarem os lugares mantidos na escuridão por tanto tempo. Mas não faz nada disso.

Ela fecha a porta e se senta com todo o seu peso na cama. Era ali que o irmão se deitava, e foi ali que o sobrinho foi concebido. Abre bem as palmas das mãos e pressiona o estrado, tentando evocar alguma coisa deles para si. Maren se sente subitamente sozinha, como quando se perdeu de Erik no promontório em meio à neblina. Só que, desta vez, a neblina não vai desaparecer. Ninguém virá procurá-la. Nem o seu doce e calado irmão de sobrancelhas grossas e riso moroso. Nem papai, nem mesmo mamãe.

O choro fica preso na garganta, afiado feito um gancho. Leva os dedos ao ponto onde Diinna traçou uma linha para puxar uma de encontro à outra, e algo dentro dela sabe que, assim como aconteceu com o irmão, a corda já se partiu.

31

Absalom passa o dia seguinte em casa, sentado à mesa. Ursa não está acostumada com a sua companhia e não consegue se concentrar em nenhuma tarefa. A visita a Vardøhus foi igualmente reveladora e horripilante, e agora ela sente que jamais chegará nem perto de gostar dele, muito menos de amá-lo.

Ele está completamente concentrado, as duas cartas que o *lensmann* lhe deu com os lacres partidos diante de si. O marido pega o censo que preparou na *kirke* naquele primeiro dia e corre o dedo pelo que ela sabe ser uma fileira de nomes e, em seguida, escreve em um terceiro pergaminho com uma letra pequena e ininteligível.

— No que você está trabalhando, Absalom?

— Numa lista.

Ele está empolgado: ela sente a emoção emanando dele, assim como aconteceu na sala de jantar do *lensmann*, e Ursa fica com medo. Gostaria de poder escapulir dali para se encontrar com Maren, mas não quer chamar a atenção para a proximidade das duas, não com o perigo que cerca Diinna. Ursa sente que estão todas equilibradas em cima de um precipício e que o marido está quebrando a rocha sob os seus pés.

— Uma lista?

— Para o *lensmann*. Você vai ver.

Naquela noite, Absalom quer que ela tire toda a roupa, apesar do frio cortante no cômodo escuro, e, quando a penetra, ele coloca as mãos sob as suas omoplatas, subindo e descendo com o polegar por toda a extensão. A sensação que Ursa tem é de que ele está cutucando uma ferida, deixando a sua pele em carne viva. Ela acredita que o marido esteja tentando ser gentil, mas não consegue se abrir o suficiente para ele, o que o leva a pressionar de uma maneira que a faz se fechar ainda mais.

Quando termina, ele a observa enquanto Ursa veste a camisola de novo. Não rola o corpo na cama para dormir, mas pega a mão dela e fica olhando para o teto. Ela deixa a mão se acomodar na mão grande do marido e vira a cabeça para o lado, sentindo a viscosidade dele saindo de entre as suas pernas.

— Você vai ter um filho logo? — A sua respiração continua pesada. — O navio. O penico. Você perdeu aquele bebê, não foi? Será que você é igual a sua mãe?

— Espero que não, marido — responde Ursa.

— Espero que não, Ursula — ecoa ele. — Vou querer ter filhos, cinco garotos. Tive quatro irmãos que sobreviveram. Nós éramos o terror da cidade. Foi uma boa infância.

— Não podemos abrigar cinco garotos aqui — diz ela, debilmente.

— Isso será resolvido em breve.

Ela não gosta da maneira como ele fala isso, como se tivesse algum segredo.

— Houve mais alguma? — pergunta ele.

— Alguma o quê?

— Perda.

Ursa sente as bochechas arderem. Não quer falar dessas coisas, não com ele.

— Não.

— Espero que você esteja rezando pelos nossos filhos.

— Sim — diz ela, embora saiba que não vai rezar para ter cinco filhos.

Não se importaria de ter um, e espera que ele não seja o terror de lugar nenhum. Se tivesse de engravidar de Absalom, ela gostaria de ter uma menina, com o sorriso de Agnete e nada que o lembrasse. Embora o mundo não fosse gentil com as meninas, ela gostaria de ter alguém que pudesse entendê-la como Agnete fazia e que a amasse como ela amava a mãe.

— Reze comigo agora.

Ele se deita de lado, de modo que eles ficam um de frente para o outro, toma as mãos dela nas suas e fecha os olhos, articulando os lábios sem pronunciar as palavras. Ela estuda a força bruta do rosto dele, sossegada pela oração, e repete o seu *Amém*. Ele sorri para ela.

— Teremos um legado proporcional à importância do meu trabalho aqui. Vou escrever aquela carta para você em breve — diz ele. — Tem alguma coisa em especial que você gostaria que eu escrevesse?

— Deixo ao seu critério.

— Ótimo — responde ele, e dá um último beijo em sua testa.

Soltam as mãos e viram cada um para o seu lado da cama. Ursa pressiona o baixo-ventre com a mão, desejando que a semente dele saia de dentro dela.

•

Ursa acorda e se depara com a casa vazia, com uma xícara suja na mesa, e estremece ao pensar em Absalom observando-a enquanto dormia.

Ela sai da cama, despeja a água ainda quente do fogo na bacia e se esfrega com um pedaço de pano, estendendo a limpeza para dentro de si até ter quase certeza absoluta de estar livre do marido. Começa a se vestir com rapidez no cômodo frio, pensando em ir até a casa de Maren para verificar se Diinna levou em consideração o que ela disse, mas então ouve um grito do lado de fora, vindo de bem perto dali, o que a impele à ação.

Ouve-se mais um grito, ainda mais alto lá fora, mas ela tem menos certeza da fonte. Alguém passa correndo — Ursa não consegue se lembrar de seu nome: Edne ou Ebbe? —, segurando as saias longe das pernas. A mulher corre na direção da casa de Maren e, por um instante terrível, Ursa começa a segui-la. É então que ouve um choro alto, de súplica, soar atrás dela.

A porta da casa de Fru Olufsdatter está escancarada e batendo na parede. Daquele ângulo, Ursa não vê o interior da casa, mas, enquanto observa, um homem que não reconhece, esguio e alto, vem até a soleira da porta e a fecha. Há um semicírculo de mulheres postadas ali na frente. Ela está muito distante para distinguir as expressões nos rostos, mas várias delas levam a mão à boca.

Ursa vê outros rostos na soleira de outras portas, outras formas se movendo entre as casas na direção do som como animais em meio às árvores. Sente vontade de voltar para dentro de casa e começa a andar até a sua porta. O medo a atinge na parte de trás dos joelhos, deixando as suas pernas bambas e, por um instante, ela precisa se amparar no ferrolho da porta.

A atenção das mulheres passa da casa para ela quando Ursa se aproxima. Muitas delas se dispersam, de olhos baixos, porém Toril vai até ela e a segura pelos antebraços tão forte que dói com uma satisfação evidente no rosto magro.

— Ele entrou em ação, afinal! Sra. Cornet, que dia mais abençoado!

Ursa se desvencilha dela.

— Entrou em ação? O que está acontecendo?

— Decerto ele lhe contou, não? — A mulher nem se dá ao trabalho de ocultar o sorriso. — Sra. Cornet, ele está lá dentro agora, com Fru Olufsdatter. Vai prendê-la.

O coração de Ursa bate dolorosamente.

— Prendê-la? Por qual crime?

— Nós não sabemos exatamente — responde Sigfrid, postando-se ao lado de Toril. Ela está mais pálida, menos triunfante, mas com a voz ofegante de júbilo. — Porém, não tenho nenhuma dúvida de que seus crimes são numerosos. Suas maquinações são evidentes depois que você as identifica.

Toril aperta o ombro de Sigfrid.

— Ficaremos mais seguras agora, minha amiga.

Ursa olha para as outras mulheres. Não conhece nenhuma muito bem — uma delas, Gerda, frequenta as reuniões das quartas-feiras, mas fala bem pouco. As demais devem ser as beatas, como Kirsten as apelidou.

A porta é escancarada e Fru Olufsdatter sai da casa, com os pulsos amarrados e o homem desconhecido ao lado, uma faixa de sangue no avental branco, embora ela não pareça machucada. Absalom os segue de perto, com a resma de papéis dobrada no peito. O seu rosto está sério, a boca treme de empolgação. Ele avista Ursa, e ela o vê respirar fundo, mas não fala com ela, apenas passa ao seu lado.

— Marido — chama ela. — Absalom. Para onde você vai levá-la?

— Para Vardøhus. — Ele responde não apenas para ela, mas deixa as palavras soarem pela multidão. — Para o covil das bruxas.

— Ela não é nenhuma bruxa — interpela Ursa, desesperada, lembrando-se do edifício esquálido onde eles mantinham os lapões. — Eu visitei a casa dela diversas vezes, rezei lá muitas...

— Eu sabia que ela praticava — diz Toril, com um brilho sobre o lábio superior. Ela fede de tanto alvoroço; Ursa sente o cheiro no suor da mulher. — Feitiçaria. Como ela conseguiria manter essa bela casa tão arrumada sozinha, a não ser que tivesse a ajuda de familiares? E os bonecos...

— E as marcas no meu braço — acrescenta Sigfrid. — Doze buraquinhos pretos, como a mordida de uma besta.

Ursa pisca os olhos para ela. Sigfrid fala como uma louca. Mas Absalom assente para as mulheres com seriedade e pousa a mão em cada uma delas como se as abençoasse.

— Vocês serão chamadas para testemunhar — diz ele.

Absalom segue em frente enquanto Fru Olufsdatter é levada dali. Ela chora, arranhando o rosto com as mãos atadas. Ursa não consegue reunir coragem para ir até ela. Em vez disso, cerca Toril e Sigfrid.

— Que marcas são essas? Mostre-as para mim.

— Não é decente — responde a mulher, corando.

— Deus amaldiçoa os mentirosos, Fru Jonsdatter.

— Ela não é nenhuma mentirosa — retruca Toril.

— Foi você quem contou ao meu marido dos bonecos? Eram objetos de recordação, nada além disso.

— Eram bonecos de bruxaria — diz Toril. — Todas nós identificamos logo o que eles eram. — As outras mulheres concordam com a cabeça. — Ela os arranjou com aquela lapã. Ela é a próxima, sem dúvida alguma.

Ursa corre segurando as saias acima dos joelhos. A porta da casa de Maren também está aberta e, por um instante terrível, ela pensa que chegou tarde demais, que os homens do marido já estão lá dentro, mas, assim que a chama, Maren aparece, o rosto pálido e assustado de Edne por perto. Ao seu lado está sentada a mãe de Maren. Sente uma fisgada de alívio na lateral do corpo que parece um ponto de costura e aperta as costelas.

— Ela contou a você?

— Sim.

— Você precisa alertar Diinna. Pensei que ela ainda tivesse tempo para se redimir, pensei que...

— Ela foi embora. — Maren diz isso em voz baixa, para que só Ursa possa ouvir.

— Embora?

Maren coloca o dedo indicador sobre os lábios.

— Durante a noite. Eles não vão conseguir pegá-la agora.

Ursa cambaleia, a respiração ainda entrecortada, e Maren a ampara com uma das mãos sob o seu cotovelo. As palavras e o toque são tão bem-vindos que Ursa sente vontade de pegar a mão dela e beijá-la.

— Entre.

Apesar dos meses de amizade, Ursa nunca havia entrado na casa de Maren. A disposição é similar à da sua casa — um único cômodo com uma lareira em um dos lados, uma cama no outro, e uma segunda cama mais estreita enfiada em um cantinho —, mas é quase quatro vezes menor. Com as quatro mulheres ali dentro, quase não há espaço para se acomodarem em volta da mesa, onde se sentam com os joelhos batendo uns nos outros.

— O que aconteceu? — pergunta a mãe de Maren. — Não conseguimos entender nada do que Edne nos disse exceto que o seu marido está vindo para cá.

— Eles prenderam Fru Olufsdatter — diz Ursa, as palavras soando irreais em sua boca. — Por bruxaria.

A mãe de Maren inspira, a respiração parecendo um silvo entre o vão dos dentes.

— Toril sabe disso?

— Foi Toril quem a acusou.

A língua da mulher escapole pelo lado da boca, lambe o machucado. Ursa desvia o olhar.

— Você sabia que isso ia acontecer — dispara Maren, as mãos cerradas involuntariamente em cima da mesa —, não sabia?

O silêncio da mãe é uma confirmação, e Maren se põe de pé num salto, derrubando a cadeira no chão. Ursa também se levanta, pronta para se colocar entre as duas, mas Maren apenas começa a andar de um lado para o outro pela curta extensão do aposento, apontando o dedo para a mãe com uma acusação.

— E você deixaria que eles levassem Diinna também? Deixaria que o seu neto ficasse sem a mãe?

— É melhor não ter nenhuma do que ter uma bruxa como mãe.

As batidas soam durante o silêncio atordoado de Maren, e Ursa é a única que se move para atender a porta quando ouve baterem de novo, ainda mais forte. Absalom está ali, as sobrancelhas erguidas de surpresa.

— Você está aqui, esposa? — Ele entra na casa. O ar que restava no ambiente é espremido para fora. — Onde está a lapã?

— Na porta ao lado — responde a mãe de Maren, levantando-se devagar. — Vou levá-lo até lá, comissário. O meu neto pode ficar chateado. Vou cuidar bem dele.

Edne sai junto com eles e volta correndo para as outras casas. Maren fica paralisada na soleira da porta, e Ursa ouve os passos pesados do marido, as batidas ainda mais pesadas à porta e o som do ferrolho sendo erguido.

Há um momento de silêncio e, em seguida, um lamento alto e angustiado vindo da mãe de Maren, as suas palavras compreensíveis em um instante e ininteligíveis no outro.

Desta vez, a marcha de Absalom é mais rápida e ele logo está de volta ao aposento, uma expressão furiosa no rosto.

— Onde ela está? Para onde ela foi?

— Ela foi embora? — pergunta Maren, com uma voz débil. Se não tivesse lhe contado a notícia alguns minutos antes, Ursa teria acreditado no seu choque. — E Erik, o filho do meu irmão? Ele está lá dentro?

As lágrimas que vêm aos olhos de Maren são verdadeiras, e Ursa não consegue deixar de estender a mão para ela do outro lado da mesa.

— Por favor, Absalom. É um choque terrível para elas.

Ele bufa de raiva.

— Ela não pode estar muito longe. Vamos encontrá-la.

Ele sai em disparada da casa, deixando a porta aberta, e Ursa volta a respirar. As lágrimas não param de rolar pelo rosto de Maren e, através da parede, elas ouvem uma lamúria alta, como a de um animal ferido. Maren tampa os ouvidos com força, o maxilar cerrado.

— Maren — sussurra Ursa. — Vamos embora. Venha, vamos logo.

Maren deixa Ursa ajudá-la a se levantar, e ela não pesa quase nada. Embora Maren seja a mais alta das duas, ela tomba sobre Ursa, arrastando os pés quando passam pela porta aberta, diante da qual a mãe de Maren está sentada no chão, chorando.

Ursa avalia as opções. Poderiam passar pela casa em ruínas e entrar no território selvagem. No entanto, Ursa já consegue ver as pequenas silhuetas ao longe, mais homens de preto, procurando Diinna e seu filho. A visão a deixa apavorada, o enxame de homens escuro como insetos sobre uma carcaça.

Ainda que ela só precise de um lugar tranquilo e solitário, Ursa a carrega para casa, mantendo a cabeça baixa, a mão de Maren protegendo o seu rosto. Enquanto se aproximam, ouvem o som de vozes alteradas e dão a volta na casa a tempo de ver o mesmo grupo de mulheres que assistiu a Fru Olufsdatter sendo levada dali arfar e abrir caminho quando a silhueta sólida e inconfundível de Kirsten empurra para o chão outro estranho de preto.

— Kirsten! — berra Maren, que endireita o corpo e corre até ela. — O que você está fazendo?

— Esse *dritt* acha que pode pôr as mãos em mim.

— Ele é um dos homens do comissário, faz parte da guarda do *lensmann*!

— Mas não é meu marido — retruca Kirsten, pairando acima do homem, que se arrasta para trás. — E não devia tocar em mim.

O guarda se levanta. Ele é um palmo mais baixo que Kirsten, como se tivesse encolhido diante da raiva dela enquanto ela tivesse aumentado de tamanho. No entanto, há mais estranhos chegando de Vardøhus, mais homens do que Ursa via desde que estivera a bordo do navio. Devem ter vindo de outros lugares, como Alta e Varanger.

E ali está o seu marido, surgindo do meio de duas casas como um pesadelo terrível e se aproximando de Kirsten com um brilho triunfante no olhar. Como ela poderia algum dia tê-lo achado bonito? O rosto dele é cruel e astuto como o de um lobo.

Ele se aproxima, com mais homens em seu rastro. Ela se pergunta há quanto tempo estava planejando isso. Há quanto tempo a forca estava se apertando sem que ela, que estava mais próxima de tudo aquilo, adivinhasse o que iria acontecer?

— Um passo à minha frente de novo, esposa? — murmura ele ao passar por ela.

— Você não deve resistir — diz o homem que tinha sido jogado no chão, encorajado pela presença de Absalom, limpando-se com as mãos. — Você foi acusada.

— Quem me acusa?

— Eu acuso, Kirsten Sørensdatter — responde Toril.

— E eu — entoa Sigfrid.

— E eu — diz uma voz tensa atrás delas. Ursa se vira e vê a mãe de Maren, o rosto alucinado pelas lágrimas, erguer a mão trêmula e apontar o dedo. — Bruxa.

32

Maren observa a palavra reverberar entre as mulheres reunidas ali como uma onda. Uma por uma, elas erguem os dedos, com um ódio tão descarado e pavoroso nos rostos que Maren sente a respiração presa na garganta. Todas as beatas, Toril, Sigfrid, Lisbet, Magda, e até mesmo Edne, que foi avisá-la da prisão de Fru Olufsdatter e que havia se sentado ao seu lado no barco e remado até que os braços doessem e se fortalecessem.

Maren tenta chamar a atenção dela, mas Edne olha para o grupo, para Kirsten e para Absalom. Ele retribui o olhar, e Edne também ergue a mão, tão rápido como se tivesse sido puxada por um barbante. Kirsten fica parada sozinha no centro das mãos estendidas em acusação, e a vontade de lutar parece transbordar dela tão de repente quanto sangue.

— De que eu sou acusada?

— Você vai ouvir as acusações no tribunal — diz Absalom. — Mas são muito graves.

Maren não pode deixá-la ali sozinha e começa a avançar, mas Ursa a segura pelo pulso e crava as unhas nela.

— Não, por favor.

Não havia mais ninguém que pudesse impedi-la de agir naquele momento. Porém, ela fica impotente diante do toque de Ursa, anulada pela urgência na voz dela. Maren observa, sentindo a traição batendo tambores no seu peito enquanto Kirsten é amarrada pelos pulsos e levada na direção de Vardøhus.

Com o objeto de sua acusação removido dali, as mulheres baixam as mãos e piscam os olhos como se tivessem acabado de sair de um transe. Edne respira com dificuldade, coloca as mãos nos joelhos e vomita. Toril esfrega as costas dela, satisfeita.

— Você se saiu bem, garota.

Edne se desvencilha dela, endireitando o corpo com o mesmo movimento abrupto que a fez erguer a mão.

— Não sou nenhuma garota. Sou uma mulher, assim como você.

Edne olha ao redor, e Maren sabe que está procurando por ela. Seus olhos se encontram, e Maren vê a expressão atormentada no rosto de Edne. Uma fúria gélida vibra por todo o seu corpo e ela sente as mãos formigando, mas não se atreve a se aproximar com os homens cercando a vila.

— Vamos sair daqui — pede Ursa, talvez pressentindo o seu ímpeto e a puxando de leve pelo braço.

Maren a segue até a casa de barcos auxiliar. Com a porta fechada, Ursa a puxa para perto, acomoda o queixo no seu ombro e cantarola no seu cabelo.

As duas tremem, e Maren se deixa levar pela maré da voz de Ursa, leva a mão lentamente até o seu cabelo macio, que se solta do coque apressado, as mechas suaves como um tecido fino entre os dedos ásperos. Sente o cheiro dela, com os lábios a uma distância mínima do pescoço de Ursa e, quando a amiga a solta, deixa-os roçarem na sua pele com tanta leveza que poderia muito bem ter imaginado isso.

Ursa não dá a menor indicação de ter percebido alguma coisa enquanto ajuda Maren a se sentar na cadeira e começa a preparar chá. Suas mãos tremem e fazem as xícaras chocalharem.

— Você precisa tomar cuidado.

— Preciso falar com ele. — Maren expressa o pensamento antes de formá-lo por completo.

— Com quem? — pergunta Ursa, e há uma provocação em sua voz, como se ela desafiasse Maren a responder.

— Com o seu marido — continua Maren, a ideia se firmando na sua mente. — Preciso dizer que ele está errado.

Ela se põe de pé, e Ursa corre até Maren, pousando as mãos nos seus ombros para forçá-la a se sentar. Maren deixa que ela faça isso.

— Isso seria um erro.

— Tudo isso é um erro. — Maren cerra os punhos para impedir que seus dedos continuem a tremer. — É Kirsten, Ursa.

Ursa se afasta e volta para a lareira.

— Você não deve chamar a atenção para si mesma. — Suas mãos são como pássaros brancos, pairando sobre a chaleira. — A armadilha está armada, e não vou deixar que você seja a próxima a cair nela.

— Então eu não deveria estar aqui — diz Maren —, na casa dele.

Ursa a faz se calar com um olhar.

— Talvez você esteja mais segura aqui, comigo.

Maren mal consegue ficar quieta. Balança as pernas debaixo da mesa.

— O que vamos fazer por Kirsten?

— Você não me ouviu, Maren? Não podemos fazer nada por ela além de esperar.

— Com aquele coro todo contra ela? — Maren sacode a cabeça. — Alguém deve intervir a favor de Kirsten.

— Então devo ser eu a fazer isso, não você — diz Ursa, trazendo as xícaras até a mesa com dedos trêmulos. Na sua aflição, ela se esqueceu de acrescentar as folhas e fica sentada ali com a água quente diante de si. — A sua situação não é muito boa, Maren. Até mesmo eu posso ver isso. Talvez você devesse ir embora, como Diinna fez.

Maren a encara com um olhar penetrante.

— Ir embora?

— Você poderia ir para Bergen, para a casa da minha família. Meu pai poderia mantê-la em segurança.

O pavor de abandonar Ursa a atinge com mais intensidade que o de ser presa.

— E o que ia parecer, se eu fugisse? Não sou culpada de nada, Ursa.

— Não mais que Kirsten e Fru Olufsdatter? — devolve ela, irritada.

— E veja só onde a inocência meteu as duas.

O que ela diz faz sentido, embora Maren desejasse que fosse diferente. Ela gostaria que tudo fosse diferente.

— Eles não podem machucá-las — diz Ursa. — Não sem motivo.

— Você sabe muito bem que podem — retruca Maren, a raiva irrompendo depois da sugestão de Ursa de ela ir embora dali. — É você quem está casada com um caçador de bruxas.

Ursa se retrai, e Maren gostaria de poder colocar de volta as palavras na sua boca.

— Ele é tão distante de mim quanto Toril, ou Sigfrid, ou qualquer uma delas — diz Ursa. — Você não acha que eu sabia disso, acha?

Maren afunda na cadeira, envergonhada.

— É claro que não. A minha mãe… — Ela estremece com a dor aguda que sente no peito. — Ah, meu Deus, a minha mãe.

— Ela está fora de si — diz Ursa. — Até eu consigo ver isso. Foi ludibriada por Toril. Toril é o verdadeiro mal no âmago de tudo isso, junto com o meu marido. E com o *lensmann*, que o mandou até aqui. Esse era o plano dele o tempo todo, acusar bruxas aqui no norte. Ele acha que o lugar inteiro é corrompido.

— Eu fui muito cega — diz Maren, absorta nos próprios pensamentos. — Não percebi o ódio que sentiam por ela.

— Por Kirsten?

Maren assente.

— Até Edne…

— Bobagem. Você alertou Kirsten, mas não adiantou de nada.

— E Fru Olufsdatter — continua Maren. — Por que foi acusada? Ela não fez nada para chamar a atenção.

— Disseram que ela as mordeu.

Maren pisca para ela, atônita.

— *Mordeu?* Fru Olufsdatter?

Ursa solta uma risada trêmula e em seguida parece se conter.

— Desculpe. É só que... é tão absurdo. — Ursa envolve a xícara com ambas as mãos. — Falaram dos bonecos também, e mencionaram a casa dela, como é grande e bem cuidada.

— Toril sempre teve inveja daquela casa.

— Inveja suficiente para provocar isso?

Maren não quer dizer, mas acha que sim.

— Ela não é bruxa. As coisas que disseram dela, as marcas de mordida. É tudo mentira.

— Pensei que houvesse alguma coisa entre você e Fru Olufsdatter. — Ursa olha atentamente para ela.

— Entre nós?

— Um clima estranho. Uma antipatia.

— Eu nunca desgostei dela — responde Maren. — Mas ela não gosta de mim, isso é fato.

— Por quê?

Maren suspira.

— O filho dela, Dag Bjørnsson, era meu noivo. Ela não achava que eu era a mulher certa para ele. — Ela olha para o lugar onde a cama está disposta agora, abrigada debaixo das vigas largas, e se lembra das mãos ávidas de Dag no seu corpo. — Não queria que ficássemos com esta casa.

— Esta casa? — Ursa parece perplexa, boquiaberta. — Você quer dizer que esta casa era para ser sua?

Maren assente.

Ursa cobre o rosto com as mãos.

— Como fui estúpida. Eu a fiz trabalhar como uma criada na casa em que você seria a senhora.

— Pensei que estivesse aqui como uma amiga nos últimos tempos — diz Maren.

— E está. — Ursa pega a mão dela. — A melhor amiga que eu já tive.

O seu toque está quente por causa da xícara, e Maren se sente como o gelo derretendo até virar água. Seu corpo relaxa por inteiro, e ela deseja que Ursa a abrace como fez quando elas entraram na casa. Mas Ursa solta a sua mão um instante depois e baixa os olhos para a xícara.

— Não tem folhas — diz ela, soltando uma risada vazia e curta. — Por que você não me avisou?

— Eu nem percebi — mente Maren. — Além disso, prefiro cerveja, se você tiver um pouco.

Ursa faz que não com a cabeça.

— Nem *akevitt*.

Maren se levanta de súbito, surpreendendo até a si mesma.

— Kirsten tem cerveja em casa.

Ursa fica boquiaberta diante dela.

— Você não pode estar pensando em ir até lá. Não agora.

— Por que não? — pergunta Maren, a imprudência deixando-a tonta. — Afinal de contas, ela não está em casa.

Ela dá uma risada soluçante, e Ursa se levanta também, dá a volta rapidamente na mesa e pousa a mão no seu ombro para acalmá-la.

— Maren...

— Você vem comigo? — Maren se desvencilha dela. Sente uma comichão na pele. A necessidade de ir à casa de Kirsten é tão urgente quanto a sede.

— Você não tem nem um pouco de cerveja em casa?

— Não vou voltar — diz Maren, com tanta intensidade que Ursa se sobressalta. — Não com aquela mulher lá.

A visão de mamãe apontando o dedo flutua diante dos olhos de Maren e ela esfrega a mão com força no rosto para apagar a visão.

— Os homens estão espalhados por toda a vila... — insiste Ursa.

— Então seria melhor se eu estivesse acompanhada da esposa do comissário, não é mesmo?

Maren sai da casa de barcos auxiliar sem verificar se Ursa a está seguindo. Sabe que ela vai acompanhá-la. Os passos de Ursa soam com um segundo de atraso enquanto Maren avança entre as casas. A porta da casa de Fru Olufsdatter está aberta, e Maren pode ver os homens se movimentando lá dentro.

— Estão conduzindo uma busca — sibila Ursa. — Talvez estejam na casa de Kirsten também.

Maren sabe que ela diz isso com a intenção de impedi-la, mas aumenta o ritmo da caminhada e seus pés a levam até a casa de Toril, iluminada e barulhenta por conversas lá dentro. Ela tem vontade de empurrar a porta e derrubar uma lamparina no chão, espalhar as brasas da lareira sob os seus pés, atear fogo na casa inteira. Em vez disso, continua andando, apressada, passa pela *kirke* e pela casa de Sigfrid, e depois pela casa da traidora Edne, até avistar a fazenda de Petersson, com as renas pálidas como espíritos circulando pelos campos.

A respiração de Ursa está acelerada, e Maren percebe que ela está ficando para trás, incapaz de acompanhar o seu ritmo, mas não para antes de alcançar a porta que fica entre duas janelas, as posições lembrando um rosto que olha impassível para o mar. A porta está firmemente fechada, e Maren espia lá dentro por um breve instante. A não ser pela luz enevoada e inconsistente vinda do fogo quase apagado na lareira, a casa está escura e vazia.

Ursa a alcança, a respiração entrecortada.

— Não devíamos entrar. Eles logo vão terminar de inspecionar a casa de Fru Olufsdatter.

— Você não precisa entrar — diz Maren, com a mão no ferrolho.

— Por que você está fazendo isso? — Ursa bate o pé no chão de frustração. — Não pode querer me fazer acreditar que está tão desesperada assim por uma bebida.

O coração de Maren martela dentro do peito, e ela se dá conta de que a caminhada também a deixou sem fôlego. O ferrolho está frio como gelo sob os seus dedos.

— Eu quero... — Ela procura as palavras certas para expressar a necessidade de ver a casa de Kirsten com os próprios olhos, e os pensamentos se tornam claros no instante em que os exprime. — Preciso me assegurar de que não haja nada aqui. Nada que eles possam encontrar.

Ursa ergue as sobrancelhas.

— Você acha que é possível?

— Eu sei que é impossível que Kirsten seja uma bruxa — diz Maren. Ela se recorda das runas no quarto de Diinna, dos ossos de adivinhação e da agulha cintilando contra a renda de Toril. — Mas eles podem encontrar coisas que não compreendem, coisas que podem usar contra ela.

— Certo — concorda Ursa, assentindo lentamente com a cabeça. — Devemos ser rápidas.

Maren empurra a porta. Ursa a segue com cuidado, como se estivesse subindo em um barco.

— O que estamos procurando?

Maren quebra a crosta de cima do fogo e o alimenta com mais um quadrado de turfa, de modo que uma centelha de luz e calor sobe da lareira.

— Você vai saber melhor do que eu. Qualquer coisa que lhe pareça estranha, que você não compreenda.

— Como aquilo ali? — Ela aponta e Maren segue o dedo de Ursa até duas runas dispostas ao lado da cama.

Ela atravessa o cômodo com rapidez e as apanha. A inscrição da segurança está entalhada em uma delas, e a do mar calmo, na outra, e Maren sabe que juntas as runas formam uma proteção sámi contra pesadelos. Fecha as mãos sobre as pedras e sente vontade de chorar ao pensar em Kirsten sozinha naquele quarto, presa na maré de um sonho ruim. Ela sempre pareceu tão firme, tão forte, mas perdera tanto quanto as outras mulheres. Será que Kirsten também via a baleia?, pergunta-se Maren.

— Maren?

A voz de Ursa é gentil, e Maren se vira e depara com ela segurando as calças que Kirsten usava para matar renas. Estão manchadas com respingos cor de ferrugem e parecem macabras à luz da lareira. Ela assente.

— Leve-as também.

— O que vamos fazer com elas?

Maren olha para o fogo. Não há combustível suficiente para queimar o tecido inteiro, e, embora pudesse chamuscar as pedras, o fogo não necessariamente ocultaria as runas por completo. Ela estende as mãos, e Ursa passa as calças para ela. De tanto uso, o tecido está macio, e Maren enfia as pedras nos bolsos.

Sai da casa com Ursa logo atrás e coloca mais peso nas calças com pedras que recolhe do chão, até que os bolsos ficam cheios. Em seguida, joga as calças no mar. Elas inflam por um momento, e depois afundam e desaparecem de vista.

— E agora? — pergunta Ursa, em voz baixa.

Maren rola os ombros para trás. Eles estalam como ossos quebrando.

— Agora podemos buscar a cerveja.

•

Elas passam pelo grupo de homens a caminho da casa de barcos auxiliar. Maren mantém a cabeça erguida, desejando que o conteúdo do jarro de cerveja e da garrafa de *akevitt* claro em suas mãos já estivesse dentro dela, para lhe dar forças. O olhar que os homens lhe lançam parece algo físico, e Maren se pergunta como suportava ser observada daquela maneira quando a vila era tão cheia de homens quanto de mulheres.

A presença de Ursa é uma proteção, além de um bálsamo. Elas caminham depressa pela vila. A casa de Toril continua iluminada e cheia de conversas animadas, mas Maren não se tortura espiando o interior. A casa de Fru Olufsdatter está silenciosa, e a porta foi deixada entreaberta, permitindo que o fogo se apagasse. Maren estremece.

Ursa a faz parar a alguns passos da casa de barcos auxiliar.

— Deixe-me ver se ele não está em casa.

Ela abre a porta com cautela, então faz um sinal para Maren entrar.

— Ele deve estar em Vardøhus. Se for o caso, deve demorar a voltar.

Maren coloca as bebidas em cima da mesa, enquanto Ursa reaviva o fogo até as chamas subirem por completo, e pega duas canecas da prateleira que Dag pendurara sobre a lareira. Maren faz menção de pegar a cerveja, mas Ursa aponta para o *akevitt*.

— Acho melhor.

Um sorriso repuxa a boca de Ursa. Seus lábios estão muito rosados e ligeiramente entreabertos, de modo que Maren consegue ver o brilho de seus dentes. Sem dizer uma única palavra, Maren serve um trago de *akevitt* em cada uma das canecas. Ela só provou a bebida uma vez antes, no casamento de Erik e Diinna. Não gostou muito da queimação na garganta, da súbita sensação de peso nas pernas e nas pálpebras, mas agora anseia por isso. Toma a bebida de um gole só, e Ursa, depois de um momento de hesitação, a imita.

Ursa se curva para a frente e desaparece embaixo da mesa, tossindo com violência. Maren se levanta, assustada e pensando em buscar um balde, mas ela acena com a mão por cima da mesa, e sua cabeça reaparece um instante depois.

— Eu estou bem — balbucia Ursa, esfregando o estômago. Suas bochechas ficaram tão rosadas quanto os lábios. — Este é mais forte do que estou acostumada. — Ela bate com a caneca duas vezes na mesa, um gesto que Maren já viu homens fazendo. — Mais um.

Ela ri e obedece. Ursa se senta ao seu lado enquanto elas bebericam a segunda dose de *akevitt*. Maren já sente o calor atiçando os seus membros. O cômodo parece menor que o normal, e ela não consegue evitar olhar para a parede ao lado do fogo, onde Dag costumava pressionar o corpo contra o seu. Contar a Ursa do noivo o trouxe de volta para perto dela, e Maren quase consegue sentir o hálito quente de Dag no seu pescoço.

Ursa está ali, bem perto, ao seu lado, e Maren não sabe muito bem se o calor que sente vem do fogo ou do corpo da amiga. Ela se imagina se inclinando sobre ela e pousando a cabeça no seu ombro. Não seria inapropriado, não passaria dos limites das intimidades que já partilharam. Porém, Maren tem dúvidas se conseguiria descansar a cabeça tão perto da de Ursa, aspirar o seu cheiro doce, sentir o roçar da pele macia da amiga na sua testa ressecada e não virar a boca na direção da dela.

Ela balança a cabeça para se livrar de tais pensamentos, belisca a pele entre o polegar e o indicador com a unha. A dor faz Maren voltar a si.

— Pode ser que Kirsten seja libertada logo — diz Ursa em meio ao silêncio, e Maren observa o seu perfil destacado em silhueta contra a luz do fogo. — Ainda mais se não encontrarem nada na casa dela.

— Pode ser — diz Maren, embora não acredite nisso. Não quer pensar a respeito, quer que aquele momento seja um alívio dos horrores do dia, e dos horrores que ainda estão por vir. Toma mais um gole de *akevitt*, e Ursa a imita.

Suas mãos estão repousadas na mesa, a distância entre elas é tão ínfima que Maren poderia roçar o dedo mínimo no pulso de Ursa se ao menos se atrevesse a esticar o braço por completo. Mas é Ursa quem elimina o espaço entre as duas, pegando casualmente a mão de Maren e a apertando.

— Vou falar com Absalom — diz ela, decidida. — Vamos trazer Kirsten de volta para casa.

A culpa inunda as faces de Maren. Ela devia estar pensando no destino de Kirsten, na sua volta e no que poderiam fazer para que isso acontecesse. Mas a mão de Ursa é tão suave, tão apertada na sua, o *akevitt* quente como fogo em sua barriga, que a cabeça de Maren parece flutuar nos ombros...

Sem nenhum aviso, a porta é aberta com violência. Os dois homens parados na soleira hesitam. Ursa afasta a mão, e a de Maren fica sozinha, encalhada na madeira escura.

— Desculpe, Sra. Cornet. Achávamos que a casa estivesse vazia. — Ele olha para ambas as mulheres, sem saber a quem se dirigir. — O comissário Cornet mandou começarmos a mudança agora.

— Mudança? — Ursa se levanta e eles voltam a atenção para ela. Maren pega a garrafa de *akevitt* e a coloca no chão ao lado das suas saias, escondida deles.

— Minhas desculpas, senhora. Sim. Ele quer manter a maior parte da mobília, mas a cama deve ser queimada.

— A cama... — repete Ursa, debilmente. — Do que vocês estão falando?

— A cama na casa da bruxa — explica o outro homem. — Ele quer que levemos a sua para lá.

— Você vai se mudar para a casa ao lado, Ursa — diz Maren. Ela sente um enjoo: o seu estômago está revirando com a bebida. — Não é isso?

— Sim, senhora — responde o primeiro, claramente sem saber muito bem como se dirigir a ela ou quem ela é. Maren acha que é o mesmo homem que Kirsten derrubou no chão: suas calças estão todas sujas de lama. — Para o *stabbur*. O comissário deve ter a melhor casa da vila, é o certo a ser feito.

— Então é isso — sibila Maren, e Ursa avança para desviar a atenção da reação da amiga.

— Posso falar com o meu marido?

— Ele está em Vardøhus, Sra. Cornet. — Os homens estão ficando aborrecidos por terem de se explicar e olham insistentemente para a cama, ansiosos para prosseguir com seus deveres. — Nós recebemos ordens.

A cama não passa pela porta, por isso eles precisam tirá-la através da despensa, sacudindo as carcaças das renas. O baú de cerejeira e as malas também são retirados da casa. Depois que eles saem pela última vez, deixando a porta aberta, Ursa pega logo a vassoura e começa a varrer o rastro de lama que deixaram no chão com suas botas. Maren se levanta para pegar a vassoura dela, mas Ursa resiste.

— Vamos nos mudar para a casa de Fru Olufsdatter. Ela não vai voltar. — Os nós dos seus dedos ficam brancos. Ela varre a sujeira em círculos, despedaçando a lama e manchando o assoalho. — Eles querem matá-la, como fizeram com os homens sámis.

Maren não consegue dizer nada. Não pensa em Fru Olufsdatter, nem mesmo em Kirsten. Ela está pensando em Diinna e Erik, a essa altura já perdidos nas montanhas e muito além delas. *Fiquem escondidos*, pensa. *Permaneçam em segurança.*

— Como eu posso morar lá, Maren? Como ele pode achar... — Sua respiração vacila: ela coloca uma das mãos abaixo das costelas e se apoia na vassoura.

— Você tem de fazer isso — diz Maren. — É como você disse: devemos tomar cuidado agora.

Ursa endireita o corpo.

— Não vou passar os meus dias lá dentro. Ficaremos aqui, como antes. Não posso morar na casa de Fru Olufsdatter.

Há uma determinação no seu tom de voz que deixa Maren esperançosa.

— Talvez — arrisca ela — eu pudesse morar aqui.

Ursa pisca para ela, atordoada.

— Não tem cama aqui.

— Eu não posso voltar para casa. Não posso dormir perto da minha mãe, ou no quarto de Diinna. E assim posso ficar perto de você. — Seu plano começa a criar raízes. — Você poderia dizer a Absalom que precisa de mim por perto, para ajudá-la com uma casa maior.

— Seria um grande conforto para mim — responde Ursa. Ela ajeita o cabelo para trás. — Não acho que ele me negaria algo assim.

Mesmo depois de tudo o que aconteceu, reflete Maren, Ursa acredita que tem algum poder sobre ele. Afinal de contas, caçador de bruxas ou não, Absalom não deixa de ser apenas um homem.

33

Apesar de haver somente duas mulheres ausentes e quatro homens estranhos sentados nos fundos da *kirke* durante o culto de sabá, o grupo delas parece bastante reduzido. Toril, Sigfrid e Edne estão sentadas na primeira fileira com os Cornets, e Maren, em um banco afastado da mãe. Ela já se mudou para a casa de barcos, e só de olhar para a mãe sente uma fúria incontrolável invadir as suas veias. Mamãe fica tentando chamar a atenção dela, e Maren, determinada, vira o rosto para o outro lado. A ausência de Kirsten lhe dói profundamente.

O pastor Kurtsson parece um pouco mais magro que de costume. Maren se pergunta o que ele pensa a respeito das prisões. Devia estar tão satisfeito quanto o comissário, mas a sua postura está ligeiramente abatida e ele franze o rosto enquanto prega sobre justiça e misericórdia.

Ao fim do sermão, o comissário se levanta. Ele sempre tem uma presença imponente, mas hoje parece gigantesco e, apesar de tentar reunir um pouco de ódio, Maren sente apenas pavor. O pastor Kurtsson permanece nas sombras.

— Como é, sem dúvida, de vosso conhecimento, Fru Sørensdatter e Fru Olufsdatter foram acusadas de bruxaria. Eu vou coletar provas contra as duas mulheres. Se vocês sofreram nas mãos delas ou sabem de alguma malignidade relevante às acusações, venham me procurar diretamente na minha residência.

Absalom faz reverência ao crucifixo de madeira e desce pela nave, e os homens nos fundos abrem as portas para ele. Maren se encolhe para longe dele quando o comissário passa. Toril o segue de perto com as outras mulheres, e Maren ergue a cabeça por um instante para olhar de cara feia para ela.

— Isso não foi muito sábio da sua parte — diz Ursa, baixinho, ao se sentar no banco ao seu lado.

— Alguém devia acusá-la — diz Maren, furiosa.

— É melhor ficar fora disso. Vou procurar você assim que tiver certeza de que ele esteja mais tranquilo.

Ela sai da *kirke*, e Maren espera até não haver ninguém além do pastor Kurtsson. Ele leva um susto quando se vira depois de assoprar as velas e a vê sentada ali no banco.

— Maren Magnusdatter. — Ele pronuncia o seu nome como se fosse feito de vidro, com cautela.

— Pastor Kurtsson.

Eles se entreolham. O pescoço do homem se contrai quando ele engole em seco. Maren toma a sua decisão e se levanta, indo até ele pela nave estreita. Ele permanece imóvel, e ela para a alguns passos de distância do pastor. Não sabe muito bem como começar, mas é ele quem fala primeiro.

— Você não tem nenhuma acusação para relatar ao nosso comissário?

Maren balança a cabeça em negativa.

— E o senhor, pastor?

— Não. — Seus olhos claros estão cansados. Há olheiras embaixo deles.

— O senhor não contou a ele dos barcos de pesca? — Maren não consegue disfarçar a surpresa na voz.

— Não é pecado se alimentar — diz o pastor Kurtsson. As mãos dele pendem frouxas, os ombros estão caídos.

— Mas o senhor foi contra.

— Não era apropriado — concorda ele. — Mas não vi nenhum sacrilégio nisso.

— O nosso comissário pode ver, se ficar sabendo.

— Não vai ser por mim.

— Mas ele vai ouvir alguma coisa do senhor?

Algo mordaz surge no rosto do pastor Kurtsson.

— O que você quer dizer com isso?

Maren engole em seco.

— O senhor vai falar a favor delas? De Kirsten e Fru Olufsdatter?

O pastor Kurtsson solta um suspiro.

— Eu só posso falar a verdade, o que conheço delas diante de Deus. Não sou onisciente como Ele. Deus é o juiz supremo.

— Mas o senhor é um servo d'Ele — insiste Maren, com urgência na voz. — Deve ter alguma compreensão mais profunda, alguma influência…

— Eu conheço apenas o que Ele me mostra.

— O que Ele lhe mostrou?

O pastor Kurtsson junta as palmas das mãos e entrelaça os dedos.

— Ele julgou conveniente salvá-las da tempestade, para guiá-las pelos tempos difíceis que estavam por vir. Com a misericórdia que Deus lhes concedeu, eu não consigo acreditar que Ele tenha virado as costas para vocês.

Maren tem vontade de lhe dar um empurrão no peito com toda a força.

— O senhor considera uma misericórdia o que aconteceu por aqui?

— Pensar o contrário é pecado — diz o pastor Kurtsson, passando por ela. — Lamento pela sua amiga. Mas não posso julgá-la inocente. Só Deus pode fazer isso.

Mas foi um homem quem a prendeu, pensa Maren. *Foi uma mulher quem a acusou.* Mas não vai adiantar de nada dizer isso em voz alta. O pastor já está fora da *kirke*, e ela segue o seu rastro antes de se virar para a casa de barcos auxiliar.

Há uma fila de mulheres serpenteando da casa de Fru Olufsdatter, e Maren estremece toda vez que alguma delas entra no interior amarelo vivo, como se andassem por cima do seu túmulo. Ela sabe que Kirsten é condenada por muitas bocas; imagina quantas mais se seguirão como acusadoras, e quantas outras serão acusadas.

•

Há quase um mês de incerteza e silêncio. O inverno se aproxima e se fecha sobre elas, e Maren passa a maior parte do tempo dentro de casa, embora suas pernas anseiem pelas caminhadas até o promontório, e seus pulmões, por ar fresco.

Agora que a casa de barcos finalmente pertence a ela, o lugar perdeu todo o seu brilho. Ela dorme no chão debaixo do cobertor de peles que costurou e aprecia a rigidez por todo o corpo com que acorda, um castigo que sente que deve suportar. Sonha com a baleia e com Kirsten, com sua silhueta orgulhosa curvada no covil das bruxas, e imagina pegar as dores de Kirsten para si mesma e ajudá-la a resistir melhor a elas.

Pergunta-se como mamãe está lidando com as mudanças no clima. Ela nunca enfrentou um inverno sozinha, assim como Maren. Será que também fica assombrada com a respiração saindo nebulosa dos lábios e com o frio que se infiltra sem piedade em seus ossos? Maren conseguiu evitá-la por completo, mas também fica atormentada por isso — o que papai pensaria dela, abandonando mamãe à escuridão do meio-dia?

Ela diz a si mesma que mamãe tem novas amigas. A posição de Toril na vila agora é mais alta do que qualquer outra, abaixo apenas da do comissário, e mamãe se senta junto das beatas durante o sabá. Ela não veio visitar Maren na casa de barcos auxiliar e parou de tentar chamar a sua atenção. As duas estão se tornando estranhas uma da outra, e Maren sente que é como se toda a sua família estivesse morta e somente Ursa restasse em sua vida.

Dois anos se passaram desde a tempestade e um ano novo começa. Mais nenhuma prisão é feita, porém os homens se instalam na casa vazia de Kirsten e circulam por Vardø como morcegos. Ela havia esquecido como era viver entre homens, com suas risadas altas demais e os olhares tão perturbadores quanto os risos. Alguns dos homens visitam o *stabbur* durante o dia, e Maren os vê olhando para Ursa enquanto ela atravessa a curta distância entre as duas casas, cerrando os dentes sob os olhares lascivos deles.

Ursa a visita sempre que pode. Absalom a mantém por perto, acorrentada ao lado dele, e Ursa diz a Maren que fica preocupada em chamar a atenção para ela se visitá-la com muita frequência. Apesar da gotejante nuvem de ameaça que paira acima delas, Maren descobre que ainda se sente mais leve com a sua presença, que ainda sente a cabeça girar com o toque de Ursa.

Maren se detesta por isso, pelo pequeno prazer que obtém de Ursa sem que a amiga perceba, por ter algum prazer com qualquer coisa enquanto Kirsten definha na escuridão a um quilômetro e meio dali. Mas não consegue evitar. Seus sentimentos são tão implacáveis e poderosos quanto as marés. Às vezes, quando Maren e Ursa dão as mãos ou se entreolham, ela imagina que a amiga também se sente assim. Imagina que, se confessasse os seus sentimentos, os de Ursa seriam recíprocos. E então o que aconteceria? O que poderia se seguir a isso?

Maren se esforça para se provar indispensável para o comissário ao mesmo tempo que permanece longe dos olhos dele, usando a casa de barcos auxiliar como uma cozinha e mandando para ele ensopados aromatizados com as ervas bolorentas que encontra guardadas em potes. Uma delas parece um pouco com beladona desidratada, usada em pequenas quantidades para tratar febre, e ela fantasia derrubar o pote inteiro no jantar de Absalom, seu rosto arroxeado, a respiração parando e a língua preta e inchada.

É um devaneio a que ela se permite com cada vez mais frequência quando, no primeiro dia do ano de Nosso Senhor de 1620, Ursa chega com novidades. Maren está sentada à mesa recém-esfregada quando Ursa abre a porta e se senta diante dela, embora não consiga encará-la. Ela sente um embrulho no estômago.

— Fru Olufsdatter confessou — diz Ursa. — E vai ser condenada.

— Confessou? — A palavra destoa dentro da mente de Maren. — O quê?

— Bruxaria, que usava os bonecos como instrumentos de bruxaria. — Ursa engole em seco. — Acho que eles usaram ferros em brasa.

Absalom me disse que foi difícil extrair a confissão dela sem o uso do fogo.

— E Kirsten? — Maren sente um aperto no peito. — Ela não pode ter...

Ursa balança a cabeça, enfim encarando Maren. O seu olhar é tão triste que atinge um ponto sensível dentro dela.

— Kirsten se recusou a confessar.

— Então eles vão soltá-la? — pergunta Maren, apesar de saber que é uma esperança tola.

Ursa morde o lábio.

— Pode me contar — exige Maren.

— Gostaria que não fosse verdade. Mas ela vai ser "mergulhada".

— "Mergulhada"? — A palavra lhe causa estranhamento.

— Eu também não conhecia a expressão. Esperava que nunca precisasse repeti-la, mas... você deve se preparar. — Ursa respira fundo, tremendo. — Eles pediram que ela confessasse seus crimes, mas ela se recusou. Sendo assim, vão fazer um teste para descobrir se Kirsten é bruxa e se deveria ser condenada como tal.

Uma sensação de mau agouro passa pela nuca de Maren, como o pássaro preto na janela antes da tempestade.

— Como?

— Eles vão amarrar Kirsten e jogá-la no mar.

— No mar? — Maren sente a língua lenta dentro da boca. — Mas a água está congelando. Ela pode se afogar!

— Talvez seja melhor que ela se afogue.

Maren olha para ela, boquiaberta.

— Como você pode dizer uma coisa dessas?

— Se ela flutuar, eles dirão que Kirsten é bruxa. Dizem que a água é pura e repele o diabo, por isso quem flutua só pode ser uma bruxa.

Maren tem vontade de vomitar.

— Quem são eles? O seu marido?

— Ele e o *lensmann*. O pastor Kurtsson também estará presente, assim como qualquer pessoa que quiser assistir.

A bile arde na garganta de Maren.

— Vai ser em público?

Ursa assente.

— O teste precisa de testemunhas.

— Você não pode impedir isso? — Maren sabe que parece histérica. — Não pode fazer nada?

Um choro fica preso na garganta de Ursa.

— O que você quer que eu faça? Me diga e eu farei.

Maren pressiona a mão com força na mesa, para se estabilizar.

— Quando será o teste?

— Na semana que vem. — Ursa olha para ela intensamente. — Você não está pensando em ir, está?

— Eu tenho de ir — responde Maren. — Ela não pode suportar isso sozinha.

— Não vai adiantar nada ficar olhando — diz Ursa. — É melhor não assistir, seja lá qual for o resultado.

— Como isso pode ser divino? — pergunta Maren, os olhos ardendo de lágrimas. — Como eles podem chamar o que fazem de sagrado?

Ursa não tem resposta, e Maren precisa deixá-la sozinha na casa enquanto sai para botar as tripas para fora na lama até se sentir vazia por dentro, sem nada além do coração, que bate dolorosamente.

34

No dia do mergulho, o céu está escuro e baixo. Enquanto Maren vai até o porto, ela fica atenta aos olhares e aos cochichos, sente-se exposta sem a presença de Ursa para protegê-la. Um grupinho de mulheres já está reunido onde a terra se encontra com o mar. Ursa não está entre elas.

— Absalom disse que não é um espetáculo feito para os olhos de uma mulher — disse ela.

— Ele está esquecendo que é uma mulher que pretende atirar ao mar?

Ursa franziu o cenho.

— Você não vai ficar aqui comigo? Não vai ganhar nada com isso.

Embora Maren saiba que seria melhor ficar para trás também, ela jamais poderia fazer isso. Kirsten não pode ficar sozinha em meio a um grupo de beatas e de homens determinados a afogá-la ou a amaldiçoá-la. Ela também deve ser testemunha.

Depois de ver a sua determinação, Ursa suspirou e pegou a sua mão.

— Prometa que não vai fazer nada que chame a atenção. Fique em silêncio.

Maren segue o conselho dela agora, permanecendo um pouco distante das outras e tomando o cuidado de não atrair o olhar do comissário. Mamãe não está ali, nem Edne, mas Sigfrid e Toril estão conversando com o pastor, cujo rosto está branco como leite. Todos estão iluminados por algumas poucas lamparinas espalhadas ao longo do porto, e é uma lamparina que sinaliza a chegada de Kirsten. Maren se vira e vê a luz vindo de Vardøhus, balançando com o movimento da carroça. Quando se aproximam, ela vê Kirsten pela primeira vez em meses. Precisa morder a língua com força para não gritar.

A silhueta na parte de trás da carroça não tem firmeza, parece um saco. Kirsten está apenas com um vestido de algodão, as saias escuras de tantas manchas. Seus olhos permanecem fechados, mesmo quando os guardas e o comissário a colocam de pé, torcendo o nariz. Maren também sente o cheiro da amiga; o vento traz o odor de sangue seco e urina. O pastor Kurtsson leva um lenço ao nariz. Maren quer chamar Kirsten, dizer a ela que está ali, mas sua língua está grudada no céu da boca e ela não acha que consegue fazê-la funcionar.

Outra carroça vem logo atrás, uma carruagem mais elegante, toda coberta. Maren reconhece o veículo que buscou Ursa para levá-la até Vardøhus no ano anterior. As mulheres murmuram quando um homem desce de lá, e Maren estuda o *lensmann* da vila. Ele é baixo e atarracado, e veste um casaco de pele com ótimo caimento. Seu rosto é oculto por uma barba espessa como a do comissário Cornet, mas branca como a lã das ovelhas. Ele avança para a beira do porto, e, embora Maren sinta uma necessidade crescente de fugir dali, ela se aproxima para ouvir o que ele tem a dizer.

— Você vai confessar, Fru Sørensdatter, e nos poupar desta tarefa?

Kirsten treme tanto que os guardas precisam se esforçar para mantê-la de pé.

— Você vai confessar — repete ele — que é uma bruxa e que provocou a tempestade que matou o seu marido e muitos outros homens?

A respiração de Maren fica presa na garganta. Eles não podem realmente acreditar que Kirsten conseguiria controlar o clima. Ela estava na beira do porto, assim como Maren e todas as outras mulheres, gritando enquanto seus homens eram engolidos pelo mar. Maren devia falar isso, mas a sua língua continua bem aferrolhada.

Os cabelos de Kirsten descem escorridos em volta do rosto, e Maren se pergunta se ela consegue compreender o que ele diz em meio ao seu pavor.

— Muito bem — diz o *lensmann*.

Há uma evidente nota de entusiasmo em sua voz. Ele acena para os guardas, que puxam o vestido de Kirsten bruscamente pela cabeça. O pastor Kurtsson desvia o olhar, Toril e as beatas espiam por entre os dedos, mas Maren não consegue parar de olhar. A forma emaciada do corpo de Kirsten está coberta de arranhões, marcada por hematomas e queimaduras. Maren tem vontade de envolvê-la no seu casaco, e o aperta de encontro ao corpo.

— A corda.

O comissário Cornet busca a corda na carroça e a amarra na cintura de Kirsten. Ela aperta a sua pele branca e flácida. Maren sente um nó na garganta quando se dá conta de que a corda foi colocada ali para puxá-la de volta, depois de tudo.

Ela olha para o mar cinza-escuro, subindo e descendo com ondas suaves. O gelo cintila em pequenos trechos na superfície. Kirsten vai morrer congelada, e Maren vai assistir a tudo sem fazer nada para impedir. Porém, a promessa que fez a Ursa não é a única coisa que a faz ficar quieta: ela está apavorada. O horror engolfa o seu coração e toma conta do seu corpo, deixando-a paralisada.

Eles testam a corda, puxam-na duas vezes, sacudindo Kirsten de um lado para o outro. Ela treme, seu corpo inteiro se contraindo, o rosto abatido. O comissário segura a corda, assim como outros dois guardas. O pastor Kurtsson dá um passo à frente e abençoa a água. Ele fala muito baixo para que Maren consiga distinguir as palavras, mas junta as mãos como fez quando ela foi falar com ele na *kirke*.

O pastor se afasta e, tão de repente que Maren poderia ter piscado os olhos e perdido a cena, Kirsten é jogada na água. A pequena multidão se acotovela enquanto o comissário e seus companheiros que seguram a corda inclinam o corpo para trás para obter tração no chão congelado. Maren corre, abrindo caminho à força.

Kirsten desaparece debaixo da água, branca e revolta pelo impacto da queda. O frio vindo das ondas atinge o rosto de Maren. Ela fica dividida entre duas sensações: esperar que Kirsten flutue e rezar para que afunde tão rápido quanto as runas nos bolsos de suas calças. No entanto, assim que Kirsten emerge, de olhos arregalados e revirados, a respiração rápida e desesperada vinda do peito e soltando um lamento estridente como os das andorinhas lá no alto, Maren sabe que está feliz por ela ainda estar viva, embora isso seja a condenação da amiga.

Ela é puxada para o porto, o corpo nu pálido como a neve. Kirsten está tão magra que Maren consegue ver cada uma de suas costelas se projetando da pele como o trançado das raízes debaixo da terra. Maren avança na direção dela, mas uma mão fria como o ar a segura pelo pulso. Ela vê Edne, que enfim se juntou a elas. Seus olhos estão arregalados e ela balança a cabeça quase imperceptivelmente.

Maren se desvencilha dela e olha de volta para Kirsten. Ela é envolta em peles e levada de volta para a carroça. Não querem que ela morra congelada antes de ser julgada no tribunal. A pele exposta no pescoço e nos pulsos é branca feito osso.

— Uma bruxa, conforme a acusação — afirma o *lensmann*, erguendo a mão para dar um tapinha no ombro do comissário Cornet. O comissário está ofegante pelo esforço de puxar Kirsten para o porto. — Devemos marcar uma data.

As palavras ecoam nos ouvidos de Maren como as batidas de um tambor. Três homens são necessários para colocar a forma encharcada da amiga de volta na carroça, e os demais espectadores começam a se afastar antes que os cavalos iniciem a cavalgada. Maren, por outro lado, aproxima-se da carroça o máximo que se atreve, sob a vigilância dos guardas, e precisa cerrar as mãos com força para não estendê-las para Kirsten. Os cavalos são incitados à ação e ela fica olhando até que a lamparina desapareça dentro das muralhas de Vardøhus.

Kirsten jamais soube que ela estava lá. E não seria de muita ajuda de qualquer modo. A presença de Maren foi tão inútil quanto uma vela rasgada. Ela pensou que já tinha visto o pior que podia acontecer naquele porto, que nada poderia se equiparar com a brutalidade da tempestade. Mas agora sabe que foi uma tola por pensar que o mal só existia lá fora. O mal estava aqui, entre elas, andando sobre duas pernas e fazendo julgamentos com uma língua humana.

O pastor Kurtsson ainda está parado ao lado das docas, apertando a capa ao corpo. Maren se recorda de Kirsten indo até ele, colocando o seu casaco nos ombros do pastor enquanto aguardavam a chegada de Ursa. Ele tira as luvas e se inclina até a água, estende a mão logo acima da superfície. Retira-a dali imediatamente e a abriga dentro do casaco. Enquanto se endireita, parece sentir que ela está ali o observando e ergue o olhar para Maren. Seus olhos brilham na escuridão, embora talvez fosse apenas pelo frio.

Ele se vira de costas para ela, e Maren o deixa ir sem desafiá-lo. Não importava que o pastor Kurtsson acreditasse que a sobrevivência delas depois da tempestade fosse um milagre: agora Maren acredita que Deus teria sido mais misericordioso se afogasse todas as mulheres.

●

Fica decidido que a pena sairá na próxima primavera, dali a dois meses. Ursa lhe diz que é porque homens virão de toda a parte, outros comissários seguirão para Vardø para testemunhar a condenação de uma bruxa. Os últimos julgamentos trataram de homens sámis, mas Kirsten e Fru Olufsdatter eram as primeiras mulheres norueguesas acusadas na história recente, e as pessoas viriam de muito longe, como Tromsø, talvez até mesmo da Escócia.

Maren não conhece ninguém que esteve dentro da fortaleza de Vardøhus a não ser Ursa, e nem mesmo ela viu o tribunal. Ursa lhe diz que Absalom se recusou a contar a ela qualquer coisa a respeito, embora trabalhe lá quase todos os dias, preparando-se para o julgamento.

— Parece até que ele acha que o tribunal é um presente — diz Ursa, com o tom de voz amargo pela repulsa. — Como se quisesse me fazer uma surpresa.

— É a vez de ele brilhar — diz Maren, sovando uma massa escura com socos brutos. — Ele deseja agradar a você.

Ela consegue reconhecer o sentimento, pois é algo que os dois partilham, ela e o comissário. Como ele ficaria magoado se soubesse do desprezo que Ursa sente por ele, reflete Maren. E como ela ficaria encantada se ele descobrisse.

Maren mal consegue dormir na noite anterior à condenação. Sua mente não para de voltar para a imagem de Kirsten dentro da cela. Será que ela ao menos sabe que o dia da sua condenação está tão perto? Ou será que eles a deixaram tão ignorante sobre o que acontece ao seu redor que os dias já perderam todo o significado? Será que ela ainda sofre as consequências do dia em que foi atirada ao mar? Maren imagina o frio congelante, mas não consegue evocá-lo à lembrança. Quando crianças, elas aprendiam que uma perna que atravessasse o gelo durante o inverno significaria o fim da pessoa. Ser arremessada de corpo inteiro, como aconteceu com Kirsten, e encontrar o ar lhe chamando de volta à vida só para ser jogada nas profundezas da morte pelas mãos de um homem é monstruoso demais.

Também pensa em Diinna e Erik, reza para que estejam em segurança. Gostaria de poder segurar o menino no colo e sentir o seu cheirinho. Será que ele já aprendeu a falar? Será que Diinna vai lhe ensinar o nome de Maren? Ela se sente feliz por ele estar bem longe daquele lugar. Talvez ele não vá se lembrar de nada dali, talvez se esqueça dela. Maren não tem nenhuma lembrança da época em que era tão pequena. O pensamento é ao mesmo tempo reconfortante e terrível.

Ursa precisa ir na frente com o marido para o julgamento, então Maren anda desacompanhada na multidão que abre caminho nas trilhas irregulares de Vardø até a fortaleza. Apesar de ter passado a vida inteira junto daquelas mulheres, elas parecem usar máscaras dos próprios rostos, suados de entusiasmo e medo. E, à medida que se distanciam das casas e as muralhas de pedra se erguem diante delas, Maren vê cada vez mais homens, mais estranhos, todos conversando. Ela se sente distante daquilo, completamente sozinha.

Elas se afunilam para entrar, mantidas afastadas do belo edifício quadrangular, que deve pertencer ao *lensmann*, por um cordão formado por guardas de uniforme azul-escuro, com um emblema costurado no peito exibindo o brasão de coroas e leões ao redor de um crucifixo.

— É a guarda real. — Ela ouve o burburinho ao redor. Maren nunca deu muita importância ao rei, sentia que ali em Vardø estavam tão afastadas de Christiania, de Bergen e dos outros lugares que Ursa mencionava que era como se o poder dele não se estendesse a elas, como se estivessem mais à mercê do mar e do vento que do rei e da pátria. Ela cruza os olhos com um dos homens e desvia o olhar rapidamente, sentindo-se ignorante como uma criança.

O tribunal já está cheio quando ela chega, com pessoas se espremendo do lado de fora e batendo na porta fechada, berrando e trombando umas nas outras. Maren para um pouco antes da bagunça, amaldiçoando-se por estar atrasada. Devia ter vindo na noite anterior; não tinha conseguido dormir mesmo. Ela não pode simplesmente voltar para casa e esperar as notícias, então dá uma olhada ali em volta, procurando algum lugar para ficar, quando começa um alvoroço à sua esquerda depois que dois homens saem de um edifício comprido e atarracado trazendo um embrulho imenso.

— Bruxa! — O grito vem de uma aglomeração de mulheres, que inclui Sigfrid e Toril.

O embrulho ergue a cabeça ao ouvir o berro e, de repente, ali está Kirsten, ou melhor dizendo, algo parecido com Kirsten. Uma sombra dela, uma imitação. O rosto da sua amiga está pálido, manchas escuras de imundície nas têmporas, os cabelos loiros emaranhados e duros como palha na cabeça. Maren duvida que eles tenham deixado que ela se lavasse e estremece ao pensar no sal marinho ainda em sua pele depois de tantas semanas.

Em um segundo, eles se aproximam dali, o caminho até o tribunal passando por Maren. Assim que ela vê os pés descalços de Kirsten se arrastando na sua frente, Maren ergue o olhar e espera que a amiga a tenha visto, ou que não a tenha visto e, em seguida, vai atrás deles, com a multidão se fechando ao redor, cuspindo e dando pontapés, alguns mal calculados acertando Maren e os guardas que seguram Kirsten, sempre aos gritos, aos uivos, aos silvos de *Bruxa! Bruxa! Bruxa!*

A maior parte da turba reunida é composta de estranhos, que gritam com alguém que não conhecem e que nunca lhes fez mal nenhum. Fazem Maren se lembrar de um bando de renas apavoradas.

Então, as portas do tribunal se abrem e Kirsten entra, mas Maren fica para trás junto de muitas outras pessoas impedidas de entrar. Enfim ela recupera o fôlego, enche os pulmões e grita:

— Kirsten!

Talvez imagine ver a amiga erguer a cabeça e virar o rosto para ela enquanto as portas se fecham, e Maren é empurrada de encontro à madeira e derrubada no chão quando aqueles que estão logo atrás dela avançam em disparada. Maren reza em voz alta para que Kirsten a tenha ouvido, reconhecido o seu rosto e sentido que ela lhe enviou toda a esperança que conseguia encontrar.

35

Absalom fez Ursa usar o vestido amarelo, embora ela tenha protestado, dizendo que não era uma roupa adequada para o tribunal.

— Quero que você vista o seu melhor vestido — diz ele. — Os outros comissários estarão presentes.

Ele acorda cedo e assovia enquanto a ajuda a puxar os cordões da roupa, fazendo a pele de Ursa se arrepiar ao sentir o seu toque. O vestido está mais apertado que nunca na cintura, embora ela tenha se acostumado com as fisgadas de fome que sente com frequência.

Ela reza para não estar grávida: não consegue se lembrar, em meio à tragédia dos últimos meses, se suas regras vieram regularmente ou não. Além disso, o seu medo do julgamento e do que ela possa vir a testemunhar deixam os seus sonhos repletos de visões de sangue e da mãe. Ursa não conta nem a Maren dos pesadelos, pois sabe que ela tem de lidar com os próprios temores. *Marcada a ferro em brasa. Estrangulada. Queimada na fogueira.* E são essas mãos que a tocam, que talvez tenham fecundado uma criança dentro dela.

De certa maneira, o tormento de Kirsten fez diminuir o seu próprio sofrimento. Absalom tem andado distraído com os preparativos, além de estar bastante entusiasmado com eles. O poder o deixou mais forte e, em consequência, ele a tem tratado com mais gentileza. Ele está feliz, e deseja que ela tome parte na sua felicidade. Ursa odeia a si mesma por isso, mas ela disfarça, diz a ele que está orgulhosa, geme em seus ouvidos quando Absalom se deita sobre ela. Ela o odeia, mas quer continuar nas suas boas graças. Tem de proteger Maren.

Ela se pergunta como Maren consegue suportar ficar perto dela, quando a própria Ursa está tão próxima do torturador de Kirsten. No entanto, Maren parece se agarrar a Ursa mais do que nunca, e ela se dá conta de que retribui o sentimento. Fica atordoada com a intensidade do que sente por Maren. Nunca amou tanto alguém, exceto por Agnete, e parece que a relação entre elas é ainda mais forte que a afinidade que tinha com a irmã.

Na carruagem a caminho do tribunal, ela se deixa ser jogada de um lado para o outro quando passam pelos buracos alargados pelo inverno. Há pessoas aglomeradas nos portões da fortaleza àquela hora da manhã. Erguem os rostos sonolentos com a chegada da carruagem e Ursa avista as beatas logo ali na frente; sabe que Absalom tem passado bastante tempo com elas, rezando com as mulheres em troca de testemunhos. A multidão abre caminho quando a carruagem para, e ela se encolhe nas sombras ali dentro até que a porta é aberta e ela tem de sair para as lajotas escorregadias, tomando o cuidado de não encarar ninguém.

Absalom a leva para dentro do tribunal, segurando-a pelo cotovelo, como se a acompanhasse numa dança. O recinto é amplo e limpo como uma *kirke*, seguindo na diagonal até o estrado do assento do *lensmann*. Há um pequeno quadrado demarcado por grades de madeira diante do assento — Absalom lhe diz que é onde a acusada vai ficar. Atrás, existem fileiras e mais fileiras de bancos parecidos com os de *kirkes*, e uma galeria elevada nos fundos onde as mulheres normalmente deveriam ficar, mas, como a maioria dos presentes é composta de mulheres, mesmo com o acréscimo dos visitantes à ilha, as regras serão quebradas desta vez.

Ursa é conduzida a uma galeria menor acima do banco dos réus, na lateral, de modo que assistirá a tudo de perfil e ficará separada da maior parte das... O que seriam aquelas pessoas? Uma plateia? Ou testemunhas?

— Christin chegará em breve — diz ele. — Talvez com as esposas de alguns dos outros comissários. — Ele a beija de modo casto na bochecha, e ela se sente como se estivesse de fato numa *kirke*. — Devo me preparar.

Ele faz uma pausa como se esperasse ouvir uma resposta, mas o que ela poderia dizer? *Boa sorte, vai correr tudo bem*: isso soaria muito falso. Ursa não tem nada a dizer que o deixaria satisfeito, então Absalom parte sem a sua bênção.

Não precisa esperar muito tempo por Christin. Ela está usando um vestido violeta-escuro que só serve para deixar o de Ursa ainda mais vibrante, como flores de açafrão discrepantes no campo.

— Estes bancos são abomináveis de tão desconfortáveis — diz ela, como forma de cumprimento, depois de terem feito uma mesura uma para a outra e se acomodado no banco. — Eu devia ter trazido uma almofada.

Ursa é salva de puxar papo com ela pela chegada de mais duas mulheres, Fru Mogensdatter e Fru Edisdatter, ambas mais velhas que Christin e esposas do comissário Danielsson, de Kirkenes, e do comissário Andersson, de Kunes. São apresentadas, mas nenhuma das duas parece muito interessada nela. Fru Mogensdatter parece tão indisposta quanto Ursa se sente, e ela se pergunta por um breve instante se encontrou alguém tão horrorizada com a situação quanto ela, mas só está indisposta por causa da viagem.

— Não sei por que a sede do poder deve ficar logo numa ilha no meio de lugar nenhum. — Ela estremece. — Não consigo nem imaginar como você aguenta isso, Christin.

Christin acena com a mão, de forma leviana.

— Nós ficávamos bem longe daqui antes desse negócio todo, e pretendemos voltar depois de estar tudo terminado. Eu nunca saio de Vardøhus, a não ser que seja inevitável. Você acaba se acostumando.

Abaixo delas, os comissários se reúnem. Absalom é mais alto que todos os outros. E mais jovem, também, e Christin aponta para ele, exibindo-o para Fru Mogensdatter e Fru Edisdatter.

— Aquele é o comissário Cornet, quem organizou o julgamento. Ele é uma espécie de prodígio. Acredito que o meu marido já encontrou o seu sucessor. — As outras mulheres trocam olhares, e Ursa gostaria de poder desaparecer dentro das saias volumosas do vestido.

Lá fora, o barulho se intensifica, e às dez horas em ponto as portas são abertas de supetão. Imediatamente, as mulheres começam a invadir o tribunal, e os poucos homens entre elas são levados para a frente do recinto. A multidão enche os assentos restantes dos bancos inferiores e da galeria no andar de cima. As pessoas são espremidas umas contra as outras, fazendo barulho e se cumprimentando informalmente, chamando uns aos outros entre os andares. Os homens juntam as cabeças e tagarelam como corvos.

Não há sinal de Maren em lugar algum. Talvez ela não tenha entrado, pois Ursa ouve o som de muitas pessoas ainda do lado de fora. Ela sente uma enxaqueca tomando forma atrás dos olhos, um ponto de pressão espasmódico que abre e fecha no ritmo do seu coração. O vestido aperta as suas costelas.

— Você está se sentindo bem? — pergunta Christin, a voz soando mais curiosa que preocupada. Ursa percebe que a sua respiração está entrecortada e então assente, remexendo-se no banco.

— Está muito quente aqui dentro.

— Quer beber alguma coisa? — Christin ergue a mão para chamar o guarda postado na entrada da galeria, mas Ursa faz que não com a cabeça.

— Não, eu estou bem.

Ela ouve o som das portas sendo abertas mais uma vez, e o ruído que vem lá de fora se precipita no tribunal. Ursa acredita ouvir o nome "Kirsten" sendo gritado por alguém e, um instante depois, dois homens entram no recinto arrastando-a.

É ainda pior do que tinha imaginado. Kirsten está encolhida dentro de si mesma, imunda e com uma aparência deplorável. A mulher baixa os olhos para o chão quando as pessoas começam a sibilar para ela, de modo que Ursa não consegue ver o seu rosto, mas apenas a cortina de cabelos encardidos e as mãos atadas, que apertam o corrimão de madeira em busca de apoio. Ela cambaleia, e Ursa não consegue deixar de sussurrar para Christin:

— Não vão dar um banco para ela se sentar?

Christin fecha a cara para ela e balança a cabeça.

— O seu marido chegou — diz Fru Edisdatter para Christin.

Elas se inclinam para a frente enquanto o *lensmann*, de toga preta e comprida, avança pelo meio do corredor, seguido por um homem esguio com um livro grosso debaixo do braço. A multidão silencia enquanto ele sobe até o seu assento, olha em volta e acena com a cabeça para a galeria em que elas estão. Ursa morde a língua quando Christin acena ligeiramente para ele. O homem se assegura de que o secretário judicial esteja pronto, e Ursa fica olhando fixamente para Kirsten quando o *lensmann* Cunningham se dirige ao tribunal.

— Eu, o *lensmann* Cunningham, nomeado pelo nosso rei Cristiano IV como *lensmann* do condado de Vardøhus e da Finamarca, presido este tribunal. Estamos aqui reunidos em 29 de março de 1620, na presença de Deus e dos comissários da Finamarca, para proclamar a sentença no caso de Fru Kirsten Sørensdatter, de Vardø...

Diversas pessoas silvam e emitem sons de desaprovação ao ouvir o nome de Kirsten, e Ursa começa a sentir um zumbido nos ouvidos enquanto o *lensmann* Cunningham continua a falar.

— ... pelas acusações feitas contra ela dentro do período de quase três anos, com uma consideração particular ao dia 24 de dezembro de 1617, assim como a vários outros dias e ocasiões antes e depois dessa data. Tais atos abomináveis recaem sob a categoria do decreto do rei contra a bruxaria e a feitiçaria, promulgado no nosso distrito em 5 de janeiro de 1620. O comissário Cornet prendeu Fru Sørensdatter em 18 de outubro do ano passado.

"Ela foi avisada de que seria poupada do interrogatório se confessasse seus crimes de imediato, mas alegou inocência e foi 'mergulhada' no dia 8 de janeiro deste ano. Desde então, confessou vários atos de bruxaria. Comissário Cornet, levante-se, por favor, e leia a confissão."

Alguém está emitindo sons baixos, animalescos, de agonia, e Ursa olha para a outra galeria antes de se dar conta de que os sons vêm dela mesma. Procura mais uma vez por Maren, mas não consegue encontrá-la.

O seu marido se levanta de costas empertigadas e lê as acusações em norueguês carregado com a voz clara e grave.

— Fru Kirsten Sørensdatter de fato confessou, no dia 9 de janeiro do ano corrente, a sua culpa nas acusações que lhe foram feitas. Ela foi denunciada pelo pastor Nils Kurtsson, por Toril Knudsdatter, Magda Farrsdatter, Gerda Folnsdatter, Sigfrid Jonsdatter e Edne Gunnsdatter.

Ele respira fundo e continua lendo, recitando os nomes de quase todas as mulheres de Vardø. Ela escuta o nome da mãe de Maren e até mesmo o de Fru Olufsdatter, e se pergunta se a vizinha conseguiu se salvar com essa denúncia. Por fim, os nomes acabam e Absalom apanha outro pergaminho.

— Fru Sørensdatter confessa que Satã veio até ela quando tinha apenas 22 anos e cuidava de um bezerro e que ela perguntou quem ele era e ele lhe respondeu que era o diabo. Ele ofereceu a sua mão para que ela a beijasse e prometeu que ela teria poderes sobre o ar e a força de um homem se renegasse a Deus e ao pacto do batismo. Ela pegou a sua mão e a beijou, e se sentiu muito feliz depois disso. Então, soprou o seu hálito sobre o bezerro e ele morreu.

A história continua, uma litania de tamanhos absurdos que Ursa sente a mente quase flutuar acima de tudo aquilo. Parece uma lista de fofocas das mulheres, desde discussões sobre varais para desidratar os peixes até dizer o pai-nosso de trás para a frente. No entanto, a multidão se inclina como uma massa coesa na direção da mulher cambaleante no banco dos réus, suas vozes contidas apenas pelas advertências do *lensmann*. Em mais de uma ocasião, Ursa vê alguém esticar o braço por entre as grades de madeira e beliscar Kirsten, mas ela nem reage. A mulher parece adormecida, com os olhos semicerrados e a boca pendendo. O que mais eles fizeram com ela para deixá-la tão abatida?

Absalom abaixa o primeiro pergaminho e pega outro.

— Além disso, ela confessa que, na véspera do Natal de 1617, voou até a montanha das bruxas, em Ballvollen, e lá trançou um tecido com cinco outras bruxas, desse modo provocando a tempestade que afogou quarenta homens, incluindo o seu marido...

Os silvos aumentam até virar um súbito berro de fúria que ecoa pelo recinto, e, embora o *lensmann* grite, pedindo ordem no tribunal, ele precisa mandar os guardas avançarem e cercarem o banco dos réus para impedir que a multidão chute Kirsten e puxe os seus cabelos. Ursa cobre o rosto com as mãos. Christin dá um tapinha em seu colo.

— Olhe bem para ela, Ursula. Ela está sorrindo.

Mas Ursa não vê nada além de uma careta no rosto de Kirsten.

— Os nomes! — grita alguém da galeria. — Nos digam os nomes delas!

O *lensmann* se levanta e ergue os braços.

— Se precisar, expulsarei todos do tribunal!

Um silêncio ressentido recai sobre a multidão. Absalom intervém:

— Posso falar dos nomes, *lensmann*. — Ele se volta para o tribunal. — Nós indagamos os nomes e ela afirma que não conseguiu ver o rosto das bruxas, pois estavam envoltas em fumaça. Mas descobrimos que Fru Olufsdatter é uma delas e temos a sua confissão; no momento, estamos trabalhando nela para saber mais do restante.

Ele olha deliberadamente para a multidão, e Ursa estremece quando ergue o pergaminho mais uma vez.

— Elas provocaram a tempestade para assumir a propriedade e o domínio sobre as terras dos maridos. E ela roubou o rebanho de Mads Petersson, que contava com cinquenta renas. E enfeitiçou Fru Gunnsdatter para remar com ela e mais oito mulheres, mas, em vez de lançarem redes de pesca, Fru Sørensdatter chamou os peixes para dentro do barco com o seu hálito. E ela usava calças compridas e de fato possuía a força de um homem. E causou pesadelos em Fru Knudsdatter. E soprou Fru Jonsdatter, que ficou doente com uma enfermidade debilitante que deixou a sua barriga inchada.

Ursa olha para as beatas. Elas parecem enlevadas, como se o seu marido fosse um milagre, terrível e belo.

Absalom enrola o pergaminho e o ergue nas mãos.

— Essas são as acusações confessadas por ela, entre todo o tipo de atos característicos de uma bruxa. Ela marcou um "X" sobre os itens, e eu os submeto à inspeção do tribunal.

Ele põe o pergaminho diante do *lensmann* com uma leve mesura e caminha, imponente, de volta para o assento. Há aplausos esparsos entre os comissários, que reverberam pelo recinto.

— Ele se saiu muito bem — diz Christin. — Você deve estar orgulhosa.

Ursa assente com a cabeça, tensa, enquanto o *lensmann* se inclina na cadeira e olha para o banco dos réus.

— Você tem algo a dizer, Fru Sørensdatter?

Nada. Um dos guardas empurra Kirsten e a multidão zomba dela.

— Você tem algo a dizer?

O guarda se aproxima dela, torcendo o nariz enquanto a ouve.

— "Ninguém", é o que ela diz, *lensmann* Cunningham.

— "Ninguém"?

— Ela diz: "Ninguém."

— Muito bem — diz o *lensmann* Cunningham, recostando-se na cadeira de novo para se dirigir a todos. — Fru Sørensdatter, você foi acusada do crime hediondo de bruxaria e feitiçaria maléficas, e, ao receber a sua confissão por escrito, devo seguir as ordens do decreto do rei que determina que, "caso um feiticeiro ou homem de fé, tendo recebido o sacrifício de Deus, das Escrituras Sagradas e do cristianismo, decida cultuar o diabo, ele deverá ser atirado ao fogo e queimado até virar cinzas".

— Ela vai ser queimada na fogueira — diz Christin.

A multidão ergue a voz em uníssono e, desta vez, o *lensmann* não a silencia, apenas ergue a própria voz para estabelecer a data de execução, dali a dois dias. Os homens seguram Kirsten e, assim que a tocam, ela volta a si e ergue ambos os braços.

— Que Deus tenha misericórdia da minha alma.

Quando as mangas desabotoadas de Kirsten baixam, Ursa vê que os seus braços não estão cobertos de sujeira, mas de uma variedade de hematomas, roxos e amarelos como as saias dela e de Christin, pétalas impressas na pele dilacerada.

•

Ursa inventa uma desculpa para não ir ao almoço com o *lensmann*, embora saiba que Absalom não ficará satisfeito. Ela afirma estar com dor de cabeça, mas, na verdade, é o seu corpo inteiro que dói. Troca de roupa na casa de Fru Olufsdatter, como não deixa de considerar o lugar, tira o vestido amarelo e veste outro mais simples e largo, então vai até a casa de barcos auxiliar. Bate à porta, mas, como ninguém atende, entra na casa de Maren para esperar por ela.

Ela já se sente mais calma naquele aposento, em meio às parcas posses de Maren, bem longe do barulho do tribunal. Agora que não mora mais ali, o lugar se parece mais com o seu lar do que nunca. Ela ensaia o que vai contar a Maren, pois tem certeza de que ela não estava no tribunal, mas, assim que a porta se abre e Maren entra na casa, a expressão em seu rosto distintamente pálido lhe diz que ela já sabe o que aconteceu.

Ursa estende a mão para ela, mas Maren se desvencilha do toque.

— Edne me contou. Dizem que ela causou a tempestade — diz Maren. — E ela confessou.

— Ela foi espancada, "mergulhada" — retruca Ursa. — Confessaria qualquer coisa.

— Não isso — discorda Maren, categórica. — Tenho certeza de que não. Você não viu a tempestade, Ursa. Tão repentina, parecia uma mão que apanhava os barcos e os esmagava. — Ela fecha os olhos. — Ela não confessaria algo assim se não fosse verdade.

Ursa não a corrige, não lhe conta dos hematomas nos braços de Kirsten.

— E é verdade o que disseram das calças compridas e da pesca — continua Maren. — Ela era a única entre nós que não parecia estar de luto.

— Você não pode acreditar que ela era bruxa — retruca Ursa, rispidamente. — Você não é tão burra assim.

— Você não viu aquilo — insiste Maren. — A tempestade. Ela veio rápido como um sopro. E nós pescamos os peixes com a mesma facilidade.

— Mas vocês usaram redes de pesca, não foi? — Maren faz que sim com a cabeça e Ursa bate a mão na mesa. — Então, viu só? Elas mentiram. Edne, Toril e todas as outras mentiram. E ninguém a defendeu.

— E você acha que eu deveria ter me pronunciado a respeito? — Maren não grita, mas a frieza em sua voz faz Ursa se retrair.

— Não foi isso que eu quis dizer...

— Você me pediu para não procurá-lo. Me pediu para não falar com Cornet e me disse que você mesma faria isso, mas veja só o que aconteceu.

— Maren. — Ursa não sabe o que dizer. Ela se sente sem fôlego.

— Eu gostaria de ficar sozinha, se fosse possível, senhora.

— Maren, o que você está fazendo? — Ursa tem vontade de sacudi-la, mas não se atreve a tocar nela.

— Então, saio eu — diz Maren, fazendo menção de se levantar.

— Não — diz Ursa. — Eu vou. — Ela para na soleira da porta. — Vou assistir à execução de Kirsten na fogueira, daqui a dois dias. — Ela tinha tomado a decisão no instante em que a sentença foi proferida, embora nem uma parte ínfima dela quisesse estar lá. — Vai ser difícil, mas ela precisa ver um rosto amigo. Espero que venha comigo, Maren.

Maren permanece sentada, impassível como uma rocha.

— "Ninguém" — diz Ursa, por fim compreendendo. — Quando pediram a ela que lhes dissesse mais nomes, foi assim que Kirsten respondeu. Ela se recusou a levar outra pessoa para o fundo do poço com ela. Kirsten é uma boa mulher, e ama você.

Maren baixa os olhos para as mãos entrelaçadas.

•

Ursa não comparece à condenação de Fru Olufsdatter no dia seguinte. Põe a mão na cabeça e geme baixinho, o que faz Absalom insistir para que fique em repouso. Naquela manhã, o marido fala com ela mais do que nunca enquanto se arruma. Ele está feliz, e ela gostaria que ele estivesse morto. É de admirar que ele não sinta o ódio emanando dela, como o calor que Ursa sente na própria pele.

A angústia de Ursa a faz passar o dia inteiro na cama, mas os sons exultantes e febris vindos das mulheres que voltam à vila no meio da tarde informam a ela que Kirsten não queimará sozinha na fogueira.

36

Absalom sai cedo de casa e Ursa recusa a carruagem, afirma que precisa de ar fresco depois de ter passado o dia anterior na cama. Ele encosta a mão na sua testa, e ela sabe que está um pouco quente, o nervosismo fazendo-a suar mais que de costume.

— Espero que não esteja ficando doente, esposa. Ou quem sabe... — Ele olha de relance para a barriga dela. — Ouvi dizer que um bebê pode fazer o sangue correr mais depressa nas veias.

Ela afasta a mão dele, mas com gentileza, e força um sorriso.

— Quem sabe, marido?

Ele a beija no topo da cabeça, como no dia em que se casaram.

— O capitão Leifsson chegou a bordo do *Petrsbolli* ontem. Talvez possamos mandar boas notícias para o seu pai quando ele partir.

— O capitão Leifsson? — Ursa tenta não demonstrar o alívio que sente. — Ele está aqui?

— Hospedado em Vardøhus. Eu não tinha contado a você?

Ela faz que não com a cabeça. A última vez que ouviu algo a respeito de sua provável chegada foi com a carta do pai que Absalom leu para ela. O pensamento havia se desfeito em meio à fumaça, junto com aquela e as demais cartas.

— Os julgamentos me fizeram esquecer completamente.

Ele coça a barba, sopra o ar com força por entre os lábios. Ursa nunca o viu nervoso antes, e isso a deixa ainda mais assustada.

— Tenho de ir — diz ele. — Lembre-se de ficar contra o vento.

Absalom ajeita o chapéu e sai de casa.

Ursa coloca o vestido amarelo de novo. Desta vez, ela quer ser vista, quer que Kirsten note a sua presença e saiba que não vai morrer sem uma amiga.

Vai até a casa de barcos auxiliar e bate suavemente à porta. Por um longo tempo, ninguém atende, mas então Maren sai de casa, o rosto manchado de lágrimas. Elas não se abraçam, mas Maren passa o braço pelo de Ursa e as duas ficam tão próximas que os quadris batem enquanto andam, e os dedos de Ursa latejam pela força com a qual segura Maren.

As execuções serão realizadas no terreno de arbustos esparsos atrás de Vardøhus, onde ficarão protegidas do vento forte e onde mais pessoas poderão se reunir. A multidão já é imensa, insuflada pelos visitantes. Notícias acerca dos detalhes da confissão de Kirsten tinham chegado até Kiberg e Kirkenes, que também perderam homens e barcos, embora não tantos como Vardø. Os rostos estão atentos ao cume da pequena montanha, mas alguns dispersam ao avistar Ursa no vestido amarelo.

Uma estaca de madeira, mais alta que um homem, foi erguida no topo da elevação, com troncos e galhos de arbustos dispersos em volta da base. A visão faz Maren vacilar, e, apesar de Ursa sentir uma pontada de hesitação idêntica à da amiga, ela a puxa para seguirem em frente até que as duas ficam praticamente diante da estaca, imediatamente atrás da fileira de guardas que delimitam a área a cerca de vinte passos de distância. O pastor Kurtsson e os comissários estão atrás dessa fronteira, o marido de Ursa diante deles, falando com o *lensmann*. O *Petrsbolli* flutua no mar sossegado logo adiante, mas Ursa não consegue encontrar o capitão Leifsson em meio à multidão reunida ali. Absalom nota a sua presença e lhe lança um breve sorriso.

Ursa se sente fora do corpo, observando tudo do alto, enquanto os ruídos da multidão, dissipados pelo vento, chegam-lhe aos ouvidos. Somente Maren é real, sólida, uma âncora contra a irrealidade da cena.

Ela examina a estaca, cortada de um único tronco, com a casca extraída para exibir a polpa pálida e reluzente como o luar. Que tipo de árvore seria aquela? Será que foi derrubada para esse propósito e trazida a bordo do navio do pai? Ela sente um formigamento na pele. Devem ter mandado buscá-la meses atrás. Foi por isso que o *Petrsbolli* veio até Vardø?

Ursa fecha os olhos diante do horror desse pensamento e só volta a abri-los quando Maren murmura:

— Elas estão chegando.

Uma carroça aberta é trazida pela curta distância da fortaleza até ali, com Fru Olufsdatter e Kirsten amarradas de costas uma para a outra. Uma tocha queima na mão do guarda, com a centelha que vai atear fogo à pira. Kirsten está virada para elas, e Ursa vê que pentearam os seus cabelos e lavaram o seu rosto e que ela está vestida — Ursa sente um aperto no peito — com a saia de lã cinza que lhe emprestara tantos meses atrás. A saia deixa à mostra os tornozelos e os pés pálidos e machucados. Ela está descalça.

À medida que atravessam a multidão, baldes de um líquido fétido são jogados sobre elas, e há muitas cusparadas e gritaria, mas os sons não estão mais entremeados de empolgação como antes da condenação. É uma raiva pura e ferrenha que encurrala as mulheres na estaca. A multidão empurra Ursa e Maren, mas elas permanecem entrelaçadas enquanto as duas mulheres condenadas passam pela fileira de guardas e são retiradas da carroça.

Elas são erguidas até a plataforma estreita. Fru Olufsdatter está fraca e precisa ser mantida no lugar enquanto passam uma corda ao redor da cintura de ambas. Ela fica com o corpo praticamente dobrado ao meio na altura da corda, mas as pernas de Kirsten estão firmes. Ela encara a multidão, e os homens trazem mais lenha e gravetos para fechar o vão deixado para que elas pudessem alcançar a plataforma. Ursa enxerga um pouco de sua antiga rebeldia e reprime o choro.

Os dedos de Maren se cravam na sua mão, e ela morde os lábios com tanta força que rasga a pele, fazendo-a sangrar. Kirsten vê as duas ali, e, embora não troquem nenhum cumprimento, o seu rosto fica um pouco mais tranquilo e ela ergue os olhos para o céu.

— Fizemos a coisa certa em vir — sussurra Maren, mais para si mesma. — Fizemos a coisa certa em vir.

Ela continua sussurrando enquanto a tocha é trazida da carroça. Ninguém pergunta quais são as últimas palavras delas antes de morrer, e o pastor Kurtsson não reza pelas duas mulheres. A tocha não se apaga, condenando o evento. É simplesmente baixada até o alicerce da estaca, e então Ursa pode ver o seu brilho serpenteante deslizando por entre os gravetos, acumulando-se na base dos troncos maiores, acendendo e pegando fogo por completo.

A chama se espalha em círculo em torno dos pés das mulheres, como numa dança, e Kirsten começa a se remexer e a virar a cabeça de um lado para o outro conforme a fumaça sobe até elas em ondas, arrebatada pelo vento. Ursa não consegue desviar o olhar agora, e a multidão está quase em silêncio à sua volta. Fru Olufsdatter não se moveu da posição em que estava antes, caída por cima da corda, e não volta a si nem quando os seus cabelos roçam as chamas e começam a pegar fogo. Ursa reza para que ela esteja desmaiada, ou talvez já morta, com os pulmões repletos de fumaça.

Kirsten, por outro lado, parece cada vez mais desperta. Seus lábios estão entreabertos, e ela parece estar gemendo, as palavras engolidas pelo vento e o gorgolejo do fogo. As chamas lambem a plataforma, e ela levanta um pé e depois o outro.

— Respire fundo!

O berro vem de trás delas, uma voz solitária de mulher que Ursa não consegue identificar, mas que soa alto o bastante para que Kirsten escute. Ela vira a cabeça na direção do som, de olhos arregalados e apavorados.

— Respire fundo! — diz a voz novamente.

Desta vez Ursa segue o som até a multidão de beatas. Não pode ser Sigfrid, que apenas dois dias antes estava uivando enquanto Kirsten era acusada de amaldiçoá-la, ou pode? No entanto, Ursa vê Sigfrid berrando de novo, lágrimas rolando pelas faces, e Toril berra também. A frase é repetida, lançada sobre elas em um cântico crescente de muitas vozes. Ursa se recorda de dizer a mesma coisa para Agnete, quando a irmã se inclinava sobre a bacia de vapores. Mas dizia isso para limpar os seus pulmões. Agora, as mulheres diziam isso para que Kirsten enchesse os pulmões de fumaça e sufocasse antes que o fogo a queimasse até a morte. Ursa se junta ao coro. Todas elas gritam a frase, berram para Kirsten, tanto as acusadoras quanto as amigas.

Elas veem o peito de Kirsten começar a subir e descer, a fumaça rodopiando em volta de sua cabeça, as lágrimas e o suor gotejando do seu rosto. Kirsten pronuncia palavras que elas não conseguem ouvir, e Ursa se sente sufocada, como se os próprios pulmões se enchessem de fumaça quente e pungente. A unha de Maren perfura a pele de Ursa quando Kirsten solta um berro esganiçado e respira cada vez mais fundo.

Neste momento, um aroma chega até elas com o vento, de carne, madeira e cabelos queimados, e, por fim, Kirsten despenca sobre a corda, imóvel. Os pássaros voam em círculos acima da estaca e há uma catarse na multidão, que avança para a frente como uma onda. É então que Maren larga a sua mão e Ursa tropeça sem o apoio da amiga, já perdida em meio ao entrevero ao se virar para ir atrás dela. Ela avança com esforço contra a maré, aqueles que estão mais atrás fazendo de tudo para ver a estaca coberta pelas chamas, até que finalmente consegue se livrar da multidão, chegando a tempo de avistar o corpo magro de Maren correndo para longe.

37

Ninguém segue as duas. Ursa fica cada vez mais para trás, o vestido escorregando sob os sapatos, Maren com pés ligeiros e sumindo entre as casas dispersas de Vardø.

O instinto diz a Ursa que siga em frente, passando pelo *stabbur*, pela casa de barcos auxiliar e pelos destroços esparsos da casa em ruínas, até chegar ao promontório. Logo adiante há um precipício, e Maren está à beira dele. Ela está com o corpo dobrado ao meio e gritando a plenos pulmões, o pescoço exibindo as veias salientes. Assim que Ursa a alcança, ela vomita, cospe um líquido fino e branco que é levado até o mar lá embaixo, e berra mais uma vez.

Ursa para perto dela e pega a sua mão para fazê-la recuar um passo. Abre bem a boca e grita junto com Maren, as vozes levadas para longe pelo mesmo vento que alimentou as chamas, que fez a fumaça subir lá no alto, tirando as últimas palavras de Kirsten delas.

Por fim, Maren para de berrar. Ela se desequilibra, e Ursa a afasta mais da beira do precipício.

— Vamos sair daqui, Maren.

Ela permite que Ursa a leve dali. A vila continua vazia como um cemitério, e uma coluna de fumaça preta sobe em espiral mais à frente, como uma revoada de pássaros dispersos pela tempestade. Ursa a leva para a casa de barcos auxiliar, apesar de o *stabbur* ser mais quente.

Ela acomoda Maren numa cadeira, então quebra a crosta exterior do fogo, atiça e o alimenta. O calor forte atinge as suas bochechas frias, e Ursa se afasta. Maren está ligeiramente inclinada, mal mantém o corpo ereto, e Ursa volta ao *stabbur*, pega todos os cobertores que consegue carregar e os joga no chão onde a cama costumava ficar. Tira a última semente de anis do bolso e a oferece para Maren.

— Venha, Maren. Venha se deitar aqui.

Maren está batendo os dentes. Ursa se aproxima dela.

— Estou com o cheiro dela — sussurra Maren. — Ela está sobre mim.

Longe do vento, isso é verdade: as duas estão impregnadas do cheiro da fumaça e do seu toque enjoativo de doçura. Ursa sente o odor nos cabelos de Maren e na própria pele, engordurada como óleo.

— Fique aqui, então — diz Ursa, e Maren tenta agarrar a sua mão. — Pegue isso. — Ela dá a semente de anis para ela, colocando-a entre os seus lábios como se desse um remédio para uma criança. — Não vou demorar.

A banheira é feita de madeira e bastante pesada, e ela deixa marcas compridas no chão ao ser arrastada de uma casa para a outra. Precisa fazer quatro viagens até o poço antes de ter água suficiente para enchê-la. Cada vez que volta para a casa de barcos auxiliar, vê que Maren continua no mesmo lugar, mas olha para ela como se fosse um fantasma. Ursa coloca as panelas no fogo para ferver a água. Logo, a banheira fica cheia até a metade de água quente. No *stabbur*, ela abre o baú de cerejeira e tira de lá a colônia de lilases. O frasco é tão pequeno e delicado que ela fica preocupada que o vidro se quebre quando retira a rolha e vira o líquido na banheira.

— Venha rápido, antes que esfrie. — A voz arranha a sua garganta.

Maren cruza as mãos sobre o colo.

— Não posso fazer isso.

— Você não está com vergonha de mim, está? — Ursa lança um sorriso gentil para ela. — Eu tenho uma irmã.

— Não sou sua irmã — responde Maren, rispidamente.

— Eu a amo como se fosse — insiste Ursa, aproximando-se dela e pousando as mãos nos seus ombros. Há algo na expressão de Maren, uma dor profunda, e, quando Ursa esfrega os polegares ao longo do seu antebraço, ela se retrai.

Ursa suspira.

— Posso sair, se você quiser.

— Não — diz Maren. — Só olhe para o outro lado.

Ursa se vira e ouve o farfalhar do tecido conforme Maren tira as roupas, os movimentos como sombras ligeiras no canto dos seus olhos, e, em seguida, escuta o som suave de um corpo afundando na água.

— Pode olhar — diz Maren.

Ursa se vira para ela. Seu corpo está encolhido, os joelhos puxados até o peito, e ela soltou os cabelos escuros de modo que as mechas descem até a cintura e cobrem os nós da coluna.

— Aqui — diz Ursa, passando para ela o sabonete de banha, e Maren estica o braço para pegá-lo. — Posso fazer isso, se você quiser.

Maren assente e Ursa afasta o seu cabelo para o lado, começa a ensaboar a extensão estreita das costas até a nuca. Maren solta o ar em um longo suspiro e inclina a cabeça para a frente, deixando os ombros caídos. Ursa sente o cheiro de anis ao passar o sabonete nos cabelos de Maren e os enxagua com baldes de água até que o fedor da fogueira saia por completo, mascarado por antigos lilases.

— Aqui — repete ela, levantando-se e oferecendo o sabonete a Maren. Sua cabeça continua inclinada para a frente, os cabelos grudados em seu corpo esguio em mechas longas e molhadas. Suas costelas ficam mais distintas e depois somem debaixo da pele, e Ursa sente uma vontade repentina de pousar a mão ali para sentir a sua respiração.

— Maren?

Com uma lentidão infinita, Maren ergue o olhar. Há algo em seu rosto que Ursa nunca viu antes, ou talvez apenas não tenha notado. Uma fome. A mão de Ursa continua estendida, segurando o sabonete, e Maren descruza os braços e estende a mão como se tivesse a intenção de pegá-lo.

Em vez disso, ela segura o pulso de Ursa com suavidade, com tanta leveza que é quase como se não estivesse ali, leva os seus lábios até o braço e o beija. Ela olha para Ursa, que não consegue se mexer, mal consegue respirar. Maren se remexe dentro da banheira e se ergue de joelhos.

O seu corpo é diferente de tudo que Ursa já viu, magro e de pernas e braços musculosos, os ossos dos quadris salientes contra a pele, a penugem escura entre as pernas e debaixo das axilas, os seios pequenos e cintilando com a água. Ursa sente uma pontada no baixo-ventre. Fica difícil respirar. O desejo no rosto de Maren é tão evidente que ela sabe que não pode recusá-la. Foi isso que Ursa sentiu nesses últimos meses em que ficaram tão próximas? Não deu um nome aos sentimentos, nem ao menos sabe muito bem se é capaz de fazer isso, mas é então que Maren pega as suas mãos e beija cada um dos pulsos com toques suaves e curtos. O sabonete escorrega da mão de Ursa.

Ursa se sente presa, pelos pulsos, pelas pernas e pelo peito, ao mesmo tempo que Maren baixa o rosto repetidas vezes e, por fim, o deixa repousar nas palmas dela. O gesto a faz sentir o corpo inteiro estremecer. Ela recolhe as mãos. Maren permanece ajoelhada, de cabeça baixa, como se rezasse. Os ombros magros sobem e descem e, apesar da altura, ela parece pequena como uma criança.

— Não se assuste — diz ela de repente, embora Ursa ache que é Maren quem parece mais temerosa. — Não quis assustar você.

Seus olhos se encontram, e Ursa estica o braço para Maren. Ela deixa a mão ali, não na pele dela, mas um pouco acima, pairando sobre o ponto em que o pescoço e o ombro se unem. Consegue sentir o calor emanando de Maren. Ela inclina a cabeça de lado e conduz a mão de Ursa para cima, até envolver a sua bochecha. Ursa se aproxima mais dela, as saias repuxadas nos joelhos. Ela acaricia o rosto de Maren, a mão subindo e descendo, e Maren leva a própria mão à bochecha de Ursa, para imitar os seus movimentos. Ursa vira a cabeça e coloca o polegar de Maren na boca.

O corpo todo de Maren estremece em resposta, e Ursa sente algo incandescente passando entre as duas quando Maren se levanta e sai da banheira. Ela ajuda Ursa a se levantar e entra no meio do círculo formado pelos seus braços, guiando-a até que Ursa sinta a quina dura da mesa nas costas.

Maren ergue a cabeça de Ursa e os seus narizes se tocam. Ursa sente o cheiro de anis no seu hálito e de banha e lilases em sua pele, além de algo mais que só pertence a Maren. Ela começa a arfar de forma súbita e com urgência, desliza a perna entre as de Maren e pressiona o quadril nela, fazendo a saia farfalhar. Maren também traz os quadris para a frente, para se unir a ela.

Ursa puxa os cordões do vestido e Maren dá um passo para trás. Ela sente o ar frio roçar em seu corpo no lugar onde Maren deveria estar e desata os nós com dedos trêmulos. Mal deixa o vestido escorregar para o chão quando volta a esfregar o corpo em Maren, com apenas a fina roupa de baixo entre as duas.

Elas se beijam, e, apesar de os lábios de Maren serem ásperos, Ursa sente que o beijo é a única coisa boa e afetuosa que aconteceu com ela em muitos meses. O desejo no toque de Maren basta para despertar o desejo dentro dela, e Ursa desliza as mãos para a lombar de Maren, para puxá-la de encontro a si com mais força. Maren treme e Ursa se afasta dela, a boca aberta e ofegante, e leva Maren até os cobertores, desajeitada na sua pressa, puxando-a para cima dela para que seus corpos possam se encaixar melhor juntos.

Maren desliza a mão pela curva da cintura de Ursa, descendo para a palidez da barriga até a penugem clara entre as suas pernas.

Ursa fica imóvel, de repente incerta. Maren começa a afastar os dedos dali, mas Ursa os agarra e diz:

— Não. Só... Devagar. Gentilmente.

A mente de Ursa não voa para longe dali. Ela se tornou apenas o seu corpo, assim como a mão de Maren nela, dentro dela, e sente que poderia chorar com aquela bondade, com aquele anseio. Ela não sabia, pensa. Ela não sabia que podia ser assim.

38

Quando a noite chega, o atordoamento causado pelo toque de Ursa se desvanece e o cheiro de Kirsten invade o ar à sua volta, e Maren não consegue dormir. As janelas do *stabbur* estão iluminadas, e ela se pergunta se o comissário Cornet já voltou para casa, e pensar nele com Ursa faz Maren pressionar os punhos nos olhos até ver pontinhos luminosos dançando em sua visão.

Ela pega a trilha de costume até o promontório. As noites em breve ficarão mais curtas de novo, o clima vai esquentar, e tudo que parecia morto vai voltar a crescer, porém Kirsten continuará assassinada. Ela se esforça para não olhar para o monte de onde a estaca solta fumaça e reluz na escuridão.

Mas Ursa... ela mal pode acreditar que aquilo aconteceu. Seus lábios finalmente se tocando, o gemido voltando para a garganta de Maren. A pele de Ursa tão macia como ela havia imaginado, parecendo a parte interior e aveludada de uma flor. Se não fosse pela pulsação do desejo entre suas pernas e pelo vestido amarelo de Ursa no chão da casa, ela não teria acreditado nisso.

As moradoras da vila retornaram, e suas casas estão ruidosas. Ela pensa na casa de Kirsten cheia de guardas, com as renas zurrando no escuro. Maren tinha ficado com medo quando ouviu sobre a confissão da amiga e, por um instante, duvidou da inocência de Kirsten. Aquela traição é uma dor que ainda não consegue processar, e se sente desorientada dentro dela.

Quando passa pela casa da mãe, Maren vê uma silhueta iluminada por trás na varanda, a porta aberta.

— Mamãe?

A silhueta se sobressalta — ela estava cochilando. Maren se aproxima da casa. A mãe está apoiada na soleira da porta. O fogo está alto na lareira atrás dela, e mamãe tem uma garrafa vazia do *akevitt* de papai ao seu lado.

— Você não devia ter bebido isso. Já está muito velho.

— Nós íamos abrir a garrafa no seu casamento — diz mamãe, a voz baixa e embolada. Ela levanta o rosto para Maren, que vê distintamente que a mãe estivera chorando.

Maren sente uma pontada aguda de desgosto.

— Você devia ir para a cama, mamãe.

Ela se vira para ir embora, mas a mãe solta um lamento.

— Maren, Erik foi embora.

— Sim, mamãe. E, se você não tivesse falado mal de Diinna, talvez ela não precisasse ter ido embora.

— Não — retruca a mãe. — Erik morreu. E o seu papai também. E... — Ela para de falar e leva a mão à cabeça. — E você também vai morrer.

A respiração de Maren fica presa na garganta.

— Você está bêbada.

— É verdade, minha menina. — Uma crise renovada de choro sacode o seu corpo. — O seu nome... foi mencionado.

A casa é como um navio na noite agitada: as tábuas do assoalho balançam sob os pés de Maren. *A baleia*, reflete ela. *A baleia chegou.* Está arqueando as costas imensas debaixo do chão, esperando a hora de atravessá-lo e engoli-la por inteiro.

— Foi Kirsten? — pergunta Maren, num sussurro. — Kirsten mencionou o meu nome?

Mamãe balança a cabeça.

— Fru Olufsdatter. Toril diz que ela entregou você e Edne. Pouco antes de ir para a fogueira. Ela disse que vocês foram para as montanhas com Kirsten.

— Que montanhas?

— As montanhas baixas. A montanha das bruxas.

— As montanhas baixas — silva Maren. — Onde Erik colhia urzes e você e papai passeavam. Você acha que aquela é a montanha das bruxas?

— Não. Sim. — Mamãe tropeça nas palavras, o ranho desce de suas narinas. — Kirsten confessou. Fru Olufsdatter confessou.

— Você acha que eu sou uma bruxa, mamãe? — Maren se sente estranhamente calma. — Acha que eu afoguei Erik, papai e todos aqueles pobres homens?

Mamãe uiva, um som tão violento que rasga a garganta da própria Maren.

— Não, não acho. Nós não sabíamos. Nós não sabíamos de nada, e agora veja só o que causamos. — Sua voz é abafada quando ela baixa a cabeça para as mãos. — A maneira como ela queimou, Maren. A maneira como a carne dela derreteu. O cheiro. Ai, meu Deus. — Ela envolve o corpo com os braços e começa a se sacudir. — Ai, que Deus tenha misericórdia de nós. Nós demos início a tudo, mas não podemos fazer nada para que isso acabe.

Maren ouviu o suficiente. Ela sai correndo em disparada, com mamãe gritando atrás dela.

— Maren, minha menina, meu amor. Eu sinto muito!

Maren não vai ficar esperando até que eles venham buscá-la. Ela tem o dinheiro que economizou do tempo em que trabalhou na casa de barcos auxiliar, pode pegar um barco como Diinna fez, talvez se encontrar com ela nas montanhas ou então ir para uma das cidades de que ouviu a respeito, onde há tanta gente que se pode se perder por completo.

E Ursa? Como pode abandoná-la depois do tempo que passaram juntas? Não poderia pedir a Ursa que fosse embora com ela. A respiração de Maren fica entrecortada, seus pensamentos a perseguem no caminho de volta à casa de barcos auxiliar e ela entra, apressada, fechando a porta firmemente ao atravessá-la.

— Maren — diz a voz de Ursa.

Ela está sentada à mesa, usando uma camisola fina de algodão. Ao lado da lareira está Absalom Cornet, segurando o vestido amarelo de Ursa na mão fechada em punho.

39

Maren caiu direto na armadilha de Absalom, assim como Ursa fez antes dela.

Ele voltou tarde de Vardøhus, recendendo a *akevitt*, fumaça e carne queimada, e suas mãos na pele de Ursa enquanto a lembrança do toque de Maren ainda estava arraigada dentro dela foi demais para ela suportar. Ursa empurrou o marido para longe e, por um instante, ele ficou olhando para ela na penumbra do quarto roubado, tão imóvel que ela mal se atrevia a respirar.

— Por que você não quer se deitar comigo, Ursula? — Ela não tem nenhuma resposta para lhe dar que seria capaz de mantê-la em segurança. — Você me ama?

Ele está ainda mais bêbado que o cheiro deixa transparecer. Cambaleia nos calcanhares.

— Sim.

Ele se ajoelha e inclina o corpo para a frente até estar sobre o seu colo. Ela afasta as mãos da cabeça dele, para não ter de sentir a pele de Absalom na sua. Suas costas largas sobem e descem, e ela reza para que ele adormeça e não se lembre de nada daquilo no dia seguinte. Mas, em vez disso, ele se levanta, empertigado, e alisa a túnica fedorenta.

— Tenho negócios a resolver e, assim que voltar, espero encontrá-la com melhor disposição de espírito.

Ela fica ouvindo, o coração martelando no peito, enquanto ele sai de casa. Porém os seus passos não somem ao longe. Em vez disso, Ursa ouve a marcha pesada de Absalom no assoalho da casa de barcos auxiliar, a casa de Maren. Ela corre até a janela a tempo de vê-lo abrir a porta e desaparecer dentro da construção.

Ele não tem como saber nada a respeito delas. É impossível, mas ainda assim uma sensação de pânico a faz se precipitar até lá vestida só de camisola, seguindo o marido pela porta destrancada. Maren não está em casa, mas seu marido fica postado ao lado da mesa, olhando fixamente para a lareira.

— O que você está fazendo, Absalom?

— Sou eu quem lhe pergunto: o que *você* está fazendo, esposa? — Ele se vira e olha para ela de cima a baixo. — Você não está decente.

Ursa aperta as mãos sobre o corpo.

— Perdoe-me, mas por que você está aqui? Não quer voltar para casa comigo?

— Tenho coisas a fazer aqui.

O medo arde dentro dela.

— Você está bêbado.

— Não estou tão bêbado assim. — Sua voz sai arrastada. — Se tivesse ido ao jantar comigo, você saberia disso.

— Sinto muito não ter ido ao jantar. Por favor, vamos para a cama.

Ela estende as mãos para ele, mas Absalom não se mexe.

— Eu vim prender a sua amiga, Ursula. Sei que você gosta muito dela, e gostaria de poupá-la do constrangimento.

— Maren? — O cômodo gira como se fosse ela quem tivesse bebido demais. — Ela foi acusada?

— Pela própria bruxa, a Olufsdatter. Foi a sua última confissão. Mas me diga uma coisa, esposa: o que o seu vestido de casamento está fazendo no chão?

— Eu trouxe para Maren lavar — responde Ursa. Sua mão começa a tremer e ela a esconde atrás de si. — Veja só, a banheira já está pronta.

Os olhos de Absalom se voltam para a banheira, que continua cheia pela metade de água cinzenta. O aroma de lilases já se foi, sobrepujado pela fumaça medonha em suas roupas.

— Por que você me seguiu até aqui, esposa?

— Uma esposa não deve seguir o marido quando ele vai até a casa de outra mulher durante a noite?

— Devo pensar que você está com ciúmes de mim? — Os dentes de Absalom brilham sob a luz baixa da lareira. — Porque nunca pensei nisso antes, nem penso neste momento.

— A prisão não pode esperar, meu marido? Venha dormir.

— Sente-se, Ursula. Quero descobrir a verdade dessa história.

— Eu já lhe contei a verdade.

— Sente-se. — Ele apanha o vestido encardido. — Agora.

Eles não precisam esperar por muito tempo, embora os minutos pareçam intermináveis para ela. Ursa reza em silêncio para que Maren não volte. O marido vigia ela e a porta. Maren entra apressada na casa e, embora Ursa tente avisá-la, já é tarde demais.

— Olá, Fru Magnusdatter — cumprimenta Absalom, suavemente. — Sente-se, por favor.

Maren não se move.

— Comissário Cornet...

Ele atravessa o cômodo com três passos longos e puxa uma cadeira. Os joelhos de Maren parecem ceder sob o seu peso. Ursa sente os olhos de Maren sobre ela, mas não se atreve a retribuir o olhar. Absalom encara Maren como se ela estivesse sentada no banco dos réus. Ela parece pequena comparada a ele, como uma vela oscilando contra uma escuridão esmagadora.

— O que o vestido da minha esposa faz no chão de sua casa, Fru Magnusdatter?

— Eu estava lavando-o, comissário.

— Então por que ele está no chão e só um pouco molhado?

— Deve ter caído da cadeira. Eu estava lavando outras roupas sujas.

— Onde estão essas roupas?

Maren hesita e, de repente, Absalom baixa as mãos enormes e envolve o seu pescoço.

Ursa se põe de pé num salto, desequilibrando a cadeira, que desaba no chão.

— Não, Absalom!

— Você enfeitiçou a minha esposa, não foi? — O cuspe dispara de sua boca, e seus olhos cintilam com um brilho selvagem. Maren emite pequenos ruídos estrangulados, como de um pássaro moribundo. Ele a ergue da cadeira e a arrasta para longe de Ursa. — Me conte!

— Ela não consegue falar, Absalom!

O rosto de Maren está ficando arroxeado, e seus pés se debatem nas tábuas do assoalho em busca de apoio. Ursa sente que está se movendo em meio à lama, devagar e inútil, enquanto tenta arrancar os dedos de Absalom do pescoço de Maren. Ele deixa Maren cair no chão com brutalidade e derruba Ursa com um tapa violento no rosto, que faz a sua cabeça zumbir.

— Me responda! — ordena ele, com o dedo apontado para o corpo ofegante de Maren. — Me responda!

Antes que Maren consiga recuperar o fôlego, Absalom avança sobre ela de novo. Desta vez, ele a arrasta até a banheira. De olhos lacrimejantes, Ursa o vê erguer Maren sobre a água e mergulhá-la ali dentro com o rosto para baixo. As pernas dela chutam o ar para fora da banheira, e Ursa rasteja até eles e tenta abrir as mãos do marido de novo, mas agora ele segura Maren com uma expressão soturna e em silêncio, enquanto observa as bolhas que se agitam na superfície.

— Você vai matá-la!

A mente de Ursa está repleta de água. Ela pega a cadeira caída e a atira nas costas de Absalom, mas a mobília apenas o acerta de raspão antes de quebrar em pedacinhos. Ele solta um rugido, e Ursa pensa em sair da casa e gritar para chamar as vizinhas. Mas que vizinhas são aquelas? Nenhuma delas ficaria do seu lado e contra o seu marido.

— Por favor, Absalom — berra ela, puxando-o pelos ombros com toda a força. — Você não pode matá-la.

Ele afrouxa as mãos que agarram Maren e empurra Ursa para trás mais uma vez, fazendo com que ela bata a cabeça na prateleira ao lado do fogo. Maren ergue a cabeça, tossindo e cuspindo, e Absalom se vira para Ursa, que está agachada e com a mente girando por causa do impacto.

— Ursula — diz ele, novamente de pé, ofegante. Sua voz soa perplexa. — Você está bem?

Ursa olha para ele, incrédula, de olhos marejados. Ele estende a mão para ela; há ternura estampada no seu rosto, assim como confusão. Ela se desvencilha dele e tenta chegar até Maren, que treme no chão, mas Absalom a impede, segurando-a pelo pulso com a mão bem treinada, e Ursa é forçada a encarar o marido. Uma expressão calma e sombria surge no seu rosto, e é exatamente esse olhar que toma conta do marido quando ele segura Ursa contra a cama e força a entrada nela. Ele puxa Maren pelos cabelos, torcendo os dedos até ela gemer, a água salpicando a sua respiração.

— Você confessa? — pergunta Absalom. — Confessa que enfeitiçou a minha esposa e que provocou a tempestade com Kirsten Sørensdatter?

— Não — arfa Maren. — Não.

Desta vez, quando ele mergulha Maren debaixo da água cinzenta, Ursa sabe que está tudo perdido. Ela estica o braço para a prateleira e fecha a mão em torno de algo liso e frio. Ergue o objeto com o braço, tremendo pelo esforço, e, então, deixa o peso cair em cheio na cabeça dele.

O rolo de massa atinge Absalom no meio do crânio. Faz um ruído que parece um ovo se quebrando, então ele solta Maren e cai de joelhos. Ursa está vagamente ciente de ver Maren engatinhando para longe quando golpeia o marido novamente. Agora o ruído é mais molhado, menos seco, os cabelos pretos de Absalom ficam encharcados e ele tomba na banheira. Ursa ergue o rolo de massa de novo, mas Maren a segura pelos tornozelos.

— Não.

A boca de Absalom está debaixo da água, que fica cada vez mais vermelha de sangue. A parte de trás de sua cabeça está rachada, e ela vê coisas brancas e rosadas. A mão esquerda dele não para de tremer, palpitando, em busca de alguma coisa.

Ela afasta Maren da banheira, e as duas rastejam pelo chão, voltando para baixo dos cobertores onde se deitaram poucas horas antes, com os corpos nus e ardentes. Ursa começa a bater os dentes, e Maren a nina, embora tenha sido ela quem quase se afogou, segurando-a no colo magro e beijando o alto de sua cabeça.

— Pode soltar, Ursa.

Ursa deixa cair o rolo de massa, que bate no chão com um baque e rola para longe. Ela só consegue enxergar as costas de Absalom. Não se movem.

— Pode me soltar, também.

Ela afrouxa a mão e Maren engatinha, dando a volta na banheira.

— Ele está…

— Sim.

— Ai, meu Deus. Ai, meu Deus. Eu não tinha a intenção de matá-lo. — A frase soa pouco convincente até para si mesma, embora Ursa saiba que não teve a intenção, não de verdade. Ela só queria impedi-lo. Tinha de impedi-lo. — O que eu vou fazer agora?

Maren não responde. Tosse, cuspindo água, e então se levanta trôpega e cambaleia até a mesa. Ursa abraça os joelhos. Imagina que, a qualquer instante, Absalom vai se levantar da tina e agarrar as duas. O som do crânio se partindo chega aos seus ouvidos repetidamente, assim como o ruído molhado quando ela o golpeou pela segunda vez, a água em sua respiração, a cabeça tombando para dentro da banheira. Ela fecha os olhos e abraça as pernas junto ao corpo. Sua coluna está encostada na parede dura, e ela pensa em Agnete, como dormiam com as costas encostadas uma na outra.

Maren se vira para ela. O seu rosto está diferente de certo modo, inexpressivo. Ursa estende os braços e Maren vem até ela, mas existe tensão naquele abraço. Ela se afasta rapidamente. Ursa limpa o rosto dela, as bochechas estão sujas de sangue e deixam uma mancha em sua mão.

— Você confia em mim? — pergunta Maren em meio ao silêncio incerto.

Ursa ergue os olhos para ela, para os ângulos agudos em seu rosto.

— Sim.

— Volte para a cama.

Ursa se afasta.

— Volte para a cama — repete Maren, envolvendo o rosto de Ursa com as mãos como fez quando elas se beijaram.

— O que nós vamos fazer? Podemos pegar o corpo e escondê-lo debaixo do assoalho?

— Não.

— Jogá-lo no mar, como fizemos com as runas de Kirsten?

— E se nos virem? Não vai ser muito fácil fazer isso.

Ursa tenta encontrar outra resposta, mas Maren insiste.

— E, quando descobrirem que o comissário está desaparecido, haverá perguntas demais.

— Então o que faremos? — A mente de Ursa está enevoada, repleta de sangue e do som de ossos partidos.

A expressão de Maren é tão triste que Ursa sente uma dor no peito.

— Eu vou embora daqui, Ursa.

— Embora?

— Como Diinna fez. E, quando encontrarem o corpo, vão pensar que fui eu quem o matou.

— Eles vão matar você.

— O meu nome foi mencionado.

Ursa sente uma explosão de dor no peito. Ela havia esquecido o motivo da visita do marido à casa de barcos.

— É tudo mentira.

— Isso não salvou Kirsten. — Os olhos de Maren piscam até se fecharem. Suas pálpebras são finas e rosadas, e Ursa tem vontade de pressionar os lábios nelas. — Não posso ficar aqui. Mas você tem de voltar para casa agora, antes que alguém a veja.

— Eu vou embora com você — diz Ursa, buscando a mão de Maren.

Maren lança um olhar sério para ela.

— Não quero que você faça isso.

Ursa pode jurar que o seu coração parou de bater por um segundo.

— Quero que você volte para a cama e relate o desaparecimento do seu marido pela manhã. Quero que diga que não viu nem ouviu nada. Mesmo que levem dias até o encontrarem. E, depois disso, quero que você volte para Bergen, para a casa do seu pai. Aquele navio atracado no porto é o mesmo que a trouxe até aqui. Você pode voltar a bordo dele.

Ursa sabe que isso é verdade. Depois que descobrirem o corpo de Absalom, não haverá mais nenhum motivo para ela continuar em Vardø. Vai poder voltar para casa, e o capitão Leifsson a manterá em segurança durante a viagem. Mas algo havia mudado dentro dela, e Ursa tenta expressar o sentimento em palavras.

— Não há mais nada lá para mim sem você.

— Você tem a sua irmã. Não quer voltar a vê-la?

Ursa é incapaz de dizer que não. Agnete sempre significou o mundo para ela, porém tudo mudou desde que Maren beijou o seu pulso. Ursa jamais sonhou com isso até o momento em que aconteceu, mas agora lhe parece impossível viver sem Maren. É como saber que toda a sua alegria está vinculada a outra pessoa e que ficar separada dela seria o mesmo que viver sem luz pelo resto dos seus dias. Ursa fecha os olhos para impedir esse pensamento, e sente o olhar cinza como o mar de Maren nela. Devolve o seu olhar, procurando o desejo que fez as duas colidirem uma com a outra.

— Eu vou embora com você.

— Vai ser mais fácil — insiste Maren, agora com uma frieza evidente inundando a voz — se você não vier.

Ursa a beija, desesperada, mas Maren não retribui.

— Por favor, Maren.

— Vá embora, Ursa. Vamos acabar perdendo a noite. Queime a sua camisola, lave o rosto.

— Eu te amo — diz Ursa, a verdade dessa frase tão repentina quanto uma estrela cadente, brilhante e dolorosa. — Você não vai dizer que me ama? Eu te amo.

— Não posso dizer isso — diz Maren, então se levanta e a puxa até que ela fique de pé. Manda Ursa embora chorando noite adentro.

40

Não há tempo para lágrimas. A manhã logo estará diante delas. Maren espera até que Ursa vá embora e feche a porta da casa de Fru Olufsdatter. É mais fácil assim.

Ela volta o olhar para o comissário morto, com a cabeça ainda escorrendo sangue. Apanha o rolo de massa ensanguentado a seus pés e o vestido amarelo de Ursa. Não pode deixar nenhuma pista, nada que torne as coisas simples. Quando Ursa ergueu a mão para golpeá-lo mais uma vez, Maren sentiu que era a sua própria mão se precipitando para baixo, com os dedos fechados em torno do cilindro de pedra lisa. Foi como se elas agissem juntas, como fizeram poucas horas antes, na cama.

Maren fecha a porta da casa de barcos auxiliar, levando somente o vestido, o rolo e o dinheiro. Não vai em direção ao porto, mas ao seu promontório. Dela e de Ursa, dela e de Erik. O vestido amarelo recende a pira de Kirsten e Fru Olufsdatter, e ela respira fundo para sentir o seu cheiro. Conhece aquele odor de antes de hoje. Dos sonhos com a baleia, a baleia que veio até ela na noite anterior à tempestade.

Maren se lembra de se deitar esticada sobre a baleia enquanto ela era destroçada. Lembra-se da banha da baleia queimando nas lamparinas antes mesmo que ela ficasse imóvel. Agora, isso lhe parece um alerta. Não vai deixar que a capturem. Havia tomado essa decisão no instante em que a mãe lhe contara que o seu nome tinha sido mencionado. Não vai deixar que a queimem, viver tempo suficiente para sentir o cheiro do próprio corpo em chamas.

Caminha sozinha pela trilha familiar em meio às casas da vila. Ela sabe que é uma das poucas mulheres que não aprecia os meses do sol da meia-noite, mas nunca consegue se sentir verdadeiramente tranquila sob aquela meia-luz. Faz Maren se lembrar do relâmpago, dos corpos esverdeados dos homens afogados. Aqui, na escuridão total, ela se sente segura.

A casa da mãe está escura e silenciosa. Ela reza para que o seu nome não caia na boca de mulheres condenadas, reza por todas elas — Edne, Gerda, até mesmo Toril e Sigfrid. É morte demais. Isso vai terminar com ela. Tem de terminar.

Ela mantém a cabeça baixa ao passar pelas ruínas da casa e do barco de Baar Ragnvalsson, sem olhar para a frente, mas atenta à mudança no solo e ao vento soprando mais forte, que indica que chegou ao fim da ilha. O mar bate nos rochedos pontiagudos, e Maren sente o gosto de sal misturado à semente de anis, eliminando o amargor da água suja em que o comissário a empurrou. Lá, onde a correnteza segue para os lugares mais ao norte, onde Ursa lhe disse que uma rocha preta atrai tudo para si, ela reza até mesmo por ele.

Maren coloca o rolo no chão e entra no vestido amarelo de Ursa, o vestido que ela usava quando a viu pela primeira vez, quando a tocou pela primeira vez, quando a beijou pela primeira vez e soube que Ursa pertencia a ela da mesma maneira que ela pertencia a Ursa. O vestido fica grande até por cima das suas roupas, e, enquanto ela passava os dedos pela barriga e pelos seios de Ursa, sentiu e compreendeu a razão pela qual os cordões eram cada vez mais afrouxados. O endurecimento da carne, a criação de espaço. Um bebê vai protegê-la. É mais um motivo para que não pudesse trazê-la consigo, nem imaginar outro fim a não ser esse.

Ela atira o rolo ao mar. Poderia segui-lo, seria simples como dar um passo. Não flutuaria, como a pobre Kirsten. Assim como em seus sonhos, ela afundaria. As rochas pontiagudas que se engancharam em seus homens iriam trespassá-la e, em seguida, o mar levaria Maren, e, se não fosse pelas rochas, o mar sozinho a levaria por todo o caminho até o fim do mundo. Ela sempre pensou que isso era tudo o que havia para qualquer uma delas ali, naquele lugar.

Mas agora Maren se lembra do que surge depois da baleia, depois do afogamento, da elevação no fim do seu sonho. O ar é frio no fundo da garganta. As moedas pesadas nos bolsos. Ela olha para a frente, para onde assomam as montanhas baixas. Ao dar um passo, Maren pensa em Ursa, em como ela foi a primeira e a única pessoa que jamais a conheceu. E como isso é o suficiente.

Nota histórica

Em 24 de dezembro de 1617, próxima à costa da ilha de Vardø, no extremo nordeste da Noruega, uma tempestade se formou tão repentinamente que testemunhas disseram que parecia ter sido evocada. Em questão de minutos, quarenta homens se afogaram. Nesse lugar remoto e com a população já reduzida, o acontecimento foi uma catástrofe.

Era uma época de grandes mudanças no país, então chamado Dinamarca-Noruega. O rei Cristiano IV, quase na metade do seu reinado de 59 anos, estava ficando cada vez mais desesperado para deixar a sua marca no mundo. Ele havia vencido algumas batalhas inconclusivas nas fronteiras, mas estava voltando a atenção para os lugares que faziam parte do seu reino, em vez daqueles que não faziam. Como luterano ortodoxo, queria estabelecer a sua religião por todo o reino e eliminar de uma vez por todas as influências do povo sámi sobre as regiões no extremo norte do país, principalmente na Finamarca, uma área vasta, selvagem e em grande parte desprovida de governo.

A maioria dessa população indígena, para quem a tecelagem do vento e a conversa com os espíritos eram práticas bastante comuns, recusou-se a obedecer às reformas religiosas propostas, e o rei Cristiano promulgou uma série de leis cada vez mais rígidas, que por fim se transformaram em perseguições e massacres autorizados pelo Estado.

O objetivo do rei era uma sociedade unificada e singular em conformidade com a sua visão de mundo, assim personificada em sua Igreja.

Ele se voltou especialmente para a Escócia. O rei Jaime VI havia acabado de publicar seu tratado sobre a bruxaria, chamado de *Daemonologie*, ou Tratado de Demonologia, no qual detalhava como "identificar, provar e executar uma bruxa" e que deu início a uma onda de julgamentos de bruxas por todo o continente e todas as ilhas do país. A histeria, assim como o comparecimento aos cultos, estava no auge. O rei Cristiano promulgou as leis contra a feitiçaria em 1618, rigorosamente inspiradas nas leis do rei Jaime.

O rei Cristiano também era amigo íntimo de um escocês do alto escalão, John Cunningham, que servira por muitos anos na Marinha dinamarquesa e expulsara os piratas de Spitsbergen. Quando o rei decidiu que a Finamarca deveria ser subjugada, ele instalou o capitão Cunningham em Vardøhus.

O que se seguiu foi um reinado de duração e brutalidade sem precedentes. Embora não fosse sua única atribuição, o *lensmann* Cunningham, ou Køning, como ficou conhecido, supervisionou nada menos que 52 julgamentos de bruxas, que causaram a morte de 91 pessoas: 14 homens e 77 mulheres. No entanto, Cunningham foi ainda mais longe do que o rei tinha planejado: dentre eles, os homens eram todos sámis, mas as mulheres eram norueguesas. Em uma região onde anteriormente houvera apenas um punhado de casos do tipo e somente duas execuções, foi uma mudança brusca e reveladora.

Os supostos crimes variavam de coisas mundanas — discussões a respeito de varais para desidratar peixes e blasfêmias moderadas — até mais extremas. O primeiro julgamento importante, em 1621, apresentou oito mulheres acusadas de provocar a tempestade de 1617, que, na época, já havia assumido uma simbologia mítica até mesmo na mente das pessoas que não a presenciaram.

O pânico segue um padrão semelhante ao que se repetiu mundo afora, durante todo o século XVII e começo do século XVIII. Os julgamentos foram imortalizados por uma instalação de Peter Zumthor e Louise Bourgeois na ilha de Vardø, a qual serviu de gatilho para este livro. Além disso, foram documentados por estudiosos como a Dra. Liv Helene Willumsen, cujo apoio generoso, pesquisa meticulosa e livros, como *Witchcraft Trials in Finnmark and Northern Norway* [Julgamentos de bruxaria na Finamarca e no norte da Noruega], de 2010, foram inestimáveis para estabelecer uma base histórica a algo que, no fim das contas, é uma obra de ficção, que trata não dos julgamentos em si, mas das condições que fazem com que coisas assim aconteçam. Apesar de escrever com uma distância de quatrocentos anos, encontrei muitos pontos em que pude me reconhecer. Esta é uma história sobre pessoas e como elas viviam; antes que o motivo e o modo como morreram se tornasse o que as definia.

Kiran Millwood Hargrave

Agradecimentos

Sou muitíssimo grata. À minha mãe, Andrea, a quem dediquei este livro, a melhor mulher do mundo. Às incontáveis mulheres de quem dependo para escrever e sobreviver, e, acima de tudo, pelos momentos em que escrever e sobreviver parecem ser a mesma coisa. Por Hellie, minha agente, que compreende isso; sem ela, este livro não teria sido escrito.

Ao meu pai, Martyn, e ao meu irmão, John, por serem completamente diferentes dos homens deste livro. Aos meus avós, Yvonne e John, pela sua vivacidade. À minha família, especialmente Debby, Dave, Louis, Rina, Sabine, Janis e Piers.

Aos meus amigos, principalmente àqueles que leram o livro e seguraram a minha mão durante essa jornada: Daisy Johnson, Sarvat Hasin, Lucy Ayrton, Laura Theis, Hannah Bond, Katie Webber, Kevin Tsang, Anna James, Louise O'Neill, Cat Doyle e Elizabeth MacNeal. À minha comunidade estendida de escritores, principalmente a Maz Evans, MG Leonard, Rachel Leyshon, Katherine Rundell e Barry Cunningham.

À Dra. Liv Helene Willumsen, que espero não ficar muito horrorizada com as liberdades que tomei com a história em nome da narrativa, mas que espero que saiba de todo o meu apreço e toda a minha admiração.

A Kirby Kim e toda a equipe da Janklow & Nesbit, nos escritórios do Reino Unido e dos Estados Unidos. Todo livro é um trabalho de amor para vocês, e eu valorizo isso profundamente.

A Sophie Jonathan, uma editora de dons raros e graça imensa. Você me ensinou muito, e estimo o nosso trabalho juntas. A Judy Clain, que demonstrou tanta generosidade e fé por este livro e por mim, e a Carina Guiterman, por me ajudar a moldar esta história. À minha equipe do selo Picador, da Pan MacMillan, a melhor casa editorial possível: Gillian Fitzgerald-Kelly, Paul Baggaley, Kate Green, Katie Bowden, Christine Jones, Emily Bromfield, Laura Ricchetti, Mary Chamberlain e a incrível designer de capa Katie Tooke. A Alex Hoopes, Reagan Arthur e a equipe maravilhosa da Little, Brown, da Hachette.

A você, leitor, por se tornar parte da história. A todas as pessoas com raiva, esperançosas e que tentam fazer o melhor que podem.

Aos homens e às mulheres assassinados em Vardø.

A Tom, por salvar a minha vida e me ajudar a fazer algo de importante com ela.

Este livro foi composto na tipografia Minion Pro,
em corpo 11,5/15,2, e impresso em papel off-white,
no Sistema Cameron da Divisão Gráfica
da Distribuidora Record.